ANA ÁLVAREZ (Sevilla, 1959), cursó estudios de bachillerato y auxiliar administrativo, tarea que realizó un tiempo. Durante muchos años ejerció de ama de casa y ha escrito durante toda su vida, casi siempre novelas románticas de ambientación contemporánea que, por timidez, solo leía a su hija, quien la animó a publicar en Internet. La gran cantidad de comentarios elogiosos la decidieron a autopublicar y, más tarde, a enviar sus novelas a Selección RNR, donde varias de ellas han sido publicadas.

Es autora de las novelas *Miscelánea* (B de Bolsillo, 2016), *¿Sólo amigos?*, *La serpiente peluda*, *Luces y sombras*, *Arcoíris*, *Más que amigos* y *La chica que se subía a los árboles.*

1.ª edición: abril, 2017

© Ana Álvarez, 2016
© Ediciones B, S. A., 2017
para el sello B de Bolsillo
Consell de Cent, 425-427 – 08009 Barcelona (España)
www.edicionesb.com

Publicado originalmente por B de Books para Selección RNR

Printed in Spain
ISBN: 978-84-9070-356-4
DL B 4526-2017

Impreso por LIBERDÚPLEX, S.L.U.
Ctra. BV 2249 Km 7,4 Polígono Torrentfondo
08791 - Sant Llorenç d'Hortons (Barcelona)

La chica que se subía a los árboles

ANA ÁLVAREZ

Para mis amigas, esas que siempre están ahí, en las buenas y en las malas, que ríen conmigo y que lloran conmigo también, que me sacan de cervezas tanto para celebrar como para animar.
Os quiero.

1

Una nueva vida

Mientras conducía por la estrecha carretera comarcal que le llevaría a una nueva etapa de su vida, Don sentía una extraña sensación, mezcla a la vez de regocijo e incertidumbre. ¿Sería todo como esperaba? ¿Como había imaginado? ¿Sería su viejo amigo Steve una fuente de información digna de confianza o se encontraría con que no pasaba de ser un hombre plagado de nostalgia en un país extraño que idealizaba lo que había dejado atrás? A juzgar por el olor a mar que inundaba el coche a través de la ventanilla abierta, no tardaría en averiguarlo.

Él, por su parte, había abandonado la Alemania natal a la muerte de su madre para emprender una aventura que en realidad había deseado toda la vida y acudir a la llamada de su amigo, aceptando el ofrecimiento de dirigir sus pequeños astilleros. Sentía que se lo debía, porque había sido Steve el que había continuado pagando sus estudios de ingeniería al morir su padre ocho años antes.

Steve y su padre habían sido amigos desde la infancia; la suya era de esas amistades que ni el tiempo ni la distancia logran romper. Su padre se había trasladado a vivir a Alemania por motivos de trabajo, conoció a su madre y se quedó allí, pero ambos amigos se las habían apañado para relacionar sus trabajos y todos los años, durante un par de meses, en primavera y en otoño, Steve marchaba a Bonn y se alojaba en casa de su amigo, aparentemente por razones de trabajo; pero Don sabía que no era del todo cierto. Los dos se extrañaban mucho y anhelaban esas visitas de las que toda la familia disfrutaba.

También él, desde niño, esperaba ansioso la llegada de Steve, no solo porque llegaba cargado de cosas maravillosas y desconocidas para él, sino porque, cuando terminaba el trabajo con su padre, llegaba a casa y le contaba cosas fascinantes de aquella costa del sur de Gran Bretaña y de sus hijas, esas tres chicas tan diferentes entre sí y tan atrayentes para él en su lejanía.

Sí, Don anhelaba esas visitas porque sus propios padres no eran muy habladores, y aquel señor le hacía sentirse muy mayor y muy importante haciéndole partícipe de sus confidencias como si de un adulto se tratara.

Recordaba de manera especial aquel día en que le confió que se había sentido frustrado al ver nacer a las tres niñas sucesivamente, sin ningún varón que cumpliera su sueño de continuar su trabajo en la fábrica, pero que ya no le importaba porque las quería mucho, y además le tenía a él un par de meses al año, y aunque no era su padre se sentía como si lo fuera. Entonces no había comprendido que Steve esperaba que fuera él quien dirigiera la fábrica de barcos algún día.

Había crecido con la presencia de Steve, su fábrica y sobre todo sus hijas formando parte de su vida. Incluso después de morir su padre, su amigo había continuado viajando a Bonn y ocupándose de él y de su madre. Don había terminado sus estudios y había empezado a trabajar, eludiendo la invitación de Steve de irse con él a Devon, porque no quería dejar sola a su madre, pero esta había muerto hacía seis meses y nada le ataba ya a Alemania. Ahora sentía que su familia estaba en una casa apartada situada al borde del mar en la costa de Cornualles. Aunque en persona solo conocía a Steve y a Margaret, su mujer. A sus hijas, solo a través de fotos.

Sonrió al recordar cómo le pedía año tras año las nuevas fotos de las niñas para ver cuánto habían cambiado en los meses transcurridos, siempre retratadas en grupo al principio, hasta que ya no hubo una, sino tres fotos, cada una por su lado, adolescentes primero y mujeres después, salvo Marga, que solo contaba en aquel momento dieciséis años.

Recordaba en especial una de las primeras, con la pequeña siendo aún un bebé, sentada en un cochecito, y las mayores, Peggy, guapa y sonriente, peinada y vestida para la foto, y Karin, solo un año menor que su hermana, más alta que ella, hosca y enfadada, con las rodillas desolladas, las trenzas deshechas y el pulcro vestido idéntico al de Peggy, arrugado y maltrecho. Su mirada infantil se había quedado prendida de inmediato en aquella imagen y había preguntado:

—¿Qué le ha pasado?

—Se cayó de un árbol. Siempre está subida en alguno de los que hay en un bosquecillo detrás de la casa.

Y desde entonces fue su favorita. Siempre que se presentaba la ocasión le pedía a Steve:

—Cuéntame cosas de tu hija, la que se sube a los árboles.

Y este le hablaba de mil travesuras, de cristales rotos, de caídas por el sendero que bajaba empinado hasta la playa, tobillos torcidos, hombros dislocados, y él se maravillaba de aquella niña que era capaz de hacer todo lo que él no se atrevía. Hasta que un año, ya en plena adolescencia, Steve le dijo:

—Ya no se sube a los árboles.

Y se sintió como si le hubieran robado algo.

—¿Por qué? —preguntó, aunque sabía la respuesta.

—Porque ya es muy mayor para eso. Pero ahora está aprendiendo a bucear y se pasa el día explorando las cuevas de la costa. Menos mal que he conseguido quitarle de la cabeza la idea de estudiar ingeniería y dirigir la fábrica y se ha matriculado en Periodismo.

Cinco años después, al terminar la carrera, sorprendió a su familia, que creía haberla hecho sentar la cabeza, haciéndose reportera y recorriendo el mundo hurgando en todos los conflictos mundiales como si de las cuevas de su costa se tratara. Y Don sintió que la había recuperado.

El olor a mar se hizo mucho más intenso y le hizo interrumpir sus pensamientos. Traspuso la siguiente loma y pudo ver que todo era tal como Steve se lo había descrito y como su mente lo había imaginado. El mar, la pequeña cala y el sendero zigzagueante que bajaba desde la casa hasta la playa cubierta de guijarros. Y la carretera que se convertía en un camino de grava y que se detenía delante de la casa.

Llegó con el coche hasta la puerta y casi antes de que pudiera bajar del mismo, esta se abrió y una chica castaña, delgada y muy joven salió del interior.

—Hola... Eres Don, ¿verdad?

—Sí, en efecto.

—Yo soy Marga —dijo acercándose y estampándole dos sonoros besos en las mejillas. Él la miró sonriente.

—La pequeña.

—¡Eh! No tan pequeña... —precisó, dirigiéndose a sí misma una mirada apreciativa—. Tengo dieciséis años.

—Quería decir que eres la menor de las tres hijas de Steve.

—Ah, eso sí.

Le cogió de la mano y tiró de él hacia el interior de la casa.

—Ven, todos te están esperando. Creíamos que llegarías antes.

—Tengo que confesar que me he perdido un par de veces en el último tramo de carretera.

—No me extraña, están muy mal señalizadas. Nosotros, porque conocemos la región, que si no...

—Y además —bromeó él—, el coche que he alquilado tiene el volante al revés. Toda una odisea llegar hasta aquí.

Entraron en la casa oscurecida por las persianas bajas que la mantenían en una agradable penumbra para aliviar el calor de la media tarde. Pasaron a un salón grande y rectangular; una de las paredes estaba cubierta por una enorme chimenea y otra de ellas se abría a un porche situado tras unas puertas cristaleras de doble hoja y a través de las cuales se veía el mar. Boquiabierto, se acercó hasta ellas para contemplar más de cerca el espectáculo.

Aunque Steve ya le había hablado de las maravillosas vistas que se divisaban desde su casa, la realidad superaba con creces las palabras.

—Esto es precioso...

—¿Te gusta? Mamá estaba dudando sobre si darte una habitación con ventanas hacia este lado u otra de las que dan al jardín. Al final ha preparado las dos y ha decidido dejar que tú elijas.

—Muy amable de su parte.

Unos pasos apresurados a su espalda les hicieron volverse y se encontraron con Steve que avanzaba rápidamente hacia ellos.

—Don, muchacho... al fin has llegado... ¡Qué alegría tenerte aquí!

Ambos se abrazaron con cariño.

—Veo que ya conoces a Marga.

—Sí, ha salido a recibirme.

—Margaret vendrá enseguida; está en la cocina dando los últimos toques a la cena. Se ha empeñado en hacer de esto una ocasión solemne.

—Espero no estar causando demasiadas molestias.

—Ya se lo he dicho, que eres un miembro más de la

familia, pero se ha empeñado, y ya te darás cuenta de que cuando mi mujer se empeña en algo... Al resto de la familia tendrás que esperar para conocerla. Peggy está en Truro y vendrá a la hora de la cena y Karin vuelve a estar en uno de sus viajes alrededor del mundo. No quiero ni saber dónde... La última vez vino con cinco kilos menos.

—Sí, y con la piel de la cara despellejada y llena de pecas; estaba horrorosa.

Don sonrió dudando de que Karin estuviera horrorosa alguna vez, al menos para él. No pudo evitar sentirse decepcionado; si había alguien de la familia a quien deseaba ver, aparte de Steve, era a ella. Quería conocerla por fin, porque solo sabía de ella a través de otros y tenía verdaderas ganas de comprobar si era como él la imaginaba...

La voz de Margaret acercándose a él le sacó de sus pensamientos.

—Hola, hijo —dijo abrazándole efusiva—. ¡Qué alegría tenerte aquí con nosotros!

Ella era el único miembro de la familia de Steve que conocía. En alguna ocasión, aunque no muchas, había acompañado a su marido hasta Alemania. También ella había conocido a su padre antes de que se marchara de Gran Bretaña. Don la abrazó con cariño.

—Hola, Margaret. Me ha dicho Steve que estabas preparando una cena especial en mi honor. No hacía falta, mujer...

—Claro que sí. Quiero que te sientas bienvenido a casa. Que sepas lo mucho que todos nos alegramos de tenerte aquí.

—Gracias.

—Además, ya te darás cuenta de que me encanta la cocina y busco cualquier excusa para organizar algo especial.

—Cuando Karin vuelve de sus viajes hace lo mismo —añadió Marga.

—¿Dónde está ahora? —preguntó sin poder evitar la curiosidad.

—Mejor no preguntes... —dijo la mujer.

—En una ciudad albana de nombre impronunciable.

—Comprendo.

—¿Tienes el equipaje en el coche? —preguntó Steve cambiando de tema.

—Sí.

—Ven, te enseñaré las habitaciones que te he preparado y podrás elegir la que más te guste.

—Si alguna de ellas tiene vistas a la playa, elijo esa sin siquiera verla.

—Te advierto que el oleaje molesta bastante durante la noche, sobre todo cuando sopla el viento, que es casi siempre —advirtió la mujer—. Aquí solo Karin lo aguanta, pero es que ella es una enamorada del mar.

—No importa. Yo también lo soy a pesar de haber crecido tierra adentro.

Salió de la casa y, dirigiéndose al coche, cargó el equipaje y volvió a entrar. Marga le precedió por las escaleras hasta la primera planta y se desvió por un corredor que se bifurcaba en dos, hacia la izquierda, dejando atrás otro tramo de escaleras.

—¿Tiene otra planta la casa? No me lo pareció desde fuera.

—En realidad no, solo una buhardilla que utiliza Karin para visionar los documentales antes de entregarlos a la cadena de televisión. Ella y Brandon pasan muchas horas trabajando ahí cuando no están de viaje. Pero si quieres verla tendrás que pedirle a ella que te la enseñe, es terreno privado, vallado y acotado, y además cerrado con siete llaves. Ni siquiera Rebecca, nuestra asistenta, puede entrar a limpiar. Lo arregla ella misma.

El corredor se alargaba estrecho y poco iluminado dejando ver tres puertas a la derecha. Marga se detuvo ante la primera de ellas.

—Pasa, esta es tu habitación.

Entraron en una estancia amplia, de altos techos como el resto de la casa. Estaba amueblada con sencillez, con una cama grande aunque de una sola plaza, un armario y un escritorio, todo muy limpio, muy impersonal y carente de adornos... como si se tratara de un hotel o de un apartamento de alquiler.

—¿Te gusta?

—Sí, está muy bien —respondió él, agradecido en cierto modo a esa asepsia en la decoración. No le gustaban los lugares recargados en exceso y podría utilizar sus propias cosas.

Se asomó a la ventana y apartó las cortinas para ver el paisaje, una amplia vista de la pequeña cala rodeada de rocas, y el estrecho camino que conducía desde la casa hasta la playa le hizo comprender que había escogido la habitación adecuada. Marga se acercó hasta él.

—¿Ves esa roca que hay en la cala hacia la izquierda? ¿La que parece una banqueta? Es la roca de mi hermana Karin. Se pasa horas sentada ahí como si fuera el más cómodo de los sillones.

—La comprendo, la vista es preciosa.

—Bueno, te dejo para que te instales a tu gusto. El baño es la última puerta al final del pasillo, la otra es la habitación de mi hermana. Tendrás que compartir el baño con ella cuando regrese.

—¿Karin?

—Sí, es la única que aguanta el ruido del viento en las noches de invierno. Todos los demás dormimos en el otro lado de la casa, aunque una pared de la mía da a la tuya. Si te sientes mal o algo no tienes más que golpear y acudiremos —dijo haciendo ademán de salir de la habitación, pero antes de llegar a la puerta, preguntó:

—¿Necesitas ayuda con el equipaje?

—No te preocupes, puedo ocuparme yo. Gracias.

—Solemos cenar sobre las siete, pero si terminas antes baja a charlar un rato con papá. Está deseando verte.

—Sí, yo también a él.

La chica salió y Don se acercó de nuevo a la ventana contemplando el paisaje, esta vez a solas. No estaba muy seguro de lo que había querido decir Marga con lo de golpear la pared de su habitación, esperaba que no le estuviera haciendo proposiciones, aunque parecía una chiquilla muy inocente.

No tenía muchas ganas de deshacer el equipaje, pero su carácter metódico y la rígida educación alemana que había recibido de su madre le hicieron acercarse a la maleta, empezar a vaciarla y colocar con esmero todo el contenido en el armario. Como la traía muy ordenada, el proceso no le llevó mucho tiempo. El resto de las cajas con sus efectos personales que había enviado por barco tardarían aún unos días en llegar.

Cuando todo estuvo listo y la maleta guardada en el altillo del gran armario, se acercó hasta el cuarto de baño dispuesto a darse una ducha y a colocar en el mismo sus productos de aseo.

La habitación le sorprendió; era una estancia grande, de aspecto rústico, con un enorme lavabo encastrado en una piedra que parecía mármol, pero más poroso, y un gran espejo encima. Había dos toalleros, a ambos lados del lavabo, uno de los cuales contenía unas toallas rojas y el otro azules. En una de las puertas del armario situado debajo había productos de aseo y belleza que sin ninguna duda pertenecían a una mujer: crema depilatoria, crema hidratante, pasta de dientes, compresas y tampones, y en un rincón apartado y casi escondido un pequeñísimo estuche de maquillaje casi ridículo en su contenido. La persona que era la dueña de aquel armario no se pasaba horas enteras ante el espejo retocándose la cara.

La otra puerta estaba completamente vacía y Don intuyó que esperando sus cosas. Las colocó y se metió en una originalísima ducha hecha con cuadrados de cristal blancos, rojos y azules combinados con un gran sentido artístico.

Dedujo que la toalla azul oscuro que había situada al lado de su parte del armario debía de ser la suya, aunque también la otra estaba limpia y sin usar, y se secó con ella tras darse una rápida ducha templada.

Luego, fresco y descansado, bajó a reunirse con Steve, porque solo pasaban unos minutos de las seis de la tarde.

Al pie de las escaleras se encontró con Margaret, que le dijo:

—Steve está en el porche.

—Bien.

Salió y le encontró sentado al fresco aire del atardecer en uno de los sillones de hierro. El verano llegaba a su fin y septiembre estaba a punto de comenzar.

—Hola, muchacho. Me alegra ver que has terminado de instalarte con tiempo suficiente para charlar un poco antes de la cena.

—Me he dado prisa.

—Siéntate. Aprovechemos este buen tiempo, que no durará mucho. En cualquier momento puede empezar a cambiar y aparecer la lluvia y sobre todo el viento. Eso es lo peor aquí, el viento. Hay veces que salir de la casa supone toda una proeza.

Don se sentó junto a él, de forma que podía ver el mar mientras hablaban.

—¿Qué tal el viaje?

—Bien; un poco largo el túnel, pero bien. Y tenías razón, todo esto es precioso —dijo lanzando una mirada a su alrededor. Después le miró a él. Hacía seis meses que no le veía y observó con pesar que el gran bajón físico que había detectado en su aspecto en su última visita había empeorado. Steve contaba ya sesenta años, pero se había mantenido fuerte y joven hasta el año anterior. Don se había quedado preocupado cuando lo había visto en el funeral de su madre y ahora esa angustia volvía a apoderarse de él.

—Steve, ¿te encuentras bien? —preguntó.

—¿Lo dices porque estoy más delgado? Los años no pasan en balde, hijo. El colesterol y varios pequeños problemas han hecho su aparición en mi existencia y me obligan a mantener una dieta alimenticia.

—Nada serio, supongo...

—Nada serio. Solo hay que empezar a cuidarse. Pero ya hablaremos del tema en otro momento, ahora vamos a charlar de ti. ¿De verdad te gusta todo esto?

—Me encanta —dijo mirando la puesta de sol que tenía lugar frente a él.

—La familia también te gustará, ya lo verás. Entre todos conseguiremos que te sientas a gusto aquí. Peggy no tardará en llegar a cenar, pero me temo que para conocer a Karin tendrás que esperar un poco más.

—¿Dónde está?

Steve sonrió.

—Ya me extrañaba a mí que no preguntaras por ella de forma especial.

—Siempre me ha resultado muy divertida.

—A mí no me divierte precisamente, me tiene siempre con el alma en vilo. Ahora está en una ciudad albanesa tan pequeña que casi no figura en los mapas: Zahrisht; pero me temo que su intención sea saltar a Kosovo en cualquier momento para hacer un reportaje.

—¿No lo sabes con seguridad?

—Karin nunca dice la verdad sobre su trabajo hasta que está de vuelta, sobre todo si es peligroso. Entiéndeme, no es que mienta, en realidad está en esos sitios que dice, pero su fin casi siempre suele ser otro. Después de ver un mapa, me temo que lo único que tiene cerca es Kosovo, y, conociendo a mi hija, sé que ese es su destino final. Estoy deseando verla llegar, porque, para colmo, cuando sale del país apaga el móvil y no se molesta en llamar hasta que vuelve. Y la mayoría de las veces ni siquiera eso; se presenta aquí cuando menos te lo esperas. Dice que se mueve por lugares donde es difícil encontrar un teléfono, pero ¡qué caramba!, cuando llega a lugares civilizados, a veces tiene varios días de viaje hasta regresar a casa. Y no siempre se acuerda de llamar para decir que está bien. Yo me temo que aunque diga que es porque se olvidó, cuando no llama es porque ha estado en peligro. En fin, roguemos para que vuelva pronto y puedas conocerla.

El ruido de un motor de coche de gran potencia se dejó oír en la quietud del atardecer mucho antes de que el vehículo se divisara. Después, en lo alto de la loma, apareció un pequeño coche rojo que se acercó hacia la casa y se paró ante la misma.

—Es Peggy —dijo Steve.

Lo primero que Don vio cuando se abrió la portezuela fue una espléndida melena rubia y una pierna de infarto que se apoyó en el suelo. Peggy bajó del coche y pudo apreciarla en toda su belleza. Porque era toda una belleza, las fotos no le hacían justicia. Era ese tipo de mujer que todos mirarían en un salón abarrotado eclipsando a cualquier otra. Con un cuerpo lleno de curvas donde no sobraba ni faltaba un solo gramo y una encantadora cara provista de unos ojos azules dulces y risueños, y unos labios perfectos que cualquier hombre se moriría por besar.

Se acercó hacia ellos caminando con el paso elástico de alguien que ha estudiado *ballet*, y ni siquiera el corto vestido de tenis que llevaba puesto quitaba sensualidad a su cuerpo y a sus movimientos.

—¡Hola! —saludó—. ¿Eres Don, verdad?

Él se levantó y la besó en la cara.

—Y tú Peggy.

—La misma. Lamento llegar tan tarde, pero el partido se ha alargado bastante más de lo previsto.

—No te disculpes, estamos aquí disfrutando de una espléndida puesta de sol.

—Pues aprovéchala porque quedan pocas. El otoño se nos va a echar encima en cualquier momento.

Steve intervino.

—Será mejor que le digas a tu madre que ya estás aquí y te arregles para la cena o se pondrá histérica. Ya sabes cuánto le gusta la puntualidad, sobre todo si se ha esmerado en la cocina.

—Me ducho en un segundo... no tardo nada.

—¡Ojalá! —susurró su padre.

—¡Diez minutos!

Se alejó deprisa hacia el interior de la casa y Don la siguió con la vista.

—Guapa, ¿eh? —preguntó Steve viendo su expresión.

—Guapa, no. Preciosa.

—Pues esto no es nada, ya verás cuando baje arreglada para la cena. Se tomará su hora larga, pero valdrá la pena. Y su madre se pondrá histérica por la hora... ya lo comprobarás. Vete acostumbrando, es el pan nuestro de cada día.

Don se rio a carcajadas adivinando que iba a disfrutar de su estancia en la casa.

La cena constituyó todo un acontecimiento en la familia Robinson. Tal como Steve había predicho, Peggy se tomó su tiempo para arreglarse, pero cuando apareció tuvo que contener el aliento. Se había peinado, vestido y maquillado como si fuera a acudir a una recepción en el palacio real en vez de bajar al comedor de su casa. Don, con su pantalón blanco y su camisa azul, se encontró desaliñado en su presencia. Por fortuna el resto de la familia se había vestido con menos formalidad que Peggy, aunque se habían cambiado de ropa. Steve miró el reloj.

—¿Qué te dije? Las ocho y media.

Peggy hizo un mohín y frunció la boca en un gesto por el que muchos hombres perdonarían cualquier retraso.

—No te enfades... vamos a disfrutar de la cena. Y, además, como no está Karin, no tendremos que ver harapos.

—¡Peggy! —la regañó su madre.

—No estoy diciendo más que la verdad, mamá. Si ella estuviera aquí, no iba a molestarse en vestirse para nuestro invitado. Sabes que se hubiera presentado a cenar con el mismo pantalón andrajoso que usa siempre para pasear por la playa. Anda, vamos a comer, eso huele de maravilla.

Se sentaron a la mesa. La carne y las verduras realmente ofrecían un aspecto exquisito.

—Mamá es una excelente cocinera —dijo Peggy.

—No será por los honores que tú me haces —se enfurruñó Margaret.

—Ya sabes que no quiero engordar.

—La que come como una lima es Karin —dijo Marga aceptando su plato—. Y está flaca como un palillo.

—Sí, traga como un camionero —añadió su otra hermana.

—Hija, no se lo reproches... Habrá que ver lo que come cuando no está en casa —recriminó su madre.

—A mí me dijo una vez que había comido serpiente asada.

Peggy hizo un mohín de asco.

—Y tú tienes que repetirlo, ¿verdad, nenita? Vais a conseguir que no coma nada. Y que a Don se le revuelva el estómago.

—Basta, chicas. ¿Qué va a pensar él de todos nosotros?

—Eso digo yo, si vas pregonando por ahí que nuestra hermana come serpientes...

Se volvió hacia Don y dijo con acento lánguido:

—No te asustes, todos no somos así en esta casa.

—No —dijo Marga divertida—, ella solo come paté y caviar. Y de vez en cuando hace un esfuerzo con el champán.

Don se volvió hacia su pequeña interlocutora, que, al parecer, había tomado a su cargo informarle sobre todos los demás miembros de la familia.

—¿Y tú qué comes?

—Yo de todo, pero tengo que reconocer que mis favoritas son las tartas. Mamá hace una de arándanos que te chupas los dedos.

—Marga, por Dios, que Don va a creer que te los chupas de verdad.

—Cuando se me ponen pegajosos, sí que lo hago.

—¡Santo cielo, acabaremos teniendo otra Karin en la familia!

—No, ni hablar... Yo no pienso ser un *machoman* como ella.

—¡Marga! Ya te has colado —amonestó su padre, que no había intervenido para nada en la conversación.

—Pero si es verdad. Además, todo el mundo lo dice. Siempre va por ahí con esos pantalones de camuflaje y esos jerséis deformados. Aunque no te equivoques ¿eh?, yo tampoco soy una pija como Peggy.

La mirada de Steve se cruzó con la de Don a través de la mesa.

—Ya lo ves... tres hijas, tres mundos.

Y a él le pareció que habría querido añadir: «tienes donde elegir».

—Creo que será divertido. Ya sabes que mi madre era muy callada y más desde que nos quedamos ella y yo solos. Me vendrá bien un poco de bullicio para variar.

—Pues esto no es nada, hijo —añadió Margaret—. Cuando venga Karin, esto se convertirá en una guerra viva.

—Ya lo supongo... si come serpientes...

—Pero no aquí, ¿eh? En esta casa se comen alimentos decentes, nada de guarrerías.

—Y deliciosas.

—Gracias. Me alegro de que te guste la cena.

Después de cenar a Don le hubiera apetecido mucho dar un paseo por la playa, pero Steve le ofreció una copa, y, consciente del deseo de su amigo de charlar con él, la aceptó renunciando al paseo. Ya tendría ocasión otra noche.

2

La chica que se subía a los árboles

Don dio un respingo cuando el coche se le quedó parado sin previo aviso a pocos kilómetros de la fábrica. Tenía ganas de llegar a casa y disfrutar de un rato a solas, dar un paseo por la playa y relajarse, puesto que la familia pasaría la tarde y cenaría en Truro, y la súbita avería le contrarió mucho.

Se bajó y, tras levantar el capó, inspeccionó el motor comprobando de inmediato que se había soltado uno de los conductos que llevaban electricidad al motor. Estaba seguro de que podría arreglarlo de forma provisional para llegar al pueblo y a un taller que le solucionara el problema, aunque eso le obligaría a renunciar a su tarde de intimidad y al paseo que tenía previsto. Se dirigió al maletero para buscar las herramientas básicas que todo vehículo debería llevar, pero estas brillaban por su ausencia. Se maldijo interiormente por haberse descuidado en algo tan importante y se resignó a llamar a una grúa para que le remolcase hasta el pueblo.

La carretera no estaba muy transitada a aquella hora de la tarde, llevaba un buen rato sin cruzarse con nadie, pero cuando iba a llamar a los astilleros para que le enviasen una grúa, un todoterreno verde oscuro le sobrepasó y se detuvo a pocos metros de él.

Don rezó para que le pudiera prestar las herramientas necesarias con que solucionar la avería.

Una mujer alta y delgada, vestida con un pantalón vaquero negro y una chaqueta liviana verde oscuro saltó ágilmente del vehículo y se acercó a grandes pasos hacia él.

No pudo evitar que el corazón le diera un vuelco, algo en el porte y las facciones le resultó muy familiar. La cara larga y con algunas pecas, los labios finos y los ojos... Al igual que su pelo, no tenían un color definido, eran una mezcla entre verde y marrón claro, con chispas doradas, enmarcados entre unas pestañas de un increíble color anaranjado.

No obstante desvió la vista no queriendo ser descortés debido a un escrutinio demasiado exhaustivo.

—Hola —saludó la chica—. ¿Algún problema?

—Sí, como ve, me he quedado tirado.

—¿Puedo echarle un vistazo? Entiendo un poco de coches.

—Yo también. Se ha soltado el conducto del sistema que lleva electricidad al motor; el problema es que no tengo herramientas para solucionarlo.

Ella se inclinó sobre el capó abierto y hurgó con soltura en el motor.

—Sí, en efecto. Está muy caliente, va a tener que esperar un poco para que se enfríe antes de poder trabajar ahí. Pero puedo prestarle las herramientas o si lo prefiere arreglárselo yo misma.

—Pues si no le importa, yo nunca he tocado uno de estos.

—Será un placer.

Ella se dirigió a su coche con paso elástico y decidido. La larga trenza rubio rojiza colgaba de su espalda y Don no pudo dejar de preguntarse si en realidad era Karin. Hacía ya años que Steve no le enseñaba una foto suya, al parecer odiaba que la fotografiasen, pero había algo familiar en aquella mujer, algo que lo agitaba hasta lo más profundo.

Ella regresó, se había quitado la chaqueta y arremangado las mangas de la camisa que llevaba hasta el codo. Las manos largas y finas, carentes de anillos o cualquier otro adorno empezaron a hurgar con soltura dentro del motor.

—De todas formas deberá llevarlo a un taller lo antes posible. Esto es algo provisional, para que pueda llegar a donde quiera que vaya.

—Tutéeme por favor... está arreglando mi coche, eso quita formalidad a este encuentro.

Ella sonrió. La trenza se le deslizó por el hombro rozando la suciedad del motor y Don se la apartó con cuidado. El pelo era sedoso y aterciopelado.

—Gracias. ¿Vas muy lejos?

—Hasta Truro. Allí buscaré un taller que me lo arregle cuanto antes, no me quiero arriesgar a tener mañana el mismo problema. ¿Me recomiendas alguno?

—No. Quiero decir que no conozco ninguno, yo arreglo mi propio coche.

—¿Eres mecánico?

—No, pero se me dan bien los motores. Me fío más de mí que del más experto taller.

Don no podía apartar la mirada de las manos que hurgaban con decisión en las entrañas del capó. Cada vez estaba más convencido de que era ella, pero dudaba si preguntárselo abiertamente. No se había presentado por propia iniciativa, de modo que decidió aguardar a que ella se diera a conocer. De todas formas, si era Karin Robinson, no tardaría en saberlo.

Durante un rato trabajó en silencio mientras él la observaba. Consiguió encajar el conducto en su lugar y apretarlo de forma correcta.

—Ya está —dijo incorporándose—. Te aguantará un poco, pero no lo dejes. También deberías cambiar la batería, no está muy nueva por lo que veo y te va a dar problemas en cuanto llegue el mal tiempo. Si es que no estás de paso.

—No estoy de paso.

—Pero no eres de por aquí, tu acento te delata, eres centroeuropeo.

—Alemán. ¿Cómo lo has sabido?

—He viajado mucho.

—Pero tú sí eres de la zona.

—Me considero ciudadana del mundo.

—Entiendo.

Ella se limpió las manos en un *kleenex* y le indicó:

—Arranca el coche, a ver cómo va.

—Seguro que irá bien.

Entró en el vehículo y tras girar la llave arrancó a la primera.

—Si no necesitas nada más...

—¿Cuánto te debo por el trabajo?

Ella alzó las manos.

—Nunca cobro por socorrer a caballeros en apuros.

Él lanzó una carcajada.

—Entonces quizá me dejarás que te invite a algo cuando nos veamos por ahí. A este caballero en apuros le gusta ser agradecido.

—Aceptaré encantada, si es que volvemos a encontrarnos —dijo tendiéndole la mano.

—Volveremos a vernos, estoy seguro —dijo estrechándola con fuerza.

Ella se dirigió a su propio coche y subió de un salto. Se perdió en la lejanía mientras él se tomaba su tiempo para recorrer los kilómetros que le faltaban para llegar a su destino.

Al trasponer la loma desde la cual se divisaba la casa por primera vez, Don sonrió al ver aparcado ante la puerta un viejo todoterreno verde. No se había equivocado, la mujer que le había ayudado en la carretera unas horas antes era Karin Robinson. Era el único vehículo aparcado ante la casa, puesto que toda la familia estaba en Truro. Estacionó a su lado y se bajó para dirigirse al interior, preparándose para el encuentro, y cuando iba a llamar al timbre echó un vistazo hacia el mar y se dio cuenta de que ella estaba allí, en la playa.

El corazón le golpeó con fuerza en el pecho al contemplar la figura sentada en la roca de espaldas a él. Ella no se había movido al oír el ruido de su coche, o quizá no lo había oído porque las olas golpeaban fuerte aquel día y podían tapar cualquier otro sonido. O quizá sí lo había oído y no le interesaba saber quién era el recién llegado.

También Don se quedó inmóvil mirándola. La contempló a sus anchas; aquella mañana no le había parecido apropiado, pero ahora se recreó en la imagen que le brindaba: la larga trenza cayendo sobre la espalda, de un rubio diferente al de su hermana Peggy, a medio camino entre el amarillo pálido de Steve y el rojizo de Margaret. La cabeza erguida, la espalda recta cubierta por un jersey azul oscuro holgado y cómodo, pasado de moda. Allí sentada, le parecía incluso más delgada que por la mañana, la dieta a base de serpientes debía de ser pobre en grasas.

Si bien el ruido del coche debió pasarle desapercibido, no ocurrió lo mismo con la observación, porque de pronto giró la cabeza y miró hacia él. Por un momento sus miradas se cruzaron a través de la distancia, y Don levantó la mano en señal de saludo. Ella, sin responder, se levantó de la piedra y comenzó a subir por el estrecho sendero con una agilidad y una rapidez que solo conseguían las personas acostumbradas a realizar un ejercicio físico continuo.

—Hola... —dijo entrecerrando los ojos y contemplándole—. ¿Qué haces tú aquí? No irás a decirme que me has buscado para invitarme por lo de hace un rato.

—No, qué va. Vivo aquí.

—¿Aquí? ¿Desde cuándo? Llevo un mes fuera de casa y cuando me marché no vivías aquí. Me acordaría —dijo divertida.

—Soy Don Forrester. Supongo que te han hablado de mí.

—Hasta la saciedad, pero no te imaginaba así.

—¿Ah, no? ¿Y cómo me imaginabas?

Ella contempló al hombre atlético y atractivo que tenía delante, de pelo castaño claro e intensos y enigmáticos ojos grises.

—Delgaducho, bajito y con gafas de cristales gruesos —dijo sincera.

—Todo un perfecto caballero desvalido. —Él lanzó una sonora carcajada.

—También los altos y fuertes se ven en apuros a veces y necesitan de damiselas al rescate.

—Así es. Pero nunca he sido delgado ni bajito y mi vista es excelente. ¿Tu padre no os mostraba fotos mías? Porque a mí sí me enseñaba las vuestras.

—Claro que sí, pero yo pasaba de mirarlas. No me caías demasiado bien y me hice mi propia imagen de ti.

—Yo tenía una imagen bastante aproximada de vuestro aspecto, porque tú eres Karin, la hermana viajera.

—La misma, pero eso ya lo sabías esta tarde.

—No estaba seguro. No quise arriesgarme. Supuse que si eras tú ya nos encontraríamos.

—No sabía que fueras a venir. ¿Estás de visita?

—No estoy de visita, he decidido aceptar la oferta de tu padre para dirigir los astilleros.

—Entiendo. Al fin lo ha conseguido.

—Eso parece. Y... una vez hechas las presentaciones, ¿qué tal por Kosovo?

Los ojos de Karin chispearon y frunció el ceño al preguntar:

—¿Cómo sabes lo de Kosovo? Oficialmente estaba en Zahrisht.

—Ya, pero no has engañado a tu padre, es muy listo. Y yo estoy de acuerdo con él, no hay nada en Zahrisht que pueda atraer la atención de alguien como tú para hacer un reportaje.

Ella pareció irritarse.

—¿Alguien como yo? ¿Acaso me conoces para saber qué puede atraer mi atención?

Don sintió que había hablado de más.

—No lo suficiente, pero por lo que tu padre me ha contado de ti, y por lo que he podido entrever esta mañana, intuyo que te atrae la aventura y las emociones fuertes. Y en Zahrisht no hay nada de eso, que yo sepa. Suelo estar al tanto de la política europea.

—Ya... veo que sigues siendo el mismo don Perfecto de siempre. Esperaba que hubieras cambiado con los años, pero ya veo que no.

—¿El mismo don Perfecto de siempre? No te comprendo.

—Desde pequeñas, mi padre nos ha contado lo grande, lo listo, lo bueno y lo inteligente que eras.

Don sonrió comprendiendo que su amigo no solo le había hablado a él de su familia, sino que también lo había hecho al contrario y se temió que la imagen que había dado de él no era la más idónea para que les cayera bien. Sobre todo a Karin.

—Te aseguro que exageraba, yo no soy nada de eso. Soy un hombre normal y corriente.

—Que está al tanto de la política europea. Y estudió ingeniería naval en cuatro años en lugar de cinco y con una media de sobresaliente. Al menos eso nos han dicho. A mí también me han hablado de ti.

—Es cierto, pero tengo algo que alegar en mi defensa. Estudiaba con un dinero que no era mío, ni siquiera de mis padres.

Karin frunció el ceño.

—¿No sabías que Steve pagó mis estudios los tres últimos años? —preguntó temiendo haber desvelado algún secreto.

—Sí que lo sabía. No hagas caso, es solo una idea que se me ha cruzado por la mente. Decías que habías estudiado con un dinero que no era tuyo.

—Sí, y no me resultó fácil; tuve que renunciar a muchas cosas para conseguirlo. Me encerré en casa para estudiar a todas horas, casi perdí a mis amigos... Un alemán que no se acerca después de clase a tomar una jarra de cerveza no está bien visto entre sus colegas. Pensaban que por ser hijo de viuda vivía bajo las faldas de mi madre, pero te seguro que no hay nada de eso. Dame la oportunidad de demostrártelo.

—Está bien... —dijo ella con una chispa divertida en la mirada—. Empecemos de nuevo. Yo soy Karin...

—Y yo Don... —dijo él, extendiendo la mano que ella estrechó con un apretón fuerte y enérgico—. ¿Qué tal por Zahrisht?

Ella se echó a reír con una carcajada franca y abierta.

—Estupendamente. He visitado el mercadillo local y he comprado un montón de cosas interesantes. Porquerías, las llamaría mi hermana Peggy. Cachivaches, diría mi madre.

—Tal vez si yo las viera podría calificarlas en su justo término.

—¿Y arriesgarme a que te pases al enemigo nada más conocerme?

—¿Qué enemigo? —preguntó, aunque sabía a qué se refería.

—A los que piensan que estoy como una cabra, o al menos que soy un bicho raro. Que es probable que tengan razón, no soy una mujer inglesa convencional.

—No lo eres, pero eso no significa que estés como una cabra.

—Díselo a mi hermana Peggy.

—Sois muy diferentes —dijo él mirando el viejo jersey deformado y cálido, y no tuvo ninguna duda al imaginar lo que Peggy pensaría de él. Pero estaba preciosa, sin maquillar, con la cara un poco pecosa por el sol y esa expresión en el rostro de quien disfruta de las pequeñas cosas. Y supo que, a pesar de haber intercambiado apenas unas pocas frases, seguía siendo su favorita. La voz de ella lo trajo a la realidad.

—A ti tampoco te gusta, ¿eh? Me refiero al jersey.

—A mí me encanta, es perfecto.

—En cuanto he llegado, me he cambiado para bajar, tengo mono de mar. Llevo un mes tierra adentro, y esto es una droga para mí —dijo señalando la extensión verdeazulada que se divisaba frente a ellos—. Tanto es así que he escogido un jueves para venir, cuando todos están de estampida, y poder disfrutar a solas de sentarme un rato en la playa. Por norma, cuando vuelvo, Marga quiere que le cuente al detalle todo lo que he hecho durante mi ausencia, y mi madre me organiza una cena impresionante con todos mis platos favoritos porque piensa que no he comido desde que salí de Cornualles.

—¿Y no es así? Dicen que sueles volver más delgada.

—Por supuesto que no. Quizá no coma lo mismo que en casa, pero tengo buena boca y nunca he pasado hambre.

—Incluso serpientes...

Ella se echó a reír con ganas mostrando una dentadura sana y fuere.

—¿Ya te lo han contado? Veo que no han perdido el tiempo. Pues te aseguro que he comido cosas mucho más repugnantes que las serpientes, algunas incluso cocinadas por convencionales amas de casa inglesas. No es tan terrible, sobre todo si tienes hambre y piensas en lo que tomas como en comida... simplemente comida. Y da igual qué tipo de bicho sea el que estás tragando. Tengo por norma no rechazar jamás el ofrecimiento de viandas por parte de los nativos a los que estoy filmando, sea lo que sea lo que coman o beban. Siempre procuro integrarme en sus costumbres y en su cultura.

—Tiene que ser un trabajo muy interesante. Quizás algún día quieras contarme a mí cosas sobre él, igual que a Marga.

—Te advierto que a Marga solo le cuento migajas... Se moriría si llegara a escuchar ciertas cosas y correría a contárselas a mi madre; y papá me encerraría en el desván para que no las volviera a repetir.

—Ya lo imagino. Y él también.

—Mi suerte es que los documentales que hago rara

vez se ven en el Reino Unido, y mucho menos en la televisión local que es la que a mi madre le gusta.

—¿No trabajas para una cadena británica?

—Sí, pero mis documentales son demasiado realistas para nosotros. Ganan mucho dinero vendiéndolos al extranjero. Mi trabajo no es apto para la cuadriculada y mojigata mente inglesa.

—Quizá la cuadriculada y mojigata mente alemana lo sepa apreciar mejor. Me gustaría ver alguno.

—Sería interesante conocer la opinión de alguien que no sea de mi equipo. De acuerdo, más adelante te proporcionaré algo de lo más suave, para empezar. Pero te advierto que tendrás que verlo fuera del salón de esta casa, no quiero correr riesgos.

La luz había empezado a bajar de intensidad y Karin se volvió dando un rápido vistazo al mar.

—Perdona... pero está a punto de ponerse el sol y este espectáculo no me lo pierdo por nada del mundo. Voy a volver a la playa, seguiremos charlando en otro momento. Mamá ha dejado comida en el horno, imagino que será para ti porque a mí no me esperaban.

—¿Tú no comes? Seguro que hay de sobra para los dos.

—Seguro, conociendo a mi madre. Gracias, pero ya he cenado. Me he preparado un enorme bocadillo al llegar y me lo he comido ahí abajo.

—Bien, hasta otro momento entonces. No te entretengo más, vuelve a tu playa.

Karin se dio la vuelta y volvió a bajar con agilidad hasta sentarse en su roca favorita. La marea estaba subiendo y pronto lamería la piedra donde estaba sentada.

Don la vio arremangarse hasta la rodilla el pantalón de pescador que llevaba y permitir que el agua le cubriera los pies en su avance. La contempló en silencio y sonrió al comprobar que ella seguía siendo su chica que se subía a los árboles.

Después, entró en la casa y se dirigió a su habitación dispuesto a darse una ducha antes de la cena.

El cuarto de baño había acusado la presencia de otra persona. La toalla roja estaba arrugada y usada y un ligero olor que no pudo identificar llenaba la habitación. No era con exactitud un perfume ni el gel de baño que había en la repisa de la bañera. De pronto sus ojos tropezaron con un bote pequeño de plástico blanco con un explícito rótulo antiparasitario. Lo abrió y olió su contenido y supo de dónde procedía el extraño olor. «¿De dónde vienes, criatura?», pensó.

Lo volvió a colocar donde estaba y se dio una ducha. Después se calentó la cena y se asomó al porche a contemplar cómo la figura de Karin seguía sentada en su piedra con los pies metidos en el agua hasta las rodillas. La pequeña cala de guijarros había desaparecido por completo bajo el agua de la marea alta, que llegaba hasta las rocas y al comienzo mismo del sendero.

La oscuridad era casi completa, solo la lámpara del porche iluminaba la noche oscura y sin luna, y apenas era visible la figura de Karin en la penumbra. Don pensó que, si se soltase la larga trenza y dejara que el pelo le cayera por la espalda, podría confundirse con una sirena sentada sobre su piedra para atraer a los marineros, y él deseó ser un náufrago y dejarse llevar por su canto hasta donde ella quisiera. Sabía que nunca en su vida había deseado otra cosa... y que en realidad su canto silencioso era lo que le había llevado hasta las costas de Cornualles desde su Alemania natal, y no la oferta de Steve de dirigir sus astilleros y su agradecimiento hacia él. Era ella, que ya no se subía a los árboles, pero seguía siendo todo un mundo por descubrir.

Temeroso de que adivinara de nuevo que la estaba mirando, entró en la casa y se puso a organizar unos papeles que tenía que revisar con Steve al día siguiente en el despacho.

En la fábrica, este le había presentado como su director y se esforzaba por ponerle al día en todos los terrenos, y Don intuía que lo hacía con prisa, como si quisiera que se hiciera cargo de todo cuanto antes. Y aquello le inquietaba, Steve era muy cuidadoso y muy meticuloso, y tantas prisas no le parecían propias de él. Como siempre habían tenido una confianza fuera de lo común en dos personas con tanta diferencia de edad, le había preguntado, pero Steve le había dicho que solo quería retirarse cuanto antes y disfrutar con Margaret de cosas que nunca habían podido hacer como viajar o salir a cenar, y se había mostrado tan seguro de que Don lo haría bien que quería dejarlo todo en sus manos enseguida. Observando el rostro cansado y desmejorado de su amigo, Don deseó con toda su alma que fuera cierto, que solo se tratara de eso.

La llegada de la familia un rato más tarde causó un gran revuelo. Karin regresó de su asiento de piedra y se reunió con ellos, que la abrazaron y la besaron y preguntaron por su reportaje. Les hizo creer que ella y Don habían cenado juntos y él no lo desmintió. Después, se fue a la cama para dejarles la intimidad suficiente para su reencuentro, sintiendo que aquel había sido un día muy raro... pero también muy importante para él. El mejor de sus sueños existía, y era tal como lo había imaginado.

3

Brandon

Don regresó aquella tarde con Steve, cosa rara, porque normalmente aquel solía volver a casa a mediodía. Pero aquella mañana había entrado en su despacho y le había dicho que Margaret necesitaba el coche y que se quedaría hasta la tarde para regresar con él.

Don se apresuró a terminar lo antes posible para que su amigo pudiera descansar un rato antes de la cena y sobre las cinco y media ambos emprendieron el camino de regreso.

Apenas subieron al vehículo y este se puso en marcha, Steve le preguntó:

—¿Qué tal con Karin ayer?

—Muy bien. Me rescató en la carretera y me arregló el coche hasta que pude llegar a un taller. Después, por la noche, hicimos las debidas presentaciones.

—Estaba preocupado, no siempre es amable con la gente ¿sabes?

—Conmigo lo fue.

—Y a ti, ¿qué te pareció ella?

Don desvió por un momento la vista de la carretera para mirarle.

—¿Por qué me preguntas eso? ¿Qué me tenía que parecer?

—De niña era tu favorita. Y ahora te han contado tantas cosas de ella y me temo que ninguna buena...

—Como buen ingeniero nunca doy crédito a nada que no haya comprobado por mí mismo.

—¿Y qué opinión te has formado por ti mismo?

—No es tan guapa como Peggy.

—No, no lo es.

—Ni tan simpática como Marga.

—No, tampoco es simpática.

Don sonrió al añadir:

—Pero tengo que reconocer que sigue siendo mi favorita, al menos de momento.

—¿Por qué de momento?

—Apenas la conozco, intercambiamos solo unas cuantas frases de presentación. Quizá con el tiempo cambie de opinión.

—No lo creo, Karin tiene una personalidad arrolladora.

—También es tu favorita, ¿verdad?

—Por supuesto que no —dijo Steve a la defensiva—. Las quiero a las tres.

—Yo no he hablado de cariño.

—Quizás ella se parezca más al chico que nunca tuve que las otras dos; lo que no quiere decir que me guste como es... Preferiría que fuera como las otras, más previsible y menos arriesgada.

—Eso no es verdad.

—Pero estoy muy orgulloso de mis hijas; de las tres. Aunque Marga no es más que una niña aún —dijo serio y se calló de pronto. Don le miró de nuevo con el rabillo del ojo.

—Steve, ¿qué ocurre? Y no me digas que nada, porque te conozco y sé que no es así. Tu última llamada, esta oferta de trabajo, no suena como las que llevas haciéndome desde que terminé la carrera, parecía más apremiante.

—¿Por eso la aceptaste?

—La acepté porque mi madre ya no estaba y no tenía nada que me atase a Bonn. Sabes que de no haber sido por ella habría aceptado mucho antes, pero también influyó nuestra conversación. Me dejaste muy preocupado. Era... me sonó como un SOS.

—Y lo era, Don, lo era. Estoy enfermo. Hace años sufrí una dolencia en el hígado que se curó en su momento, pero lo dejó afectado. Ahora se ha reproducido y yo ya no tengo veinte años; mi hígado está dañado y de forma permanente. El médico no cree que aguante ni siquiera un año. Tenía que dejar la fábrica en buenas manos.

Don sintió un nudo oprimirle el corazón. Sabía, desde que le había visto, que algo ocurría, pero no pensaba que fuese tan grave. Miró a Steve, al hombre que quería como a su segundo padre, y del que había esperado disfrutar durante mucho tiempo aún. No estaba preparado para perderle también a él.

—¿No hay nada que se pueda hacer? Hoy en día la ciencia está muy avanzada... —dijo con voz entrecortada.

—Un trasplante, pero tengo ya sesenta años y no me considero con derecho a acaparar un órgano en prejuicio de alguien que todavía tenga la vida por delante. He vivido lo suficiente, tengo a mi familia ya crecida, y situada, no me necesitan. Solo Marga es muy joven aún, pero sé que, si muero pronto, sus hermanas y tú os ocuparéis de ella. Aunque estoy en lista de espera para un trasplante, he expresado la condición de que, si se produce una donación compatible conmigo y hay alguien más joven por detrás de mí, ocupe mi lugar.

—Es muy generoso por tu parte, pero ¿qué opina tu familia?

—Ellas no lo saben; bueno, no del todo. Solo saben que tengo mal el hígado, pero piensan que con dieta y tratamiento aguantará mucho. Y te ruego que me guardes el secreto. Por eso te llamé, porque necesito que te ocupes de los astilleros. Yo ya no puedo hacer mucho esfuerzo físico ni trabajar muchas horas. Y de verdad quiero que aprendas el manejo de la fábrica lo antes posible para disfrutar con Margaret de ciertas cosas que de jóvenes no hicimos. Ya sabes cómo eran aquellos tiempos, ella se pasó la juventud cuidando a las niñas y yo trabajando para levantar la fábrica con la esperanza de que algún día un hijo mío continuara mi trabajo.

—Steve, yo no soy tu hijo.

—Para mí es como si lo fueras.

—¿Y qué opinan tus hijas de esto?

—¿De que yo te quiera como a un hijo?

—No, de que las dejes fuera de la dirección de la fábrica. Por nada del mundo quisiera que pensaran que te he manipulado de alguna forma para hacerme con el mando.

—Bueno, tengo que reconocer que Karin quiso estudiar ingeniería y dirigirla ella, y se enfadó muchísimo cuando no se lo permití. Estuvo sin hablarme durante semanas, pero como no le dije nada de mis planes para que la dirigieras tú, se le pasó. Luego se metió en Periodismo y creo que ha descubierto la profesión de su vida y que me está agradecida por ello. Y no están fuera de la fábrica, mi testamento está dividido en cinco partes iguales, una para cada una de ellas, otra para mi mujer y otra para ti.

—¿Para mí? Yo no quiero una parte de tu fábrica, Steve. La dirigiré para ti, pero no aceptaré una parte en detrimento de tu familia. Ya me pagas un sueldo muy considerable, mucho más de lo que ganaría en cualquier otra empresa.

—Pero si no tienes una parte de la fábrica, el día que yo muera, mi familia podría decirte que dejaras la dirección y contratar a otra persona.

—Si eso ocurre, será porque no están satisfechas con mi trabajo, y lo asumiré.

—Pero yo quiero que seas tú el que la dirija, no otro. Mira, Peggy es... bueno, ya la conoces... bellísima, sí, pero superficial y caprichosa. No quiero que venga ningún listillo y se case con ella esperando meter las manos en la fábrica y destrozar todo el trabajo de mi vida. Anda detrás de ella un abogado del que no me fío ni un pelo.

—¿Quién te asegura que yo no seré también un incompetente y destrozaré el trabajo de toda tu vida?

—Sé que no será así, te conozco desde niño.

—Dios mío, espero no decepcionarte. Karin tiene razón: soy don Perfecto para ti; pero te equivocas, Steve, soy humano.

—Por supuesto que lo eres, igual que yo lo he sido. Yo también he cometido errores y los he asumido. Tú harás lo mismo si llega el caso. Pero sé que no me fallarás en lo esencial. Eres un hombre honrado y no te cargarás el legado de mi familia.

—Lo intentaré; te juro que lo intentaré. Pero, por favor, divide mi parte entre los demás. O dásela a tu mujer.

—No; tienes una quinta parte de la fábrica. Si no la quieres, a mi muerte puedes hacer con ella lo que desees. Pero te aseguro que yo quiero que la tengas tú, Don.

—Me colocas en una posición difícil.

—En absoluto. En casa todas lo saben y nadie ha dicho una palabra al respecto.

Don suspiró y pensó que él no estaba tan seguro de que les pareciera bien. Sin embargo tendría que esperar a otra ocasión para continuar intentando convencerle porque el coche enfilaba ya la última loma de la carretera. Y si se presentaba un donante ya lo convencerían entre todos para que lo aceptase.

Como casi siempre, una simpática y alegre Marga salió a recibirles apenas el coche se detuvo ante la puerta. Parecía que siempre estaba detrás de la misma para dar la bienvenida a todo el que llegaba. Se colgó del cuello de su padre nada más verle.

—¡Hola, papá! Te hemos echado de menos en el almuerzo.

—¿Habéis comido mamá y tú solas?

—No, Karin y Brandon han almorzado con nosotras.

—Sí, ya veo la furgoneta.

Don echó un vistazo a una furgoneta vieja que estaba aparcada junto al todoterreno de Karin.

—Brandon es el cámara que siempre acompaña a mi hermana en sus andanzas —aclaró Marga—. Llevan encerrados en la buhardilla todo el día. Creo que también cenará con nosotros.

—¿Y Peggy?

—Hoy no le toca jugar al tenis, sino al golf, así que también llegará tarde.

Steve se encogió de hombros.

—Bueno, volveremos a escuchar las quejas de Margaret.

Don sonrió, porque a decir verdad la mujer se quejaba de continuo y por todo, pero nunca llegaba a enfadarse y nadie se tomaba en serio sus quejas. En aquella casa todo el mundo hacía lo que le apetecía.

Se dirigió a su habitación dispuesto a darse una ducha y descansar un rato antes de la cena. Cuando bajó a la cocina, divisó dos figuras inclinadas sobre el motor abierto de la furgoneta de Brandon. Se acercó hasta ellos. Karin y un chico castaño y delgado hurgaban entre los cables del motor.

—Hola... ¿Algún problema?

Ambos levantaron la cabeza y le miraron.

—Brandon dice que la furgoneta hacía un ruido extraño al venir. Estamos tratando de averiguar a qué puede deberse.

—Si os puedo echar una mano...

—¿Eres mecánico? —preguntó el chico.

—No, soy ingeniero. Pero los motores son lo mío; de cualquier tipo.

—Eres Don ¿no? Yo soy Brandon, el compañero de Karin.

—¿Mi compañero? Es mis pies y mis manos —dijo dirigiéndose a Don.

—No es cierto, solo soy su cámara. Ella es sus pies y sus manos. Y nuestra intérprete, nuestra mecánica, nuestra tesorera...

Ella le dio un codazo en las costillas y Don sintió envidia al ver la camaradería existente entre ambos, y no pudo evitar un sentimiento de disgusto al pensar que podrían ser algo más que amigos y compañeros de trabajo.

Karin presionó una tuerca con la mano.

—Creo que es esta bujía; no le llega suficiente corriente. ¿No te parece, Don?

—A ver, arranca el motor.

Brandon entró en la furgoneta y la puso en marcha.

—Sí, eso parece, pero no le llega corriente porque esta válvula está muy deteriorada. Deberías cambiarla.

—¿Crees que me dejará tirado en el camino de vuelta?

—No, creo que aguantará todavía un poco, pero sustitúyela cuanto antes.

—Sí, claro que lo haré. Pero esta noche no me falles, bonita... —dijo acariciando la chapa—. Necesito que me lleves a casa.

—¿Por qué no te quedas? Mañana podrías irte al pueblo con Don, comprar la pieza y yo te la colocaré a mediodía.

—¿Y que Brig me mate? Ni hablar. Quiere que la recoja esta noche cuando salga del trabajo. Tiene que enseñar una casa a las nueve, y anoche no pudimos vernos porque estaba de viaje tratando de vender una finca invendible en medio de ninguna parte a más de ochenta kilómetros. Tuvo que pasar la noche en un pueblo del interior.

—Brig es su novia y es agente inmobiliaria —aclaró Karin.

Algo se expandió dentro del pecho de Don y de inmediato Brandon empezó a caerle bien.

El potente coche de Peggy llegó en aquel momento, y su bonita silueta se bajó del mismo vistiendo un elegante pantalón blanco y un polo rosa. Les dedicó una mirada de asco y dijo:

—¡No me lo puedo creer! ¿Otra vez hurgando dentro del motor? ¿No sabes que existen los talleres mecánicos?

—Claro que lo sabemos, pero no nos van a arreglar la furgoneta mejor que nosotros.

—Los mecánicos también tienen que comer.

—Pues que coman del dinero de otro, no del mío.

—Dios, eres insufrible. Menos mal que no he invitado a Tom a cenar esta noche; si te llega a ver ahí con las manos llenas de grasa hasta las muñecas...

—Pues a lo mejor hubiera pensado en la pasta que se puede ahorrar cuando se le estropee el coche —rio Karin.

—Tom no es de esos, ¿qué te crees? Él lleva el coche a un taller de garantía.

—Cariño, no hay mayor garantía que estas manos. Nunca me he quedado tirada en ningún sitio con un coche, y eso que hemos conducido auténticas tartanas, ¿verdad Brandon?

—Cierto.

—Tus andanzas por ahí no es algo de lo que debas alardear.

—Te equivocas, es algo de lo que me siento muy orgullosa.

—Por Dios, ¿qué va a pensar Don de ti? Él viene de un mundo civilizado...

Karin se volvió hacia él y le preguntó con una sonrisa pícara:

—¿Qué piensas de mí, Don? ¿Coincides con Peggy en que no soy civilizada? De hecho, él ayer se gastó el dinero en un taller mecánico.

Él sonrió.

—No sabía que podías arreglarlo de forma permanente, ya lo sé para otra ocasión. Y te considero del todo civilizada, aunque diferente a ella. Vamos, no os peleéis.

Peggy entró en la casa. Karin se rio a carcajadas ante la reacción de su hermana.

—No nos peleamos, pero tengo que reconocer que me encanta provocarla. Se escandaliza con tan poca cosa... No sé cómo nos ha podido salir una Robinson tan pija...

—Y ella pensará a su vez en cómo tú has podido salir tan... —Se detuvo sin encontrar las palabras que expresaran lo que sentía sin que ella se ofendiera, pero Karin fue más rápida que su mente y dijo:

—Dilo, no te cortes... Tan estrafalaria. También han llegado a decirme marimacho y muchas otras cosas. No me enfadaré, he oído de todo.

—¿Y no te importa?

—¡Qué va! Me divierte. Soy como quiero ser y estoy muy feliz de ello.

Volvió a meter la cabeza bajo el capó de la furgoneta y trató de ajustar la pieza defectuosa. El brazo rozó el de Don, que pudo notar la musculatura fuerte y tonificada. Contuvo las ganas de tocarla, de acariciar la piel bronceada del antebrazo y se limitó a sujetar la válvula para que ella pudiera ajustarla con más facilidad.

—Creo que con esto aguantará para que llegues a tu casa y puedas cumplir con tu novia —dijo divertida.

Margaret salió en aquel momento.

—Chicos, la cena ya está lista.

—Bien, yo me marcho.

—Ni hablar, ya te he puesto un cubierto.

—He almorzado aquí hoy, no quiero abusar.

—Claro que no abusas. No voy a dejar que te marches.

Karin sonrió.

—Ya la conoces. O te quedas o te crearás una enemiga mortal.

—Bueno, pero luego sí tengo que marcharme porque vosotros también conocéis a mi novia.

Poco después todos estaban sentados a la mesa. Peggy, como siempre, fue la última en ocupar su sitio, perfectamente vestida y maquillada.

—Tarde, para variar... —dijo su madre.

Peggy echó un vistazo a Karin. Se había sentado a la mesa tras haberse lavado las manos con el viejo pantalón vaquero y la camisa de leñador que había usado para arreglar la furgoneta, y dijo:

—Al menos yo me molesto en ponerme presentable para la cena. Si todo el mundo hiciera lo mismo quizá no fueran tan puntuales.

Karin dijo sin inmutarse:

—Estoy limpia, y, por lo tanto, presentable. No pienso encorsetarme para cenar en familia. Cuando llego a casa me gusta estar cómoda.

—Don es un invitado. Y Brandon también.

—Brandon me ha visto en situaciones mucho más íntimas y personales que tú, hermanita... Y hemos desayunado, almorzado y cenado con Don durante toda nuestra vida. Ambos son de la familia, al menos para mí.

—¿No te da vergüenza admitir delante de papá y mamá que has estado en situaciones íntimas con Brandon? Que además es el novio de tu mejor amiga.

—Que hayamos estado en situaciones íntimas no quiere decir que nos hayamos acostado juntos, y estoy hablando en términos sexuales, que compartir cama lo hemos hecho en alguna ocasión. Si no lo he especificado ha sido por respeto a la mesa, pero ya que insistes, te diré que me refería a que ha sujetado una manta delante de mí mientras orinaba y otros menesteres en medio del campo. ¿Te parece lo bastante íntimo?

—¡Por Dios, qué ordinaria eres!

—Ya... supongo que tú ni orinas ni defecas y por lo tanto eres mucho más fina que yo.

—Basta, chicas... —medió Steve—. Tengamos la cena en paz.

Don, que tenía a Brandon sentado enfrente, intercambió con este una mirada en la que los dos se reían con los ojos mientras intentaban mantener la expresión seria.

Después de cenar, Brandon se despidió, Don se sentó junto a Steve a charlar un rato y Karin se refugió en la buhardilla de nuevo.

4

Paseo por la playa

Por fin Don podía dar el tan ansiado paseo por la playa. Aquella tarde, cuando llegó, encontró la casa vacía, cerrada a cal y canto y sin ningún coche aparcado en la puerta. Ni siquiera quiso entretenerse en darse una ducha, no fuera a ser que llegara alguien y le entretuviese. Así que, tras ponerse ropa cómoda y un calzado más adecuado, bajó por el camino.

Tenía ganas de andar, de hacer un poco de ejercicio; llevaba dos días de trabajo sedentario, casi en exclusiva dedicado al papeleo, lo que menos le gustaba de sus funciones. Pero ya había transcurrido su primer mes en la fábrica y le tocaba lidiar con los balances y el pago de los empleados. Esperaba que en el futuro, cuando se familiarizara con la tarea, le llevase menos tiempo solucionarlo.

Tal como le habían anunciado el día de su llegada, el tiempo se estaba volviendo más fresco y los días más cortos. Se dispuso a caminar un buen rato, aunque se le hiciera de noche, y enfiló la playa sabiendo que la marea estaba baja y aún tardaría un rato en subir. Poco a poco se iba acostumbrando a aquel mar, bravo y encrespado por lo general, y desconocido para él hasta entonces, y empezaba a comprender la fascinación que Karin sentía por el mismo.

Echó a andar y casi de inmediato notó que la tensión del día iba disminuyendo. Hubiera querido quitarse los zapatos y dejar que el agua le mojase los pies, pero ya hacía fresco y no quería arriesgarse a pillar un resfriado. Él no era hombre de correr riesgos, por eso admiraba tanto a Karin, por su intrepidez y su fuerza. A medida que la iba conociendo, la imagen que tenía de ella se iba afianzando y la mujer real iba sustituyendo a aquella niña que se subía a los árboles, y se iba colando en sus sentimientos. Pero temía que, para ella, él continuaba siendo Don perfecto, y un invitado, quizá molesto, de sus padres.

Cuando calculó que había pasado una media hora, dio la vuelta para regresar. Ya desde lejos y antes de llegar a la pequeña cala, la vio sentada en su piedra. La contempló a sus anchas mientras se acercaba, recorriendo con placer su figura alta y delgada, con las curvas justas para dar forma a su cuerpo de mujer, pero sin exuberancias. Iba dispuesto a saludarla y subir para no molestarla, porque intuía que cuando ella bajaba a la playa no deseaba compañía, pero con la secreta esperanza de que le invitara a quedarse un rato. Ella también le había visto y le sonrió cuando estuvo a su lado.

—Hola... Ya me estaba preguntando dónde te habías metido. He visto tu coche al llegar, pero no te he encontrado en la casa.

—Me apetecía dar un paseo. Ha sido un día tedioso y he pasado muchas horas sentado.

—Yo, en cambio, he tenido un día bastante movido. He discutido con el productor para que no cortase una parte del documental que Brandon y yo consideramos esencial. Y lo que necesito en este momento es un poco de paz.

Dudó si marcharse y brindarle la paz que reclamaba, pero la tentación fue más fuerte y la alusión a su trabajo le dio pie a continuar la conversación.

—¿El que hiciste sobre Kosovo, digo, sobre Zahrisht?

Ella se echó a reír.

—Sí, ese.

—¿Y qué es lo que quiere cortar? Si no resulta muy indiscreto que te lo pregunte...

—Es el testimonio de una chica, casi una niña, que al parecer fue obligada a cambiar sexo por la vida de sus hermanos mayores. Por lo visto es algo muy sórdido para los delicados oídos europeos. Y yo pienso que, si está ocurriendo, el mundo debe saberlo. Es cierto que el documental es demasiado largo, siempre filmamos bastantes metros de más, pero no es esa parte la que yo quiero suprimir precisamente.

—¿Y en qué ha quedado la discusión al final? ¿Lo suprimirán?

—No lo sé. De momento todos hemos gritado un poco; supongo que será cuestión de negociarlo con más calma. Brandon dice que le deje a él, que es más diplomático que yo, y tiene razón. Suele conseguir mucho más con sus modales suaves, yo me exalto con facilidad.

—¿Y por qué no dejas que se encargue él de esas cosas?

—Suelo hacerlo; pero a veces me enfurece que nos juguemos la piel para conseguir contar la verdad y la cadena nos diga que el material que más trabajo nos ha costado conseguir y que consideramos más valioso no vale.

—¿Se emitirá en el país?

—Si mantengo esas escenas, es probable que no.

—Me gustaría verlo. Me prometiste que algún día me enseñarías un documental tuyo.

—¿En serio quieres verlo?

—Sí, en serio.

—Tengo una copia arriba en la buhardilla. Ahora no me apetece volver al tema, pero, si quieres, mañana, cuando regrese de Truro, sube y te lo pondré. Pero guárdame el secreto ante mi familia, ellos no saben que tengo copias de los documentales arriba.

—¿Nunca los han visto allí?

—Nadie sube, la buhardilla es un territorio solo mío —dijo mostrando una llave colgada del cuello con un fino cordón de cuero.

Cuando la volvió a introducir entre los pechos, Don sintió que se le secaba la boca y tuvo que hacer un esfuerzo para desviar la mirada. Tenía que controlar eso, Karin era muy inteligente y se daría cuenta si empezaba a mirarla como a una mujer y cortaría todo trato. Y él quería al menos ser su amigo, y su confidente. En aquella casa necesitaba un aliado y tenía la firme intención de ser él.

—Igual que esta piedra —dijo desviando la conversación.

Karin se encogió de hombros.

—Esta piedra no es mía; yo no tengo la culpa si nadie más la usa.

—No es eso lo que dice Marga.

—Charlas mucho con ella ¿no?

—Sí, suele buscarme cuando vuelvo por las tardes. Creo que se aburre un poco aquí sola.

—No es que se aburra, es que tiene dieciséis años y tú eres una novedad en su vida. El adulto que viene de fuera y le presta atención. Charlar contigo le hace sentirse mayor e importante. Para nosotros es la pequeña, debido a la diferencia de edad que existe entre ella y Peggy y yo, y me temo que lo será aunque tenga cuarenta años. Creo que está un poco encandilada contigo.

—¡No hablarás en serio! Por Dios, lo último que yo quisiera es que se enamorara de mí.

—No te preocupes, Marga se enamora de todos los hombres que conoce, de forma platónica. Le dura un par de meses y luego se le pasa. También le ocurrió con Brandon cuando empezó a venir a casa y con Tom, el medio novio de Peggy; aunque con él le duró menos, se le pasó en cuanto abrió la boca. ¡Es tan imbécil, el pobre! Ahora no le soporta. ¿Ya le conoces?

—No, no tengo ese gusto.

—No es un gusto, te lo aseguro. Aunque a lo mejor tenemos suerte y mi hermana se ha cansado ya de él. Creo que también va por ti ahora; ándate con ojo.

—¿Por mí? ¿Peggy?

—Sí, por ti. Y te advierto que ella no es Marga. Peggy es una depredadora.

—Conmigo no tiene nada que hacer; no me gusta tu hermana.

—Me alegra oírlo porque estás empezando a caerme bien. Y también me alegra escuchar decir a un tío que mi hermana no le gusta. Es la primera vez que sucede.

—Pues ya ves, siempre existe una primera vez para todo.

Karin levantó la mirada hacia él y le preguntó un poco incrédula:

—¿No eres gay, verdad? Te gustan las mujeres...

—A rabiar; pero las mujeres inteligentes, con las que se puede mantener una conversación, no una que me tenga todo el día jugando al tenis y que me haga esperar dos horas para cenar porque se está maquillando.

«Me gustas tú», pensó. Y su mente voló a la bonita camarera que le servía el almuerzo en la cafetería cercana al trabajo y que le lanzaba señales inequívocas. Señales que aceptaría si su mente no estuviera acaparada por una sirena de pelo rubio rojizo e increíbles ojos dorados.

Karin lanzó una sonora carcajada.

—Me estás cayendo cada vez mejor. Por fin encuentro a alguien en esta casa con quien poder hablar yo también.

—Pero no quiero líos ¿eh? No vayas a decir a tu hermana lo que pienso... ni a tus padres.

—Por supuesto que no. Y no te preocupes. Cuando Peggy vea que no te arrastra a ninguna fiesta ni consigue hacerte socio de su club superexclusivo, dejará de interesarse por ti y volverá con Tom. Es el que le está durando más. Y me temo que, más tarde o más temprano, no te librarás de conocerle. Yo, cuando cena en casa, casi nunca llego al postre. Es inaguantable.

—¡Que no te escuche tu hermana!

—Me da igual. De todas formas no le agrada nada de lo que digo ni de lo que hago. Esto viene de antiguo.

El ruido de un motor sobre sus cabezas se antepuso al sonido del mar.

—Creo que ya hay alguien en casa.

—Voy a subir para darme una ducha antes de la cena o tu madre me regañará también a mí esta noche.

—Yo me quedaré un poco más. Como no pienso cambiarme de ropa, por mucho que fastidie a Peggy, subiré a la hora justa de la cena. Hoy no estoy para aguantar tonterías de nadie.

Don subió el escarpado sendero y una vez arriba se volvió a contemplarla. Preciosa, erguida y firme en sus convicciones. Pero empezaba a pensar que nunca sería para él.

5

La buhardilla

Don aparcó el coche, y, como ya era habitual, Marga salió de la casa a recibirle.

—Hola, Don. ¿Has tenido un buen día?

—Sí, muy bueno. Ya he terminado el papeleo que es lo que menos me gusta del trabajo y me olvidaré de él hasta el mes próximo.

—Karin me ha pedido que te dijera cuando llegases que te espera arriba, que necesita que la informes de algo para su próximo documental.

—Sí, me lo dijo ayer. Habíamos quedado en que hoy yo le daría una información.

—Pues quiere que vayas a la buhardilla cuando puedas.

—Me daré una ducha y subiré enseguida, ¿puedes decírselo?

—Tienes mucha suerte, ¿sabes? A mí nunca me ha dejado entrar allí. Ni a nadie de la casa. Ni siquiera permite que Rebecca la limpie.

—El trabajo de tu hermana es delicado, alguien descuidado podría estropearlo con facilidad.

—¿Tú crees que es por eso?

—Claro que sí.

—Si ves algo interesante allí me lo cuentas, ¿vale?

—¿Qué quieres que vea? Karin no tiene ningún misterio escondido en la buhardilla. Frena tu imaginación, chica. Y si quieres entrar pídele a ella que te la enseñe, no creo que se niegue.

—¿Tú crees?

—Claro, mujer.

Media hora después, duchado y con un pantalón vaquero y una camisa de franela cómoda y abrigada, subía el último tramo de escaleras más estrechas y empinadas que llevaba a la habitación superior de la casa y que aún no conocía. Llamó con los nudillos y, pocos segundos después, se abrió la puerta. La habitación estaba en penumbra y apenas pudo darse cuenta ni de su tamaño ni de su contenido.

—Hola... Marga me ha dicho que subiera, que me estabas esperando.

—Dijiste ayer que querías ver mi último documental ¿no?

—Sí, en efecto.

—Pues pasa y ponte cómodo. Bueno, todo lo cómodo que puedas, esto es un taller y no un salón de cine. Pero está limpio ¿eh? Lo limpio a fondo todas las semanas a pesar del desorden.

A medida que la vista se iba acostumbrando a la poca luz, pudo hacerse una idea del espacio. Una cortina oscura cubría la ventana, aunque no llegaba a apagar del todo la luz del atardecer, que menguaba por momentos, pero aún iluminaba de forma tenue la estancia. Una de las paredes estaba cubierta casi en su totalidad por una enorme pantalla de televisión. Frente a ella había un ordenador y, colocada sobre una mesa, una cámara conectada a la pantalla por un largo cable.

Junto a la mesa, un sofá no muy nuevo, pero de aspecto cómodo, y en uno de los brazos había una manta doblada que debía cubrir las horas más frías del invierno.

Don había observado que la buhardilla no tenía calefacción como el resto de la casa, sino una estufa de hierro situada en una de las esquinas. Karin le vio mirarla y aclaró:

—Hace frío aquí en invierno, pero la calefacción central es mala para los negativos. Los estropea si se abusa de ella; el calor de la estufa es menos dañino... Y también tengo que reconocer que a mí me gusta más. Esta habitación resulta muy acogedora en invierno con la estufa encendida.

La imaginación de Don volvió a jugarle una mala pasada y se los imaginó a ambos sentados en el sofá, con la estufa encendida y cubiertos con la manta viendo un documental, abrazados... besándose quizás. La voz de ella le trajo de nuevo a la realidad y sacudió la cabeza alejando los pensamientos que no quería tener.

—Tengo que confesarte que no siempre que estoy aquí arriba estoy trabajando; hay veces que vengo solo a leer y a estar tranquila. Hubiera preferido poner una chimenea, pero una chispa que saltase podría prender en el material acumulado y esto se convertiría en una hoguera en cuestión de segundos.

—Sí, lo imagino.

Don se sentó en el extremo del sofá, y Karin manipuló la cámara hasta que esta envió a la pantalla la imagen deseada.

—Está el documental íntegro, tal como lo grabamos, aunque ya montado y editado. Si te resulta largo o tedioso, iré pasando las partes menos importantes.

—Quiero verlo todo.

Ella pulsó el arranque y la pantalla se llenó de imágenes. Se sentó en el sofá a su lado y dobló las piernas bajo el cuerpo.

Durante tres cuartos de hora, Don visionó escenas, entrevistas, tomas buenas y malas, incluida la parte que Karin le había dicho el día anterior que la cadena de televisión deseaba cortar.

Cuando terminó, apagó la cámara y se volvió hacia él esperando su opinión

—¿Qué te ha parecido? La verdad, ¿eh? Para que me digas que es estupendo ya tengo a Brandon.

—Pues no puedo decirte otra cosa. Es muy bueno. Y yo de ti no dejaría que cortasen la entrevista a la chica, aunque debo reconocer que es muy dura.

—Allí todo es duro, Don. Por eso no debemos permitir que nos den una versión edulcorada de lo que está ocurriendo.

—En realidad disfrutas con esto, ¿verdad? —dijo, notando la pasión en su voz.

—Enormemente. No me importa el peligro, ni las incomodidades, que son muchas, ni que mi familia no lo entienda... Cuando me pongo delante de la cámara o busco imágenes para denunciar cualquier tipo de abuso o de injusticia, me siento viva. No hay nada que me produzca sensaciones tan fuertes.

Él enarcó una ceja.

—¿Nada?

—Nada. Ni siquiera lo que estás pensando.

Él se echó a reír y sacudió la cabeza. Karin desconectó el cable y guardó la cámara en un mueble en el que pudo ver distintos discos duros, imaginó que repletos de documentales de trabajos anteriores.

—Espero no haberte interrumpido si estabas trabajando en algo.

—No, solo estaba montando unas tomas que hicimos Brandon y yo el mes pasado de la casa de mi abuela, con vistas a la reforma.

—¿Tu abuela tenía una casa? ¿No vivía con vosotros antes de morir?

—Sí, vivió con nosotros los últimos años, pero tenía una casa fantástica que nos dejó en herencia a mis hermanas y a mí. Es una casona antigua situada en Devon, en lo alto de un risco. Parece la casa de una película de terror. De niña me encantaba pasar allí los veranos, aparte de que mi abuela era una persona muy especial para mí. Nunca nadie me ha comprendido como ella; quizá porque era como yo. Durante toda mi infancia he tenido que escuchar como si fuera un reproche «eres igual que tu abuela»; pero para mí eso era un orgullo.

—Y ahora la casa es vuestra.

—Es mía. Como te dije antes, pensaba dejárnosla a las tres, pero consciente de que mis hermanas no querrían vivir en ella, que Peggy desearía venderla y que Marga era menor de edad y hasta pasados unos años no podría decidir qué hacer con su parte, me la dejó a mí con la condición de que las compensara económicamente con la cantidad que les correspondiera si se vendiese. Mi padre me prestó el dinero para ello, dinero que aún le estoy pagando. Pero la casa es mía y mi intención es vivir allí algún día. De momento solo la usaré en vacaciones, pero hay que hacerle unas reformas imprescindibles. Estuvo deshabitada durante años y mi abuela nunca le hizo ninguna mejora. Las cañerías y la electricidad son un desastre, en cuanto hace un poco de viento se va la luz y el baño tiene goteras si se usa dos veces seguidas. Tengo que encargar que me hagan un estudio y un presupuesto para ver si puedo acometer las obras más indispensables. Mientras no arregle estas cosas no podré ir allí ni siquiera de vacaciones.

—¿Sabes ya a quién le vas a pedir el estudio?

—He mirado varias empresas, pero Brig me ha dicho que todas suelen engrosar mucho los presupuestos para sacar un margen de ganancia más alto.

—Brig es la novia de Brandon.

—Sí, y mi mejor amiga desde la infancia, además de agente inmobiliario. Bueno, mi única amiga, las demás no pasan de conocidas.

—Si quieres, puedo hacerte yo el proyecto de la reforma y el presupuesto.

—¿En serio?

—Pues claro. Yo te diré exactamente lo que hay que arreglar y cuánto te puede costar, así sabrás cuando te den el presupuesto si te están cobrando de más o no. Incluso te recomendaría que encargaras los distintos trabajos por separado, así sería más difícil incluir partidas extras. Y si quieres también puedo encargarme de supervisar las obras.

—¿Lo harías? De ti sí me fío, sé que no me obligarás a hacer reformas que no sean necesarias ni me harán una chapuza. Por supuesto, te pagaré por tu trabajo.

—En absoluto.

—No te voy a hacer trabajar gratis.

—Yo vivo gratis en tu casa, como un miembro más de la familia.

—Eso se lo debes a mi padre, no a mí. Esto es algo solo mío. Si no me cobras, no hay encargo.

—Hagamos una cosa... me encantan las casas antiguas, y en casa de tus padres no tengo mucha intimidad que digamos. Si cuando esté habitable me apetece pasar unos días solo, me dejas las llaves y ya me habrás pagado.

Karin se echó a reír.

—Comprendo; la quieres de picadero.

—Yo no he dicho eso.

—Pero yo he leído entre líneas. ¿Ya has encontrado alguien con quien acostarte en solo un mes?

Él se encogió de hombros sin afirmar o negar nada. La miró con fijeza para observar su reacción, pero tan solo parecía divertida.

—No eres el don Perfecto que yo pensaba.

—¿Ser don Perfecto implica mantenerme célibe?

—No, claro que no. Es solo que no te imaginaba liándote con nadie a quien conoces de hace poco. No tienes pinta de donjuán.

—Ya; tengo pinta de don Perfecto. Pues ya ves que no lo soy.

Ella rio de nuevo.

—De acuerdo, te dejo la casa, pero con una condición.

—¿Cuál?

—Que no uses mi habitación. No soporto que nadie haga el amor en mi cama.

—Tú me dirás qué habitación puedo usar. Y cuándo quieres que vayamos a echar un vistazo.

—Este fin de semana estoy muy liada, tengo que preparar muchas cosas para el lunes, pero el próximo, si tú no tienes planes, podemos acercarnos y pasar el día allí. Resulta una agradable excursión y el sitio es muy bonito.

—De acuerdo. El próximo fin de semana.

—Y ahora más vale que bajemos o mi madre nos enviará a Marga de un momento a otro. Y no te preocupes, te guardaré el secreto.

6

La casa del risco

Después del desayuno, Don y Karin subieron al todoterreno de esta última para dirigirse a Devon con el fin de inspeccionar la casa que ella había heredado de su abuela. En el asiento trasero llevaban una nevera con provisiones y bebidas, el indispensable termo con té, un par de mantas en previsión del frío que pudiera hacer y también unos cuantos leños por si fuera preciso encender la chimenea. La casa llevaba deshabitada bastante tiempo y con toda probabilidad no estaría en condiciones ni de cocinar ni de encender la chimenea del salón. Karin contaba con poder encender la estufa de leña de la cocina. Aun así, le había recomendado a Don que llevase ropa de abrigo, y ambos, vestidos con sendos pantalones de pana y gruesos jerséis, además de chaquetones acolchados contra el frío y la humedad, se dispusieron a emprender la excursión.

Él, por su parte, había preparado un maletín con una cinta métrica de gran longitud, una potente linterna y los materiales que pensaba que podían necesitar en su tarea.

Sentado a su lado, Don observó cómo Karin conducía el gran vehículo con pericia por las estrechas y serpenteantes carreteras, muy empinadas en ocasiones.

—Marga quería venir —dijo ella.

—A mí no me hubiera importado. Realmente esa chiquilla se siente un poco desplazada en tu casa. La diferencia de edad con todos los demás es bastante grande.

—En otra ocasión. La casa no estará muy habitable y Marga es bastante comodona. Supongo que si empezamos las reformas tendremos que venir más veces.

—Sí; si te decides a empezar las obras me gustaría venir como mínimo todos los fines de semana a supervisar los trabajos.

—¿Crees que podrían durar mucho?

—Depende del estado en que se encuentre y también del tamaño de la casa, claro.

—No es muy grande, pero me temo que está en bastante mal estado.

—¿Qué es, en concreto, lo que quieres hacer?

—Quiero renovar toda la instalación eléctrica, desde cables hasta enchufes y lámparas y por supuesto añadir las protecciones eléctricas que ahora no tiene. Aún conserva un sistema de fusibles que saltan en cuanto hace mal tiempo, lo cual es bastante frecuente en la zona, y también en cuanto conecto un simple secador de pelo. Ya no te digo si enchufara un ordenador o un equipo de cine, como es mi intención más adelante. También quiero poner electrodomésticos, así que la instalación eléctrica deberá ser bastante potente. Aunque no modificaré la cocina. Instalaré una cocina moderna en una habitación adjunta que ahora se utiliza como despensa, con frigorífico, congelador, lavadora, microondas y todas las comodidades modernas. Y la cocina actual, que es antigua y encantadora, la conservaré porque me gusta mucho para usarla como sala de estar, con su estufa de leña que utilizaré como chimenea, la antigua mesa y los armarios de madera... Es una de las habitaciones que más me gustan de la casa. Pero desde luego no es muy adecuada para cocinar; al menos para alguien que lo hace tan mal como yo. Me temo que para mí el microondas es algo fundamental y el arcón congelador también. Brig dice que compadece al pobre diablo que se case conmigo como no cocine él mismo.

—La cocina no lo es todo en una pareja —bromeó él. Ella le siguió la corriente.

—En los otros terrenos creo que se me puede considerar aceptable. Sé poner una lavadora, planchar las arrugas más visibles, logro exprimir una fregona sin derramar el agua...

—No me refería a las tareas domésticas...

—En el resto también me considero aceptable. Por lo menos no se me ha quejado nadie... creo.

Él soltó una carcajada

—¿Crees? ¿No lo sabes?

—Bueno, no domino todos los idiomas y dialectos del mundo. Algún que otro tipo ha dicho a veces cosas que no entendía...

Karin se dio cuenta de que estaba hablando de sí misma más de lo que deseaba y cambió de tema.

—¿Y tú, eres un buen amo de casa?

—No lo sé, porque nunca he practicado. He sido el hijo único de una madre dedicada en exclusiva al hogar, con lo cual te puedes imaginar que nunca me he acercado a una cocina, a una lavadora, o a una fregona. La que se case conmigo tampoco se lleva una alhaja en el terreno doméstico. Pero no me importa hacerlo ¿eh? No soy de los que piensan que son las mujeres las que deben ocuparse de esas tareas. El día que me case aprenderé y llevaré mi casa a medias con mi mujer.

—¿Has dejado alguna novia en Alemania?

—No. En la actualidad, no hay nada ni nadie que me ate allí. En caso contrario no tendría a nadie aquí, soy un hombre fiel.

—Eso es bueno; a mí me pasa igual. Me encanta ser la única dueña de mi persona y no tener que dar explicaciones a nadie si de pronto me voy a Brasil o al desierto del Kalahari. El pobre Brandon se pasa media vida tratando de suavizar a Brig el lugar donde vamos a ir en el próximo viaje y luego todo el tiempo que permanecemos fuera añorándola y echándola de menos. Antes no le pasaba, él también disfrutaba como yo al cien por cien de lo que hacíamos.

Karin observó que Don se apretaba más el cinturón de seguridad después de unos cuantos baches por la carretera estrecha y al borde de un terraplén.

—No te preocupes, puedo ser una pésima cocinera, pero soy muy buena conductora. Brandon dice que nadie es capaz de meter el coche donde lo hago yo; tengo buen pulso y nervios de acero. Además, esta carretera la he cogido cientos de veces, la conozco como la palma de mi mano. Este tramo tan malo no durará mucho, son solo cinco o seis kilómetros. Luego mejora y el paisaje se hace increíble.

Tal como ella le había advertido, después de unos pocos kilómetros de auténtica tortura la carretera mejoró y ambos dejaron de botar en los asientos y el camino descendió en una pendiente suave permitiendo ver una extensión de bosque que al final desembocaba en el mar. Casi al borde del mismo, y sobre una zona rocosa, se veía la silueta de una casa aislada de piedra oscura.

—Aquella que ves sobre el acantilado es la casa de mi abuela, ahora mía.

—¡Joder!

—Impresiona ¿eh?

—La verdad es que sí. ¿Y tú quieres venirte a vivir aquí sola?

—Sola no... De momento solo algún fin de semana. Más adelante espero encontrar a alguien lo suficientemente loco para venirse a vivir conmigo.

—Dudo que lo encuentres, chica. Si la casa es por dentro la mitad de tétrica que por fuera, nadie querrá vivir ahí.

—Me temo que es peor, pero cuando acabe de reformarla espero que parezca más cálida y acogedora.

Don hizo un gesto dudoso con la cabeza.

—¿Tu abuela vivía aquí?

—Cuando se casó, sí. Con mi abuelo, mi padre, y un par de criados; pero luego, cuando mi padre tuvo que ir al colegio, se mudaron a la ciudad y solo venían durante las vacaciones. Yo pasé la mayoría de los veranos de mi infancia aquí, y te aseguro que era delicioso.

Los mejores recuerdos de mi niñez están asociados a esta casa.

—Apuesto a que te subías a los árboles de ese bosque.

—Por supuesto. Y me he caído de más de uno.

—¿Tus hermanas también venían?

—Solo unos días con mis padres, pero casi nunca se quedaban todo el verano. Les daba miedo el ruido del viento por la noche. Suena muy fuerte —advirtió.

—¿Más que en la casa de tus padres?

—Mucho más. Y yo, que era bastante cabrona, solía contar a Peggy que el viento sonaba así porque era el alma en pena de todos los que se habían ahogado en la costa y gemían buscando la playa. Así conseguía que se volviera a casa con mis padres y me dejara a mí sola con mi abuela.

—¿No querías tenerla allí? ¿Por qué? ¿Para tener a tu abuela para ti sola?

—No por eso. Más bien para disfrutar a mis anchas de la casa. Cuando Peggy estaba allí la tenía siempre pegada a mis faldas. Miento, a mis pantalones, la de las faldas era ella. Y se asustaba por todo y también se chivaba de las cosas que yo hacía y que tenía prohibidas.

—¿Toda tu vida has hecho cosas prohibidas?

—Me temo que sí.

—¿Y las sigues haciendo?

Ella sonrió.

—A veces. Si no, no sería yo.

—¿Qué tipo de cosas?

—Eso es un secreto.

—Yo no soy Peggy; no voy a chivarme.

—Por si acaso... No te ofendas, pero no te conozco lo suficiente. El que te haya dejado ver alguno de mis documentales no quiere decir que te vaya a contar toda mi vida privada.

—Ya me has contado que te has acostado con hombres que hablan dialectos desconocidos.

—Sí, he hablado más de la cuenta. No sé por qué lo he hecho, no suele pasarme. Estás consiguiendo que te cuente cosas de mí misma que no conoce casi nadie.

A medida que se acercaban a la casa, Don pudo verla con mayor claridad. Era alta y estrecha, con cuatro plantas, según pudo contar, con un tejado a cuatro aguas de pizarra gris y ventanas altas y estrechas en los laterales, protegidas por fuertes contraventanas de madera. Una enorme chimenea parecía recorrerla en toda su altura.

Al bajar del coche, una fuerte ráfaga de aire helado les azotó, y Don, acostumbrado al frío de su Alemania natal, no pudo evitar subirse el cuello del grueso chaquetón acolchado que llevaba.

—Me temo que el tiempo es incluso peor de lo que pronosticaba el informe meteorológico. Había pensado que si hacía bueno podríamos comer en la playa, pero me parece que tendremos que limpiar un poco una de las habitaciones y pasar el día allí. Y encender un buen fuego. Solo espero que la luz funcione lo suficiente para que puedas ver el estado de lo que hay que cambiar.

—No te preocupes, he traído una linterna muy potente.

Karin sacó una enorme llave, de esas que Don creía que ya no existían, de su bolso de lona y abrió la puerta con un chirrido que le hizo comprender que la cerradura necesitaba una buena dosis de lubricante.

—Creo que la reforma debería empezar por engrasar esa cerradura —dijo.

—Bien; ve apuntándolo todo.

Entraron en una estancia cuadrada, sin ninguna duda la cocina a la que Karin había hecho referencia durante el camino. La puerta se cerró a sus espaldas con un sonoro portazo y la oscuridad se adueñó de nuevo de la habitación. Ella se acercó hasta una de las paredes y abrió las contraventanas de madera que protegían los cristales, asegurándolas contra el viento con unos pasadores de hierro preparados para ese fin. La estancia se iluminó con una tenue luz grisácea dejando ver que, a pesar del orden reinante, una espesa capa de polvo lo cubría todo.

—Bien, manos a la obra —dijo Karin quitándose el chaquetón—. Dame el tuyo también y lo llevaré al coche hasta que haya aquí algún lugar limpio donde ponerlo.

—¿Vas a salir sin abrigo hasta el coche?

—Claro.

—Deja que los lleve yo.

Ella soltó una carcajada.

—Deja de hacer el caballero galante conmigo, ¿quieres? Y dame el chaquetón. Si deseas hacer algo útil, esa palanca que está bajo el fregadero es la llave de paso del agua. Ábrela mientras yo traigo unos cubos y unos trapos para limpiar un poco esto.

Don obedeció y Karin salió con los abrigos en el brazo, volviendo poco después con un par de cubos, una escoba y unos paños.

—¿Qué prefieres? ¿Barrer el suelo o limpiar los muebles?

—Supongo que barrer es más fácil para alguien que no sabe hacer nada.

Ella le tendió la escoba.

—Es toda tuya.

Durante poco más de media hora trabajaron en la habitación dejándola lo bastante limpia como para pasar el día en ella. Después descargaron la comida y los abrigos del coche, Karin colocó unos troncos en el hogar de leña y encendió un agradable fuego.

—Bueno, y ahora vamos a hacer un recorrido por la casa para que te hagas una idea de lo que hay que hacer. Mientras, la cocina se caldeará y podremos comer.

Don cogió del maletín que había llevado la cinta métrica, la linterna y un cuaderno en el que pensaba apuntar todos los datos que necesitara para hacer los cálculos. Karin le condujo a un salón inmenso que ocupaba, junto con la cocina, toda la planta baja y en el que se veía la enorme chimenea que se podía apreciar desde el exterior. Le fue indicando dónde quería colocar enchufes y lámparas y él empezó a tomar medidas y anotar datos en el cuaderno.

Cuando terminaron con el salón, subieron a la primera planta, donde había tres habitaciones más pequeñas, dos dormitorios y una especie de salón que compartían ambos, porque cada uno tenía una puerta que daba acceso al mismo.

—Esta habitación la quiero convertir en dos baños pequeños, uno para cada dormitorio.

—No hay tuberías aquí, habrá que traerlas desde la planta baja.

—No creas, en la planta de arriba, justo encima, es donde está el baño. Las tuberías no tienen que estar lejos.

—Bien.

En la tercera planta había un amplio comedor, un baño tal como había dicho Karin y dos dormitorios más pequeños.

—Este era el mío —le dijo cuando entraron en una pequeña habitación orientada al mar—. Yo siempre dormía aquí cuando venía de vacaciones. Y el baño lo quiero conservar tal como está, solo cambiando las tuberías. Con esa enorme bañera antigua montada sobre patas. Cuando éramos niñas nos bañábamos las tres juntas y jugábamos a que era un lago.

—Sí, en esta bañera pueden caber dos personas adultas holgadamente.

—Puedes aprovecharla cuando vengas con tu chica... —bromeó ella.

—Después de ver la casa, no estoy seguro de que quiera acompañarme. Me parece que tendré que venir solo. Y no es mi chica, solo pasamos algún que otro buen rato juntos.

—Entiendo.

Don cambió de tema. No le apetecía hablar de Emma ni de los dos o tres polvos ocasionales que habían compartido a la hora del almuerzo.

—Continuemos con las reformas.

Llegaron a la cuarta planta.

—Aquí quiero tirar todos los tabiques y hacer un

estudio como el que tengo en casa para trabajar. Necesito que me subas las tuberías para disponer de agua en una pequeña pila que pondré en una esquina y suficiente potencia eléctrica para montar cámaras y un equipo de cine de última generación.

—Bien. Tendrás que decirme con exactitud cómo vas a diseñar los baños y dónde quieres colocar los enchufes y las lámparas en todas las habitaciones. Lo mejor sería que me hicieras un dibujo.

—Eso no podrá ser a menos que quieras confundir un grifo con una puerta. Soy negada para el dibujo. Tendrás que conformarte con las explicaciones que te pueda dar.

—¿Y por qué no le pides a Marga que te lo haga? Ella conoce la casa y el dibujo se le da bien —dijo él recordando la tarde que la había visto haciendo un trabajo para clase—. Seguro que le gustará poder ayudarte en algo.

—Sí, es cierto, se lo pediré.

—No tiene que ser un plano a escala, para eso ya tengo las medidas necesarias. Solo un boceto de cómo quieres que quede cada habitación.

—De acuerdo. Y ahora, si te parece, vamos abajo a calentarnos un poco. Aquí hace un frío de mil demonios.

Después de cerrar con cuidado todas las puertas y ventanas, bajaron y se pertrecharon en la agradable calidez de la cocina.

—Aquí pienso poner la sala de estar —dijo Karin—. Tiene muchísima luz, se ve el mar y está preparada para guardar el calor.

—Sí, es una idea estupenda, además de que es una habitación muy acogedora.

—¿Te apetece comer ya? —preguntó ella sintiendo que su estómago rugía de hambre.

—La verdad es que sí.

Colocaron la comida sobre la mesa de la cocina, ahora limpia, y se sentaron en las desvencijadas sillas. Nada más acomodarse, Don sintió ceder el asiento bajo él y tuvo que agarrarse a la mesa para no caer.

—Voy a tener que pagarte una silla —dijo mirando la pata que había rodado por el suelo.

—Por supuesto que no. No pienso conservar estas sillas; la madera está podrida. Creo que será mejor que apostemos por lo seguro y nos sentemos en el suelo, delante del fuego —dijo Karin colocando la nevera portátil ante el horno y poniendo la comida encima. Después se sentó en el suelo, y Don la imitó.

—Aquí se está mejor. ¿Cerveza fría o té caliente? —preguntó, mostrando una lata con una mano y un termo con la otra.

—Cerveza fría para empezar, soy alemán. Y té caliente después de la comida.

—Yo me apunto al té desde el principio. Tengo que conducir.

Abrieron la fiambrera con pollo frío y ensalada que Margaret les había preparado, pero por mucho que buscó, Karin fue incapaz de encontrar los cubiertos.

—Bueno, tenemos dos opciones. O intento limpiar como pueda los cubiertos de mi abuela o comemos con los dedos.

—¿Qué prefieres?

—He comido con los dedos muchas veces.

—Entonces adelante... —dijo Don, agarrando un muslo de pollo y llevándoselo a la boca.

—Las patatas de la ensalada serán un poco más difíciles.

—Es igual —respondió de nuevo cogiendo un trozo con los dedos—. Mientras no se lo digas a Peggy...

Karin soltó una carcajada.

—Le daría un infarto si nos viera sentados en el suelo y comiendo con los dedos.

En aquel momento la luz parpadeó y, tras unos instantes de vacilación, acabó por apagarse.

—Y a oscuras... —añadió.

La escasa luz que entraba del exterior donde gruesos nubarrones se arremolinaban haciendo el día gris y desapacible apenas les permitía verse las caras. La espesa capa de polvo que cubría las ventanas contribuía a llenar de sombras la estancia.

—Espera... —dijo Don localizando la linterna y encendiéndola, la colocó sobre la mesa proyectando un improvisado foco sobre la nevera con la comida.

—Parece una película —dijo Karin.

—Sí, *Aventura en la casa encantada*.

—Y ahora sería cuando la puerta se tiene que abrir sola.

Ambos miraron hacia la puerta, pero esta continuó cerrada.

—¡Qué pena! No hay fantasmas.

Terminaron de comer y Don propuso:

—¿Quieres que vaya a ver si puedo arreglar el fusible? La linterna no durará mucho si la dejamos encendida.

—No te preocupes. Aunque lo arregles, volverá a irse en breve. Apaga la linterna y quedémonos aquí un rato con la luz del fuego. Me encanta. Después del mar, lo que más me gusta es contemplar un buen fuego. Ahora me apetece tomar una taza de té tranquila.

—A mí también —dijo él apagando la linterna y sentándose en el suelo de nuevo. Esta vez ambos recostaron la espalda contra la pared y se relajaron en un amigable y cómodo silencio, bebiendo té y mirando el fuego que crepitaba alegre detrás de la puerta de cristal de la estufa.

—Si tu chica no te acompaña, quizás podríamos venir un fin de semana juntos. En plan colegas, se entiende, nada de compartir cama —propuso Karin—. Me estás empezando a caer bien y me siento a gusto en tu compañía.

—Tú, en cambio, me has caído bien a mí siempre.

—¿En serio? ¿Y eso por qué?

—Porque te subías a los árboles, y yo era incapaz de hacerlo. De niño te admiraba.

—Puedo enseñarte, si quieres. No es tan difícil.

—No, ya pasó el momento para eso. El subirme a los árboles no es algo que desee hacer ahora.

—¿Y qué deseas hacer ahora?

Don bajó la voz para decir:

—Otras cosas.

—¿Como cuáles?

—Otras cosas... menos intrépidas. Pero igual de arriesgadas.

«Besarte», pensó. Pero permaneció inmóvil sin intentarlo siquiera.

—¿Y no vas a decirme cuáles?

—Quizá cuando te conozca mejor.

—*Touché*.

Permanecieron en silencio un rato más y, cuando la luz se hizo casi inexistente, Karin propuso en contra de sus deseos:

—Creo que deberíamos irnos. Si cogemos el tramo malo de carretera totalmente de noche corremos el riesgo de que se nos quede una rueda metida en un bache y tengamos que pasar la noche en medio del páramo.

—Sí, será lo mejor.

Don encendió de nuevo la linterna y Karin procedió a apagar el fuego. Después de asegurarse de que no quedaba ningún rescoldo encendido cerraron la casa y emprendieron el regreso con la sensación de haber pasado un día especial.

7

Cena con Tom

A lo largo de una semana, Don había estado calculando metros de cable, de tuberías, costes y horas de trabajo. Durante las horas del almuerzo se había conformado con un bocadillo y había dedicado tiempo a mirar materiales y precios, y a elaborar un par de presupuestos. Uno con solo lo necesario y otro con algunas mejoras aconsejables aunque no urgentes. Los tenía casi listos, solo a falta de confirmar algunos datos. Cuando llegase a casa aquella tarde, si Karin no estaba demasiado ocupada, se reuniría con ella para ultimarlos.

Al llegar, Marga le salió a recibir, como siempre.

—Hola... —dijo besándole, igual que hacía con su padre o sus hermanas—. ¿Cómo te ha ido el día?

—Muy bien. ¿Y a ti?

—También. Pero me temo que la noche será horrible para todos.

Él levantó la vista alarmado.

—¿Y eso? —preguntó, temiendo por la salud de Steve.

—Porque mi hermana Peggy ha invitado a su novio a cenar.

—¡Ah...! ¡El famoso Tom! Por fin voy a conocerle.

—Creo que después lamentarás haberlo hecho.

—¿Tan terrible es? No será para tanto, mujer...

—Ya me contarás mañana.

Nada más entrar en la casa escuchó las voces alteradas de Margaret y Karin.

—¡He dicho que no!

—Por favor, Karin... Tu hermana ha llamado...

Karin la interrumpió.

—No quiero ser grosera, mamá; pero ya sabes lo que me importa lo que diga mi hermana. No voy a vestirme de etiqueta para cenar en casa. Ya conoces mi opinión sobre eso. Como mucho voy a hacer un esfuerzo y no me pondré un chándal viejo, sino un pantalón y un jersey, pero de ahí no voy a pasar. Y si ese tío quiere ver lentejuelas, que se vaya al hotel Ritz a cenar.

—Tom es muy exigente con los detalles.

—Tom no va a casarse conmigo, sino con Peggy, si es que lo hace, así que se emperifolle ella. Y si por mi causa se enfada y la deja, no demostrará más que ser un gilipollas de campeonato. Aunque para mi hermana resultará un gran favor.

—No digas eso...

—Vamos, mamá... ¿No irás a decirme que a ti te gusta ese tío para Peggy? Por muy tonta y muy pija que sea, es tu hija. No puedes tener tan mala leche.

—No se trata de lo que yo quiera, Karin, sino de lo que quiere ella. Si a Peggy le gusta... Yo siempre veré con buenos ojos al hombre que elijáis... todas. Y no quiero ni pensar en el que me puedas traer tú.

Karin lanzó una carcajada.

—Prometo no traerte un jíbaro reductor de cabezas. De acuerdo —concedió—, pero solo pantalón y jersey. Y prometo no hacer mención de mis experiencias culinarias con los salvajes ni los antropófagos. Pero que ninguno de los dos me toque demasiado las narices. Y tampoco prometo aguantar hasta la sobremesa. Últimamente tengo mucho trabajo, ya lo sabes.

Sin darse cuenta de su presencia, la vio entrar en su habitación.

—¿Qué pasa, Margaret? —preguntó Don acercándose a la mujer, aunque la conversación le había dado una amplia idea de lo ocurrido.

—Peggy ha llamado diciendo que Tom viene a cenar esta noche y me ha pedido que diga a Karin que se arregle. Y también a todos los demás, pero con el resto es más fácil. Tom es un hombre que mira mucho las formas y los detalles. Pero se ha negado, ya lo has visto.

—Sí.

—No sé cómo convencerla.

—Déjala, no vas a conseguirlo. Los demás supliremos su falta de colaboración. ¿Cómo hay que vestirse?

La mirada agradecida de la mujer le hizo sonreír.

—Vístete como quieras, Don. No vamos a imponerte nada.

—Yo no tengo inconveniente. ¿Chaqueta? ¿Corbata?

—Creo que con una chaqueta bastará, sin corbata.

—Bien.

A la hora de la cena, y puntual por primera vez desde que Don estaba en la casa, Peggy se sentó a la mesa acompañada de un hombre de unos treinta años, vestido con un formal traje azul oscuro, camisa blanca y corbata gris. Llevaba el pelo engominado y pegado a la cabeza, un par de gruesos anillos cubrían sus dedos y un alfiler de corbata de oro con una impresionante perla llamaba poderosamente la atención.

Y Peggy, a su lado, resplandecía aún más de lo habitual. Vestía un elegante traje azul claro de seda, con el que debía estar muriéndose de frío a pesar de la calefacción, pero que hacía resaltar mucho sus hermosos ojos azules. Se había recogido el pelo en un sobrio moño y su maquillaje era perfecto, como siempre.

Él, con su pantalón gris y su chaqueta negra, sin corbata, como le había aconsejado Margaret, se sentía un poco desaliñado en comparación con la pareja, pero tampoco había querido ir arreglado en exceso para evitar que Karin desentonara aún más. A pesar de todo, Don tuvo que reconocer que estaba muy arreglada comparada con otras noches con su pantalón negro y un jersey de cuello vuelto rojo y azul.

—Don, tu no conoces a mi novio... Tom Landon... Don Forrester...

Ambos se estrecharon la mano y Don no pudo evitar una sensación de desagrado hacia aquel hombre. Quizá porque todos le habían advertido sobre él, pero algo en su apretón le hizo comprender que no se haría su amigo.

Desde el primer momento en que se sentaron se hizo evidente que la conversación iba a estar monopolizada por Tom y su fascinante trabajo.

—¿Sabéis que Tom ha ganado otro caso? —dijo Peggy y fue la excusa que él aprovechó para contar cómo todo el mérito había sido suyo. Karin, sentada frente a Don, en esta ocasión clavó la mirada en el plato y se resignó a escuchar.

Peggy oía fascinada cómo su novio no solo había preparado el caso, sino también había encontrado testigos, había convencido al jurado y al final, después de casi una hora de charla ininterrumpida, Steve preguntó:

—¿Y en concreto, de qué trataba el caso?

Karin, que bebía en aquel momento un sorbo de vino, tuvo que hacer un esfuerzo por no espurrearlo cuando Tom contestó:

—Una viuda que impugnaba una cláusula de un testamento a favor de un hijo ilegítimo.

—¿Y de qué lado estabas tú? Porque ha quedado muy claro todo lo que has hecho, pero no a favor de quién... —continuó Steve.

—Yo defendía los intereses del hijo.

—Ajá.

Marga no pudo evitar decir:

—¿Y tanto trabajo supone un caso así? Yo creía que se trataba al menos de un asesino en serie...

La patada que su madre le dio bajo la mesa hizo que frunciera el ceño, mientras Peggy intervenía en defensa de Tom.

—Si se tratara de un asesino en serie, Marga, habría

supuesto muchísimo más trabajo, pero Tom lo habría solucionado igual de bien.

—No lo dudo —dijo Karin burlona.

Margaret alzó una ceja pidiéndole calma, y Karin, clavando una mirada cómplice en Don, se calló. Pero sus labios formaron una palabra sin que su boca emitiera ningún sonido, mientras se tocaba el jersey aludiendo a la chaqueta de él.

—Traidor...

Este se encogió de hombros y continuó comiendo y fingiendo que prestaba atención a la charla. Ahora se centraba en un caso de homicidio involuntario en que Tom había intervenido, aunque a todos les pareció que de forma muy escasa, como ayudante, pero que él intentaba que pareciera muy importante.

Marga echó un vistazo al reloj y Don, mirando sin disimulos el que había en la pared frente a él, comprobó que la cena ya se había alargado más de dos horas. Karin clavó en él una mirada compasiva y dijo:

—¿Tienes ya algo sobre la reforma de mi casa?

—Sí, casi todo. Pero antes de continuar tengo que consultarte algunas cosas.

—¿Te importa si las vemos ahora? Esta semana próxima voy a estar muy ocupada preparando un documental nuevo y no podré dedicarte ni un minuto.

—Por mí no hay problema... —dijo él, mirando a Steve y a Tom, que continuaban enfrascados en una aburridísima conversación.

—Seguro que nos disculpan, ¿verdad, familia?

—Por supuesto —dijo Tom.

—Es el problema con que nos encontramos los que

somos poco importantes y tenemos que trabajar muchas horas para ganarnos la vida —añadió burlona, pero Tom no se dio por aludido.

—Por supuesto. Y siento que no podáis disfrutar de la velada.

Viendo cómo Don y Karin se levantaban de la mesa sin haberse tomado ni siquiera el postre, Marga dijo:

—Yo he hecho los dibujos... Si necesitáis mi ayuda, me lo decís.

Karin sonrió mirando a su hermana pequeña y decidió compadecerse también de ella.

—Creo que sí vamos a necesitarla, ¿no es así, Don?

—Sí, nos vendría muy bien para modificar algunas cosas. Si no te importa perderte el postre... —añadió, sabiendo lo golosa que era.

—No os voy a dejar tirados si necesitáis mi ayuda. Ya me tomaré el postre en otra ocasión.

Los tres se dirigieron a la buhardilla aguantando la risa. Pero antes de enfilar la escalera, Karin les dijo:

—Id subiendo, ahora me reúno con vosotros.

—¿De verdad vas a dejarme entrar en la buhardilla?

—Solo si me prometes no hablar al señor picapleitos de los cuatro cadáveres descuartizados que guardo allí.

—Palabrita. No le hablaría ni aunque me fuera la vida en ello. Es insoportable.

Don y Marga subieron y esperaron a Karin en la puerta. Poco después la vieron subir cargada con una bandeja en la que llevaba tres cuencos y unas cucharillas.

—¿Qué es eso?

—Nuestros postres. ¡No pensará el gilipollas ese que se iba a comer nuestra parte!

—Mamá se dará cuenta entonces de que nos hemos venido para escaparnos.

—Mamá ya lo sabe, Marga. Pero ella no puede hacerlo. ¡Por Dios, qué tío más pedante! ¡Y tú eres un traidor! —añadió mirando a Don después de dejar la bandeja en la mesa—. ¡Mira que ponerte chaqueta para hacerle la pelota!

—No lo he hecho para hacerle la pelota; lo he hecho por tu madre. Parecía tan desesperada cuando le dijiste que no ibas a arreglarte... Yo visto así a veces en la fábrica, no me cuesta ningún trabajo hacerlo ahora también.

—A mí, sí. Es una cuestión de principios.

—Di más bien que es una cuestión de llevar la contraria a tu hermana.

—Bueno, eso también. Y ahora vamos a hablar de negocios. Dime, ¿cuánto me va a costar la broma?

—Tengo aquí un presupuesto sobre lo que sería la electricidad y la fontanería solamente. Unas cinco mil libras. Y el otro incluye la construcción de los cuartos de baño del segundo piso y la instalación de agua en la cuarta planta. Si lo haces todo a la vez evitarás las horas de mano de obra de cerrar y volver a abrir cuando te decidas a instalarlos, pero eso se te puede poner en unas tres mil libras más si incluyes sanitarios y azulejos o lo que quieras poner en las paredes. Y eso también depende de cuánto te quieras gastar en decoración.

—Bien, me lo pensaré. Pero creo que merece la pena esperar un par de documentales más y hacerlo todo de una vez.

—Yo opino lo mismo. Cuando sepas qué tipo de sanitarios y azulejos quieres poner, podré hacerte un presupuesto más exacto.

—De acuerdo.

Don cerró la carpeta y Marga preguntó temerosa:

—¿Ya está? ¿Ya habéis terminado? ¡No me digas que tenemos que bajar a reunirnos con ellos...! Por favor, no... Creía que ya se había acabado la tortura por hoy.

Karin sonrió.

—Está bien, nos quedaremos aquí. Podemos poner algo en el proyector.

—¿Un documental de los tuyos? —preguntó Marga con una mueca.

—No, también tengo algunas películas.

—¿En serio? ¿Qué clase de películas?

—Pues de todo tipo. Mira en aquel mueble, en la puerta de abajo. A ver si te gusta alguna.

Marga se levantó y buscó en el sitio indicado.

—¡Uf, tienes una auténtica filmoteca! Y luego dices que te vienes aquí a trabajar...

—Pues claro; esas películas solo las tengo para calcular enfoques, distinguir entre diferentes tipos de montaje... esas cosas.

—¿Y nunca las ves por gusto? No me lo creo. Soy joven, pero no tonta, Karin.

—Bueno, también a veces las veo por gusto. Pero si me descubres te juro que le diré a Peggy que te encanta estar con ella y con Tom y haré que te lleven con ellos a todos los sitios donde vayan.

—¿A todos? ¿A la cama también?

—¡Marga!

—Oye, no me digas que te vas a escandalizar ahora... Tú, no. Creí que contigo se podía hablar de todo.

—De acuerdo, habla de todo.

—¿Tú crees que Peggy y Tom se acuestan juntos?

—Pues no lo sé. Supongo.

—Tiene que ser muy divertido... Ella le dirá: «Cuidado, cuidado, que me despeinas...» Y él comentará al terminar: «Nena, ¿qué te han parecido los veinte polvos que te he echado?» Y Peggy dirá: «¿Qué ha pasado con los diecinueve y medio que no recuerdo?»

Todos estallaron en carcajadas.

—Eres terrible...

Marga eligió una película del armario.

—¿Qué te parece esta?

—A mí me da igual. Todas las que hay ahí me gustan. Pregúntale a Don.

—Sí, para mí está bien. Cualquier cosa menos *Doce hombres sin piedad*. Ya he tenido bastante juicio por esta noche.

Karin colocó la cinta en el proyector.

—Os advierto que esta cinta es la versión original, no tiene los cortes que se le hicieron para su emisión al público.

—¿Tiene escenas eróticas?

—No, pero es más larga. Casi una hora más.

—Bueno, no tenemos prisa. ¿Verdad, Don?

—Yo ninguna. Estoy muy a gusto aquí.

—Pues ya que nos montamos la fiesta, hagámoslo del todo —dijo Karin abriendo otro armario y sacando unos paquetes de frutos secos, una botella y unos vasos.

—¿Una copa? Creo que nos la hemos ganado después de lo que hemos aguantado ahí abajo.

—Bien... —palmoteó Marga.

—Tú no, enana. Si quieres beber algo baja a la cocina por un refresco y procura que nadie te vea subirlo.

—Pero no empecéis a poner la peli sin mí, ¿eh?

—Descuida.

Bajó corriendo las escaleras y Karin sirvió dos *whiskies* en sendos vasos. Después, encendió la estufa y desdobló la manta que había sobre un brazo del sofá. Se sentó al lado de Don dejando un sitio al otro extremo para Marga, que subió poco después con una botella de refresco y una cubitera con hielo.

—Me he permitido además coger unos bombones y unas galletas.

—Estupendo —dijo Karin, colocando la película en un reproductor de DVD y apagando la luz.

Cuando mucho rato después la película terminó, los tres bajaron la escalera de la buhardilla sigilosamente. La casa estaba en silencio, el invitado debía haberse marchado y el resto de los ocupantes debían dormir.

Marga también se fue a su habitación y Don y Karin bajaron a la cocina los restos del festín. Sin que mediase palabra entre ellos, procedieron a colocar en el lavavajillas los platos y vasos utilizados.

—¿Cuándo vas a mirar los azulejos y sanitarios?

—Tendrá que esperar un poco, Brandon y yo estamos preparando un nuevo viaje.

—¿Puedo preguntar a dónde?

—A La Habana.

Él esbozó una sonrisa.

—¿A La Habana y dónde más?

—Esta vez solo a La Habana, vamos a hacer un reportaje sobre el turismo sexual.

—Otro tema candente.

—¿Qué esperabas? Para hacer documentales sobre concursos de jardines ya están mis compañeros de la cadena.

—Por supuesto. ¿Y cuándo te vas?

—La semana que viene.

—Espero que disfrutemos antes de algún otro rato de charla.

—No estoy segura, queda aún mucho que preparar y tendré que trabajar hasta tarde. Los días antes de un viaje suelen ser complicados.

—Entiendo. Bueno, a la vuelta entonces.

—Eso seguro.

Habían terminado de recoger y ambos se dirigieron a sus habitaciones.

—Buenas noches —se despidió Karin en la puerta de la suya.

—Hasta mañana.

8

Viaje a La Habana

Karin y Brandon se acercaron a recepción a recoger las llaves de la habitación. Se sentía preocupada porque el aspecto de su amigo no era demasiado bueno. Llevaba con un poco de fiebre y molestias estomacales todo el día, pero había ignorado sus consejos de marcharse al hotel y esperarla allí. Brandon nunca se separaba de ella en los viajes salvo por la noche, cuando cada uno se retiraba a su habitación del hotel a dormir. Karin pensaba que se consideraba responsable de ella y no podía dejar de sentirse muy divertida ante la idea, porque en realidad era ella quien tenía que cuidar de él en un mayor número de ocasiones. Era ella con su dominio de los idiomas, de la mecánica y con su habilidad para sacarles de situaciones difíciles quien tenía que solucionar la mayoría de los problemas. Pero reconocía que la compañía reconfortante de Brandon la ayudaba en todo eso y que sin él se notaba extraña y sola.

Habían sido compañeros de trabajo desde que ella terminó la carrera y su padre le consiguió el empleo en la cadena de televisión local, esperando que fuera la presentadora del año.

Karin había realizado ese trabajo durante seis meses, hasta que se le presentó la oportunidad de hacer un reportaje sobre un huracán en el Caribe, trabajo que nadie quería hacer debido al alto riesgo que presentaba.

Había buscado con desesperación un cámara que quisiera desplazarse con ella, porque no era muy popular en la cadena, en parte debido al enchufe con que había conseguido el puesto y en parte por su carácter meticuloso en exceso. Brandon era un chico novato a la caza de una oportunidad de escapar de un productor y un director cuadriculados y nada originales, y aceptó la oferta.

Desde el primer momento habían congeniado y trabajado en una perfecta sincronía, casi siempre de acuerdo en todo lo referente a enfoques, momentos a filmar y material a eliminar. El reportaje había sido un completo éxito y cuando a Karin se le presentó la oportunidad de realizar otro, le buscó. Y desde entonces nunca se habían separado.

La afinidad en el trabajo y el pasar muchas horas juntos había dado paso a la amistad y meses después Karin le había presentado a Brig, su mejor amiga, o mejor dicho, su única amiga, y ambos se habían enamorado de forma casi instantánea, lo que los había unido aún más. Ahora Karin no se planteaba trabajar sin él. Si Brandon, por alguna circunstancia, no podía ser su cámara, o no aceptaba el trabajo o esperaba a que él estuviera libre. Para Karin era como su hermano pequeño, aunque en realidad tenía dos años más que ella.

Ambos compartían secretos que jamás revelarían a nadie, tanto de experiencias vividas juntos como por separado. Él era el único que conocía sus aventuras amorosas cuando estaba de viaje y ella las de él, antes de conocer a Brig, porque desde entonces le había sido escrupulosamente fiel. Los dos habían vivido peligros que habían decidido no contar jamás a nadie y se entendían con solo mirarse. Pero nunca se habían acostado juntos, ni siquiera se habían besado. Karin nunca había visto a Brandon como un hombre y estaba segura de que a él le ocurría lo mismo con ella, aunque en alguna ocasión habían tenido que compartir no solo la habitación, sino también la cama. Una vez se habían tenido que apretujar en un pequeño saco de dormir, el único que poseían para salvar el frío intenso de una noche en el desierto. Y lo único que había pasado era lo mucho que se habían reído al clavarse mutuamente codos y rodillas en el estómago o en los muslos del otro.

Karin sabía que todos pensaban que se acostaba con él, salvo los que creían que era lesbiana, cosas ambas del todo erróneas.

Pero, en realidad, la compañía de Brandon cuando estaban de viaje era muy reconfortante para Karin, y él lo sabía. Por eso no había querido marcharse al hotel y dejarla sola, realizando entrevistas en la zona con más índice de prostitución de La Habana.

Cuando se acercaron a recepción a recoger las llaves, esta decidió devolverle el favor.

—Voy a dormir contigo esta noche, Brandon. No me gusta tu aspecto.

—No es nada, solo tengo un poco de fiebre y dolor de estómago. El almuerzo me ha sentado fatal, ya lo sabes.

—No debimos comer en ese sitio, no tenía muy buena pinta.

—Hemos comido en sitios mucho peores. Esto no es nada, solo necesito echarme un rato y nada más. Mañana estaré como nuevo.

—Si estás enfermo podemos permitirnos perder un día, vamos bien de tiempo.

El recepcionista le alargó las llaves y también una nota.

—Un hombre ha venido preguntando por usted y ha dejado esta nota. Dijo que volvería.

—¿Un hombre? No espero a nadie.

Brandon se echó a reír.

—Será el negro ese que te ha tirado los tejos esta mañana. Dijo que volveríais a veros.

—Dudo que sea él, no le dije en qué hotel me alojaba.

—¿Acaso hay otro decente en esta parte de la ciudad? Hay que ser muy tonto para no adivinar que estarías aquí.

—Bueno, me da igual. No pienso abandonarte.

—Pues yo creo que deberías... Te está haciendo falta un buen polvo y el negro ese prometía estar muy bien dotado.

—¡Serás cabrón...! ¿Qué sabrás tú lo que yo necesito?

—Vamos, nena, hace un par de meses que no salimos de Cornualles, y ya sé que allí no te comes una rosca. Ese tío tenía muy buena pinta, estaba limpio y era educado.

—Sí, solo tenía un defecto y era que tendría que pagarle.

—¿Y qué? ¿Acaso no puedes permitírtelo?

—Me niego a pagar por un polvo.

—Pues por aquí no creo que nadie te lo eche gratis. Hay mucha necesidad y ya sabes que la mayoría de la población joven vive del turismo sexual.

—Y yo he venido a hacer un reportaje sobre eso y no voy a caer en lo mismo. ¡Qué vergüenza!

—A lo mejor te lo hace gratis con tal de salir en el documental...

—Te he dicho que no; además, tengo otros planes para esta noche.

—¿Cuáles?

—Cuidarte.

—Ni hablar.

Mientras se dirigían discutiendo hacia la habitación, Karin abrió el sobre que le habían dado junto con la llave, con el nombre del desconocido. Se paró en seco.

—¡Mierda! Es Don.

—¿Don Forrester?

—Sí.

—¿Y qué hace él aquí?

—No tengo ni idea.

—Pues me temo que a él no podrás ignorarle. Por lo menos tendrás que llevarle a cenar.

—Sí, supongo.

—Mira, yo me alegro de que haya venido. Así me

quedo más tranquilo. Me voy a la cama, me tomo un par de aspirinas y tú te vas con él a cenar y luego le llevas de marcha.

—¿A Don? Ni hablar. No olvides que es de Cornualles y nadie de allí debe conocer a la auténtica Karin.

—No va a descubrir a la auténtica Karin por que le lleves a bailar salsa un rato.

—No imagino a Don Forrester bailando salsa.

—Tampoco nadie podría imaginarte a ti, y lo haces. A lo mejor también él necesita una noche loca para escapar del entorno cerrado y retrógrado de Cornualles.

—No lo creo. Y si lo necesita, no será conmigo. Creo que le llevaré a cenar y luego te pondré como excusa para regresar al hotel temprano. Pasaré a verte antes de acostarme.

—Ni se te ocurra. Si estoy dormido y me despiertas, te mataré.

—Haremos una cosa... Si te sientes mal me mandas un mensaje al móvil. Si no hay nada de eso me iré a dormir tranquilamente.

—Trato hecho.

Se despidieron ante las puertas de sus respectivas habitaciones y Karin se metió en la ducha. No entendía qué hacía Don allí, pero no le desagradaba la idea de verle.

Cuando se secaba, sonó el teléfono de la habitación. Temiendo que Brandon se encontrase peor, se envolvió en la áspera toalla y salió a contestar.

—¿Diga?

—Hola...

—¡Don!

—¿Te han dado mi recado?

—Sí, claro que sí. ¿Dónde estás? ¿Cómo me has encontrado?

—En este mismo hotel. Mi habitación está en la segunda planta. Y te he encontrado preguntando en recepción de varios hoteles, puesto que te llamé al móvil y lo tenías apagado o fuera de cobertura.

—Apagado, lo desconecto cuando trabajo. ¿Estás en mi hotel, entonces?

—¿Hay otro sitio medianamente bueno por los alrededores?

—No; pero no tenía ni idea de que estabas en La Habana. ¿Qué pintas tú aquí?

—He tenido que ir a Los Ángeles. Hay un millonario que quiere que le hagamos unas reformas en su yate. He venido a verlo y a darle un presupuesto.

—¿Tú? De eso siempre se ha encargado Mark Philips.

—Sí, pero su mujer está a punto de dar a luz y al parecer se prevén complicaciones en el parto. No he querido que se fuera tan lejos en unos momentos tan delicados. Lo hablé con tu padre y estuvo de acuerdo en que viniera yo. Ya sabes que de un tiempo a esta parte estoy muy ducho en presupuestos...

—Eso es verdad... Pero Los Ángeles no es La Habana. ¡No me dirás que has venido en busca del turismo sexual, como todos nuestros compatriotas! No das el tipo.

Él se echó a reír.

—¿De qué? ¿De desesperado sexual?

—No, de hipócrita que necesita ir a otro continente para echar un polvo sin que nadie se entere. Ni de aprovecharse de la necesidad de otro.

—No, no he venido a eso, aunque tampoco es muy honrosa mi misión. Tengo que confesarte que vengo con el encargo de tu padre de echarte una ojeada. Ya le conoces, cuando estás de viaje no respira tranquilo hasta tu regreso.

—Comprendo... Vienes a controlarme —añadió sin asomo de enfado, más bien divertida.

—En absoluto, y para nada quiero interferir en tus planes. Solo me gustaría verte un momento para poder decirle sin mentir que estás en perfecto estado. Y luego puedes seguir con tu vida.

—¿Has cogido un avión solo con la intención de verme un momento?

—Sí. Ya te he dicho que no quiero estropear ningún plan que puedas tener.

—Ya. El que tiene planes eres tú.

—No, en absoluto. He llegado a mediodía y he dado un paseo. Pensaba cenar algo y como mucho tomar una copa en el bar del hotel. Tengo que coger el avión mañana a las diez y regresar a Los Ángeles para volver a reunirme con nuestro cliente.

—Entonces podemos cenar juntos si quieres. Siempre suelo hacerlo con Brandon, pero hoy está un poco indispuesto, así que iba a pedir algo en la habitación. No es muy aconsejable salir a cenar sola si no quieres tener una aventura. Y lo mismo te digo a ti. Aquí asocian el ver a una persona sola con el turismo sexual y te llueven las propuestas.

—Me parece estupendo cenar juntos. Así podré decir a tu padre con más certeza aún que estás bien.

—De acuerdo. Dame media hora para arreglarme, me has pillado en la ducha.

—¿Cenaremos en el hotel?

—Creo que no. Ya que te has tomado la molestia de venir hasta aquí para verme, te voy a llevar a un sitio sorprendente. Brandon y yo lo descubrimos el otro día.

—¿Tengo que ponerme muy elegante? ¿O quizás una camisa de flores?

Karin se echó a reír a carcajadas.

—¿Tienes camisa de flores?

—No, pero en la tienda del hotel he visto unas cuantas. Si hace falta podría bajar a por una. Ya sabes que yo me acomodo a cualquier circunstancia en el vestir.

—Eso es tirar con bala...

—Claro que no. No iba por ti.

—¡No, qué va! Pero bastará con que te pongas una camisa y un pantalón de los que usas siempre. Ni chaqueta ni corbata, por favor.

—Menos mal. Con el calor que hace en la isla, no me apetecía.

—Nos vemos abajo en media hora.

—Si quieres puedo recogerte en la puerta de tu habitación para evitarte propuestas incómodas en el vestíbulo.

—Vale. Es la ciento quince.

Media hora después, y puntual como solía serlo, Karin escuchó los suaves golpes en la puerta. Se miró al espejo y sonrió anticipándose a la sorpresa que iba a darle en cuanto la viera. El vestido blanco que llevaba dejaba al descubierto los hombros y se agarraba a los brazos por una tira elástica igual que la que ceñía la cintura. Luego caía en amplio vuelo sobre las caderas hasta cubrir las rodillas. Y unas sandalias también blancas completaban el atuendo. El pelo, cosa poco frecuente en ella, se lo había peinado suelto sobre la espalda, destacando sobre la tela blanca como una llama dorada. Y el ligero bronceado que había adquirido en los días que llevaba en la isla daba a su cara toda la apariencia de ir maquillada, aunque no fuera así.

El asombro se pintó en el rostro de Don cuando abrió la puerta.

—¿Me he equivocado de habitación? —preguntó incrédulo.

—No lo creo. Pero yo también sé acomodarme a las circunstancias en el vestir, cuando me apetece.

—Peggy debería ver esto.

—Promete que me guardarás el secreto... O vuelvo a entrar y me pongo el chándal.

—Me limitaré a informar de que estás bien. Y me callaré que estás muy bien... —dijo recorriéndola con la mirada de arriba abajo y deteniéndose en los pechos y la estrecha cintura—. ¿Nos vamos?

—Sí, ya estoy lista —dijo cerrando la puerta a sus espaldas. Bajaron y entregaron las llaves en recepción—. ¿No te importa andar un poco? —le preguntó a Don cuando salieron del hotel—. No está lejos, es solo un paseo. Y es tan agradable caminar por aquí, con esta temperatura...

—Me parece perfecto. En realidad es lo que he hecho toda la tarde, pasear. Hay que aprovecharse antes de volver, porque en Cornualles dejé un tiempo terrible.

—¡Qué me vas a decir a mí del tiempo de Cornualles...!

Echaron a andar uno junto al otro y Don se volvió a mirarla.

—¿Siempre cambias así tu aspecto cuando sales de viaje?

—A veces. Salvo cuando estamos en algún lugar exótico o salvaje. Brandon dice que le gusta llevar a cenar a alguien con piernas para variar.

—¿Sueles salir con él cuando estáis de viaje juntos?

—Sí, con frecuencia. Aunque no siempre.

—¿Y Brig no se pone celosa?

—¡Claro que no! Ella sabe que Brandon es para mí como un hermano. Jamás lo he visto como un hombre, y nunca lo haré.

—Pero, a veces, cuando estás con alguien muchas horas alejado de tu casa y de tu entorno... La tentación no se puede evitar.

—Nunca he tenido la menor tentación con respecto a Brandon.

Él la miró de reojo mientras caminaba a su lado. Karin se dio cuenta y se echó a reír de nuevo a carcajadas.

—¿De qué te ríes? —preguntó Don.

—Tú también lo piensas ¿verdad?

—¿Qué pienso?

—Que soy lesbiana. En mi trabajo todos lo creen,

y mucha gente en Truro, también. Incluso Peggy tiene la sospecha.

—¿Y lo eres?

—No, pero me interesa que lo piensen los demás, así que no lo desmiento.

—¿Te interesa que todo el mundo piense que eres lesbiana? No lo entiendo... En la sociedad rural de Cornualles te tiene que resultar, cuanto menos, incómodo.

—Paso de lo que piense la gente que no me importa. Y me reporta muchos beneficios.

—¿Como cuáles? ¿Que los tíos te dejen en paz?

—Ese es uno de ellos.

—Pero te gustan los hombres...

—Por supuesto que me gustan, y mucho. Pero no los ingleses.

—¿No te gustan tus compatriotas?

—Físicamente, no. Y en la cama tampoco. Son demasiado conservadores y cuadriculados. Y poco aficionados al ejercicio físico y al deporte. Las pocas veces que me enrollé con alguno acabé muy decepcionada. Desde entonces prefiero dejarles creer que soy lesbiana y me libro de su acoso. Y también me libro de la presión de las mujeres, sobre todo en el trabajo.

—No te comprendo. Si piensan que eres lesbiana te acosarán las mujeres... Es lo mismo, ¿no?

—No. Ninguna mujer en Cornualles admitirá que es lesbiana, aunque lo sea. Y en la cadena de televisión donde trabajo todo el mundo se tira a todo el mundo. Parejas hetero, quiero decir. Los ascensos se consiguen en la cama y no tienen nada que ver con lo buen profesional que seas. Pero yo no quiero ascender, yo solo quiero seguir haciendo mi trabajo igual que ahora. El tipo de trabajo que me gusta y que en realidad nadie quiere. Pero si yo fuera al trabajo vestida así y saliera a tomar café con cualquier ejecutivo o tan solo comiera con alguno, todos me verían como una amenaza por mucho que les dijera que no lo soy. Una simple copa que te tomes con un compañero se suele tomar como un intento de llevártelo a la cama para conseguir quitarle el puesto a alguien y que te lo den a ti. Al principio era terrible, hasta que descubrí que atándome el pelo en una trenza, usando sujetadores tipo camiseta que aplasten los no demasiado abundantes pechos que tengo, vistiendo siempre pantalones y no coqueteando jamás con nadie, me dejaban tranquila. Pronto empezó a circular el rumor de que soy lesbiana y de que estoy liada con Brig a espaldas de Brandon. Y me dejan hacer mi trabajo en paz; puedo desayunar o almorzar con quien quiera sin que nadie me putee.

—¿Y Brig sabe lo que piensan?

—Sí, y Brandon también.

—¿Y no les importa?

—Les divierte. Hasta el punto de que alguna vez que se ha celebrado alguna cena de empresa o alguna fiesta Brig ha coqueteado abiertamente conmigo para escandalizar a todo el mundo.

—Te gusta escandalizar, ¿eh?

—No en especial. Me gusta que me dejen vivir mi vida a mi manera y hacer lo que me apetezca sin tener que dar explicaciones a nadie.

Habían llegado a un local situado al aire libre, en plena playa, con mesas apostadas en la arena sobre una plataforma de madera. Una estrecha rampa del mismo material permitía bajar desde la calle. Casi todas las mesas estaban ocupadas.

—Creo que deberíamos haber reservado —dijo Don.

—No hace falta. En La Habana miman el turismo. Jamás dejan a un extranjero sin atender, ya se las apañarán.

Un chico mulato se acercó hasta ellos.

—¿Quieren una mesa?

—Sí, por favor.

—Enseguida les prepararán una. Pueden tomar una copa mientras tanto.

Karin se volvió hacia Don.

—¿Ves? ¿Qué te dije?

Se acercaron al mostrador donde les sirvieron una copa sin que siquiera la hubieran pedido. Él, sorprendido, preguntó:

—¿No se puede elegir lo que quieres tomar?

—En las mesas, sí. Pero al llegar siempre te sirven un cóctel cortesía de la casa. Es típico de aquí. Pruébalo.

Don se llevó a la boca la copa de líquido ambarino y tuvo que reconocer que le gustaba. El sabor, engañosamente dulce, no terminaba de enmascarar el alto contenido alcohólico que debía tener.

—Espero que, como buen alemán, no te tumbe un poco de alcohol... —dijo ella divertida.

—Claro que no. Pero tú eres inglesa.

—También los ingleses bebemos lo nuestro, no te creas. Y yo estoy acostumbrada a todo tipo de brebajes.

Una vez probé un tequila en un pueblo de México que me dejó incapacitada para percibir cualquier sabor durante dos días.

El camarero que les había atendido al entrar se acercó a ellos y les llevó hasta una mesa situada en el borde mismo de la plataforma de madera, mirando al mar. A un mar apacible y tranquilo, muy distinto al que estaban acostumbrados a ver desde el porche de su casa, bañado por una luna llena enorme, que se reflejaba sobre el agua justo delante de sus ojos. El aire cálido se mezclaba con los olores de la cocina extraña y diferente a la que Don estaba habituado a percibir.

—¿Qué te apetece comer? —preguntó Karin—. Dentro de poco el chico volverá para que le pidamos la comanda.

—¿Qué es lo típico aquí?

—Bien, veo que eres de los míos. Yo tengo la norma de «donde fueres, haz lo que vieres». No soporto a la gente que sale de su país y pretende comer lo mismo que si estuviera en casa, y además cocinado de la misma forma. Aquí hay muchas cosas deliciosas, ya lo verás.

—¿Qué me recomiendas?

—Cuando estuvimos Brandon y yo la otra noche, pedimos el menú degustación y nos pusieron porciones variadas de muchas cosas típicas. Y te aseguro que fue toda una experiencia para el paladar.

—Por mí estupendo: el menú degustación.

Karin hizo una seña al camarero y pidió la comida.

—¿Seguimos con el cóctel o prefieres cambiar?

—¿Combina bien con los sabores de la comida?

—Está hecho para eso.

—Bien. Aunque debe tener alcohol para quemar una casa, sigo con el cóctel.

—Relájate y diviértete... No tienes que conducir.

—Estoy relajado, y aguanto bien el alcohol.

—Yo también.

El camarero trajo una gran jarra llena de cóctel de la casa y empezó a servir bandejas con comida.

Don miraba a su compañera de mesa, y un tanto sorprendido por las confidencias que ella le había hecho durante el camino, continuó preguntando con la esperanza de conocer mejor a aquella mujer que tanto le intrigaba y que le gustaba más a medida que iban intimando. Le costaba trabajo apartar la mirada de sus hombros desnudos, del pecho firme que se adivinaba bajo la tela del vestido. El coctel, la noche templada y la preciosa visión que tenía delante le estaban calentando la sangre más allá de lo razonable.

También ella le miraba con intensidad, como si le viera por primera vez, como si acabara de descubrir al hombre que había detrás del ahijado de Steve, y eso no le ayudaba en absoluto a mantener bajo control la erección que se negaba a bajar por mucho que lo intentara.

—De modo que siempre comes los platos típicos del lugar donde estás —dijo tratando de desviar la mente de los ojos dorados que no se apartaban de él.

—Sí, en efecto.

—Ahora me explico lo de la serpiente.

Ella se echó a reír con fuerza.

—Guárdame el secreto; pero también he comido hormigas y lagarto... aunque tengo que confesar que lo que más me costó tragar fue un hígado crudo y sangrante en Laponia. De un reno acabado de matar.

—¿Peggy sabe eso?

—¡No, por Dios! Y espero que nunca se lo digas. De hecho, espero que toda la conversación de esta noche sea un secreto entre los dos.

—Por supuesto, esta noche será nuestro secreto. Y me halaga esa muestra de confianza hacia mí.

—Creo que te la mereces.

—¿Por qué?

—Porque nunca te escandalizas con mis cosas, como hace todo el que me conoce.

—No me escandalizo con facilidad. Y siempre me han divertido mucho tus andanzas y tus aventuras.

—¿En serio?

—Sí, en serio. Siempre pedía a tu padre que me contase cosas de ti cuando venía a Bonn.

—¿Y por qué de mí?

—En realidad me contaba de las tres, pero con Peggy terminaba enseguida. «Ha sacado unas notas excelentes, está apuntada a un grupo de teatro, da clases de *ballet*, de tenis, de golf...» Y para de contar. Y luego le preguntaba por ti, por la chica que se subía a los árboles.

—Te aseguro que hacía muchas más cosas además de subirme a los árboles, pero por suerte mi padre nunca se enteró. Me lo hubiera cargado de un infarto. Y ahora también se moriría si supiera algunas.

—Creo que lo imagina, por eso me ha enviado aquí a echarte un vistazo. Yo espero que algún día me las cuentes a mí, seré una tumba.

—Quizá —dijo ella bebiendo de nuevo un sorbo que le dejó húmedos los labios.

—Aunque en cierto modo piensa que Cuba es menos peligrosa que otros lugares —comentó tratando de desviar la atención de aquella boca.

—Bueno, si te refieres a peligro físico, sí. Pero se moriría si supiera que el reportaje que estoy haciendo es sobre el turismo sexual y que voy por ahí fingiendo ser una inglesa salida que busca con desesperación un tío con una polla XXL que cepillarme...

—¿Haces eso?

—Más o menos.

—¿Y te lo cepillas?

Se encogió de hombros.

—Es trabajo, y nunca mezclo el trabajo con el placer.

—Pero dijiste antes que te gustan los hombres.

—A rabiar... Pero no de esa forma. Jamás he pagado por un polvo y no pienso hacerlo ahora. Y mucho menos a esta pobre gente que a veces lo hace por un poco de comida que llevar a su casa, o por una chaqueta o unos zapatos. He traído la maleta llena de cosas, incluidas medicinas y productos de bebé. Y me la llevaré vacía. Incluso creo que haré el viaje en avión de vuelta a casa sin ropa interior, solo con un pantalón y un jersey para dejar aquí todo lo que pueda.

—¿Dejarás también esa ropa que llevas puesta ahora?

—También.

—Es una lástima... estás preciosa con ella —dijo recorriéndola con los ojos.

A Karin no le pasó inadvertida la excitación y el

deseo contenido que había en aquella mirada, pero no le importó. Es más, un calor intenso la recorrió entera, a medida que la mirada de Don se deslizaba por su cuerpo. Hacía meses que no estaba con un hombre y Don era muy atractivo... y La Habana estaba muy lejos...

Sacudió la cabeza tratando de alejar esa idea de su mente, no estaba tan loca como para acostarse con Don Forrester por muy guapísimo que estuviera aquella noche y por muy necesitada que estuviera ella. Trató de concentrarse en la conversación evitando con cuidado su mirada.

—Sí, pero no puedo usarla en Cornualles. Primero porque me moriría de frío y segundo porque la Karin de Cornualles jamás se pondría algo como esto.

Don se sirvió otro poco de comida de una bandeja, rellenó ambas copas, y mirándola con fijeza se atrevió a preguntar algo que llevaba rato rondándole por la cabeza.

—¿Puedo hacerte una pregunta un poco indiscreta?

—Ya llevo dos cócteles encima... Eso siempre me suelta la lengua, pregunta lo que quieras.

—Si dices que te gustan los hombres... que en Cornualles eres casi célibe y que no te acuestas con Brandon...

—Ya. Quieres saber qué tipo de vida sexual llevo, ¿no?

—Bueno, siento un poco de curiosidad, la verdad.

Ella le señaló con el dedo índice extendido y amenazador.

—¡Guárdame el secreto, ¿eh?!

—Soy una tumba.

—Donde fueres, haz lo que vieres... menos aquí, claro. Esto es trabajo. Cuando salgo de viaje casi siempre encuentro alguien con quien enrollarme, siempre de forma ocasional y sin compromiso. Bueno, casi siempre. Hay un chico italiano, un reportero, Paolo. Tuvimos una aventura cuando cubrí un conflicto bélico en África. Hemos vuelto a coincidir en alguna ocasión y hemos recordado viejos tiempos. Es lo más parecido a una relación que he tenido nunca.

—¿Le quieres?

—¡No! Por Dios, no. Y él a mí tampoco. Pero es un encanto. Agradable, culto, simpático y divertido. Y muy bueno en la cama. Me gusta que nos reencontremos de vez en cuando. Aunque ahora hace unos cuantos meses que no nos vemos.

—¿Nunca os llamáis ni mantenéis el contacto?

—No. Solo cuando hay un conflicto importante y él intuye que yo puedo estar allí, me llama y procura reunirse conmigo. Otras veces nos encontramos por casualidad.

Karin bebió un sorbo de su tercera copa y decidió cambiar de tema.

—¿Y tú?

—¿Yo?

—Sí, tú. Ya llevamos hablando de mí demasiado rato, pero tú no sueltas prenda de ti mismo. Me has hablado por encima de una chica, pero yo te veo siempre de casa al trabajo y viceversa. También eres un tío joven e imagino que con necesidades.

—Por supuesto.

—Y estás en casa a las seis de la tarde todos los días.

—Existe la hora del almuerzo.

—¡Ah...! Pero la hora del almuerzo no da para mucho. Si tienes que quedar con alguien...

—¿Quién ha dicho que tenga que quedar?

—Aclárate. No puedes negarte, yo te he hablado de Paolo.

—Está bien... Hay una chica, camarera de la cafetería donde voy a desayunar. Se llama Emma y nos hemos encontrado alguna que otra vez cuando no está de turno de mañana. Vive cerca de la fábrica. Pero no tengo una relación con ella.

—Solo te acuestas.

—Solo. Ninguno de los dos quiere otra cosa. Además, tengo un ideal de mujer un poco difícil de encontrar.

—¡No serás de esos tíos que buscan una mujer igualita a su madre!

—No; de hecho, busco una mujer opuesta del todo a mi madre. Y mientras aparece, solo tengo encuentros casuales e intrascendentes.

—¿Y ya está?

—¿Cómo que ya está?

—Si eso es todo lo que piensas decirme. No es justo, yo te he contado la mitad de mi vida. Y los cócteles deben estar más cargados que los del otro día porque me han soltado la lengua de forma muy inusual.

—No sé qué más podría decirte...

—¿Qué tipo de mujer te gusta?

—Tú no me has dicho qué tipo de hombres te gustan, solo los que no.

—Bueno, pues dime qué tipo de mujer no te gusta a ti.

—Las que son como tu hermana Peggy, y no te ofendas.

—No me ofendo. Si yo fuera hombre huiría de ella como del mismo diablo. Pero ella se llevaría un disgusto si supiera que no te agrada.

—¿Por qué?

—Ya te dije que le gustas.

—¿Todavía? Parece que lo suyo con Tom va en serio, la otra noche estaba alucinada con él.

—Y va en serio... Él le ofrece todo lo que ella desea: fiestas, clubes exclusivos, tenis... Y aunque no tiene mucho dinero, es ambicioso y ni ella ni yo dudamos de que conseguirá triunfar. Él le da lo que quiere, pero eso no significa que no intente llevarte a ti a la cama, o a cualquiera que le guste. Mi hermana es una entusiasta de las diversiones, y para ella eso incluye a los hombres. Y aún no está comprometida de manera oficial con Tom, por lo tanto no siente que deba guardarle fidelidad. De momento, solo lo utiliza para que la pasee como una obra de arte.

—Tu hermana *es* una obra de arte; pero me temo que, como tal, solo sirve para mirarla.

Karin se echó a reír con fuerza, con demasiada fuerza quizá, después de tres cócteles y medio.

—Estoy de acuerdo contigo, Peggy es nuestra *Mona Lisa* particular. Algún día se lo diré.

—Eh, a mí no me metas en líos. Yo te he dicho esto de forma confidencial...

—Solo le diré la frase, no quién la pronunció.

—Oye, de Peggy me importa poco, pero espero que a Marga ya se le haya pasado el enamoramiento que tenía conmigo. A ella no quisiera hacerle daño. Es tan joven...

—No te preocupes, ya solo le caes bien como amigo, estoy segura.

—Y a ti, ¿nunca se te pasó por la cabeza la idea de seducirme? —preguntó consciente de que la pregunta llevaba una proposición implícita.

«Ahora mismo», pensó ella, pero solo dijo:

—No, qué va... si siempre me has caído fatal.

—¿Por qué, si no me conocías?

—Sí que te conocía, por lo que contaba mi padre. Te consideraba tan asquerosamente perfecto... Y, además, durante mucho tiempo pensé que eras hijo de mi padre. Un hijo ilegítimo y secreto.

—No hay nada de eso.

—Ya lo sé; se lo pregunté. ¿Y sabes qué me dijo? Que ojalá lo fueras. Te odié entonces, ¿sabes? Porque yo sé que mi padre siempre ha querido tener un varón y nosotras solo hemos sido para él una decepción tras otra.

—No digas eso porque no es verdad. Y tú lo sabes.

—Sí, lo sé ahora. Pero durante mucho tiempo pensé que eras hijo suyo y que te quería a ti más que a nosotras. Ahora comprendo que es normal que te quiera porque eres un buen tío y te haces querer por todo el mundo.

—Entonces ya no te caigo mal...

—No, ya no. De hecho, me estás empezando a caer muy, muy bien.

—Me alegro, porque tú has sido siempre mi favorita entre las tres hermanas, aun sin conocerte. Cuando veía las fotos de tus hermanas, tan bonitas, tan arregladas, tan perfectas... Yo siempre te miraba a ti con las rodillas magulladas y el peinado deshecho, y quería ser como tú.

—¿Tú querías ser como yo?

—Sí. Intrépido, aventurero, incluso desobediente. Pero no podía, siempre fui un niño tranquilo y pacífico, aunque no perfecto como tú pensabas.

—Ya...

La cena había terminado y el camarero se acercó con los postres.

—¿Qué te apetece tomar de postre?

—Sigue recomendándome tú, porque hasta ahora todo estaba buenísimo.

—Traiga la macedonia especial —pidió—. La tomó Brandon y era mucho mejor que lo que pedí yo. Iré al baño mientras la traen —dijo perdiéndose dentro del local para regresar a los pocos minutos.

El camarero volvió con dos grandes cuencos de frutas tropicales bañadas en un líquido oscuro. Don lo probó y comprendió que era ron, un ron añejo y áspero pero que daba un toque especial a la fruta sumergida en él. Y cuando terminó de tomar todo el contenido del cuenco, comprendió que su cabeza vacilaba y una profunda euforia se había apoderado de él.

Se alegró de no tener que conducir y de que el hotel estuviera cerca. También de la camisa que cubría de sobra sus pantalones, porque en caso contrario ella se iba a percatar de la erección que no conseguía bajar. Estudió a su compañera, que parecía serena y se dijo que de verdad aguantaba el alcohol.

—¿Volvemos al hotel? —propuso temiendo que ella quisiera tomar una copa después de la cena. Si él bebía algo más tendría que regresar al hotel a gatas.

—Sí. ¿Te parece si volvemos por la playa?

—Como quieras. Me sentará bien un poco de aire fresco.

Sacó la cartera y pidió la cuenta, pero el camarero que les había atendido le dijo que ya estaba pagado.

—¿Cómo que ya está pagado? ¿Quién lo ha hecho?

—La señora —dijo señalando a Karin.

—¿Tú has pagado? ¿Cuándo?

Ella se encogió de hombros, divertida.

—Cuando he entrado al baño hace un rato. Sabía que tú insistirías en invitarme, pero yo te he traído aquí, de modo que la factura es mía. Además, te lo debo por todo el trabajo que te estás tomando con mi casa.

—No me debes nada. El trabajo de tu casa ya me lo pagarás cuando esté preciosa y la pueda disfrutar. Quedamos en eso.

—Aun así, a mí me apetecía invitarte.

—En ese caso, lo acepto. Pero te debo una.

—Bueno, si alguna vez coincidimos en Alemania, pagas tú. Será tu terreno.

—Trato hecho.

Se levantaron y, nada más bajar de la plataforma de madera donde estaban situadas las mesas, Don comprendió que Karin no estaba tan serena como parecía. Las sandalias de tacón bajo que llevaba se doblaron aun antes de pisar la arena.

—¿No sientes que los cócteles se te han subido un poco a la cabeza? —preguntó él.

—Quizás un poquito, pero me siento contenta y feliz. ¿Y tú?

—Yo también.

Karin se quitó los zapatos al llegar a la arena y los sujetó en una mano, dirigiéndose a la orilla.

—¿Dónde vas?

—Quiero volver por la orilla, mojándome los pies.

—El vestido se te va a mojar...

Cogió la larga falda y la arremangó sujetándola en la cintura, dejando los muslos al descubierto casi en su totalidad.

—Hay una solución para todo, ¿ves? ¿Y tú, no te animas?

—Para mí es más complicado; yo tengo zapatos, calcetines y pantalón largo.

Ella se había sumergido en el agua hasta la rodilla y avanzaba a pequeños saltos entre las olas que rompían en la orilla. Don comprendió que estaba bastante más borracha de lo que parecía a simple vista. Pero la visión de sus muslos desnudos no lo estaba ayudando precisamente.

—¡Vamos, Don! No seas tan formal, hombre. Quítate los zapatos y los calcetines y métete en el agua... Está caliente, no como la de casa. ¿Cuándo vas a tener ocasión de probar un mar así? Además, en esta parte de la playa no hay nadie. No nos cruzaremos con un alma, es la playa privada del hotel y los huéspedes a estas horas suelen estar en la cena, bebiendo y bailando. ¡Ven, el agua está estupenda!

Sacudiendo la cabeza, Don se quitó los zapatos y los calcetines, y, arremangándose los pantalones, se dirigió también a la orilla. El agua caliente le lamió los pies y los tobillos.

—Sí, es verdad; está caliente.

—¿Te has bañado alguna vez en un agua como esta?

—No, nunca.

—Vamos a hacerlo... vamos a bañarnos... —dijo ella.

—No hemos traído los trajes de baño. Quizás tú lo tengas en el hotel, pero yo no.

—¿Y quién los necesita? Aquí no hay más luz que la luna y nosotros ya somos mayorcitos.

—¿Quieres que nos bañemos desnudos?

Así sí que iba a ser imposible ocultar la erección que tapaba la camisa.

—Pues claro... ¿No lo has hecho nunca?

—No.

—Pues otra cosa que te has perdido. Y es algo digno de vivirse. Vamos. Está claro que has tenido que conocerme a mí para que te enseñe a ser un poco atrevido y a disfrutar de ciertos placeres. ¡Vamos! —apremió. Y antes de que Don se hubiera percatado de sus intenciones, se había levantado el vestido y se lo había sacado por encima de la cabeza quedándose en ropa interior. Salió del agua y doblándolo con cuidado lo depositó sobre la arena seca y procedió a quitarse la ropa que le quedaba. Don, alucinado, se sentía incapaz de reaccionar. Solo podía mirarla desnuda bajo los débiles rayos de la luna con aquella melena dorada cayéndole sobre el pecho y ocultándolo en parte. Contuvo el aliento sintiendo que las manos y las piernas empezaban a temblarle. Ella corrió hacia el agua y lo llamó desde la orilla.

—¡Vamos… no te quedes ahí parado! Si tú no te bañas conmigo no tiene gracia.

Don luchó por sacudirse la bruma que le nublaba la cabeza y también el fuerte deseo sexual que ya ni trataba de disimular, y dijo:

—¡Qué diablos!

Se desnudó también con rapidez y la siguió. Tal vez el agua consiguiera calmarle.

Ella nadaba y se deslizaba entre las olas, y a él, un nadador menos experto, le costó trabajo seguirla.

—Por favor, no te alejes tanto —pidió tratando de que no se separase de la orilla, pero Karin no le hizo el menor caso y continuó nadando hasta que la perdió de vista. Alarmado, nadó tratando de alcanzarla, pero no lo consiguió. Karin no se veía por ningún sitio. De pronto, la sintió emerger a su lado; había vuelto buceando y casi sin respirar.

—¡No vuelvas a hacerlo! —gritó—. Me has asustado… Creí que te habías hundido.

—Hace falta mucho para hundirme a mí.

—Esta no es tu playa, ni tu terreno. Si vuelves a hacer algo semejante, saldré del agua y me marcharé al hotel.

—¡Vale, vale! Tranquilízate y disfruta del baño.

Durante un buen rato se deslizaron por la superficie de las olas. Don consiguió olvidarse de lo atípico de la situación, de que alguien pudiera verles e incluso del cuerpo desnudo de Karin y disfrutó del baño. Pocas veces en su vida se había sentido tan relajado y tan divertido, hasta que ya con los músculos cansados, decidieron salir del agua.

La brisa cálida les acarició cuando pisaron la arena y se dirigieron al montón formado por la ropa.

—Bueno, ¿y ahora qué? Tú eres la experta. ¿Nos vestimos mojados o nos vamos desnudos al hotel?

—No te lo aconsejo —dijo mirándole—. ¿Sabes que estás bueno? Engañas mucho con ropa, pareces más delgado.

—También tú engañas cuando estás vestida... Eres preciosa...

—Eso me han dicho.

—¿Tu italiano?

—Entre otros. Creo que deberíamos ponernos al menos la ropa interior, ¿no te parece? Y esperar a secarnos un poco. No me gusta sentarme en la arena sin nada.

—Sí, creo que será lo mejor.

Se inclinó para coger la ropa interior y la cabeza le dio un vuelco que casi la hizo caer. Don la agarró del brazo.

—Ten cuidado.

—No es nada, solo he perdido el equilibrio.

Se agarró de su hombro para ponerse las bragas y empezó a reírse.

—Joder, si Peggy nos viera...

—Mejor que ni se lo imagine —respondió haciendo esfuerzos por no abrazarla. Después, cuando ella se soltó, se puso los calzoncillos y ambos se sentaron en la arena. Karin se sacudió el pelo tratando de peinarlo con los dedos mientras decía:

—Una vez salí desnuda en un documental.

—¿En serio?

—Sí... Tenía que filmar una tribu que no usaba ropa y yo me sentía muy incómoda haciéndolo vestida, así que me desnudé igual que ellos. Todo fue mucho más fácil después. Se me abrieron de inmediato y dejaron que filmara todo lo que quise. Y me enseñaron cosas de sus costumbres que estoy segura que no hubiera conseguido saber de haber continuado vestida.

—¿Qué dijeron en tu casa?

—No lo saben. Ya te dije que mis documentales no se suelen ver en mi país, y menos ese. Aunque no hubiera importado porque censuraron mis imágenes; cortaron todas las tomas en que salía yo desnuda, y solo se oye mi voz y se ve, como mucho, mi cara. No entiendo por qué los miembros de una tribu africana pueden salir desnudos en televisión y yo no.

—Quizá porque tú eres mucho más bonita que ellos —dijo Don sintiendo que la cabeza le daba vueltas y que perdía el control de lo que estaba diciendo... y quizá de lo que estaba haciendo. Sin que su cerebro se lo hubiera ordenado, su mano se dirigió hacia el pelo de Karin, húmedo y pegado a la espalda y lo acarició suavemente, algo que llevaba queriendo hacer toda la noche—. Me encanta tu pelo —dijo—. Es una lástima que lo lleves siempre recogido.

Ella emitió una risa tonta y le dejó hacer. La mano de él se deslizó de su pelo hacia el cuello y lo rozó con el dorso de los dedos, bajando hacia el hombro. De pronto, el sonido de unas risas procedentes de la playa a su izquierda les sobresaltó.

—Alguien viene —dijo retirando la mano—. Será mejor que nos vistamos y nos marchemos.

Se levantó de un salto y se puso los pantalones. Karin, más perezosa, se tomó su tiempo para ponerse el vestido, olvidando el sujetador en la arena. Pero cuando el grupo de chicos llegó donde estaban ellos, se encontraban ya vestidos. Don, húmedo todavía, se abrochó solo un par de botones de la camisa, y, descalzos y tambaleándose, emprendieron el camino hasta el hotel sintiendo que los pies se les hundían en la arena cálida hasta los tobillos. Se dieron la mano para ayudarse a salir cada vez que eran incapaces de hacerlo por sí mismos.

Al fin, las luces rutilantes aparecieron a su izquierda. Subieron entonces los escalones que llevaban hasta el patio trasero del hotel, y, en el último de ellos, se pararon para ponerse los zapatos.

Don se puso los suyos sin calcetines, guardándolos en un bolsillo del pantalón ante las carcajadas de Karin. Se dirigieron a recepción a recoger las llaves sin ser muy conscientes de su aspecto aún mojado, con la ropa arrugada y pegada al cuerpo y el pelo completamente despeinado.

Karin comprobó el móvil, pero no había ningún mensaje de Brandon, por lo que se dirigieron a las habitaciones.

Subieron las escaleras y se detuvieron ante la puerta de Karin, que intentó sin mucho éxito introducir la llave en la cerradura.

—¿Qué le pasa a esto? ¿No funciona?

—A ver, déjame a mí.

—¡Quieto! Soy capaz de usar una llave.

Pero en esta ocasión se negaba a girar. Don le agarró la mano que temblaba en la cerradura y la giró a derecha e izquierda hasta que la puerta cedió y se abrió hacia dentro.

—Ya está. Solo había que engañarla un poco —dijo él sin soltarle la mano. Karin se volvió hacia él y se miraron desde muy cerca. El olor del mar se les había pegado y Don lo aspiró profundamente. Ninguno de los dos supo quien dio el primer paso, pero las manos de Karin se alzaron hacia la cara de él agarrándola a ambos lados y las de Don se cerraron en torno a su cintura y empezaron a besarse como locos. Él la empujó con suavidad hacia dentro cerrando la puerta a sus espaldas, y, apoyándola contra la pared, hundió la cara en el cuello todavía húmedo y salado y lo acarició con los labios. El leve gemido que salió de la boca de Karin le hizo deslizar la tira de los brazos que mantenían el vestido en su sitio y bajó la cara hasta hundirla entre los pechos. Y perdió el poco control que le quedaba.

Karin tiró con fuerza de la camisa de Don haciendo saltar los botones y ambos se deshicieron de la ropa a empellones sin dejar de besarse.

Las bocas se buscaban ávidas, mordiendo y explorando, las manos recorrían los caminos que habían estado deseando durante toda la noche. Se dejaron caer en la cama, desnudos y frenéticos, presos de un deseo que eran incapaces de controlar. Los cuerpos sabían a sal, a mar y a noche cálida, a deseo y a cosas prohibidas.

Don hubiera querido tomarse su tiempo, recrearse en el cuerpo esbelto y deseado que llevaba contemplando desde hacía rato, tocar y acariciar, recorrer despacio cada pliegue y cada línea, pero fue incapaz.

Karin le llevó la boca hacia uno de los pezones y la

mantuvo allí mientras jadeaba ante el contacto. Uno de los pies de ella se deslizaba por su pierna en un ángulo casi imposible para una persona menos flexible, excitándolo aún más si es que eso era posible.

—Con los dientes —pidió, y él solo pudo complacerla. Mientras mordía los pezones yendo de uno a otro, bajó la mano hasta la unión de los muslos introduciendo dos dedos y haciéndola jadear.

Cuando la respiración de ella se volvió más acelerada no pudo soportarlo más. El alcohol ingerido minaba su voluntad y aceleraba su deseo, acrecentado por el de Karin, que deslizaba sus manos y pies por todo su cuerpo, pidiendo y exigiendo.

Sacó los dedos y se hundió en ella hasta el fondo, en un solo movimiento, como un náufrago que sabe que ha llegado a la isla que será su salvación. El cuerpo femenino se arqueó para recibirle, la mirada turbia, las manos clavadas en sus caderas guiándole con un ritmo frenético que sabía que les iba a llevar al orgasmo en muy poco tiempo. Trató de frenarlo, pero ella no se lo permitió. Le rodeó las caderas con las piernas y se impulsó contra él una y otra vez haciéndole perder la cordura, hasta que ambos gritaron de placer y acabaron a la vez, agotados y temblorosos.

Después, la oscuridad se cernió sobre ellos.

El timbre del teléfono que todos los días la despertaba al amanecer la sacó de un sueño muy profundo y muy pesado, y sin abrir los ojos descolgó para contestar.

—Diga...

—Son las siete, señora.

—Gracias.

Y solo entonces fue consciente del cuerpo que dormía a su lado. Abrió los ojos y pegó un brinco en la cama. La sábana se deslizó hasta la cintura y agarrándola con fuerza la volvió a subir hasta cubrirse los pechos.

—¡Mierda! —exclamó.

Don abrió también los ojos con brusquedad al sentir su sobresalto y su exclamación, y la miró con unos ojos inescrutables. Karin se volvió hacia él todavía sujetándose la sábana, y exclamó:

—Esto no ha pasado, ¿entiendes? ¡No!

Él frunció el ceño.

—¿Qué es lo que no ha pasado?

—Nada... absolutamente nada.

—Sigo sin comprender. ¿Ha pasado algo sí o no?

—¿No te acuerdas?

—No del todo. Estoy muy confuso... Lo último que recuerdo con claridad es que volvíamos del restaurante por la playa y que nos habíamos bebido un montón de cócteles. Chica, se ve que tienes una capacidad de aguante mucho mayor que la mía, porque yo no logro recordar nada con nitidez. Ni siquiera cómo llegamos al hotel, porque está claro que llegamos.

—No creas... yo tampoco. Quiero decir que yo tampoco estoy segura de que pasara algo. Aunque supongo que el hecho de que estemos en mi habitación, en mi cama y desnudos... porque tú también estás desnudo, ¿no?

Don levantó la sábana y miró hacia abajo.

—Sí.

—Pues entonces creo que sí ha debido pasar algo, aunque no sé en realidad el qué.

Don miró hacia el suelo, donde la ropa de ambos seguía tirada en un extraño montón húmedo y arrugado. Y alargando el brazo lo levantó de nuevo sujetando entre el índice y el pulgar un preservativo usado.

—Supongo que esto lo aclara todo.

Karin se dejó caer en la cama otra vez.

—Sí, eso me temo. —Y subió la sábana hasta cubrirse la cara con ella.

—No es tan malo... —susurró él.

—¿Cómo que no? Por Dios, nos hemos acostado juntos... Eres el ahijado de mi padre... El amigo de la familia... Vivimos en la misma casa... Compartimos el baño... ¿Y dices que no es tan malo?

—Podría ser peor.

—¿Cómo podría ser peor?

—Podríamos acordarnos... O no haber usado condón.

Karin volvió a asomar la cara por encima de la sábana.

—Sí... tienes razón. Sería espantoso que pudiéramos acordarnos con detalle de lo que hicimos. Supongo que si no lo recordamos es casi como si no hubiera pasado.

—A eso me refería. Y no eres la única que se siente mal, ¿sabes? Si yo soy el ahijado de tu padre, tú eres la hija de Steve... el hombre que ha sido mi segundo padre. Esto es casi como un incesto. Él confía en mí, y me ha enviado aquí para que me asegure de que estás bien, no para que me líe contigo. ¡Dios, ¿cómo ha podido pasar?!

—Supongo que bebimos demasiado.

—Esos cócteles se cuelan sin darte cuenta.

—No volveré a probarlos en mi vida.

Don se incorporó en la cama y cogiendo los calzoncillos del suelo se los puso por debajo de la sábana.

—Bien, estamos de acuerdo entonces. Esto nunca ha pasado.

—Nunca. Anoche regresamos al hotel y ni siquiera nos detuvimos en la playa.

Don la miró levantando la ceja.

—¿Nos detuvimos?

—¡Olvídalo! Olvida esta noche, por Dios, y nunca vuelvas a hablarme de ella.

—Te lo prometo. Y ahora me tengo que ir, debo coger un vuelo temprano.

—Y yo tengo que ir a ver a Brandon. Anoche estaba enfermo y ni siquiera sé cómo se encuentra.

Don se volvió ya con el pomo de la puerta de la habitación en la mano.

—Nos vemos en Cornualles.

—Sí.

Cuando se quedó sola, apretó con fuerza los ojos y volvió a lamentarse para sí misma.

—¡Joder, Karin! Eres estúpida. ¿Cómo has podido dejarte llevar de esta forma?

Don se había llevado al baño el preservativo, pero ella recordaba con claridad que la primera vez no lo habían usado, habían estado tan excitados que se habían abalanzado el uno sobre el otro sin control y sin medida. Aunque tomaba la píldora y no se encontraría con un embarazo no deseado. Por suerte, él no se acordaba de nada, pero ella sí. De cada detalle. Y agradeció a la providencia que Don hubiera sucumbido al alcohol y no recordara, porque le iba a resultar muy difícil cruzarse con él cuando volviera a su casa si sabía que se acordaba de todo lo que habían hecho, de cómo ella le había vuelto a excitar con la boca para hacerlo una segunda vez y gritado pidiéndole más; de cómo había enloquecido de placer cuando él le sujetó las manos sobre la cabeza para impedirle abrazarle y obligarle a ir más deprisa. Y sobre todo de que le había dicho en medio de las últimas convulsiones que jamás había sentido algo parecido con nadie.

—Gracias... —susurró—. A quienquiera que haya ahí arriba, gracias.

Se levantó de la cama y se dirigió a la ducha desperezándose y reconociendo a su pesar que pocas veces se había sentido tan bien y tan satisfecha después de una noche de sexo.

Una semana más tarde Brandon y ella aterrizaban en el aeropuerto de Londres sin haber vuelto a tener ninguna noticia ni de Don ni de su familia. Ignoraba si él todavía estaba en Los Ángeles o si había regresado ya. Esperaba que en cualquiera de los casos cumpliera su palabra y no volviera a mencionar la noche que habían pasado juntos.

En cuanto salieron de la terminal, cargando cada uno con su escaso equipaje y sus muchos trastos, divisaron a Brig, menuda, morena y vivaracha, que les esperaba paseando impaciente de un lado a otro.

—Ahí la tienes... —dijo a Brandon, señalando a su amiga. Este ya la había visto y también que corría a su encuentro, y apenas le dio tiempo a soltar las cosas en el suelo cuando ella se había colgado de su cuello y le besaba en mitad del aeropuerto.

—Calma, nena —dijo Karin riéndose—, o te contagiará. Ha estado jodido con un virus.

—Bueno, ya me encargaré yo ahora de que se le pase. Seguro que lo que necesita son mimos y amor.

—¡Que está hecho polvo! No puede con su alma, no creo que consigas nada de él en un par de días.

—Esperaré.

Los tres se dirigieron hacia el coche de Brig.

—Conduce tú —dijo esta a Karin tirándole las llaves—. Yo voy a instalarme con Brandon en el asiento de atrás.

—Pues cuidadito con lo que hacéis —respondió sentándose al volante—. El espejo retrovisor lo chiva todo... y esta vez vengo como una moto.

—¿No ha habido suerte?

—Me temo que no.

Brandon soltó una sonora carcajada.

—Eso es lo que dice, pero a mí no me la da.

—Pues tú has estado conmigo todo el tiempo, así que no sé por qué no te lo crees.

—Todo el tiempo menos una noche. La que estuve con fiebre.

—Que no me vieras no quiere decir que aprovechara para correrme la juerga padre.

—Pues yo diría que sí. —Se volvió hacia Brig—. Dice que fue a cenar con Don y que luego regresó al hotel y se echó a dormir sola. Pero cuando vino a verme por la mañana tenía una mirada que le conozco muy bien.

—Tú tenías treinta y nueve de fiebre, no sabías lo que veías.

—Claro que sí, y además estabas canturreando... Y si hubieras vuelto al hotel sola como dices habrías entrado a verme y no lo hiciste.

—Tú me dijiste que no entrara, que querías dormir, que si me necesitabas me mandarías un mensaje y no lo hiciste.

—Aun así, habrías entrado.

Karin sabía que Brandon tenía razón, pero si dejaba que alguno de los dos adivinase lo que había pasado, nunca la dejarían en paz y se estarían burlando de ella y de Don durante mucho tiempo. Si quería olvidarlo, tenía que conseguir que ni Brig ni Brandon lo supieran.

—Vamos, Karin, admite que te libraste de Don en un rato y te fuiste a buscar a un negro que te alegrara la noche. Todas lo hacen.

—Yo no.

—¿Así que te fuiste a cenar con Don? —preguntó Brig—. ¿Y qué hacía él allí?

—Estaba en Los Ángeles por cuestiones de trabajo y mi padre le mandó a echarme una miradita. Ya le conoces, siempre piensa que ando metida en peligros.

—Y por supuesto siempre se equivoca ¿no?

—No siempre, pero esta vez sí. El mayor peligro

que he corrido ha sido que Brandon me contagiara el virus.

—¿Y qué tal con Don?

—Bien... Le invité a cenar. Ya sabes que me está ayudando con las reformas de la casa, y luego me acompañó al hotel.

—¿Dónde se alojaba él?

—En el mismo hotel, creo. No hay otro decente en muchos kilómetros a la redonda.

—Oye, no te liarías con él, ¿verdad?

—¿Con Don? —exclamo un poco más escandalizada de lo que debería—. ¡Por supuesto que no! ¿Crees que estoy loca? Vive en mi casa y es como de la familia. Además, ya sabes que nunca me acuesto con ingleses... Es la norma.

—Don es medio alemán.

—Aun así. ¿Por qué no os queréis creer que después de cenar me fui al hotel y me eché a dormir?

Por el espejo retrovisor se encontró con la mirada sonriente de Brandon, que decía que no con la cabeza.

—Bueno, pensad lo que queráis... No tengo que daros ninguna explicación.

Eran las dos de la tarde cuando llegaron a Truro. En esta ocasión había dejado el todoterreno en casa y había parado en los astilleros, sabiendo que su padre estaría a punto de irse. Resuelta, entró en su despacho después de que su secretaria le dijera que estaba con Don.

Ambos hombres se sobresaltaron al verla aparecer. Steve dio la vuelta a la mesa y la abrazó.

—Karin, hija, ¿no podías haber avisado de que volvías?

—¿Para qué? ¿Y si se retrasa el vuelo o pasa cualquier otra cosa? Siempre pensaríais que ha pasado algo malo. Ya estoy aquí, y eso es lo que vale.

A través del abrazo de su padre, levantó los ojos y los clavó en Don, y la mirada tranquila e indiferente que él le dirigió le hizo comprender que no tenía nada que temer.

—Hola, Don —saludó.

—Hola, Karin. Bienvenida a casa.

9

Propuesta de matrimonio

Don descolgó el auricular y apretó el botón que conectaba con el exterior cuando su secretaria, que había heredado de Steve, le dijo que tenía una llamada desde la calle. Su amigo hacía ya un par de meses que no iba por la fábrica, desde su vuelta de La Habana había delegado del todo en él y se dedicaba a descansar, aunque Don temía por su aspecto que su salud no había mejorado, sino al contrario.

Al principio no le había resultado fácil tratar a Karin como antes, su imaginación se disparaba cada vez que la tenía cerca y el deseo también, pero al parecer ella no recordaba nada de lo sucedido y él lo fingía lo mejor posible. No habían vuelto a estar a solas, puesto que Karin había decidido posponer la reforma de su casa hasta poder acometerla en su totalidad, y no tenían muchas excusas para verse fuera de almuerzos y cenas.

—Don Forrester —dijo respondiendo a la llamada.

—Hola...

—¿Karin?

—Sí. ¿Te pillo en un mal momento?

—No, en absoluto. ¿Ocurre algo? —preguntó alarmado. En los seis meses que llevaba trabajando allí, nunca le había llamado a la fábrica. Si tenía que hablar con él sobre algo, lo hacía al regresar del trabajo.

—No, es solo que quería hablar contigo fuera de casa y he pensado que podría invitarte a almorzar, si no estás muy ocupado.

—No, no estoy ocupado. Pero, si mal no recuerdo, soy yo el que te debe una comida a ti.

—Está bien, no vamos a discutir por eso. ¿A qué hora sueles ir a almorzar?

—Puedo elegir; soy el jefe —bromeó.

—¿A la una?

—Perfecto. ¿Dónde?

—¿Conoces el restaurante que hay en la carretera hacia Devon?

—Sí.

—No es que la comida sea espectacular, pero es tranquilo y podremos hablar sin que nadie nos moleste ni nos reconozca.

—¡Qué misteriosa...!

—Quiero tratar un tema delicado.

—Bien, nos vemos allí entonces.

Colgó y miró el reloj; no eran más que las once. No podía imaginar qué podría querer ni cuál podría ser ese tema tan delicado que para hablarlo tenían que irse a las afueras del pueblo. Y de pronto recordó la noche que habían pasado juntos en La Habana hacía un par de meses, y que ninguno de los dos había vuelto a mencionar. Él había usado preservativo la segunda vez, pero la primera no, y podría haberse quedado embarazada. ¿Sería eso? Porque no se le ocurría otro motivo por el que ella pudiera querer hablarle en privado.

Impaciente, aguantó como pudo sin poderse concentrar y cuando no eran más que las doce y media salió hacia el restaurante, aunque el trayecto no le llevaría más de diez minutos.

Llegó el primero y se sentó en una mesa apartada, consciente de la intimidad que ella quería para su conversación, y pidió una cerveza mientras esperaba.

Pronto, con apenas cinco minutos de anticipación, Karin entró en el local y lo divisó al instante entre la escasa concurrencia. Se acercó y se sentó frente a él.

—¿Llevas mucho esperando?

—No, solo un poco. ¿Quieres tomar algo mientras nos traen la comida?

—Sí, necesito una copa para entrar en materia. No es fácil lo que tengo que decirte.

—¿Estás embarazada?

—¡No! ¿Creías...?

—No sé... Estabas tan misteriosa... No se me ocurrió qué otra cosa podrías querer hablar conmigo con tanto secreto.

—No, puedes estar tranquilo en ese sentido. Verás... se trata de mi padre. Está enfermo, ¿sabes?

—Sí, sí que lo sé.

—¿Te lo ha dicho él?

—Sí, al poco de llegar.

—Yo estuve en el médico hace una semana. Tengo que renovar mis vacunas una vez al año para poder salir a ciertos países, y como el médico es un viejo conocido de la familia, le pregunté. De un tiempo a esta parte le he visto muy cansado y muy envejecido también. Y me lo ha dicho.

—¿Qué te ha dicho exactamente?

—Que tiene el hígado muy dañado y que si no se le hace un trasplante no le va a durar más de unos pocos meses.

—Sí, es lo mismo que me dijo él a mí. Pero no quiere oír hablar del trasplante. Dice que ya ha vivido su vida y que no tiene derecho a quitar la opción a alguien más joven.

—¿Por qué ha tomado una decisión así? ¿Y nosotras? ¿No contamos?

—Karin, eso es muy propio de tu padre, y es él quien tiene que decidir.

—Ya lo sé... pero es muy duro, Don. —Por primera vez desde que la conocía vio brillar los ojos de ella con unas lágrimas que intentaba contener.

—Yo quiero a mi padre más que a nadie en el mundo... No puedo soportar la idea de que solo le queden unos meses de vida. He estado pensando mucho estos días en cómo hacerle este tiempo lo más feliz que pueda. En cierto modo siempre he sentido que le he fallado.

—No entiendo por qué piensas eso. Tu padre te quiere muchísimo, a todas vosotras.

—Sí, pero eso no quita que siempre haya deseado tener un hijo varón.

—No está en tus manos cambiar eso. No veo cómo puedes haberle fallado ahí. ¿Acaso te sientes culpable por haber nacido mujer?

—No, no es eso. No lo entiendes. De niña yo siempre traté de ser para él el chico que no tuvo. Me subía a los árboles, jugaba al fútbol, siempre iba en pantalones... Creía que eso le haría verme un poco como un chico.

—¿Por eso te comportabas así? ¿Para agradar a tu padre?

—No, muy pronto descubrí que me gustaba ser así. Cuando me di cuenta de que mi padre no quería una niña que se comportara como un niño, sino un niño auténtico, me enfadé mucho. Entonces pensé que tú eras ese niño, incluso pensé que eras su hijo de verdad, y te odié.

—Sí, ya me lo dijiste.

—Durante mucho tiempo te odié por robarme el corazón de mi padre, el lugar que yo creía que me correspondía a mí.

—Yo no soy su hijo.

—Ya lo sé. Hablé con él del tema y me hizo comprender que me quería tal como era y me suplicó que dejara de amargarle la vida intentando ser lo que no podría ser jamás. Fue cuando quise estudiar ingeniería para dirigir la fábrica. Me convenció para que estudiara Periodismo, imagino que esperando que trabajara como presentadora, pero yo no podía, me asfixiaba en ese puesto. Fue entonces cuando comprendí que yo no me comportaba así para agradar a mi padre, sino porque en realidad era así, y me las apañé para adaptar esa profesión lo más posible a mi modo de ser. Es ahí donde pienso que le he fallado, porque no soy el chico que no tiene, pero tampoco una mujer como él piensa que deben ser las mujeres. No soy como mi hermana Peggy, no me interesa ponerme bonita ni ser dócil y agradable con los invitados, y tampoco soy simpática y encantadora como Marga. No sé cocinar como mi madre ni me siento con fuerzas para aceptar un puesto de presentadora de televisión —dijo dejando escapar por fin las lágrimas que hacía rato pugnaban por salir. Le miró fijamente con los ojos húmedos y dijo muy bajito, aceptando el pañuelo que él le tendió—: Como mujer soy un desastre, y después de mucho pensar solo se me ocurre una cosa que pueda hacer para alegrarle el tiempo de vida que le queda. —Se quedó callada un momento y tras limpiarse las lágrimas le preguntó bajito—: ¿Te casarías conmigo?

Don dejó sobre la mesa el vaso que tenía en la mano, tan asombrado, que temió que resbalara y se le cayera. El camarero con la carta se les acercó, pero él se sentía incapaz de mirar el menú y elegir.

—Tráigame el menú del día... lo que sea —pidió.

—También para mí.

Después, cuando volvieron a quedarse solos, Karin dijo:

—Piensas que es una locura, ¿verdad?

—No sé qué pienso. Te aseguro que no estaba preparado para esto.

—Ya lo sé, por eso te he pedido que nos reuniéramos aquí en un sitio discreto y apartado. Te dije que era un asunto delicado. No creas que me ha resultado fácil venir hasta aquí y pedirte esto... y no quiero que me malinterpretes. Yo no creo en el matrimonio ni en la pareja estable, ni en la fidelidad ni en nada de eso. En realidad yo solo te estoy pidiendo firmar un papel que se deshará el día que mi padre muera y que en vez de compartir una casa con el resto de mi familia lo hagas solo conmigo. Como si compartiéramos un alquiler. Pero sé que mi padre se sentiría muy feliz si tú te casaras con una de nosotras, y bueno... Marga está descartada, es demasiado joven, y en cuanto a Peggy, ya has dejado claro que no es tu tipo. No es que te esté diciendo que yo lo sea, ya sé que no, pero siempre que hemos hablado y estado juntos creo que nos hemos entendido y nos hemos sentido a gusto el uno con el otro. Al menos yo. Eres un hombre agradable y simpático, inteligente... creo que podría convivir contigo sin problemas. Y solo sería algo temporal. Sé que tú también quieres muchísimo a mi padre y que le estás muy agradecido por todo lo que ha hecho por ti... Pensé que tal vez... bueno, que no perdía nada por preguntártelo.

El camarero les había traído la comida, pero los platos seguían intactos sobre la mesa. Don cogió el tenedor y lo hundió en el suyo.

—No puedo contestarte ahora, Karin... tengo que pensármelo.

—No esperaba que lo hicieras... Tómate el tiempo que necesites, aunque tiempo no hay mucho. Ya el solo hecho de que te lo pienses y no me hayas dicho que estoy loca y lo hayas rechazado de plano, es de agradecer.

Ambos empezaron a comer en silencio. Cuando estaban terminando el primer plato, Karin comentó:

—Si decides aceptar, para todo el mundo debe ser un matrimonio por amor.

—Por supuesto. ¿Y dónde viviríamos?

—Podríamos buscar algo pequeño en Truro y pasar

los fines de semana en la casa de la playa. Si viviéramos con ellos siempre, seguro que se darían cuenta del engaño.

—¿Y el sexo?

—Yo había pensado que eso continuara como hasta ahora... Tú con tu camarera a la hora del almuerzo y yo con mis viajes.

—Y con Paolo.

—Cuando se presente la ocasión, sí. Solo seríamos compañeros de piso. Aunque si tú pones como condición que nos acostemos juntos... yo podría pensármelo.

—¿Te acostarías conmigo solo para hacer feliz a tu padre?

—Bueno, no estoy enamorada de ti... quiero que eso te quede claro... pero eres un hombre joven, sano y atractivo. Supongo que podría... Y tampoco sería la primera vez.

Se miraron por un momento y ambos leyeron en los ojos del otro que recordaban con nitidez lo que había ocurrido en La Habana, aunque ninguno estaba dispuesto a reconocerlo.

—Dame unos días...

—No hay prisa. Y gracias por no mandarme al diablo. Si decides que no quieres hacerlo, seguiremos tan amigos como ahora.

Terminaron de comer en silencio y después se despidieron.

Incapaz de regresar al despacho, Don llamó a su secretaria para decirle que le resultaba imposible volver aquella tarde, y cogiendo el coche regresó a casa y paró a un par de kilómetros. Bajó hasta la playa y se sentó allí solo a pensar, aunque sabía que era absurdo que lo hiciera porque su corazón ya había tomado una decisión antes de levantarse de la mesa.

Cuando el sol empezaba a declinar, se levantó y recorrió el tramo que le quedaba para llegar a la casa, dispuesto a aceptar y también con dos decisiones firmemente tomadas: que no iba a permitir que Karin se acostase con él por agradecimiento y que iba a luchar con todas sus fuerzas para que se enamorase.

Aquella noche, después de la cena, Karin bajó a la playa como hacía muchas veces.

—Voy contigo, me apetece dar un paseo —dijo él levantándose y dispuesto a dejar las cosas claras cuanto antes. Ella le miró, pero su cara no le dijo lo que quería saber.

En silencio enfilaron el sendero que bajaba hasta la playa y una vez en el mismo y antes incluso de que se acercaran a la orilla, le soltó:

—Me casaré contigo.

Ella le miró con los ojos brillantes y una expresión agradecida en el rostro.

—Gracias... No sabes cuánto te lo agradezco.

—No tienes por qué; lo hago por Steve. Yo también estoy en deuda con él y estoy de acuerdo contigo en que una de las cosas que le hará más feliz es que me case con una de sus hijas. De hecho me lo ha insinuado varias veces. Y por supuesto Marga es una cría y Peggy está sin duda descartada. Solo quedas tú.

—Me hace gracia esa negativa rotunda hacia Peggy.

Si es preciosa y te organizaría unas cenas estupendas...
—se burló—. Y además tiene un buen polvo, como dice
Brandon.

—¿Y qué pasa con las once horas restantes? Además, siempre cabe la posibilidad de que me diga como
tú, que nada de polvos.

—Yo no he dicho eso. Yo solo he dicho que por
tratarse de algo temporal sería más sensato mantener el
sexo fuera de esto. Pero que si tú quieres...

—Estoy de acuerdo contigo, prefiero mantener el
sexo fuera de esto. Buscaremos un piso con dos dormitorios y nos limitaremos a algún que otro achuchón
cuando estemos aquí, de cara a la familia. ¿Te parece?

—Sí, me parece.

Don miró hacia arriba, al salón iluminado.

—¿Lo decimos ya?

—Por supuesto, es absurdo callarlo.

—¿Te importa si se lo digo yo?

—¿Por qué no los dos?

—Tu padre es un hombre tradicional y en cierto
modo yo también. Déjame pedirle tu mano.

—De acuerdo. Me parece una chorrada, pero está
bien. No puedo negártelo.

Subieron hasta la casa y Karin se dirigió a su habitación mientras Don entraba en el salón donde Steve
estaba solo, leyendo, sentado en su sillón habitual.

—¿Ya estás de vuelta? Creía que habías ido a dar un
paseo con Karin.

—Sí, pero hace frío. Hemos vuelto ya.

—Siéntate. ¿Quieres leer? ¿Tomar una copa?

—No, solo hablar contigo. Tengo algo que pedirte.

—¿Quieres un aumento? Hecho.

—No, no es eso; aunque es probable que necesite más dinero en el futuro.

Se sentó frente a Steve y le soltó de golpe:

—Quiero casarme con tu hija.

El hombre levantó la cara y le miró sonriente.

—¿Con cuál de ellas? Tengo tres.

—Sabes con cuál... Para mí solo hay una.

—Ya. Pues me temo que se lo tendrás que pedir a ella. Con las otras podría influir algo, pero con Karin no. Lo siento.

—Acabo de hacerlo. Me ha dicho que sí.

—¿En serio?

—Sí.

—No lo entiendo... Ella y tú no os tratáis demasiado. Pasas más tiempo con Marga que con ella.

Don sonrió.

—Nos hemos estado viendo durante los almuerzos. ¿Recuerdas el viaje a La Habana? Aquella noche salimos a cenar y podría decirse que nos descubrimos. Nos empezamos a gustar y hemos estado saliendo un poco en secreto. Hemos almorzado juntos todos los días y no siempre que nos hemos reunido en la buhardilla ha sido a tratar de las obras de la casa.

—¡Vaya, vaya...!

—No queríamos decir nada hasta estar un poco más seguros. Pero ahora lo estamos y queremos casarnos. Dime, ¿cuento con tu aprobación?

—No hay nada que pudiera hacerme más feliz, hijo. Y más aún tratándose de Karin.

—¿Por qué más aún?

—Porque sé que ejercerás una buena influencia sobre ella... que la cuidarás.

—Karin no necesita que la cuiden.

—¡Oh, sí, claro que lo necesita! Más que ninguna. Peggy es el tipo de mujer que todo hombre ansía mimar y a ella le encanta que lo hagan. Estará bien cuidada cuando se case, y Marga es muy simpática y cae bien a todo el mundo. Pero Karin... Ella siempre produce una primera impresión negativa en la gente, y va por la vida dando la sensación de que no necesita a nadie, ni amor, ni apoyo. Es fuerte, orgullosa y autosuficiente... pero todo el mundo, aunque sea así, necesita que le quieran y que le cuiden y le mimen de vez en cuando. No, hijo, a Karin no todo el mundo sabe apreciarla. Tú eres el único que lo ha hecho siempre, ¿verdad? —Don sonrió—. Tú siempre has estado un poco enamorado de ella aun sin conocerla.

—Sí, es cierto. Y te aseguro que desde que la he conocido lo estoy mucho más.

—Es una mujer maravillosa, Don, pero tendrás que tener un poco de paciencia con ella. Lo sabes, ¿verdad?

—No te preocupes por eso. La quiero y te aseguro que voy a dedicar todas mis energías a hacerla feliz.

—Lo sé, muchacho, lo sé. ¿Y qué planes tenéis?

—Nuestra intención es buscar un piso pequeño en Truro para no tener que estar todo el día en la carretera. Yo salgo tarde de la fábrica a veces y en las épocas en que Karin monta un documental ya sabes que también está muy ocupada. Si queremos vernos un poco más, no podemos permitirnos perder un par de horas al día en el camino. Vendremos a pasar con vosotros los fines de semana. Y las vacaciones. Ya sabes que ella no puede estar mucho tiempo lejos del mar.

—Hasta que termine de arreglar la casa de la abuela, ¿no? Luego, seguramente os mudaréis allí.

—No hemos hablado de eso.

—¿Y cuándo queréis casaros?

—Lo antes posible.

Ambos hombres se miraron y entendieron. Sabían que el tiempo corría en su contra.

—Bueno, yo estoy muy feliz, pero creo que esa ceremonia supondrá un problema en esta casa.

—¿Por qué?

—Porque me temo que mi mujer querrá hacer una boda fantástica, con muchos invitados, flores, música y ese tipo de cosas, pero creo que Karin querrá otra muy diferente.

—Habrá que conseguir un acuerdo.

—Yo te aconsejo, por la experiencia que me dan los años, que las dejes a ellas librar su batalla y te mantengas al margen.

—No tengo intención de hacer otra cosa.

—¿Y cuándo pensáis decírselo a la familia?

—Lo antes posible. Quizá mañana en la cena.

—Bien, le diré a Margaret que prepare algo especial. La ocasión lo merece.

—Sí. Y ahora me voy a la cama, estoy un poco cansado.

Subió la escalera y, cuando iba a abrir la puerta de su habitación, la contigua se abrió también y Karin salió al corredor.

—¿Cómo se lo ha tomado?

—Como era de esperar. Está muy feliz. Le he dicho que lo anunciaríamos a la familia mañana en la cena.

—Estupendo.

—Tendríamos que empezar a vernos más, pasear juntos, cogernos de la mano y ese tipo de cosas, ¿no crees?

—Sí, aunque sin pasarnos. Yo nunca he sido pastelosa y no voy a empezar ahora.

—Claro que no. Buenas noches.

—Buenas noches, Don.

10

Cena de parejas

Al mediodía siguiente Karin cogió el teléfono y llamó a Brig para comer juntas. Su amiga iba a llevarse la sorpresa del siglo cuando le contara la noticia.

Se reunieron en su lugar habitual y cuando estuvieron acomodadas, Brig le preguntó a bocajarro:

—¿A dónde piensas llevarte a Brandon esta vez que necesitas invitarme a comer para que te perdone?

—A ningún sitio, le voy a dejar tranquilo una temporadita. Voy a estar muy ocupada; es otra cosa lo que necesito de ti.

—Bien, tú dirás. Si no tiene nada que ver con Brandon...

—Necesito que me busques un piso. Pequeño, pero con dos dormitorios.

—¿Para quién?

—Para mí.

—¿Vas a alejarte de tu querida playa? ¡No me lo puedo creer! ¿Y a qué se debe eso? ¿Has matado a tu hermana Peggy?

—No, voy a casarme.

—¿A casarte tú? El día de los tontos no es hasta el uno de abril, no cuela.

—Te estoy hablando en serio, Brig.

El rostro de su amiga se puso sombrío de repente.

—¿Te has quedado preñada?

Karin negó con la cabeza.

—¿Entonces? Porque, chica, que yo sepa no tienes ni novio ni amante, al menos lo bastante fijo como para que te cases con él. O quizá... ¿Paolo? ¿Es él?

—No.

—¡¿Pues quieres soltarlo ya de una puñetera vez?! Que me tienes sobre ascuas.

—Voy a casarme con Don Forrester.

—¿El tío que vive en tu casa?

—Sí.

—No lo entiendo. ¿Por qué?

—Porque estoy locamente enamorada de él.

—¡Y un cuerno! Si lo estuvieras, yo lo sabría; me lo habrías repetido hasta la saciedad. Igual que con Paolo aquel primer año.

—¿Tan pesada era?

—Sí, pero no estamos hablando de eso ahora. Dime, ¿qué coño pasa para que te cases con él? ¿Te hace chantaje o algo así?

—¡Por Dios, Brig! Qué fantasiosa eres. ¿Tiene Don pinta de chantajista acaso?

—No lo sé, no le conozco.

—¿No le conoces?

—Físicamente no. Solo cogió el teléfono un día que te llamé. Brandon me ha hablado de él, y tú también, pero nada más. Como comprenderás, no puedes casarte con él sin que yo le dé el visto bueno. Y ahora en serio, Karin, ¿qué pasa? ¿Por qué vas a casarte con ese tío?

—Es por mi padre... Está enfermo, Brig, muy enfermo. No le queda mucho. Los dos sabemos que le haría muy feliz que él se casara con una de nosotras y nos hemos puesto de acuerdo.

—De modo que os vais a casar para dar una alegría a tu padre.

—Sí, eso es.

—¿Y Don? ¿Está bueno?

—Muy bueno, diría yo.

—¿Más que Brandon?

—Nena, yo a tu Brandon no le veo así. Para mí, Don está mucho mejor.

—¡Uf, por lo menos no te casas con un callo! Espero que además tenga un buen polvo.

—Lo tiene, pero no habrá polvos.

—¿No?

—Brig, esto es solo de cara a la familia. Don y yo somos amigos, nos llevamos bien. Solo somos dos colegas que van a compartir piso. El sexo lo podría estropear todo.

—¿Y a cuál de los dos se le ha ocurrido esa maravillosa idea?

—A mí.

—Lo imaginaba. Tan gilipollas como siempre. ¿Y la de las habitaciones separadas?

—También a mí, pero Don está de acuerdo.

—¿Es gay?

—No.

—¿Estás segura? Muchas veces no lo aparentan...

—Muy segura —dijo recordando la noche en La Habana.

—Ese «muy segura» ha sonado a conocimiento de causa. ¿Te has enrollado con él?

—Sí, pero no es lo que parece.

—Por favor, define «sí, pero no es lo que parece».

—Bueno, nos acostamos una vez, pero estábamos borrachos como cubas. Él no recuerda lo que pasó. Pero te aseguro que no es homosexual. —Sonrió—. En absoluto.

—¡Vaya, vaya! Te brillan los ojitos cuando te acuerdas.

—Estuvo bien.

—¿Y entonces por qué no quieres repetir? Lo tendrás en casa, y hasta estaréis casados. Te hace falta sexo con regularidad. Eso tuyo de darte un atracón cuando sales de viaje y luego semanas de abstinencia no puede ser sano.

—Porque no estoy enamorada de él y no quiero que pueda haber malentendidos. Don en un buen hombre y no quiero que pueda sufrir por esto. Tengo muy claro que cuando esta situación ya no pueda hacer feliz a mi padre pediremos el divorcio y cada uno seguirá por su lado.

—Está bien, ya eres mayorcita. Solo espero que todo esto no os estalle en las manos.

—¿Qué quieres decir?

—Que uno de los dos acabe enamorándose del otro. Porque si os sucede a los dos, fantástico, pero si es uno solo...

—No nos va a suceder a los dos, yo no voy a enamorarme de nadie. No quiero decir con esto que Don no se lo merezca. Probablemente, de todos los hombres que conozco, es el que más, pero ya sabes que no creo en el amor.

—¡Ja! Eso decía yo antes de conocer a Brandon.

—Tú eres distinta; a pesar de todo tu desparpajo, eres una romántica empedernida.

—Y tú no...

—Por supuesto que no.

—Bien, ojalá que ninguno acabe sufriendo por esto.

—Es por eso que no quiero que haya sexo. Así evitaremos problemas. Todo seguirá como hasta ahora, solo que con menos gente en la casa.

—Bien, y hablando del piso, ¿lo quieres amueblado o sin amueblar? Porque supongo que, tratándose de algo temporal, estás hablando de un alquiler, no de una compra.

—Por supuesto. Pero no hemos hablado sobre los muebles. Lo consultaré con él y te llamaré.

—¿Por qué no haces algo mejor? Quedamos esta noche para cenar los cuatro y hablamos sobre los detalles del piso que queréis. Y así le conozco.

—Esta noche no puede ser, vamos a anunciarlo a la familia.

—¿Todavía no lo saben?

—Solo mi padre; Don se lo dijo anoche.

—Bien, entonces mañana. Además, ya habré echado un vistazo a las ofertas y podré deciros cómo está el mercado.

—De acuerdo.

Karin y Brandon pasaron toda la tarde en la buhardilla revisando unas cintas. Habían quedado para cenar con Brig y Don en Truro, y, poco antes de la hora prevista, dejaron el trabajo aún sin terminar y mientras él tomaba una copa con Steve, Karin se duchó y se arregló un poco.

Cuando bajaba las escaleras, se cruzó con Peggy que regresaba.

—¿No ibas a cenar fuera? —le preguntó.

—Sí, Brandon me está esperando abajo. Ahora recogeremos a Don y a Brig y cenaremos en Truro. Brig nos va a buscar la casa y tenemos que hablarlo con calma.

—¿Y así vas a ir?

Karin se miró el pantalón vaquero y el blusón rojo con bordados y se vio perfecta.

—Por supuesto

—¿Ni siquiera ahora que tienes novio vas a arreglarte un poco?

—Voy arreglada, cariño. Vamos a ir a un restaurante pequeño, tipo taberna, así que no necesito emperifollarme más. Además, a Don le gusto tal como soy, no necesito disfrazarme.

—¡Desde luego que no sé cómo le has enganchado... con esa pinta! —Karin levantó las cejas y no contestó—. Ya, aprovechaste que dormís en la misma ala de la casa y te has metido en su cuarto, ¿no?

—A lo mejor es él quien se ha metido en el mío.

Peggy la miró de arriba abajo.

—No lo creo.

—¿Qué? ¿Molesta porque no lo ha hecho en el tuyo?

—Claro que no... No es mi tipo.

—No disimules, sé que en un tiempo ibas por él, solo que nunca te hizo maldito caso.

—Solo al principio. Cuando le conocí mejor...

—No, di mejor que cuando le viste meter las manos en el motor de la camioneta de Brandon te diste cuenta de que no era lo bastante distinguido para ti.

—Es posible. Pero a ti te va a la perfección.

—Así es.

—Bien, pues que te aproveche.

—Gracias, esa es mi intención. Ahora me voy o llegaré tarde.

Se reunió con Brandon y ambos subieron a la furgoneta de este último. Karin volvería luego en el coche de Don.

Llegaron a Truro y Brandon la dejó en la puerta de la fábrica donde se reuniría con su novio y él fue a recoger a Brig para luego encontrarse en el restaurante.

Cuando Karin entró en la fábrica, todos los empleados la saludaron y felicitaron por su próxima boda. Don salió y la besó en la cara.

—Hola. ¿Cómo ha ido el día?

—Muy bien. ¿Y para ti?

—Un poco liado, pero ya es hora de plantar el trabajo y salir a divertirse.

Caminando se dirigieron hasta el restaurante situado muy cerca de los astilleros.

—Casi seguro que llegaremos los primeros. Brig no es muy puntual y Brandon todavía tiene que recogerla.

—No te preocupes, no tengo prisa.

Tomaron una copa mientras esperaban.

—¿Estás preparado para el tercer grado? —preguntó divertida.

—No será para tanto.

—¿Que no? No conoces a Brig. No parará hasta que sepa hasta tu talla de calzoncillos.

—Pues ya sabrá más que tú.

—Desde luego. Y no es algo que me interese. No soy una mujercita tradicional que compra los calzoncillos a su marido. Si quieres ir con el culo tapado tendrás que comprártelos tú.

Él rio a carcajadas.

—Me parece bien.

—Brig me ha preguntado si queremos un piso amueblado o sin amueblar. ¿A ti qué te parece?

—No sé... Creo que lo preferiría sin amueblar. Los que ya vienen amueblados no suelen tener muy buen gusto.

—Sí, pero como esto es algo temporal, quizá no nos merezca la pena gastarnos mucho en muebles.

—Tú tienes la casa de tu abuela a la que irás a vivir algún día. Si los compramos a tu gusto, siempre puedes llevártelos y usarlos allí.

—Sí, eso es verdad.

—Además, podemos gastarnos un poco en amueblar nuestra casa de forma agradable, ¿no te parece?

—Habla por ti. Yo estoy sin blanca, todo lo ahorro para las reformas de la mía. Las cañerías son prioridad. Mientras no estén en condiciones, ni siquiera se podrá pasar allí un fin de semana. No sé cómo mi abuela pudo dejar la casa tanto.

—Era muy mayor y las personas de cierta edad temen a las obras y a los cambios.

—No conocías a mi abuela.

—Entonces quizás es que quería conservar la casa como estuvo siempre.

—Sí, eso le cuadra más. Yo no pienso cambiarla mucho, solo lo indispensable para ponerla más cómoda y poder instalar mis equipos de proyección y de montaje. Con la electricidad tal como está no podría ni conectar un ordenador.

—Con la electricidad como está no puedes ni encender dos lámparas a la vez. Todavía me acuerdo de aquel almuerzo a la luz de la linterna.

—Ni qué decir tiene que la oferta para irte a pasar algún fin de semana con quien quieras sigue en pie.

—¿Aunque estemos casados?

—Por supuesto. El que haya un papel en el juzgado no cambia nada.

—Lo tendré en cuenta.

—Mira, ya están ahí Brig y Brandon —dijo levantándose—. Y espérate cualquier cosa de ella.

La pareja se acercó hasta ellos y Brig besó a Don, efusiva.

—Hola, yo soy Brig.

—Encantado.

Le miró de arriba abajo con descaro.

—¡Vaya ,vaya! Karin decía la verdad.

Él levantó las cejas divertido.

—¿Qué decía?

—Que estás bueno. He podido comprobarlo por mí misma —añadió, palmeando la espalda y los brazos anchos y fuertes. Después se volvió a su amiga—. No te preocupes, el resto de lo que me contaste no lo comprobaré.

—¡Brig!

—¿Qué pasa? ¿De qué estáis hablando?

Brandon intervino.

—No te quieras enterar. Con estas dos es mejor no saber ni la mitad.

—Bueno, hablando de la casa... —dijo Karin en cuanto se sentaron.

—¡Eh, para el carro! No hemos venido aquí para hablar de la casa —cortó su amiga.

—¿Ah, no? Yo creía que sí —dijo Don.

—Ni hablar. En primer lugar, hemos venido aquí para que yo te conozca y luego, si acaso a los postres, hablaremos de la casa.

—¿Qué te dije? Empieza a contarle tus tallas, comidas preferidas, colores favoritos, música, aficiones, etcétera... Así te ahorrarás el interrogatorio y acabaremos antes.

—No pienso interrogarle, solo conocerle. —Se volvió hacia Don—. Compréndelo, vas a casarte con mi amiga y despiertas toda mi curiosidad. La conozco desde el primer curso de escuela y te aseguro que si me dice que va a mudarse a vivir a Marte me sorprendería menos que el hecho de que vaya a casarse. Tengo que saber qué tiene de especial el tío que lo ha conseguido.

—Déjate de coñas, Brig. Sabes que esto no es una boda romántica por parte de ninguno de los dos. —Se volvió hacia Don—. Ellos lo saben.

—Sí, imaginé que se lo habrías dicho.

—Pues eso, Brig. Esto solo va a suponer compartir un piso, igual que tú y yo decíamos que nos iríamos a vivir juntas de mayores.

—En efecto, y nunca lo hicimos.

—Porque tú te fuiste a vivir con Brandon.

—Antes de eso llevábamos dos años con las carreras terminadas. Pero tu mar era demasiado precioso para ti. Y ahora, por lo visto, ya no lo es. Quiero saber qué tiene Don para que te haya hecho cambiar de opinión.

—¡Joder, Brig! Que no tiene nada que ver con él. Se trata de mi padre. Te aseguro que si él estuviera bien de salud, nada ni nadie podría arrancarme de mi casa junto al mar.

Brig levantó las cejas y no contestó, y Karin miró a Don exasperada.

—Por favor, díselo tú. Dile que no hay nada entre nosotros.

—No lo hay, Brig, en serio —dijo él, sonriendo divertido ante la discusión de ambas amigas.

—De acuerdo, me lo creeré —añadió ella, pero Don sabía que no estaba convencida en absoluto.

—Bueno, pregunta sobre mí todo lo que quieras. Karin dice que no pararás hasta que averigües incluso mi talla de calzoncillos. Por si te interesa, es la dieciséis, no soy de caderas escurridas.

—Bien, a Karin le gustan los tíos con un buen culo. Es lo primero en lo que se fija.

La aludida se exasperó de nuevo.

—¿Otra vez? ¿Pero cómo voy a decírtelo?

—Que no haya nada entre vosotros y que queráis

dos dormitorios no quiere decir que no le mires el culo. Yo lo haré en cuanto se levante, a pesar de que para mí Brandon es el único tío del mundo. Además... ¿puedes jurarme que nunca se lo has mirado?

—¡Por Dios, Brig, que está delante!

—¿Y? Seguro que él también te lo ha mirado a ti. ¿Verdad, Don?

—Verdad.

Karin se volvió hacia él, incrédula.

—¿Me has mirado el culo?

—No pude evitarlo. En La Habana, en la playa, ibas delante de mí hacia el agua.

Karin soltó una carcajada.

—Creía que no te acordabas de eso.

Él levantó las cejas y su mirada se volvió burlona y chispeante de nuevo.

—Solo retazos. Pero hay que reconocer que un buen culo desnudo no es algo fácil de olvidar.

Brig intervino rápida:

—Eh, eh, ¿qué pasó en La Habana?

—Pregúntale a ella, yo apenas lo recuerdo. Estábamos borrachos como cubas.

—¿Entonces fue con él con quien te liaste y no con un negro? Y casi te mueres de la ofensa cuando te lo insinué...

—Mierda, Don, ¿por qué has tenido que mencionarlo? Ahora no me dejará vivir en paz hasta que se lo cuente.

—Creía que tú tampoco te acordabas.

—Como tú, solo retazos.

—¿Y vosotros sois los que queréis dos dormitorios en el piso? No os doy ni quince días para convertir uno en sala de trabajo.

—Ya habló doña Lista. Tú limítate a buscarnos el piso que queremos y déjate de suposiciones que no tienen razón de ser.

—¿Que no tienen razón de ser? ¿Tú qué opinas, Brandon? ¿Quince días?

—No sé, yo quizás les daría un mes.

—¡Uf, sois insoportables cuando os ponéis así! ¡No sé cómo os aguanto! —Se volvió hacia Don, que estaba disfrutando de lo lindo con la conversación—. No le hagas caso, toda la vida ha sido así, y este se ha contagiado.

Brig miró a Don también.

—¿Bueno, y tú qué dices? ¿Ganará Brandon o yo?

—Eh, a mí dejadme fuera de esto.

—No puedo, eres parte muy interesada.

—Pues lo siento, pero no voy a participar en esta discusión.

—Ya...

—Bueno, ahora, si os parece, vamos a hablar ya de la casa.

—Como queráis —dijo Brig dando por terminada la conversación.

La cena había acabado, así que sacó unas hojas de papel de su bolso, apuntó los datos que Karin y Don le dieron sobre el tipo de vivienda que querían y poco después se despidieron.

Una vez en el coche de vuelta a la playa, Karin se disculpó en nombre de su amiga.

—Espero que no te haya molestado la actitud de

Brig. Te había advertido, pero nunca pensé que llegaría tan lejos. Imaginé que se limitaría a preguntarte por tu vida anterior y a sonsacarte cosas de tu pasado, pero no que hablaría de ti como si no estuvieras delante.

—No pasa nada; me he divertido mucho.

—Espero que no te hayas creído todo lo que ha dicho.

—Yo no me creo nada. No soy tan engreído como para pensar que, aunque me hayas mirado el culo, cosa que no has confesado haber hecho, vayas a compartir mi habitación en quince días... ni nunca.

—Bueno, confesión por confesión; sí lo he hecho... Te lo he mirado y más de una vez.

—Bien, estamos en paz.

El resto del camino lo hicieron en un silencio cómodo y agradable y Karin se convenció una vez más de que no le iba a resultar difícil vivir con él.

11

La boda

Los preparativos para la boda se dispararon con una rapidez vertiginosa. Brig les consiguió un piso pequeño y acogedor de dos dormitorios, salón, baño y cocina y ellos se dedicaron a decorarlo y arreglarlo.

Se reunían a la hora del almuerzo para recorrer tiendas y encargar muebles, y, a la salida del trabajo, por las tardes, se iban al piso, Karin un poco antes que Don, para recibir los encargos y dedicarse a colocar y ordenarlo todo. Después, cenaban en cualquier sitio, aunque a veces, si estaban muy liados, uno de ellos bajaba a una tienda cercana por unos bocadillos y unas latas y los tomaban sentados primero en el suelo, y luego en los muebles que iban llegando, para continuar con su trabajo.

Karin se había negado a recibir la ayuda de ningún miembro de su familia, y solo Brig aparecía de vez en cuando para ver los adelantos en el piso de su amiga.

Después, a veces, ya bien avanzada la noche, regresaban a la casa de la playa.

Durante un mes pasaron muchas horas juntos trabajando en una agradable camaradería y Karin tenía que reconocer que estaba disfrutando de la experiencia de poner su casa. Si se hubiera tratado de una boda por amor, no habría disfrutado más ni lo habría hecho con más ilusión. Descubrió que no le desagradaba tanto la idea de no vivir junto al mar, quizá porque sabía que podría volver todos los fines de semana.

Al fin, la casa estuvo lista y la fecha de la boda fijada.

Habían escogido muebles sencillos, de línea rústica, para que Karin pudiera llevárselos a la casa de su abuela cuando estuviera lista.

En el dormitorio principal habían instalado la tradicional cama doble, y, aunque Karin quiso poner otra del mismo tamaño en el otro, Don prefirió una más pequeña para disponer de más espacio y poder colocar una mesa de trabajo y un mueble donde guardar papeles y libros técnicos. A la familia les habían dicho que en el cuarto de trabajo habían colocado una cama por si tenían invitados, y Marga había saltado de alegría pensando que iba a quedarse a menudo en el pueblo para salir de noche; pero su madre le había quitado la idea de la cabeza.

—Una pareja recién casada debe estar sola durante un tiempo, olvídate de convertirte en invitada permanente —le había dicho.

La fecha de la boda llegó por fin. La noche antes, Karin cenó con su familia y Don como cualquier otro día. En su habitación reposaba el sencillo vestido blanco, largo pero carente de adornos, y una larga mesa colocada en el porche aguardaba la comida que serviría un restaurante al mediodía siguiente. Era una concesión que había hecho a su madre, ilusionada en organizar un banquete nupcial, aunque ella hubiera preferido una sencilla comida en familia.

Nada más sentarse a la mesa, Marga dejó escapar su desilusión.

—No me puedo creer que te cases mañana y estés aquí cenando con nosotros en vez de celebrar tu despedida de soltera.

—Ya la estoy celebrando. Aquí.

—Esto no es una despedida de soltera... sin amigos... sin *boys*...

—Ya... Lo siento, cariño, pero tengo pocos amigos y paso de coger el culo a un tío que no conozco solo porque voy a casarme mañana.

—¡No tienes por qué cogerle el culo, hija! —protestó Peggy—. Pero es lo tradicional. Una última juerga antes de sentar la cabeza. Claro que tú la has tenido sentada siempre, al menos en ese sentido. No te he conocido ni una juerga, jamás has pillado una borrachera, estoy segura. Me apuesto cualquier cosa a que nunca has amanecido en la cama de un hombre al que apenas conocías. Don puede estar tranquilo respecto a eso, seguro que él ha sido el primero.

—Es el primero con el que me caso, en efecto.

—No me refería a eso.

—Y tú que eres tan tradicional y tan correcta, ¿no te parece de muy mal gusto sacar a relucir la noche antes de mi boda mi posible vida sexual delante de mi novio?

—No estoy diciendo posible, sino inexistente.

—Peggy, si he tenido o no algún lío en el pasado, el único que debe saberlo es Don, y ya le he informado al respecto, ¿verdad, cariño? —preguntó volviéndose hacia él.

—Cierto. Y tengo que añadir que me alegro mucho de que tu hermana esté aquí cenando con nosotros y no con un *boy*.

—¿Eres un machista?

—No, solo celoso. Si se trata de jugar con culos, prefiero que lo haga con el mío.

—Eso a partir de mañana... pero hoy...

—Mira, Peggy, ya basta —se irritó Karin en serio—. Cuando tú te cases. te montas una despedida a tu aire y te vas de marcha y te tiras a media docena de *boys* si quieres. Si te casas con Tom, será la última vez que estés con un tío bueno —añadió malévola—. Pero Don y yo estamos de acuerdo en que no queremos celebrar nada por separado, ni estar con otras personas, ni llegar a la boda con ojeras y resaca. Mañana va a ser un día importante para nosotros y queremos disfrutarlo en perfecto estado. Además, será un día duro; nos casamos por la mañana, luego asistiremos al almuerzo que mamá ha organizado y tenemos que coger un avión a París por la tarde.

—Esa es otra... París está demasiado cerca. Ahora todo el mundo se va al Caribe.

—El Caribe lo conozco de sobra por motivos de trabajo. Para mi viaje de novios quiero algo diferente que no me recuerde ni las cámaras ni los enfoques. Y ni Don ni yo conocemos París.

—París es muy romántico —añadió Marga—. ¿Pasearéis por el Sena en góndola?

—Nena, las góndolas están en Venecia; en París hay *bateaux*.

—¿No es lo mismo?

—No, no lo es.

—Pero pasearéis en ellos ¿no?

Don intervino.

—Por supuesto; haremos todo lo que se pueda hacer en París. Diez días dan para mucho.

Margaret sonrió recordando su propio viaje de novios.

—No si le cogéis el gusto a estar en la habitación.

—Yo puede que me encierre en la habitación de noche, pero te aseguro que pienso ver París durante el día.

Peggy se volvió hacia Don de nuevo.

—Más vale que te pongas calzado cómodo, porque piensa llevarte de maniobras.

—No será para tanto —dijo él guiñándole un ojo—, sé cómo conseguir que pare de patear calles.

—No me imagino a Karin en plan romántico —dijo Marga—. Ni pastelosa. ¿Cómo es, Don?

—Lo siento, eso es algo que pertenece a nuestra relación privada.

—¡No esperarás que te lo diga! —añadió Karin molesta—. Lo que sí te puedo asegurar es que no soy pastelosa. Y ya basta de esta conversación; me está poniendo enferma. —Se levantó dando la cena por terminada, y, cogiendo su plato y su vaso, los llevó a la cocina mientras comentaba—: Si de algo tengo que despedirme esta noche es de la playa. Voy a bajar un rato.

—¿Sola? —preguntó Marga, horrorizada, ante la idea de que su hermana pasara su última noche de soltera sentada sola en una roca junto al mar.

—Quizá la otra persona que tiene algo que celebrar esta noche quiera venir conmigo. Si no, sola. Es la única compañía que admito. ¿Te apetece? —dijo volviéndose hacia Don

—Claro que me apetece —respondió levantándose e imitándola. Después, cogiéndola de la mano, salieron hasta el sendero y bajaron a la cala.

Una vez allí y como la piedra estaba sumergida, se sentaron en los guijarros al pie mismo del sendero.

—Uf, vaya conversación. Ya me estaba mosqueando. ¿Qué les importa lo que haga o deje de hacer? ¿Es su boda acaso?

—No te lo tomes a mal, solo sienten curiosidad. Tienes que reconocer que todo esto les ha cogido muy de sorpresa.

—¿Pero qué se creen? ¿Que soy un bicho raro incapaz de sentir?

—No, pero es difícil imaginarte haciendo demostraciones de afecto. Reconoce que no eres muy pródiga en caricias ni gestos afectuosos, ni siquiera con tu familia. Y a nosotros jamás nos han visto siquiera darnos un beso en la mejilla.

—No soy una persona insensible como tratan de hacerme parecer.

—No he dicho eso. Pero es más fácil imaginarte haciendo un gran sacrificio por alguien a quien quieres que dándole un abrazo. ¿Sabes? Unos quince días después de que anunciáramos nuestra relación, tu padre me dijo que no tuviera reparos en besarte o tocarte delante de él. Al parecer le parecía extraño que no estuviéramos todo el día besándonos por los rincones.

—¿Y qué le dijiste?

—Que tú eras muy especial en ese sentido y que no te gustaban las demostraciones cariñosas donde alguien pudiera vernos. Que por eso tenemos tanta prisa en casarnos.

—¿Se lo creyó?

—Eso parece. Te conoce. También me dio su autorización para dormir en tu habitación mientras organizábamos la boda, pero le dije que esperaríamos.

Karin giró un poco la cabeza y miró hacia la casa, a las ventanas ligeramente iluminadas.

—¿Crees que puede haber alguien asomado a la ventana mirándonos?

—No lo sé; es posible. A Marga le llama mucho la atención todo esto.

—Bueno, démosle un poco de morbo —dijo recostando la cabeza en el hombro de él—. Si no, mañana irá diciendo que soy un monstruo frío e insensible, que no solo no te ha dejado celebrar una despedida de soltero como Dios manda, sino que no te dejo comerte una rosca. Pongámonos un poco pastelosos o le derrumbaré todos los esquemas.

Don sonrió y le rodeó los hombros con un brazo para que se sintiera más cómoda.

—Hablando de pastelosos... no sé cómo va esto de las bodas en Alemania, pero aquí, cuando acabe la ceremonia, el oficiante te dirá que ya puedes besarme.

—Y tú quieres que no lo haga...

—No, no. Tiene que ser todo según la tradición, dentro de lo posible. ¿Crees que conseguirás que resulte creíble?

—Por supuesto que resultará creíble... no beso mal; al menos ninguna mujer se me ha quejado de lo contrario, ni siquiera tú.

—Yo... no me acuerdo demasiado de eso —mintió con descaro. Sabía de sobra lo bien que besaba y no comprendía por qué había dicho aquella estupidez.

Él continuó hablando.

—Claro que si quieres que hagamos una prueba... solo para estar seguros...

—¿Quieres decir ahora?

—No tenemos mucho más tiempo, la boda es mañana por la mañana.

—¿Crees que es necesario?

—Eres tú la que ha dudado de que salga bien.

Karin sonrió. No estaba segura de que fuera una buena idea, pero tuvo que reconocer que le apetecía.

—De acuerdo... probemos.

Don giró la cabeza hacia ella y empezaron a besarse. Pasados los primeros segundos, ambos olvidaron el motivo de su beso y se entregaron a él envueltos por la suavidad de la noche y el rumor del mar. Fue un beso largo y cálido, las lenguas juguetearon una con la otra despacio al principio, ávidas después. Don le rodeó la espalda con los brazos acercándola más y ella le echó los brazos al cuello. El beso romántico del principio se volvió apasionado y salvaje. Cuando al fin se separaron, jadeantes, Karin volvió a recostar la cabeza en su hombro y dijo:

—Si nos besamos así mañana, Brig pensará que va a ganar la apuesta.

Don se rio.

—Trataremos de ser más comedidos.

Permanecieron en silencio un rato, recostados uno en el otro, rodeados del rumor de las olas y de la oscuridad. Al fin, Don dijo:

—Espero que te parezca bien que haya pedido una suite con dos dormitorios en el hotel de París.

—Me parece estupendo, pero que no se entere nadie o me lapidarán por fría e insensible.

—Nadie se enterará salvo que tú misma lo digas.

—Para mí es muy importante que mis padres crean que estamos enamorados.

—Para mí también. Y te aseguro que nadie lo dudará si nos han visto besarnos.

—¿Sabes? Creo que va a resultar muy agradable estar casada contigo. Serás un estupendo compañero de piso.

—Pienso lo mismo.

Continuaron allí sentados un poco más, hasta que la marea ascendente les obligó a levantarse y subir.

—Hasta mañana —se despidieron ante la puerta de sus respectivas habitaciones.

—Hasta mañana.

Antes de que ella entrara en la suya, Don le dijo:

—¿Puedo pedirte una cosa?

—Claro... lo que quieras.

—¿Cómo vas a peinarte para la ceremonia?

—Como siempre, supongo. No llevo velo, ni cofia, ni ningún adorno en la cabeza.

—Déjate el pelo suelto... sin nada que lo sujete. Como el día que cenamos en La Habana. Me gustan las mujeres con el pelo suelto. Siempre soñé que mi novia lo llevaría así el día de nuestra boda.

—De acuerdo —dijo levantando un poco la cabeza hacia él y besándole en la cara—. Por si hay miradas curiosas... —susurró.

Don no dijo nada, pero esperó a que ella cerrara la puerta a sus espaldas para entrar en su habitación.

El día amaneció hermoso y soleado. Desde la cama, Karin pudo ver el cielo despejado que le aseguraba que al menos durante la mañana no habría lluvia.

Permaneció unos minutos acostada aún, comprendiendo que pasaría algún tiempo antes de que volviera a estar así, y en su cama, mirando por esa misma ventana.

Se sentía extrañamente feliz, como si de verdad fuera a casarse por amor, y lo atribuyó al hecho de saber lo dichoso que iba a hacer a su padre.

Contempló el vestido, blanco y liso, colgado en la puerta del armario, y sonrió al recordar la expresión horrorizada de su hermana cuando lo vio: «Ni un adorno, ni un bordado...», había dicho. «Ni siquiera botones...»

—Don me lo agradecerá —había respondido ella.

Unos rápidos golpes en la puerta la hicieron sobresaltarse y comprendió que su momento de tranquilidad se había terminado.

—Karin... hija... levántate o no te dará tiempo a arreglarte.

Miró el reloj. Eran las ocho de la mañana y la boda no sería hasta las doce. ¿Qué pensaba su madre que tenía que hacer en cuatro horas? Aun así se levantó, se puso una bata y salió de la habitación. Su madre y Marga la esperaban en el pasillo.

—Buenos días... —dijo enfilando la escalera hacia la planta de abajo.

—¿Dónde se supone que vas?

—A desayunar, por supuesto.

—¿Pero tienes hambre? ¿A pesar de los nervios?

—Marga, no estoy nerviosa. Y sí muy hambrienta. La comida no será hasta la una y a esa hora yo he desayunado dos veces todos los días.

—Pero hoy no es un día como los demás... Es el día de tu boda.

—Razón de más para no pasarlo con el estómago vacío. Quedaría feo que cuando el oficiante me pregunte si quiero a Don mi estómago salte con un rugido de hambre.

—Pero no puedes bajar. Yo te traeré algo de la cocina para que te lo tomes en tu habitación.

—¿Por qué? Yo quiero desayunar en la mesa como todos los días.

—¡No puedes! Don está abajo, desayunando con papá.

—¿Y...?

—Que no puede verte antes de la boda, trae mala suerte.

—¡No me vengas con coñas! ¿Él puede pegarse un buen desayuno y yo tengo que conformarme con cualquier cosita escondida en la habitación?

—Karin, por favor...

—Déjala, Marga, ¿no la conoces? Bajará y hará lo que le parezca.

Al ver la desesperación de su hermana, se volvió hacia ella y le acarició la cara.

—Mira, cariño, Don y yo nos queremos mucho, nos llevamos muy bien, tenemos gustos comunes y somos personas civilizadas que respetamos nuestro espacio. Eso es una garantía de felicidad para una pareja y no el hecho de que veas al otro una hora antes de la boda o no. Créeme, yo no tengo ninguna duda de que vayamos a tener la mejor suerte del mundo. Pero si te vas a sentir tan mal, esperaré a que Don termine de desayunar para bajar yo.

—¿En serio?

—Sí, en serio. Pero baja y métele prisa o empezaré a comerme el traje.

Marga se perdió escaleras abajo y su madre le propuso:

—¿Quieres que te llene la bañera para ir adelantando terreno?

—¿La bañera? ¿Para qué?

—Pues para darte un baño de sales aromáticas, por supuesto.

—No, mamá. No vas a meterme una hora en remojo como los garbanzos. Voy a bajar a desayunar, luego me daré una ducha y me vestiré.

—La peluquera estará aquí a las diez y media.

—Pues por mí que no venga.

—¡No irás a hacerte esa espantosa trenza!

—No, iré peinada a gusto del novio. Pero lo haré yo

sola. Lo siento, es una petición especial y voy a complacerle.

Margaret se encogió de hombros.

—En ese caso... Que se ocupe solo de nosotras.

Marga subía en ese momento.

—Don ha terminado, Karin, ya puedes bajar.

—De acuerdo... y no me pidas nada más hoy, ¿eh? Es mi boda y voy a hacerla a mi manera.

Bajó y se sirvió un suculento desayuno y después se duchó y se encerró en su habitación, sin dejar entrar a nadie más.

Era muy temprano aún para vestirse, y se asomó a la ventana desde donde contempló cómo los camareros adornaban la mesa y el pequeño estrado donde se celebraría la boda civil. Se había negado en redondo a una boda religiosa, porque, además de no ser creyente, Don y ella pertenecían a religiones diferentes.

Desde allí vio llegar a los invitados, al oficiante, y también a Brig y a Brandon, que se entretuvieron charlando con Marga, que estaba radiante atendiendo a los invitados. Esa cría era la que más estaba disfrutando con todo aquello.

De nuevo unos golpes en la puerta la sobresaltaron.

—Karin, son las doce menos cuarto. ¿Estás lista, hija?

—Sí, mamá, enseguida salgo —mintió.

Descolgó el vestido, se lo puso cerrando la cremallera del costado, y se cepilló el pelo hasta dejarlo brillante y suelto sobre la espalda. Su imagen en el espejo, vestida de blanco y con el pelo suelto, le recordó la noche de La Habana y supo que a Don le pasaría lo mismo en cuanto la viera.

Iba a salir cuando se dio cuenta de que olvidaba los zapatos. Se volvió, se calzó y, cogiendo el ramo colocado sobre la cómoda, salió al pasillo donde su madre, agitada y nerviosa, la esperaba.

—¿Qué? ¿Cómo estoy?

—Muy guapa, pero demasiado sencilla.

—No te preocupes, el día que se case Peggy llevará todos los perejiles que yo no me he puesto.

—Venga, Don ya está abajo... y muy guapo.

—No lo dudo —admitió.

Bajó la escalera con cuidado, mientras su madre se apresuraba a ocupar su lugar junto al novio, y, al llegar a la puerta de la casa, su padre le ofreció su brazo.

Don les esperaba junto a Margaret al lado de la mesa donde se oficiaría la ceremonia. Tal como su madre le había anunciado, estaba guapísimo enfundado en un traje gris que hacía resaltar sus ojos.

Mientras se acercaba, la mirada de él se deslizó de su cuerpo esbelto a la melena que le caía sobre la espalda y le vio tragar saliva. Luego sus ojos se encontraron y ambos se trasladaron a La Habana, a la noche cálida en que se empezaron a descubrir.

Se situó junto a Don y centraron su atención en la ceremonia.

A petición de ambos, esta fue muy corta, solo las palabras rituales y después el oficiante dijo:

—Ya puede besar a la novia.

Sus miradas se cruzaron recordando el ensayo de la noche anterior, y Don, agarrándola por la cintura, la acercó hacia él y ella le rodeó el cuello con los brazos y empezaron a besarse igual que habían hecho entonces, olvidándose de que estaban rodeados de gente.

Cuando se separaron, lo primero que vio fue la cara de Brig y su boca formando sin voz las palabras «quince días».

Karin se volvió sin hacerle caso y empezó a repartir besos y abrazos entre los familiares y amigos que sus padres habían reunido. También había algunos de sus compañeros de trabajo, realmente asombrados ante la invitación de boda.

Tras charlar un rato con todos, posar para algunas fotografías y amenazar a Brandon para que soltara la cámara de video, se sentaron a almorzar.

Karin observó que Don comía con tanto apetito como ella y dijo divertida:

—Esa frase de que los novios son los únicos que no comen en una boda no va con nosotros.

—Estoy muerto de hambre, Marga casi me echó del comedor esta mañana para que entraras tú.

—Pero no había prisa...

—Decía que una novia tarda mucho en arreglarse.

—Guárdame el secreto, pero me ha sobrado más de una hora. He estado asomada a la ventana haciendo tiempo.

—Aun así estás preciosa.

—Gracias, también tú estás cañón.

Él se inclinó y la besó en los labios y todos los ocupantes de la larga mesa aplaudieron.

—Más vale que nos comportemos o nos pedirán un discurso y yo me niego a hacerlo.

—¿Eres capaz de ponerte ante una cámara y hacer un documental que verán millones de personas y no te atreves a hacer un discurso para unos cuantos parientes? —se burló él.

—No, a lo que me niego es a decir las gilipolleces que se dicen en estos casos.

—Pues haz un discurso «tipo Karin».

—¿Y que a mi madre y a la pobre Marga les dé un soponcio? No, mejor limitémonos a comer. La cena la tendremos que hacer en el avión y me temo que la comida en las líneas aéreas británicas no es muy buena.

Después de la comida, Margaret se había empeñado en traer una orquesta para que tocase en el jardín trasero de la casa. Karin había protestado diciendo que no era un lugar apropiado para bailar con zapatos de tacón y sobre la hierba, pero no había podido hacer nada. Tras retirar las mesas, la orquesta había empezado a tocar.

—El baile lo tienen que abrir los novios —dijo alguien viendo que Karin se sentaba en una cómoda silla.

—Pero si yo no sé bailar...

Don se acercó a ella y la agarró de la mano.

—Me temo que de esta no vas a librarte. Eres la novia, y no pienso abrir el baile con ninguna otra. Nadie te va a exigir unos pasos perfectos, bastará con que nos paseemos abrazados por la pista.

Y abrazándola por la cintura empezaron a moverse al compás de la música. Karin, resignada, le echó los brazos al cuello y apoyó la sien contra la mejilla del que ya era su marido, tratando de dar una imagen de novia enamorada que no le resultó en absoluto desagradable representar. Les dejaron bailar solos media canción y luego otras parejas se unieron a ellos. Brig y Brandon se cruzaron en su camino y su amiga volvió a repetir: «quince».

—Vete al diablo —susurró.

—¿Te he pisado? —le preguntó Don creyendo que se refería a él.

—No. Se lo decía a Brig. Está de un cabezota...

—¿Qué le pasa?

—Nada que sea momento de comentar ahora.

Él no contestó, pero subió la mano acariciándole la espalda y la besó en la sien; Karin sintió el hormigueo producido por el contacto y tiró la toalla. Se olvidó de Brig y de todo lo que la rodeaba y disfrutó del baile por primera vez en su vida y de la cercanía de Don.

Después de dos canciones más, Steve les interrumpió.

—Perdona que te la quite, hijo, pero dicen que este es el baile del padrino. Luego vas a tenerla para ti solo durante diez días.

Don cedió su sitio al que ya era su suegro y Karin sonrió cuando su padre le rodeó la cintura y la llevó con maestría por la pista improvisada sobre la hierba.

—¿Feliz?

—Mucho, papá.

—Me alegro, cariño. Yo también lo estoy de veros casados. Ya sabes que Don es para mí como un hijo.

—Sí, lo sé. Pero yo me alegro de que no lo sea.

—Ya lo imagino. Sí, estoy contento; sé que él sabrá darte lo que necesitas, te comprenderá y te apoyará. Siempre lo ha hecho. Y sabrá hacerte feliz... Lleva mucho tiempo enamorado de ti.

—Eso no puede ser, solo hace unos meses que nos conocemos.

—No importa... lleva enamorado de ti desde que era un crío, aunque no te conociera más que por fotos e historias... Me consta que, si vino aquí, no fue solo por el trabajo, sino también para conocerte.

—¿Te lo ha dicho él?

—No, pero no hace falta. Cuando me dijo que quería casarse con una de mis hijas, yo le pregunté en broma que con cuál de las tres, pero sabía que se trataba de ti. Nunca ha habido otra para él.

—¿En serio? Nunca me ha dicho nada de eso.

—Bueno, ya tendrá tiempo de hacerlo.

Karin pensó si habría algo de cierto en las palabras de su padre o si se trataba solo de imaginaciones. Aunque Steve no era muy dado a imaginar cosas, pero siempre cabía la posibilidad de que su deseo de tener a Don por yerno le hiciera ver más donde solo había curiosidad o simpatía.

La canción terminó y Steve la soltó.

—Anda, hija, ya hemos cumplido con la tradición. Vuelve a bailar con tu marido, que imagino que lo estás deseando.

Karin miró a su alrededor buscándole, pero vio que Brig le había atrapado para que bailase con ella la siguiente canción, así que se dirigió a Brandon y le pidió:

—¿Un baile con la novia? Me temo que esta será una ocasión única en la vida, así que si la quieres aprovechar...

—Faltaría más. Además, ya has visto que Brig se ha ido a muerte por el novio.

—Pánico me da lo que le pueda estar diciendo.

—No te preocupes, Don es un tío inteligente y no le hará caso.

—Eso espero. Porque está de un pesado con los quince días...

—Pues más te vale aguantar porque me ha hecho apostar el sueldo de una semana.

—¡Joder! No me digas que tu también piensas que...

—Yo no pienso nada, pero os he visto bailar...

—Por favor, Brandon, acabo de casarme con él, se supone que estoy enamoradísima... ¿Cómo quieres que baile? ¿A treinta metros?

—No, claro que no. Anda, no te agobies y baila. Como bien has dicho, es una ocasión única en la vida.

Después de Brandon, Karin se vio arrastrada de unos brazos a otros de conocidos y parientes, hasta que, al fin, el reloj salvador le dijo que era la hora de cambiarse para abandonar la casa y marcharse al aeropuerto.

Se acercó a Don, que hablaba con Margaret.

—Don, voy a cambiarme. Son las cinco y tenemos que darnos prisa. No quiero llegar al aeropuerto con la hora justa.

—Sí, yo también.

Brig apareció a su lado.

—Sí, pero tú en tu habitación. Ya la tendrás luego para ti solito... Ahora tengo que dar a Karin algunos consejillos.

—¡Joder, Brig, ni que fuera una quinceañera virginal! —exclamó esta.

—Tú a callar y ven conmigo.

Se volvió hacia Don y, encogiéndose de hombros, se dejó arrastrar por su amiga. Él sonrió y dijo a Margaret:

—Menudo carácter... Pobre Brandon.

—Él la entiende. Pero lo siento por ti. Si esperabas estar a solas con ella unos minutos, te lo han fastidiado.

—No importa, de todos modos no tenemos mucho tiempo.

—Es cierto; ve a cambiarte tú también.

En el momento en que la puerta se cerró a sus espaldas, Karin se volvió a Brig.

—¿Pero se puede saber qué pretendes? Primero te pasas todo el tiempo diciendo gilipolleces con los quince días, y ahora este numerito.

—No es un numerito, es verdad que quiero darte unos consejos.

—¡Joder, no me lo puedo creer! ¿Vas a explicarme lo que tengo que hacer en la noche de bodas?

—Exactamente. Vas a dejarte de tonterías, y vas a coger ese pedazo de bombón con el que te has casado y te lo vas a llevar a la cama desde esta misma noche.

—¡Porque tú lo digas!

—No, porque lo estás deseando... y él también, coño.

Karin había empezado a quitarse el vestido que dejó sobre la cama. Su madre se encargaría de llevarlo a la tintorería, aunque dudaba de que pudieran quitarle las manchas de hierba. Cogió unos vaqueros del armario y se los puso. Luego se quitó el sujetador de encaje y se puso uno de algodón, fresco y cómodo.

—¡Vuelve a ponerte el sujetador que tenías!

—¿No pensarás que voy a hacer un viaje en avión con esa mariconada, verdad? Con lo incómodo que es.

—Bueno, pues métalo en la maleta y te lo vuelves a colocar esta noche.

—Para mirarme al espejo.

—Por favor, Karin, entra en razón. Lo tuyo ya es cabezonería.

—Y lo tuyo ganas de despojar al pobre Brandon de una semana de sueldo.

—Olvídate de eso, dejaremos la apuesta si quieres. Pero no hagas el tonto con esto. Don está colado por ti, y tú, si no lo estás aún, llevas camino, nena.

—¿Qué te hace pensar eso?

—Te conozco... y la forma en que os habéis besado.

—Estábamos representando.

—¡Y un cuerno! Os estabais comiendo los morros de una forma indecente. Nada de teatro.

—Había que hacerlo creíble.

—Pues hazlo más creíble aún esta noche.

Karin se puso un jersey negro de cuello vuelto y fue a recogerse el pelo, pero se lo pensó mejor. De todas formas, Brig no sabía que Don le había pedido que lo llevara suelto, así que se lo cepilló, y, cogiendo una chaqueta de ante, se dispuso a salir de la habitación. Brig le cortó el paso.

—¿Vas a hacerlo?

—No.

—Bien, entonces no hay nada de lo dicho. La apuesta sigue en pie. Quince días.

—Vete al diablo.

Cuando bajó la escalera, Don ya la estaba esperando en el porche de la casa. Vestía unos cómodos vaqueros, un polo y una cazadora de pana. Junto a él descansaban las dos maletas que habían preparado.

—Ya estoy lista.

Abrazaron a todos los miembros de la familia que se habían congregado para despedirles. Por fortuna, el resto de los invitados continuaban bailando y no se habían dado cuenta de la desaparición de los novios, así que les dejaron despedirse en paz. Brig y Brandon les esperaban en el coche que habían alquilado para ir hasta el aeropuerto de Londres. Brandon se había ofrecido a llevarles, pero Karin no había querido que se perdiera la fiesta, y tampoco quería tener a Brig dándole la lata todo el camino. Esta, con una sonrisa pícara, dijo a Don cuando subió al asiento del conductor:

—Pon los cuernos a esta gilipollas con la parisina más bonita que encuentres. Se lo está mereciendo.

—No pienso hacer tal cosa. Vamos a disfrutar mucho viendo París juntos.

El coche arrancó y Don, sonriendo, le preguntó:

—¿Qué quería?

—Convencerme para que me acueste contigo. Quiere a toda costa ganar una apuesta que ha hecho con Brandon. Pero en esta ocasión mis lealtades están con él —dijo sonriendo.

12

París

Después de hacer el viaje hasta Londres, a las nueve de la noche cogieron el vuelo que les llevaba a París. A las once aterrizaron en el aeropuerto de Orly y un taxi les condujo hasta el hotel, situado en pleno centro de la ciudad.

Era un edificio pequeño y acogedor, y aunque pertenecía a una cadena de grandes hoteles, este en concreto no era en absoluto uno de los mayores, sino que conservaba el encanto de las viejas casas de la ciudad, aunque tenía todas las comodidades que se esperaba de él.

Estaba a escasos metros de la Ópera y comunicado por metro con todos los puntos importantes de la ciudad.

La cena en el avión no había sido exquisita, pero al menos les había calmado el hambre, y, cuando cogieron la llave, lo único que deseaban era dejarse caer en la cama y descansar.

La suite constaba de dos habitaciones y un cuarto

de baño situado en una pequeña entrada entre ellas. Uno de los dormitorios tenía una enorme cama de matrimonio y la otra dos más pequeñas, aunque también de un tamaño mayor al habitual en las camas individuales. Estaban decoradas con muebles de estilo clásico y ambas tenían sendos balcones que daban a la avenida por la que habían llegado.

—Elige la que más te guste —invitó Don.

—Me da igual.

—Entonces quédate con la que tiene la cama doble.

—No me importa dormir en la otra, no te sientas caballeroso. En casa ya me has cedido la habitación principal a mí, lo justo sería que ahora durmieras tú en esta.

—No, quédatela. No me gusta dormir solo en una cama tan grande.

—¿Te da miedo? —bromeó ella.

—No exactamente.

—Bien, como prefieras.

—¿Tienes hambre? ¿Quieres que pida que nos traigan algo de comer?

—No, estoy agotada. Solo quiero tirarme en esa tentadora cama y dormir hasta que mi cuerpo me diga que ya tiene suficiente.

Él sonrió.

—Bien, descansa pues. Mañana nos espera toda una ciudad por descubrir —dijo dándole un beso en la mejilla.

—Gracias, Don. La cara de felicidad de mi padre esta mañana vale cualquier sacrificio, ¿no crees?

Él se detuvo en medio de la habitación.

—Para mí no es ningún sacrificio, aunque haría

cualquier cosa por hacerle feliz estos meses. Creo que va a ser muy divertido estar casado contigo.

—Yo también lo pienso.

—Buenas noches.

—Hasta mañana.

Don se marchó, y, apartando en la maleta el camisón de encaje blanco, clásico y tradicional que su madre le había regalado para la noche de bodas, se puso otro de algodón cómodo y holgado, se dejó caer en la enorme y mullida cama y se cubrió con la colcha estampada con flores de lis sobre fondo azul, el mismo dibujo que cubría en un formato más pequeño las paredes de la habitación.

Se sintió feliz y eufórica, quizá porque aquel era su primer viaje de placer y le apetecía mucho disfrutar de una ciudad sin tener que preocuparse por horarios, enfoques o luz adecuada para rodar. Y la presencia de Don en la habitación contigua le hacía sentir bien. Aunque él también dormía en la habitación de al lado en la casa de la playa, ahora era diferente. Aquello le producía una extraña sensación de intimidad que en su casa no tenía. También le agradaba la idea de vivir con él en Truro, cuando volvieran. El deseo de independizarse y vivir sola, o con Brig, como habían planeado hacer de adolescentes y que nunca habían realizado, la hacía ilusionarse con la idea de organizar su propia vida y su casa al margen de sus padres. Don iba a ser un compañero de piso perfecto, estaba segura. Siempre se sentía a gusto cuando estaba con él, siempre tenían una conversación interesante y, lo mejor de todo, él comprendía o al menos admitía todas sus opiniones y su forma de hacer las cosas, aunque no las compartiera. No había mucha gente en el mundo que la aceptara tal como era, y ella sabía muy bien que no era perfecta y mucho menos convencional.

También tenía ganas de que amaneciera para empezar el recorrido de la ciudad. Entre los dos habían preparado un itinerario con los lugares que cada uno deseaba visitar y lo habían organizado para aprovechar al máximo el tiempo y los desplazamientos.

Al fin, su cuerpo, cansado después de un día tan intenso, se fue adormeciendo y cayó en un sueño profundo que le proporcionó el descanso que necesitaba.

Acostumbrada a levantarse temprano, no necesitó que nadie la despertara, sino que las primeras luces del alba le hicieron abrir los ojos a la hora habitual. Al principio se extrañó de no escuchar el ruido de las olas y sí el de una ciudad que despierta, y, sintiéndose pletórica de energía y vitalidad, saltó de la cama y se dirigió a la ducha.

Cuando salió, envuelta en el grueso albornoz del hotel, también con una flor de lis estampada en la solapa, Don abrió la puerta de su habitación y la saludó:

—¡Buenos días! ¿Cómo has dormido?

—De maravilla. ¿Y tú?

—También.

—El baño es todo tuyo; yo voy a vestirme para bajar a desayunar.

—Ponte calzado cómodo ¿eh? El itinerario de hoy es muy duro y tenemos que estar preparados para la visita nocturna.

—Por supuesto. He traído mis viejas y queridas botas de recorrer largas distancias por la selva y caminos difíciles.

Él se echó a reír.

—Tampoco es eso, mujer. Hace mucho que París está asfaltada.

Media hora después ambos se instalaban en una mesa en el pequeño y acogedor comedor del hotel. Al contrario de los grandes hoteles de otras capitales europeas, este tenía un encanto típicamente francés, con sus manteles rojos, sus servilletas a cuadros rojos y blancos y su servicio de porcelana.

No se trataba de un gran salón autoservicio, como era habitual, sino que un camarero se acercó llevándoles una bandeja con una cafetera, una jarra de leche y otra de chocolate caliente. Sobre la mesa había ya colocada una cesta con cruasanes, brioches y bollos recién horneados que desprendían un apetitoso olor, un plato con rizos de mantequilla y varios tarros de mermelada casera cubiertos con tapas de la misma tela de las servilletas.

—¿Quieres que te pida té? —le preguntó Don mirando el contenido de la cafetera.

—¿Quién necesita té con un desayuno así? Dios, cómo me voy a poner... Lo probaré todo.

—Adelante.

Después de desayunar salieron a visitar la ciudad. El día era claro y luminoso y sacando el plano con el itinerario comenzaron por visitar la Ópera, que era lo más cercano a su hotel. Luego continuaron hasta la catedral de Notre-Dame, donde les contaron la historia de las gárgolas y las leyendas que sobre las mismas se habían escrito a lo largo de los tiempos.

Se integraron con los turistas que siempre circulan por el centro de París admirando no solo los grandes monumentos y edificios relevantes, sino paseando por sus calles y tomándole el pulso a la ciudad.

A la hora de almorzar entraron en un café. Karin se negó en redondo a meterse en un restaurante de lujo, comentando que ella quería comer donde lo hacía la gente normal, no los turistas.

Don aceptaba todas las sugerencias de su mujer, feliz como un niño en día de excursión. No podía dejar de mirarla, de recrearse en ese cuerpo esbelto y lleno de vitalidad que caminaba a su lado y de preguntarse si algún día sería del todo suya, en cuerpo y alma.

Mientras daban cuenta de un suculento almuerzo, Karin alzó la vista y encontró la mirada sonriente de Don clavada en ella.

—¿Qué te parece tan divertido?

—Que no sé dónde echas todo lo que comes.

—Sí, es una suerte, ¿verdad? Tengo un buen metabolismo. Debo aprovecharme, cuando vuelva a casa las comidas van a ser un desastre, te lo advierto, a menos que tú cocines.

—Ya te dije que nunca me he acercado a los fogones ni a ninguna tarea doméstica.

—Pues entonces tenemos un problema, señor Forrester. Porque yo sí que me he acercado a los fogones, pero con un resultado desastroso.

—Bueno, ya veremos cómo lo solucionamos, señora Forrester. De momento disfrutemos de París y de su riqueza culinaria.

—¿Qué te apetece hacer esta tarde?

—¿Qué tal un poco de arte? ¿Un museo?

—De acuerdo. Y no un museo. «El museo».

—Perfecto, al Louvre entonces.

Después de pasar la tarde en el museo y tomar una cena ligera, cogieron un taxi para que les llevara a hacer un recorrido por la ciudad iluminada.

Y Karin descubrió la imagen más hermosa que había visto en su vida. Cuando el taxista se paró en la plaza del Trocadero para que vieran la Torre Eiffel iluminada, con sus reflejos anaranjados sobre la oscura noche parisina, no pudo evitar pedirle que la esperase y bajó a contemplarla.

Don la siguió y aguardó con paciencia mientras hacía cuantas fotos se le antojaron. Luego, se situó a su lado.

—Preciosa, ¿eh? —dijo.

—Sí. Me ha sorprendido, porque de día es mucho más fea.

—Pensaba que no conocías París.

—Y no la conozco, pero he visto fotos, y también sale en multitud de películas. La sensación de estar aquí es increíble.

Él la miró y contempló el perfil alzado hacia la parte superior de la torre y se dijo que él tampoco terminaba de creérselo.

—Vamos, volvamos al taxi. Aún queda mucho París por recorrer.

Era más de la una de la madrugada cuando al fin llegaron al hotel.

Al entrar en la habitación, Don le preguntó:

—¿Qué tal tu primer día en París?

—Fantástico.

—Para mí también. ¿Quieres bajar al bar del hotel a tomar una copa?

—Me temo que estoy demasiado cansada. Lo único que me apetece es darme una ducha y acostarme. Quizá mañana, si volvemos más temprano.

—De acuerdo.

—Buenas noches.

—Buenas noches, Karin.

El siguiente día lo dedicaron a recorrer el Sena hasta la Torre Eiffel. El icono de la ciudad perdía mucho a plena luz del día, pero la noche anterior les había parecido mágica y sería con esa imagen con la que se quedarían en sus retinas y en sus recuerdos. Subieron hasta la última planta después de una larga cola y contemplaron la diminuta cuidad a sus pies. Luego, a la hora de regresar, tras haber recorrido los alrededores, tomaron uno de los *bateaux* que transitaban el Sena.

Karin se desplomó en el asiento y echó la cabeza hacia atrás para aliviar la tensión de la espalda.

—Me parece que hoy tampoco vamos a tomarnos esa copa —dijo Don al verla.

—¿Por qué dices eso? Hoy es más temprano.

—Sí, pero tú estás igual de cansada que ayer.

—No, quizás más, pero no importa. Llevamos todo el día de un lado para otro y me apetece un rato de charla tranquila con mi recién estrenado marido. Pero antes la cena, estoy hambrienta.

—Por supuesto.

Ella le dedicó una sonrisa.

—¿Piensas decirme sí a todo?

—Estamos de luna de miel... se supone que debo ser un marido complaciente. Ya llegará el momento de las desavenencias, o al menos eso dicen.

—Entonces me aprovecharé mientras pueda —dijo divertida.

En efecto, después de cenar se acomodaron en uno de los mullidos sillones del bar situado en la planta baja del hotel y se tomaron un par de copas. Y así terminó su segundo día de viaje.

El tercero lo dedicaron a visitar Versalles y a recorrer sus famosos jardines en una excursión organizada, y después de regresar, volvieron a la plaza del Trocadero porque Karin quería ver de nuevo la Torre Eiffel iluminada, esta vez sin prisas. Se sentaron en la plaza, entre la gente que vendía sus mercancías, y la contemplaron a su gusto.

—Creo que cada vez que alguien me hable de París me acordaré de este momento —dijo—. Para mí París siempre será la Torre Eiffel iluminada.

Don la contempló en silencio sentada en una de las sillas de hierro y con la vista clavada en el monumento y el pelo agitado por el aire. La habitual trenza se había ido deshaciendo a lo largo del día y al fin ella había acabado por soltarla.

—Para mí París siempre serás tú, mirando la Torre Eiffel iluminada.

—No te burles de mí, es que me encanta.

—Podemos quedarnos aquí todo el tiempo que quieras, hoy no hay ningún taxi esperando.

—Solo un rato, me está entrando mucha hambre.

—Podemos comer por aquí.

—De acuerdo. Y luego tomar el *bateau* de regreso.

—Sí, por favor. No me apetece volver andando y siempre es más agradable el barco que el metro.

El cuarto día cogieron el metro hasta el barrio de La Défense, la zona moderna de la ciudad, lleno de edificios nuevos y vanguardistas. Subieron al Arco, enorme y moderno, desde el cual se divisaban alineados todos los demás arcos de París. Comieron allí y a la hora de regresar decidieron que era una lástima coger el metro de nuevo y perderse los maravillosos jardines y juegos de agua que habían podido ver desde arriba, y regresaron caminando. En el centro tomaron el metro hasta el hotel, incapaces de seguir a pie las escasas calles que les quedaban. En aquella ocasión estaban tan exhaustos que ni siquiera comieron fuera, sino que pidieron a la cocina del hotel que les subieran algo frío a la habitación.

—Dios mío, tengo los pies tan hinchados que hasta mis viejas botas parecen de hierro.

—Mételos un rato en agua caliente, verás cómo se

te calman —recomendó Don después de cenar y ducharse—. Luego te daré un masaje.

—No me lo vas a tener que repetir dos veces —dijo ella aceptando la oferta.

Con el albornoz puesto como única prenda y sentada en el filo de la bañera, con los pies en remojo, Karin contempló cómo Don se afeitaba.

—Estás muy gracioso con la cara enjabonada... pareces papá Noel.

—Pues no te digo lo que pareces tú ahí sentada.

Observando cómo él pasaba la hoja de la maquinilla por la cara, Karin se sorprendió del grado de intimidad que habían alcanzado en los días que llevaban en París. Las muchas horas que pasaban juntos hacían que en situaciones como aquella se sintiera cómoda y relajada, algo que no le pasaba con la mayoría de la gente. Solo Brandon había llegado a ser para ella como una prolongación de su yo, y no le importaba realizar delante de él tareas relacionadas con su higiene personal tales como lavarse los dientes o los pies, y en ocasiones de necesidad, incluso más íntimas. Y con Don le estaba ocurriendo igual. Compartían el baño para muchas pequeñas tareas cotidianas como en esta ocasión. Él aún no había terminado cuando sonó el móvil. Acababan de hablar con su familia, por lo que no tuvo dificultad en imaginar quién llamaba.

Don le acercó el aparato mientras leía el nombre en la pantalla.

—Creo que es Brig.

—Ya tardaba en llamar. Hola, Brig.

—¿Interrumpo?

—Pues muy oportuna que digamos no eres...

—Así me gusta.

—Estoy en el cuarto de baño con los pies en remojo.

—¿Puedo reclamarle ya a Brandon el dinero?

—Me temo que no.

—Eres dura, ¿eh? Anda, pásame a tu maridito que le dé unos cuantos consejos.

—Ni lo sueñes, él sí está ocupado, no puede hablar.

—¿Haciendo qué?

Karin soltó una carcajada.

—No lo que tú te imaginas.

—Ni lo que tú quisieras...

—Sin comentarios.

—Háblame del viaje entonces.

—El viaje fantástico, maravilloso. ¡No te puedes imaginar cómo tengo los pies de hinchados y doloridos!

—Así deberías tener otra parte de tu cuerpo.

—¡Qué bruta eres! Si sigues por ese camino te cuelgo.

—No, continúa comentando el viaje, quiero hacerme una idea de cómo van las cosas.

Karin alzó los ojos al techo en un gesto de exasperación y Don, que no se perdía detalle de la conversación, sonrió divertido.

—Pues me voy a llevar varios kilos más por culpa de los desayunos; no puedes imaginarte los cruasanes y bollos que me estoy comiendo.

—Y eres tan guarra que seguro que no se te notan.

—Bueno, lo compenso con larguísimas caminatas

y sesiones de museos, así que me parece que lo comido por lo servido.

—Hay algo que quema muchas más calorías que caminar.

—¿Y por allí cómo van las cosas? —dijo ya decidida a cambiar de tema.

—De maravilla. No te puedes imaginar Brandon lo a gusto que está sin ninguna jefa mandona que le tenga todo el día de aquí para allá.

—¡Serás cabrona! Si no me tuviera a mí de jefa todavía cobraría una miseria y no habríais podido comprar la casa que tenéis, porque con lo que tú ganas...

—Siempre podríamos meternos de ocupa en alguna de las casas que yo enseño. Hay algunas que tienen hasta *jacuzzi*.

—Capaz serías...

—Por supuesto. Ya probamos uno en una ocasión.

—¿Brandon en un *jacuzzi* de una de las casas que enseñas? No me lo puedo creer.

—Chica, pueden más dos tetas...

—Qué calladito se lo tenía.

—Es que me pueden despedir si se enteran.

—Anda, si está ahí pásamelo que quiero saludarle.

—Solo si tú me dejas hablar con Don.

—No.

—¿Por qué? ¿No te fías de mí?

—Ni un pelo.

—Bueno, pues entonces adiós. Volveré a llamarte y te aseguro que puedo ser muy pesada.

—El móvil también se puede desconectar. No vas a amargarme el viaje a París.

—¡Gilipollas!

—¡Pesada!

Don, aunque había escuchado toda la conversación, no hizo ningún comentario sobre la misma. Karin sacó los pies del agua y se los secó con cuidado con una toalla. El pelo húmedo le caía sobre la cara y él se lo retiró con suavidad, como había hecho en La Habana. Intentó que los recuerdos no lo asaltaran, porque aquella noche le estaba costando mantener la camaradería de los días anteriores.

—¿Mejor? —preguntó mirando los pies enrojecidos por el agua caliente.

—Sí. Por lo menos ya no me dan pinchazos.

—Ven, que te daré el masaje, lo prometido es deuda. A menos que tengas cosquillas.

—No, no tengo cosquillas.

Entró en su habitación y él la siguió. Se tendió en la cama y Don le colocó una almohada bajo las pantorrillas, y, sentándose junto a ella, empezó a masajear las plantas doloridas. Los dedos se deslizaban firmes liberando tensiones y a la vez creando otras nuevas. Don no podía apartar la mirada de ella, boca arriba en la cama, vestida con el albornoz del hotel, no sabía si por completo desnuda debajo. Y prefería no saberlo, porque esa noche el deseo era difícil de contener.

—¡Hummm...! Qué gusto. No te imaginas cómo alivia y relaja esto. Si quieres, luego te lo haré yo a ti.

—Ni se te ocurra —dijo consciente de que si lo tocaba no iba a ser capaz de contenerse—. Pegaría un brinco hasta el techo. Yo sí tengo cosquillas.

—¿Eres celoso?

—No lo sé, nunca he tenido ocasión de averiguarlo —mintió mientras seguía trabajando, ahora los dedos. Claro que era celoso... Se comía por dentro cada vez que pensaba en aquel italiano que se reunía con ella de vez en cuando. Los otros, los ocasionales, importaban menos, aunque también.

—¿Entonces qué puedo hacer yo para aliviar tu cansancio? —preguntó ella.

«¿De verdad quieres saberlo?», quiso preguntar él, pero dijo:

—No te preocupes, yo estoy bien.

—¿Eres de hierro o qué?

—Más o menos —confesó sonriendo.

—¿Prefieres que lo intente con la espalda o el cuello? Ahí no tendrás cosquillas.

—No estoy seguro. Es mejor no probar.

Don continuó su tarea tocando y acariciando aquellos pies, que eran la única parte de su cuerpo a la que tenía acceso, hasta que comprendió que ya resultaba chocante que les dedicara tanto rato.

—Bueno, creo que ya está bien —dijo, pero no obtuvo respuesta. Karin se había quedado dormida recostada en una de las almohadas y con la otra bajo las piernas, con el albornoz medio desabrochado dejando casi al descubierto uno de los pechos. Haciendo un esfuerzo mayor del que se creía capaz para no deslizar la mano por aquella piel cuyo tacto recordaba tan bien y dirigiéndose al armario, cogió una manta ligera y la cubrió con ella, tras quitarle la almohada de debajo de las pantorrillas. Después se inclinó y la besó en la frente.

—Buenas noches, amor mío —susurró. Y salió apagando la luz a su paso.

Karin se despertó al día siguiente y se encontró envuelta en la manta. Sonrió y saltó de la cama. Don, como ya era costumbre, abrió la puerta de su habitación cuando la escuchó entrar en el baño.

—Buenos días, dormilona...

Ella se volvió divertida.

—¿Qué pasó anoche?

—Nada, y esta vez puedo asegurártelo.

—Ya lo sé, quiero decir que me debí quedar dormida mientras me dabas el masaje.

—Como un tronco —dijo risueño.

—Estaba muy cansada. No sé cómo lo haces tú, tienes un aguante formidable.

—No lo creas, esta mañana también tengo los pies y las piernas como si fueran bolas de plomo.

—¿Qué tenemos previsto para hoy?

—Creo que varios museos, pero me parece que deberíamos olvidarnos del itinerario y tomárnoslo con calma. Estamos a mitad del viaje y si seguimos a este ritmo no regresaremos vivos a Truro.

—Me parece bien... una mañana para relajarnos.

—¿Y una tarde quizá para ir de compras?

—Perfecto.

Se tomaron su tiempo para arreglarse y desayunar y luego cogieron el metro hasta el centro. Pasearon por los alrededores del Louvre y se sentaron en las fuentes a disfrutar de los juegos de agua. Hacía más calor que los días anteriores y apenas a las doce de la mañana tuvieron que quitarse las chaquetas y jerséis y detenerse a beber algo.

Después se dirigieron hacia los jardines de Las Tullerías buscando la sombra de los árboles.

—Siguen doliéndome los pies a rabiar —dijo Karin quitándose las zapatillas de lona que llevaba puestas aquel día, renunciando a sus viejas botas, incapaz de soportar nada más apretado.

—Bien, hoy son tus pies los que deciden.

—Mis pies deciden quedarse aquí un buen rato disfrutando de esta temperatura y de la oportunidad de estar descalzos.

Permanecieron charlando y riendo, contemplando a unos niños que jugaban entre las estatuas y a la hora de comer, sin ganas de moverse de allí, decidieron que Don fuera a una *boulangerie* cercana y comprara unas *baguettes* y unas latas para tomárselas allí sentados.

—¿Sabes? —dijo Karin cuando regresó y ambos disfrutaban con apetito de la compra—. Esta es una de las comidas que mejor me está sabiendo de todas las que hemos hecho en París.

—A mí también. Pero tienes que dejarme que una de estas noches te invite a cenar en un restaurante de categoría... típica cocina francesa.

—¿De esa de mucho plato y poca comida?

—Sí, de esa. Pero tú siempre dices que donde fueres haz lo que vieres, ¿no? No podemos irnos de París sin probar eso también.

—De acuerdo.

—No olvides que tenemos que apurar todo lo que se pueda hacer en París.

—¿Todo? —preguntó ella burlona—. Dicen que París es la ciudad del amor...

—Bueno, digamos que todo dejando el amor al margen...

—Está bien, cenaremos donde tú quieras. Pero no sé si la comida me sabrá mejor que esta, aunque a ti te costará mucho más.

—No importa.

Permanecieron allí sentados durante todo el mediodía, hasta que el calor empezó a ceder por la tarde y después se dirigieron a la *rue* Rivoli, una avenida ancha flanqueada por soportales y galerías llenas de tiendas. Allí Don le compró una sudadera y una gargantilla de pequeñas cuentas azules y ella le regaló un reloj, y después se dirigieron al hotel para cenar en un restaurante cercano al mismo.

—¿Una copa en el bar del hotel? —propuso Don cuando regresaban.

—Sí.

Aquella noche, el bar, aunque nunca tenía muchos clientes, se encontraba totalmente vacío. Solo ellos se acomodaron en un rincón en uno de los mullidos sofás.

Con sendos vasos delante, Karin se recostó en el respaldo y le dijo:

—Hoy he decidido yo todo lo que hemos hecho a lo largo del día... ¿puedo seguir haciéndolo?

—Por supuesto.

—Mañana dejaré que decidas tú.

—No te comprometas, podrías encontrarte con alguna sorpresa.

—¿Qué tipo de sorpresa?

—Nunca se sabe —dijo alzando una ceja.

—Correré el riesgo.

—¿De verdad?

—Sí, de verdad. Estoy segura de que nunca me obligarás a hacer algo que yo no quiera. No eres de los hombres que se aprovechan de unas palabras dichas con buena fe.

—No estés tan segura; aún no conoces mi faceta malvada.

—No, es cierto, y eso es precisamente lo que quería hacer ahora. Conocerte.

—¿Conocerme? Hace siete meses que me conoces.

—Sí, conozco la historia de tu vida y además he podido apreciar que eres un hombre agradable y encantador, que cumple su palabra y que está ahí cuando se le necesita. Serio a veces, divertido otras. Pero, como bien has dicho, debes de tener una faceta negativa y de ese Don no sé nada. Tampoco de lo que piensas o sientes, qué tipo de mujeres te gustan, qué sueles hacer para divertirte...

—O sea, que me desnude ante ti.

—Una vez desnudaste tu cuerpo para mí; me gustaría que ahora hicieras lo mismo con tu alma. Tienes que reconocer que tú sabes de mí mucho más que yo de ti.

—Eso es verdad. Creo que es justo. ¿Qué quieres saber?

—Lo negativo. De lo positivo ya sé bastante.

—¿Te das cuenta de que estás pidiendo a alguien muy reservado que saque a relucir su parte mala? Es algo muy difícil.

—Estoy segura de que has hecho cosas más difíciles en tu vida —dijo ella bebiendo un largo trago de su copa—. Quizá la copa ayude.

—Sí que he hecho otras cosas más difíciles en mi vida, y también un trago ayudará —respondió él bebiendo de golpe medio vaso—, aunque tampoco quiero hablar demasiado.

—¿Tienes secretos? —preguntó ella divertida.

—Todo el mundo tiene secretos. ¿Acaso tú no?

—No contigo. Me estoy dando cuenta de que te hablo de cosas que ni siquiera mi familia sabe... Solo Brandon y Brig.

—Es un honor que me pongas a su altura.

—Y ya estás desviando otra vez la conversación hacia mí. Esta vez no vas a conseguir que me olvide. Habla.

Él volvió a tomar un sorbo y dijo sonriendo.

—Está bien, allá van mis defectos. Creo que soy demasiado serio.

—Eso ya lo sé, dime algo que ignore.

—Tengo que reconocer que cuando me enfado soy terrible.

—¿Quieres decir que te pones hecho una furia, que gritas y gesticulas y todo eso? ¿O quizás es peor y te pones violento?

—Ninguna de las dos cosas. Más bien me vuelvo frío y calculador. Cuando alguien me enfurece o me hace daño, mi metódica parte alemana se revuelve y rebusca en el pasado o en el presente cualquier cosa que haga mucho daño a esa persona. Y soy implacable. En esos casos no hay nada que me conmueva.

—¿Y te sueles enfadar con facilidad? —preguntó ella—. Hasta ahora nunca te he visto así.

—No, esa es la parte buena; no hay muchas cosas que me enfurezcan de esa forma, ni mucha gente que me pueda hace daño de verdad.

—¿Y puedo saber cuáles son? Para andar con cuidado —dijo Karin de broma, en vista de que Don se había puesto muy serio.

—Una de las cosas que más me enfurecen es que me mientan. Soy capaz de aguantar mucho y cosas que otras personas no soportarían, pero siempre y cuando sean verdad. El darme cuenta de que me han estado mintiendo, que yo he puesto mi buena fe en alguien y se ha estado burlando de mí...

—Lo tendré en cuenta.

—¿Eres una mentirosa?

—No en el sentido literal de la palabra... solo que no siempre digo toda la verdad. Por ejemplo, cuando salgo de viaje, a mis padres no les digo todos los sitios donde voy, solo los más suaves. Les cuento una verdad a medias, pero nunca digo a nadie una cosa que no es cierta.

—¿A mí también me dices las verdades a medias?

—Hasta ahora, no. Porque tú siempre me has entendido y aceptado como soy, sin intentar cambiarme ni convencerme de que haga las cosas de otra forma. En mi casa lo hago para tener un poco de paz, y en el trabajo para poder hacer lo que quiero y tal como lo quiero. A Brig, a Brandon y a ti siempre os he dicho la verdad en todo, al menos hasta ahora.

—Entiendo. Y espero que sigas igual con respecto a mí; yo aceptaré cualquier cosa que quieras hacer o decir... y también me gustaría saber dónde vas por muy peligroso que sea. Aunque pienses que no me gustará.

Ella sonrió y bebió otro trago.

—Puedes contar con ello. Y sigue diciéndome qué más hay en tu parte mala.

—Lo que menos me gusta de mi carácter, y es que me cuesta mucho perdonar. Cuando alguien me hace algo, es para siempre.

—¡Uf, tendré que tener cuidado! No me gustaría caer en desgracia.

Los ojos grises de Don se volvieron suaves y cálidos.

—Es muy difícil que eso ocurra. Tengo una especie de debilidad contigo y me hace gracia todo lo que haces.

—Incluso este disparate de la boda.

—No creo que sea un disparate. No está saliendo tan mal... al menos por ahora.

—Tienes que reconocer que como mínimo es poco usual.

—Nada que venga de ti es nunca usual. Por eso eres mi Robinson favorita.

—Eso es verdad. Sigue...

—¿Más?

—Por supuesto.

—Soy testarudo; cuando algo se me mete en la cabeza es muy difícil hacerme cambiar de opinión.

—¿Difícil o imposible?

—Dejémoslo en difícil. Si está bien argumentado y me demuestran sin ningún género de duda que estoy equivocado, lo acepto.

—Me alegro, porque yo también soy cabezota y me cuesta reconocer que estoy equivocada. Continúa...

—Creo que ya no hay nada más, al menos que yo recuerde.

—Bien, pasemos a otro tema.

—¿No vas a contarme tú tus cosas malas?

—¿Para qué? Ya las conoces.

—No es cierto, conozco la opinión de los demás, que no comparto, pero no lo que tú piensas.

—Bueno, soy cabezota, como ya te he dicho, dejo que la gente crea de mí cosas que no son ciertas sin molestarme en corregir su opinión, soy orgullosa y me cuesta mucho pedir perdón, sobre todo porque casi nunca creo estar equivocada. Pero también, como tú, cuando me demuestran que lo estoy, lo acepto. Y cuando quiero hacer algo, lo hago por encima de lo que sea y de quien sea. Como ves, nada que no conozcas ya.

—Sí, es cierto, de todo eso ya tengo una ligera idea.

—Bien, entonces volvamos a ti. ¿Qué tipo de comidas te gustan?

—Como de todo, aunque preferiría que no me pongas serpientes.

—Te ha impactado eso ¿eh? No te preocupes, aquí son difíciles de conseguir —bromeó—. Tendrás alguna preferencia ¿no? Para saber qué prepararte para alguna celebración especial como tu cumpleaños o algo así. Aunque no cuentes con ninguna exquisitez, no cocino mucho.

—Prefiero las comidas poco elaboradas y condimentadas, y la fruta de forma especial, así que cuando quieras agasajarme con algo, cómprame fruta.

—¿Y las mujeres?

—¿Qué pasa con ellas?

—¿Cómo te gustan?

—¿Vas a regalarme alguna para mi cumpleaños?

—Me temo que eso, al igual que los calzoncillos, te lo tendrás que buscar tú. Es solo para conocerte mejor. Di, ¿cómo te gustan?

—También poco condimentadas.

—No seas burro, no estoy hablando en términos culinarios.

—Yo tampoco. Era una metáfora. Quiero decir que me gustan sencillas, sin dobleces, sin adornos, sin maquillaje y preferentemente sin ropa.

—¿Altas, bajas, rubias, morenas...?

—Ahí no soy delicado. Como de todo.

—Eres terrible; alguna preferencia tendrás.

—Quizá, pero eso forma parte de mis secretos. Es demasiado pronto para que te lo diga... Quizás algún día. Ya me estoy asombrando de todo lo que te he contado de mí esta noche.

Ella sonrió.

—No te preocupes. Lo guardaré en una cajita de mi memoria y no se lo diré a nadie.

—Más te vale.

Don terminó de apurar el vaso y se levantó.

—Será mejor que nos marchemos. Es tarde y mañana toca excursión a Montmartre.

Montmartre, algunos museos menos conocidos, iglesias y barrios típicos les tuvieron muy ocupados los días siguientes.

Y al final, el último, el décimo, lo dedicaron a realizar algunas compras que les quedaban y por la tarde Don insistió en que cenaran en un restaurante de comida típicamente francesa. Karin sacó para esa noche el único vestido que llevaba y se esforzó en ponerse unos zapatos en sus muy castigados pies.

—No me lleves muy lejos o tendré que regresar descalza —había dicho.

—No te preocupes, le he echado el ojo a un restaurante que no está lejos del hotel. Pero no me negarás que la última noche se merece algo especial.

—Sí que se lo merece.

Echaron a andar uno junto al otro en la agradable noche parisina hasta llegar al restaurante. Para su sorpresa, este tenía un patio interior y pudieron escoger una mesa al aire libre.

El camarero les trajo la carta y se hartaron de reír ante los nombres complicados y elaborados de la misma. Cuando vieron al camarero pasar junto a ellos para servir otra de las mesas, Karin le advirtió:

—Me parece que esto te va a costar un riñón, porque visto el tamaño de los platos tendré que pedir seis o siete para quitarme el hambre.

—No importa, puedo permitírmelo.

—De acuerdo, prepara la cartera.

Pidió dos primeros, dos segundos y dos postres, ante la mirada escandalizada del *maître*, que estaba tomando nota de la comida, como si considerase el comer mucho una ofensa a su persona. Don aguantaba la risa y pidió solo uno de cada tipo.

—Te vas a morir de hambre, ¿eh? A mí luego no me pidas.

—Pobre hombre. ¿Qué quieres? ¿Que nos lo carguemos de un infarto?

—Él nos quiere matar de hambre a nosotros.

—Si luego sigo con ganas de comer más, siempre puedo pedir un bocadillo cuando lleguemos al hotel.

Les sirvieron la comida. Los platos eran exquisitos, aunque, como bien había dicho Karin, no muy abundantes, y sobre todo muy bien presentados. Karin sacó la cámara y les hizo una foto ante la mirada más que escandalizada de los camareros y el *maître*.

—Me parece que nos van a echar de aquí sin terminar siquiera de comer —le advirtió Don.

—Bien, en ese caso no cobrarán —respondió encogiéndose de hombros—. Pero ¿cuándo vamos a volver a ver unos platos tan bonitos como estos? Si hasta tienen sombreros y todo. ¿Tú crees que se comerán también?

—No lo sé, pero como te vean comerte el sombrero, te garantizo que saldremos de aquí muy mal parados.

—¿Crees que se lo puedo preguntar?

Don miró el rostro del *maître*, que no les quitaba la vista de encima.

—Si te atreves...

Karin terminó con las fotos y guardó la cámara de nuevo.

—Se las enseñaré a Peggy, para que vea que no solo como serpientes.

Miró la cara avinagrada del camarero que esperaba

a pocos pasos para retirar los platos y le preguntó divertida a Don:

—¿Qué crees que diría si le pregunto si sirven serpientes en este restaurante?

—Karin... pobre hombre; se está ganando el sueldo. Ya tiene bastante con aguantar esa cara de palo, no le castigues.

Se dedicaron a comer ante la mirada tranquila del servicio, y luego Don pidió champán.

—Por una larga y placentera convivencia —brindó. Ella entrechocó su copa y dijo:

—Por lo mismo. —Y, mirándole a los ojos, añadió—: Gracias.

—¿Gracias? ¿Por qué?

—Por el viaje. Por estos diez días estupendos. Por la cena... el champán... y la compañía.

—No me tienes que dar las gracias, estoy disfrutando mucho de todo esto. Me da pena que se acabe, ha sido tan especial...

—Aún no ha acabado; tenemos hasta mañana.

—¿Qué quieres hacer después de cenar?

—Vas a decir que soy muy pesada, pero...

—Ya lo sé. Volver a la Torre Eiffel.

Ella sonrió.

—Sí. En taxi, ¿eh?, llevo tacones.

—De acuerdo, en taxi.

—¿Aún nos queda dinero del presupuesto?

—Aún queda. La cena de hoy está fuera; invito yo.

—¡No seas tonto!

—No admitiré una negativa.

—Bien, vamos entonces a la plaza del Trocadero.

En la misma puerta del restaurante cogieron un taxi que les condujo a su destino.

Karin se situó de nuevo embelesada ante la torre y Don pidió a una pareja que pasaba que les hiciera una foto juntos. Le rodeó los hombros con un brazo mientras posaban y Karin sintió deseos de paralizar aquel momento igual que había quedado fijado en la foto. De no terminar nunca aquel viaje, de no volver a Truro, a las cámaras y a la familia. De seguir allí de manera indefinida, solos Don y ella sin nadie más, sin nada que hacer más que pasear, recorrer calles, desayunar, almorzar y cenar juntos.

El chico que les había hecho la foto les devolvió la cámara y Don, sin soltarla, la miró con fijeza.

—¿Qué ocurre? —le preguntó.

—Nada. ¿Por qué?

—No sé, te has quedado muy quieta, como ensimismada.

—Por un momento se me ha ocurrido pensar que nos vamos mañana a mediodía y que esta será la última vez que vengamos aquí, que es probable que nunca regresemos. Aquí no existe una Fontana di Trevi a la que echar una moneda que nos haga volver.

Él, manteniendo su brazo alrededor de sus hombros, dijo:

—No, aquí solo podemos prometernos a nosotros mismos que volveremos.

—Si fuéramos una pareja de recién casados normal podríamos prometer aquí mismo volver en nuestras bodas de oro o plata o lo que sea; pero quién sabe dónde estaremos entonces... o con quién.

—¿Quién ha dicho que no podemos? Yo prometo ahora mismo que volveré aquí dentro de... digamos diez años y me reuniré contigo sin que importe dónde o con quién esté.

—Lo acepto. Nos reuniremos aquí dentro de diez años el dieciocho de febrero a las diez de la noche. Te lo prometo. Y ahora volvamos al hotel; se nos está haciendo muy tarde y, si nos descuidamos, ni siquiera encontraremos un taxi.

Sentados en el asiento trasero, Karin miró con nostalgia por la ventanilla las calles, los Campos Eliseos, las luces de una ciudad que no dormía. Se despidió de París y también de los diez maravillosos días que había vivido. Sintió la mano de Don agarrar la suya y un apretón cálido y suave. Volvió la cara y le miró.

—No estés triste —susurró él leyéndole el pensamiento—, volveremos a París. Te lo he prometido y yo siempre cumplo mis promesas.

—Yo también —respondió mirándole a los ojos.

Por un momento Karin leyó en los de él el deseo de besarla y aguardó impaciente que lo hiciera. Pero fue solo un momento, Don desvió la mirada y apartó la cara en vez de terminar de acercársele. Sin embargo, no le soltó la mano.

Karin volvió a mirar por la ventanilla con el pulso acelerado y el corazón saltándole en el pecho como un loco. Sabía que no estaba equivocada, que Don había estado a punto de besarla, pero por alguna razón no se había atrevido a hacerlo.

Cuando el taxi se detuvo ante la puerta del hotel, bajaron y recogieron la llave en recepción.

Subieron en el ascensor sin decir palabra. Había ente ellos una tensión extraña que no había existido los días anteriores. Desde el trayecto en el taxi habían permanecido en silencio, aunque entre ellos flotaba algo no dicho o quizás algo que no había llegado a suceder y que ambos deseaban.

Él abrió la puerta y soltando las llaves se dispuso a entrar en su habitación rápidamente.

—Don... —le llamó. Él se volvió a mirarla.

—Ibas a besarme en el taxi, ¿verdad?

El clavó en ella sus ojos grises y confesó.

—Sí.

—¿Por qué no lo has hecho?

—No estaba seguro de que tú también lo desearas. No quería estropear nuestra última noche en París.

Sin decir palabra, Karin dio dos pasos hacia él y agarrándole la cara entre las manos levantó la cabeza y le besó ella. Casi de inmediato sintió los brazos de Don rodeándola y apretándola contra su cuerpo. El beso empezó suave y tierno, ambos exploraban la boca del otro con movimientos lentos, que poco a poco se fueron haciendo más audaces, más intensos. Fue un beso cargado de sentimientos que Karin no había experimentado jamás.

Cuando se separaron, se miraron a los ojos y Karin pudo ver en los de Don una pregunta muda, casi una súplica.

—¿Quieres entrar? —preguntó.

—Claro que quiero. ¿Y tú?

—Sí —respondió mirándole—. Sé que es muy probable que sea un error, pero ¡qué diablos!, esto es París, estamos en viaje de novios y esta es nuestra última noche aquí.

Él volvió a besarla y, sin dejar de hacerlo, como había ocurrido hacía meses en La Habana, la empujó dentro de la habitación y empezó a desabrochar la cremallera del vestido. También a él debió resultarle la escena familiar porque, dejando de besarla por un momento, le susurró:

—Te advierto que esta noche solo he tomado una copa de vino y otra de champán... Mañana me acordaré de todo.

Ella sonrió.

—Yo también. Pero mañana será otro día y estaremos en otro lugar. Esto es París, la ciudad del amor —dijo empezando a desabrocharle la camisa.

Se desnudaron el uno al otro dejando la ropa tirada en una banqueta que había junto a la cama y cayeron en la misma enredados en un juego de brazos y piernas entremezclados. Un deseo brutal se había apoderado de ellos, el que habían estado conteniendo cada día y cada noche de aquel viaje, y Karin se preguntó en un momento de lucidez cómo habían podido aguantar tanto. París era mágica y su embrujo se había ido apoderando de ellos, y aquella última noche de su estancia allí no habían podido controlarlo.

Se besaron, se acariciaron como dos amantes que llevan mucho tiempo separados y han vuelto a encontrarse. Si en La Habana había existido una pasión arrolladora que arrasó con todo, aquí Karin descubrió algo más, algo diferente que no supo reconocer, que incluso sintió miedo de identificar. Hicieron el amor despacio, gozando de cada minuto, de cada caricia, de cada beso, y se abandonó al placer y al deseo sin pensar ni analizar lo que estaba sucediendo. Lo que estaban sintiendo.

Despertó con el brazo de Don rodeándole la cintura y el pecho de él pegado a su espalda. Permaneció con los ojos cerrados tratando de decidir cómo iba a afrontar lo sucedido. No podía fingir de nuevo que no se acordaba, él ya se lo había advertido la noche anterior y su mente también estaba despejada. Recordaba muy bien la adoración con que él le había hecho el amor. Y todo el placer que había sentido, cómo se habían entregado el uno al otro, y se sintió culpable. Ni siquiera tenía la excusa de que hubiera sido él quien diera el primer paso porque Don se había contenido, fue ella la que le besó y le invitó a entrar en la habitación. No sabía qué era lo que la había llevado a ello, si había sido la intimidad que estaban disfrutando en aquel viaje, la complicidad o el pasar mucho tiempo juntos. De lo que sí estaba segura era de que no había sido el amor, al menos por su parte. No estaba enamorada de Don, pero tampoco estaba segura de que él lo hubiera entendido así. Tenía que decírselo cuando se despertase, no quería engañarle. Y ojalá que para él fuera igual, que no hubiera visto nada más en su invitación que el haberse dejado llevar por la magia de la ciudad. Si había alguien a quien no quería hacer daño era a Don. Y algo en su forma de hacerle el amor esa noche le había dicho que debía tener cuidado con los sentimientos de él.

Supo que estaba despierto cuando le sintió besarle el cuello después de apartar suavemente el pelo de su espalda.

—Buenos días... —susurró.

Él no contestó y siguió besándola. Karin suspiró y se preparó para el momento desagradable.

—Don... para...

Él obedeció al instante y se incorporó sobre un codo. Karin se volvió y le miró.

—¿Qué pasa? No irás a decirme que no te acuerdas de lo que pasó anoche, ¿verdad? Ahora no cuela.

—No iba a decirte nada de eso.

—¿Entonces?

—No quiero que esto te induzca a error; no estoy enamorada de ti.

—Ya lo sé. Yo tampoco he dicho que lo estuviera de ti.

Karin suspiró aliviada.

—¿Entonces ha sido solo sexo? Me pareció que había algo más, por tu parte.

Él la miró a los ojos.

—Me gustas... no voy a negártelo. No te habría hecho el amor si no fuera así. Y cuando le hago el amor a alguien que me gusta me entrego en cuerpo y alma. Quizá fue eso lo que notaste. Pero de ahí a estar enamorado...

—¡Uf, me quitas un peso de encima! No quiero hacerte daño.

—No lo has hecho —dijo él sonriendo y deslizando la mano por su cara y dejándola resbalar por el cuello y el pecho—. ¿Y ahora que las cosas están claras puedo seguir besándote?

—¿Quieres... hacerlo otra vez?

—¿Tú no? Creí que te había gustado.

—Claro que me ha gustado, pero...

—No quieres.

—No es eso...

—¿Entonces? Yo no te quiero, tú no me quieres, pero nos gusta acostarnos juntos, ¿no es verdad?

—Sí, así es.

—Yo tengo que buscar alguien con quien reunirme a la hora de almorzar, tú no te acuestas con ingleses, tienes que esperar a que te surja un documental para echar un polvo, quizás esperar a que tu amigo italiano se reúna contigo. Estamos casados... ¿Qué nos impide acostarnos juntos alguna vez si nos apetece? No tenemos que compartir la habitación ni guardarnos fidelidad y mucho menos estar enamorados para satisfacer unas necesidades que los dos tenemos un poco complicado cubrir. Solo algo ocasional, ni siquiera habitual...

—¿Estás hablando en serio?

—Completamente... si quieres, claro. Si no te parece bien me levantaré, nos daremos una ducha y nos iremos a pasear hasta la hora de coger el avión a mediodía y no volveremos a tocar el tema, igual que en La Habana. Como si nunca hubiera pasado, lo que ha ocurrido esta noche se quedará en París.

—¿Y la otra propuesta?

Él siguió deslizando la mano por su vientre.

—Pedir que nos suban algo de desayunar y quedarnos aquí hasta la hora de irnos. Hacer una despedida apoteósica de este fantástico viaje —dijo con intensidad y sin dejar de acariciarla.

Karin supo que no podía ni quería resistirse.

—¿Y qué pasará cuando regresemos?

—Pues tú ocuparás tu habitación, yo la mía y dejaremos que las cosas pasen como tengan que pasar.

—Bien, despidamos apoteósicamente este viaje a París —dijo echándole los brazos al cuello y acercándose a él. El contacto con su cuerpo desnudo la excitó de inmediato y a su mente acudieron las palabras de Brig el día de la boda y sonrió al pensar que ni siquiera habían pasado quince días... solo diez.

Después de cuatro horas que se les hicieron muy cortas, se dieron una ducha rápida y se dirigieron al aeropuerto de Orly. Al igual que en el viaje de ida, el avión les dejó en Londres y alquilaron un coche para regresar a Truro.

—Gracias por este viaje maravilloso —dijo ella apenas el coche enfiló la carretera—. ¿Sabes que es la primera vez que viajo por placer?

—Pues quizá deberíamos hacerlo más a menudo.

—Sí, quizá. Tengo que reconocer que la experiencia ha sido estupenda. Estoy acostumbrada a escuchar a mis compañeros de trabajo quejarse de que cuando viajan con sus parejas nunca se ponen de acuerdo sobre lo que quieren ver o lo que desean hacer. Nosotros no hemos tenido ningún problema con eso.

—No, ninguno. Somos unos compañeros de viaje fabulosos.

—Espero que tampoco tengamos problemas para compartir la casa —dijo sin apartar de su mente las últimas horas compartidas.

—Estoy seguro de que no.

A esa hora de la tarde el tráfico era denso en la carretera y avanzaban muy despacio. La larga e intensa noche empezó a dejar sentir sus efectos sobre ellos y el cansancio hizo su aparición.

A las nueve pararon a cenar en un pueblo que les pilló de camino y después Karin se hizo cargo del volante para permitir a Don descansar un poco. A las once de la noche, por fin aparcaron el coche en la puerta de su casa y tras llamar a la familia para anunciar que habían llegado se metieron cada uno en su habitación y se desplomaron sobre la cama durmiéndose de inmediato.

Al día siguiente, cuando Karin se levantó, se encontró la puerta del dormitorio de Don abierta y la estancia vacía.

Le buscó por la pequeña casa, pero no le encontró. Habían quedado en ir a almorzar a casa de los padres de Karin para llevarles los regalos y pasar el día con ellos, pero Don no le había dicho que pensara salir antes.

Al poco rato escuchó las llaves en la puerta.

—Vaya... Creía que habías decidido abandonar el hogar conyugal apenas instalado en él.

—No, pero el hogar conyugal no tiene nada para comer, y yo me he levantado hambriento. He ido al bar y me han preparado unos desayunos para llevar —dijo mostrando una bolsa que llevaba en la mano.

—¡Hum, qué bien huele! Piensas en todo.

—¡Hagámosle los honores!

Se sentaron a desayunar.

—¿Qué tal se duerme en tu cama? —preguntó entre bocado y bocado.

—Muy bien. ¿Y en la tuya?

—También. O será que estaba tan cansada que no he notado ninguna diferencia con la de casa.

—¿Preparada para el almuerzo familiar? Nos bombardearán a preguntas.

—Sí, pero no es este encuentro el que temo, ni estas preguntas, sino las de Brig. Querrá sacarnos hasta el último detalle del viaje.

—¿Y se lo vas a contar? —preguntó él, divertido.

—No, pero me temo que lo adivinará. No sé cómo se las apaña para conseguir que le cuente siempre lo que no deseo.

—¿Te molesta que lo sepa?

—No, lo que me molesta es tener que darle la razón. Dijo quince días y hemos tardado diez.

—Dijo quince días para convertir un dormitorio en sala de trabajo. No acertó del todo, solo cerramos con broche de oro el viaje de novios. Parece que el salir fuera de casa nos afecta.

—Sí, es cierto. Primero La Habana y ahora París.

Sus miradas se encontraron por encima de la mesa del desayuno y Karin afirmó más que preguntó.

—Tú recuerdas lo que pasó en La Habana, ¿verdad?

—Cada segundo. Y tú también.

—Sí. ¿Por qué me hiciste creer lo contrario?

—Porque tú parecías querer que no lo recordara.

—También estuvo bien.

—Sí que lo estuvo.

—Me alegra que los dos lo hayamos confesado. Ya no tenemos que fingir nada; es mejor que todo esté claro entre los dos.

—Sí, es mucho mejor. Y ahora, hablando de otra cosa, creo que antes de ir a casa de tus padres deberíamos hacer la compra si no queremos morirnos de hambre.

—Me parece una buena idea. También hay que comer.

—Vamos entonces, hay mucho que hacer.

13

Vuelta a casa

Al trasponer la última loma, Karin sintió que parecía que más que diez días hubiera pasado toda una vida desde la última vez que estuvo allí. Todos parecían esperar el coche con impaciencia, porque salieron a recibirles nada más llegar. Tras los besos y abrazos de rigor, Marga cogió a su hermana de la mano y tiró de ella hacia el interior.

—Ven, tenemos una sorpresa para vosotros.

—¿Una sorpresa? Yo creía que las sorpresas las traíamos Don y yo.

—Venid.

Ambos la siguieron hasta la primera planta, donde se detuvo ante la habitación que había sido de Don. Abrió la puerta con aire triunfal y dejó a la vista una estancia totalmente reformada con una gran cama de matrimonio, dos mesillas y un armario.

—¿Qué os parece? ¿Os gusta?

—¿Es para nosotros? —preguntó Karin, aunque sabía la respuesta.

—Pues claro. ¡No pensaríais que os íbamos a dejar dormir separados! Así nos aseguramos que vengáis más a vernos.

—Hubiéramos venido de todos modos, Marga. Una cama pequeña no es ningún problema —dijo Don guiñándole un ojo.

—Pero así está mejor, ¿verdad? ¿O es que no os gusta la decoración? No hemos dejado decidir nada a Peggy, lo hemos hecho entre mamá y yo.

—La decoración es perfecta, cariño, nos gusta mucho. ¿Verdad, Don?

—En efecto. Y se agradece enormemente el detalle —añadió este.

Karin se volvió hacia él y se encontró con la mirada divertida y las cejas alzadas en una expresión picaresca. Y supo sin ningún género de dudas que aquella cama iba a ser testigo de más de una noche de pasión.

Bajaron justo a tiempo para sentarse a la mesa.

—Os esperábamos más temprano —dijo Margaret.

—Esa era nuestra intención, pero a la hora de desayunar nos encontramos con la despensa vacía y decidimos que era más sensato llenarla aunque llegáramos un poco más tarde. A pesar de que teníamos muchas ganas de veros. Os hemos traído regalos a todos.

—¿Qué tal el viaje? —preguntó Steve.

—Fantástico. París es un sitio maravilloso, tiene un encanto muy especial.

—¿Habéis subido a la Torre Eiffel? —preguntó Marga.

—Por supuesto; y al arco de La Défense.

—¿Y habéis ido a Versalles?

—También.

—¿Y a Dior y a Cartier? —intervino Peggy.

—No, Peggy, a esos sitios no hemos ido. Solo teníamos diez días y no podíamos perder el tiempo.

—Ir a Dior no es perder el tiempo. ¡No me digas que has vuelto sin comprarte nada!

—No creo que me guste nada de lo que venden allí; como mucho podría haberme comprado unos vaqueros de alta costura, pero no creo que merezca la pena pagar lo que piden por unos, para llevarlos en un campamento del desierto o en una jungla tailandesa. No me sobra el dinero.

—Don podría haberte regalado algo.

—Y lo ha hecho, pero no ropa de Dior —dijo recordando la sudadera de La Sorbona y la gargantilla que él le había comprado en las galerías de la calle Rivoli.

—Al menos te habrá llevado a cenar a La tour d'Argent.

—Tampoco teníamos tiempo para esperar seis meses a que nos dieran mesa allí. Pero sí estuvimos comiéndonos una *baguette* estupenda sentados en los jardines de las Tullerías.

—¡Y sin zapatos! —apostilló él.

—¡No habréis sido capaces!

—Me temo que sí —dijo Don riendo.

—¿De verdad habéis sido tan vulgares como para comeros una *baguette* sentados en un parque? ¿En París? ¿Como si fuerais pobres?

—No en un sitio cualquiera de París, Peggy, sino en Las Tullerías. Y el estómago no entiende de clases sociales. Cuando hay hambre, la hay, y te aseguro que pocas cosas de las que he comido en París me han sabido tan bien como esa *baguette* tomada al aire libre.

Marga intervino.

—¡Con lo romántico que debe ser ese sitio y haber ido a comeros una *baguette*...! Al menos habréis dado paseos por la orilla del Sena a la luz de la luna...

—No exactamente. Hemos montado en los *bateaux* del Sena por la noche, pero a esa hora estábamos ya tan cansados que no teníamos muchas ganas de pasear. Además, no había luna, estaba algo nublado.

—¡Por lo menos Don te habrá besado en el *bateau*! —dijo ya exasperada por la frialdad e indiferencia de su hermana ante todo el romanticismo que, según ella, debía rodear un viaje de novios a París.

—Niña, tú has visto muchas películas —contestó Karin divertida por la salida—. ¡Don y yo hemos ido a ver París y no a besuquearnos por las esquinas como dos críos!

—¡Pero es que estabais en viaje de novios!

—Por supuesto, pero para eso teníamos el hotel. Con una inmensa cama de matrimonio a la que hemos hecho los honores, ¿verdad? —dijo volviéndose hacia él y sintiendo una terrible excitación solo de acordarse de la última noche.

—Doy fe —dijo él.

—Menos mal. Porque ya me temía que lo único que hubierais hecho fuera ver París.

—Nada de eso. Ha habido tiempo para todo —añadió Don—. Incluso para cenar en un restaurante de lujo en el que tu hermana por poco se carga al *maître* de un infarto, tragando como una leona las exquisiteces del menú. Nos reímos como locos aquella noche.

—¿Entonces lo habéis visto todo?

—Casi todo, París es una ciudad tan grande y tan variopinta que necesitaríamos mucho tiempo para verla entera, y solo teníamos diez días. Pero puede decirse que todo lo que queríamos ver, sí.

—Y algunos días terminábamos reventados, con los pies hechos polvo. Pero ha sido un viaje inolvidable.

—Eso es lo mejor que se puede decir de un viaje de novios —dijo Margaret.

Después de comer repartieron los regalos y tras pasar la tarde refiriendo anécdotas de nuevo, regresaron a su casa, rehusando estrenar la habitación. Karin tenía que incorporarse a su trabajo al día siguiente y debía preparar algunos documentos para Brandon, cosa que nadie creyó, aunque fuera cierta. También quería poner un poco de distancia entre la última noche del viaje y la siguiente vez que compartieran una cama, porque no sabía qué podría pasar.

El timbre de la puerta sonó varias veces y Karin no tuvo ninguna duda de quién podía ser la visitante. Miró el reloj: eran las cinco de la tarde. Debía de haber salido temprano porque Brig solía trabajar hasta las ocho o las nueve de la noche muchas veces. Se levantó y fue a abrir.

Como siempre, su amiga se coló en tromba en la casa, vestida en esta ocasión con el traje de chaqueta que usaba en el trabajo.

—Hola... vengo a que me invites a un café. Tengo tres cuartos de hora antes de la próxima visita.

—Yo aún estoy en horario laboral.

—Déjate de coñas, tú trabajas cuándo y cómo quieres. Con que aparezcas un par de horas o tres por la cadena de televisión, el resto lo puedes hacer en casa y cuando más te apetezca. Antes de soltarme un rollo de ese tipo recuerda que tengo un informador de primera mano.

—De acuerdo, te haré un café. Pero luego no digas que no te he avisado.

—¿Avisarme de qué?

—Soy un desastre en la cocina. Ni siquiera el café me sale bien.

—¿Y cómo os las apañáis? ¿Cocina Don?

—Él tampoco es ningún chef, ese es el punto más negro de este matrimonio. Nos las estamos apañando con carne y verdura a la plancha y ensaladas de bolsa con salsas que compramos ya preparadas. Quizá cuando alguno de los dos tenga un poco más de tiempo podamos apuntarnos a algún curso de cocina, pero de momento nos limitamos a sobrevivir.

—De acuerdo, yo haré el café —dijo quitándole la cafetera de la mano—. No quiero arriesgarme a pasar el resto de la tarde yendo al baño.

—Tampoco es para tanto. Solo me sale más flojo o más fuerte de la cuenta. Aunque si prefieres un té, eso sí lo preparo bien.

—Ya sabes que no me gusta el té.

—Pues yo sí me haré uno.

Diez minutos después ambas amigas se sentaban con sus respectivas tazas en el pequeño salón.

—Os ha quedado muy bien esto —dijo Brig.

—Sí, a mí cada día me gusta más. Me siento muy cómoda aquí. Pensaba que vivir en un piso, acostumbrada a estar siempre en una casa grande, y sobre todo tan alejada del mar, me iba a costar mucho más. No es que no lo eche de menos, pero no tanto como pensaba. Y Don y yo planeamos ir todos los fines de semana que podamos a pasarlos en casa de mis padres.

—¿Qué tal la vida de casada?

—Pues como la de soltera, pero con otra vivienda.

—No vas a librarte con esa frase; quiero detalles.

—Bien, veamos. Don se levanta a las siete, yo a las ocho, una hora más tarde que antes. Ambos desayunamos fuera de casa. Él no regresa hasta las seis y media o las siete y yo a veces a mediodía o como muy tarde a las cinco, eso ya lo sabes.

—Continúa. Ahora viene lo interesante.

—Ya. Pues yo suelo preparar algo de cena, aunque a veces lo ha intentado él con los mismos desastrosos resultados, como ya te he dicho. Cenamos y luego Don suele sentarse a leer o ver la tele y yo enciendo el ordenador y me pongo a preparar algún trabajo como hacía antes; y cuando nos entra sueño nos vamos a la cama.

—¿En qué habitación?

—Cada uno en la suya.

—¿Cuánto tiempo lleváis casados? ¿Dieciocho días?

—Sí.

Brig frunció el ceño, incrédula.

—¿He perdido la apuesta? Me niego a creerlo.

Karin se hizo la despistada.

—¿Qué apuesta?

—No te hagas la tonta, sabes que Brandon y yo apostamos que no pasarían más de quince días sin que compartierais la cama.

—¡Ah, esa...!

—Dime, ¿he perdido?

—Bueno, no del todo. Hemos compartido la cama. El fin de semana pasado dormimos en casa de mis padres y nos han preparado una habitación con cama de matrimonio. Tuvimos que dormir en ella.

—¿Solo dormir?

—Solo dormir.

—No me lo creo.

—Pues es así.

—¡¿Tú estás gilipollas o qué?! ¿Te has casado con ese pedazo de bombón, lo has tenido en la cama contigo y te has echado a dormir? A ver si voy a empezar a creer lo que cuentan de ti...

—Sabes que no es verdad lo que cuentan de mí. Pero sí puedo estar en la cama con un tío sin que me apetezca acostarme con él, aunque esté bueno. Y tú deberías alegrarte de ello porque sabes que Brandon y yo hemos tenido que compartir la habitación e incluso la cama algunas veces.

Brig hizo un gesto con la mano.

—Pero con Brandon es distinto.

—¿Por qué? Él también está muy bueno.

—Sí, pero a ti no te gusta.

—Tampoco me gusta Don.

—Ah, eso no es verdad.

—Ya te he dicho un millón de veces que me he casado...

—Sé por qué te has casado, pero eso no significa que no te guste. He visto cómo le miras. Y nena, el día de la boda... no se besa así a alguien que no te gusta. No te estoy diciendo que estés enamorada de él, pero gustarte... claro que sí. Y tú a él. Dime, ¿qué pasó en casa de tus padres? La verdad.

—No pasó nada

—No me lo creo.

Karin se echó a reír consciente de que no lograría convencerla y decidió ser totalmente sincera. Con Brig no podía.

—Tenía la regla.

—¡Ah, eso es otra cosa! ¿Y si no la hubieras tenido?

Volvió a reír con más fuerza.

—Está bien, te lo diré. De todas formas me lo vas a sacar más tarde o más temprano. Puedes cobrarle a Brandon lo que quieras, has ganado la apuesta. Lo hicimos en París, la última noche del viaje.

—¿Y quién dio el primer paso?

—Yo.

—¡Lo sabía! ¡Lo sabía! ¿Y después?

—No, aquí no. Dejamos claro que había sido algo ocasional y no íbamos a compartir la habitación aquí en casa. De hecho, no ha vuelto a pasar.

—Porque tenías la regla.

Karin se echó a reír de nuevo.

—Quizás...

—¿Y qué tal en París?

—¿El viaje?

—¡No! No te hagas la tonta, sabes que acabarás por contármelo todo. Y date prisa que no me queda mucho tiempo.

—Pues no vayas a llegar tarde.

—Si no me lo cuentas ahora voy a organizar una cena en casa para los cuatro para que comáis decente alguna vez y se lo voy a preguntar a Don, directamente y sin anestesia. Así que más te vale soltarlo todo ahora.

—Está bien. ¿Qué quieres saber?

—Todo.

—No pienso darte detalles.

—No quiero detalles. Pero ¿estuvo bien?

—Sí, estuvo bien.

—¿Mejor que con Paolo?

—Diferente.

—¿Con quién te gustó más?

—Me niego a contestar a eso.

—¡Uy, uy, uy...!

—No, Brig, no empieces. Es que no me lo he preguntado a mí misma. No sabía que tú ibas a venir a interrogarme, pero si insistes me lo pensaré con calma y te lo contaré en una próxima conversación, ¿vale?

—No hace falta, ya me has contestado.

—¡Brig!

—No te alteres, nena... Te conozco mejor que tú misma. Y ahora me voy o perderé un cliente y no está la cosa para eso. Ya me contarás cómo te va este próximo fin de semana en casa de tus padres ¿eh? No te tocará la regla de nuevo...

—Este fin de semana no vamos a ir. ¿No te ha dicho

Brandon que salimos el jueves a Escocia y no regresaremos hasta el domingo por la noche?

—Es cierto, no me acordaba. Vais a rodar en un castillo donde ha aparecido un fantasma.

—El fantasma es el dueño que quiere venderlo y subir el precio el muy vivales, y ha difundido el rumor. Pero pienso desenmascararlo.

—No lo dudo. Entonces organizaré la cena para la semana próxima. Cuento con vosotros.

—Ni hablar.

—Entonces prepararé la comida y Brandon y yo nos presentaremos aquí una noche a comer con vosotros.

—Brig, déjate de tonterías. No empieces con tus paranoias delante de Don.

—No te preocupes, me comportaré. Siempre que seas tú la que me cuente lo que quiero saber. Solo os daré de comer, lo prometo.

—¿Seguro?

—Sí, seguro. Y ahora me marcho... voy tardísimo.

Karin la acompañó a la puerta y luego regresó a recoger las tazas. Y la pregunta de Brig empezó a dar vueltas en su cabeza: «¿Mejor o peor que con Paolo?» Había dicho la verdad, fue diferente. Con la mano en el corazón no habría podido decir con quién le había gustado más. Sí había sido mejor que con el resto, pero no podía compararle con Paolo. Quizá tendría que volver a estar con este para hacerlo. Hacía casi nueve meses que no le veía.

Dejó las tazas en el fregadero y regresó a su trabajo aparcando la pregunta en un rincón de su mente.

14

Fin de semana en la playa

Karin descolgó el teléfono inalámbrico mientras intentaba evitar que se le quemara lo que tenía en la sartén. Cuando Brig le dio la receta, fácil por supuesto, le había advertido que pusiera el fuego bajo, pero por lo visto no lo había puesto lo suficiente porque la cocina se estaba impregnando de un ligero olor a tostado. Por mucho que lo removía, el olor a quemado se intensificaba por momentos y lo único que estaba consiguiendo era destrozar las verduras con la cuchara de madera.

—¡Diga! —respondió con brusquedad. La voz divertida de Don al otro lado terminó de sacarla de sus casillas.

—¡Vaya, parece que no te pillo en el mejor de los momentos...!

—No demasiado. A ti te quisiera ver luchando con un salteado de verduras e intentando que no se te queme.

—No te preocupes, me lo comeré sin rechistar esté como esté.

—¡Más te vale! Yo me comí ayer tus filetes crudos y saturados de pimienta. Bueno, voy a apagar esto o comeremos churruscos de verduras. Nos lo tomaremos como esté. Si no es comestible siempre podemos preparar bocadillos. Dime, ¿qué querías?

—Ha venido tu padre esta mañana a dar una vuelta por la fábrica. Me ha recordado que mañana es el aniversario del día que conoció a tu madre y que espera que vayamos a pasar el fin de semana con ellos. Que comprende que estemos recién casados y que queramos estar solos, pero que solo hemos pasado un fin de semana completo en la playa. Te echan de menos...

—Sí, yo también a ellos.

—Entonces, ¿qué le digo?

—Que sí, que iremos... si a ti no te importa, claro.

—A mí no me importa en absoluto, me encantará pasar un par de días allí.

—Bien, pues entonces fin de semana en la playa. Por lo menos comeremos algo decente.

—Podemos pedir a tu madre que nos dé unas cuantas lecciones básicas de cocina. O a lo mejor se compadece y nos da algunos *tuppers* con comida.

—Le encantaría, ya sabes que su pasión es alimentar a la gente.

Él se echó a reír y colgó con un:

—Hasta luego.

Karin se enfrentó de nuevo a la sartén que se negaba a dejar caer el contenido en otro recipiente, manteniéndolo adherido al fondo.

—¡Joder! ¿Por qué es tan difícil esto? ¿Por qué puedo conducir un camión por un pantano y no consigo que me salgan bien unas malditas verduras como a todo el mundo?

Pinchó una con un tenedor para comprobar si estaban mínimamente comestibles.

—Y para colmo se me ha olvidado la sal.

Furiosa, volcó el contenido en la basura y rascó el fondo quemado de la sartén.

—Pediremos una *pizza*.

La mañana amaneció radiante aunque fría. Después de varios días de lluvia y cielos grises, ver el sol fuera llenó de ánimo el corazón de Karin. Y también la idea de pasar dos días en su casa y con su familia, olvidada del trabajo y del estrés de las últimas semanas. Los preparativos de la boda y el viaje se estaban cobrando su factura ahora y le estaba costando trabajo recuperar el tiempo atrasado y perdido.

Se levantó y se dirigió a la cocina donde Don ya estaba preparando el desayuno.

—¿Qué tomamos hoy? —preguntó hambrienta.

—¿Te parece bien té, huevos y salchichas?

—Estupendo, tengo muchísima hambre. La *pizza* no me llena lo suficiente.

—Si quieres, puedo preparar unas tostadas además.

—Por mí... me comería hasta una piedra.

—Menos mal que el desayuno sí nos sale aceptable.

Se sentaron uno frente al otro.

—¿Has visto el día tan estupendo que hace?

—Sí; lo primero que haré cuando lleguemos a casa será nadar un rato.

—Karin, que esté el sol fuera no quiere decir que no haga frío.

—Me da igual... Estoy acostumbrada a nadar en verano y también en invierno. Solo dejo de hacerlo cuando hace mucho viento o hay riesgo de tormenta, porque las corrientes podrían llegar a ser muy peligrosas. Pero nadar en agua fría tonifica los músculos.

—Y tú los tienes muy tonificados —admitió al recordar las dos noches que habían pasado juntos, el cuerpo firme y elástico que se había agitado con sus caricias.

—En efecto; y pienso mantenerlo así. Y a ti no te vendría mal un poco de ejercicio también.

—Quizá cuando me haga un poco con la fábrica y disponga de algo más de tiempo me apunte al gimnasio o salga a correr. He captado la indirecta.

—¿Qué indirecta? No te he lanzado ninguna.

—¿Ah, no? Pensaba que tratabas de decirme que estoy fondón.

—En absoluto. Y tú sabes muy bien que no lo estás.

—A mí no me lo parece, pero desde luego yo no me veo con los ojos de una mujer.

—Estás cañón; al decirte lo del ejercicio me refería a que es bueno para la salud y también para el estrés y todo eso. A mí no me entusiasman los gimnasios, no me gusta hacer ejercicio encerrada en un edificio; pero si decides salir a correr me gustaría ir contigo cuando mi tiempo me lo permita.

—Ese será un aliciente más para hacerlo. No es divertido correr solo.

—Hay una zona de la playa cerca de la casa de mis

padres que es perfecta para correr. Podríamos ir ahora cuando lleguemos y repetirlo siempre que estemos allí.

—Me encantará —dijo Don, animado ante la idea de hacer cosas juntos. Las últimas semanas ambos habían estado bastante ocupados, y aunque se habían visto en el piso por las tardes, apenas habían tenido tiempo para hablar enfrascados en sus respectivos trabajos.

Terminaron de desayunar y tras recoger las tazas y los platos subieron al coche y emprendieron el camino.

En poco menos de una hora aparcaban ante la casa de Steve y en esta ocasión no fue Marga quien salió a recibirles, sino toda la familia al completo, con la excepción de Peggy.

Karin sintió el firme abrazo de su madre.

—¡Hola, pequeña! ¿Cómo estás? ¿Qué tal el matrimonio?

—Muy bien, aunque no sé si este pobre hombre aguantará mucho tiempo a mi lado... —dijo mirando a Don con cara de lástima.

—¿Por qué? ¿Tenéis algún problema acaso?

—No exactamente; pero si continúo destrozando la comida como anoche y obligándole a cenar *pizza* tan a menudo me va a pedir el divorcio antes de celebrar el primer aniversario. Creo que necesito unos consejos maternales sobre cómo llegar al estómago de un hombre.

—Bueno, ya el almuerzo está casi listo, pero después de comer, si quieres, podemos apropiarnos de la cocina y ver qué podemos hacer por solucionar tu problema.

—Gracias, mamá, mi matrimonio te lo agradecerá.

Don reía mientras descargaba la maleta.

—¡No es para tanto! —dijo—. Comí en un internado durante unos años y puedo digerirlo casi todo. No voy a pedirle el divorcio por quemar un poco la comida. Pero si consigues enseñarle a cocinar como tú, será estupendo.

—¿Los demás aspectos del matrimonio bien?

—Lo demás muy bien, ¿verdad, Don? Todavía no nos hemos pegado por usar primero el baño o por el mando de la tele.

—Eso no es ningún mérito —dijo Don divertido—. No tenemos tiempo de ver la tele.

—Esa es la mejor señal de que un matrimonio va bien —añadió Margaret. Nadie hizo ningún comentario y tras subir a su habitación el escaso equipaje, Karin le propuso:

—¿Qué? ¿Te animas a bañarte?

—No —contestó tajante—. Si quieres correr estoy dispuesto, pero no cuentes con que me meta en el agua a esta temperatura.

—¡Eres un bravo chicarrón alemán! ¡Que no se diga!

—Solo a medias; mi parte inglesa dice que no.

—De acuerdo, vamos a correr un rato. Quizá después de sudar cambies de opinión.

—Lo dudo.

Poco después, ambos, vestidos con sendos chándales, empezaban a trotar por la gravilla húmeda después de retirarse la marea.

Al principio Karin mantuvo un ritmo suave, temerosa de que Don no pudiera seguirla, pero al fin la costumbre hizo que apretara el paso casi sin darse cuenta, y su asombro fue grande al comprobar que él se adaptaba a ella sin dificultad.

Viendo que la seguía sin problemas, apretó el ritmo un poco más, y Don, dándose cuenta de que se había picado, la adelantó y no dejó que lo pasara de nuevo por mucho que Karin lo intentó.

Cuando la playa desapareció sustituida por un acantilado abrupto, se volvió hacia ella y le preguntó:

—¿Damos la vuelta y continuamos corriendo de vuelta o aceptas que te he ganado y regresamos dando un agradable paseo?

—¿Ah, pero era una competición? —preguntó ella.

—Dímelo tú...

Karin levantó las manos

—De acuerdo... ¡Has ganado! Regresemos paseando y charlando. Me gusta mucho más que ir mirando tu espalda.

Ambos se pusieron las sudaderas que llevaban atadas a la cintura y empezaron a caminar a buen paso.

—¡Qué callado te lo tenías!

—¿Qué?

—Que eras Maratón Man.

—Corría en la facultad, pero de eso ya hace mucho, aunque la técnica nunca se pierde. El truco está en la respiración.

—Nunca me lo habías dicho.

—Nunca me lo preguntaste. Siempre has dado por sentado que la única deportista de casa eras tú.

Karin sintió que las palabras «de casa» la llenaban de una emoción cálida y entrañable.

—¿Nunca vas a hablarme de ti sin que te pregunte?

—No hay mucho que decir.

—Claro que lo hay. Pareces muy serio y aburrido pero no lo eres... Eres un gran hombre y tienes mucho que dar. Cada vez que descubro algo nuevo sobre ti hace que te aprecie más.

—¿Me aprecias más porque corría los 1.500 metros en la facultad? —preguntó él divertido.

—No, no es eso. Pero el hecho de que te guste hacer deporte hace que tengamos más cosas en común. Y para dos personas que viven juntas eso es importante. Me gusta hacer cosas contigo.

—¿Qué cosas? —preguntó Don en tono de broma.

—Todo tipo de cosas. Correr, por ejemplo, aunque me ganes.

—Bien, correremos más a menudo y te prometo que alguna vez te dejaré ganar.

—¡Ni se te ocurra! Prefiero perder mil veces a ganar porque me dejes. Ya lograré ganarte por mis propios medios.

—Orgullosa ¿eh? Y competitiva.

—¡No sabes cuánto!

—Bien, entonces hazte a la idea de que no me ganarás jamás.

—¡Eso lo veremos! Tengo más tiempo para entrenar que tú.

Él se echó a reír abiertamente dando fin a la conversación.

El camino se prolongó casi hasta el mediodía y al llegar a la pequeña cala donde estaba situada la casa, Karin le volvió a proponer:

—¿No te animas a darte un baño para relajar y tonificar los músculos? No me dirás que un corredor de fondo como tú se asusta de un poco de agua fría...

—Lo siento, aquí se acabó la competitividad. Yo me voy a dar una ducha caliente —dijo ante las risas de Margaret que había salido a recibirles.

—Eres un rajado. ¿O deseas conservar tu triunfo en la carrera y no quieres que te gane nadando?

—No pienso competir contigo en un agua a diez grados. Lo siento. Si te apuntas a la ducha caliente, prometo que te frotaré la espalda, pero si no... La única compañía que tendrás será la de los peces.

—Está bien, no insistiré más. Nos vemos luego —dijo Karin quitándose el chándal allí mismo y entrando sin titubear en el agua helada.

Don no pudo evitar sentir un escalofrío al verla y se dirigió raudo a la ducha, sintiendo que al detenerse se le estaba enfriando el sudor provocado por el ejercicio.

Entró en la ducha y se recreó un buen rato bajo los chorros calientes y reconfortantes. Cuando se estaba secando, Karin llamó a la puerta del baño.

—¿Estás ahí todavía?

—Sí, pero ya estoy terminando; pasa.

Ella entró envuelta en un viejo albornoz, helada y tiritando.

—¡Estás temblando! Si es que estás loca... cualquier día vas a pillar una pulmonía. Anda, pon el agua bien caliente y verás lo bien que te sienta.

Mientras se secaba y se vestía, la contempló a través del cristal semiopaco de la mampara y tuvo que hacer un tremendo esfuerzo para no volver a entrar y quitarle el frío con algo más que la ducha. Hacía un mes que habían vuelto de París y Karin no le había dado la más mínima oportunidad para decirle que quería volver a hacer el amor con ella. Se metía en su habitación resuelta y sin siquiera intercambiar con él una mirada. Y el deseo se le estaba haciendo insoportable.

—Te espero fuera —dijo al terminar de vestirse y deseando salir cuanto antes de allí, de la tentación que suponía el cuerpo desnudo detrás del cristal.

—¿No ibas a frotarme la espalda?

—¿Quieres correr el riesgo?

—¿De qué?

—No soy de piedra. Si te froto la espalda no sé cómo podemos acabar... —dijo en tono de broma, aunque sabía que estaba hablando muy en serio.

—Entonces será mejor que me duche sola. Mi madre ya tiene la mesa puesta —respondió evitando una respuesta directa a su insinuación.

Don salió del baño y poco después Karin se reunía con él en el comedor.

Pasó la tarde con su madre en la cocina aprendiendo algunas recetas básicas y algunos trucos fundamentales para no estropear la comida. Después de la cena, que Karin ayudó a preparar, se sentaron en el sofá con la chimenea encendida, a ver la televisión. Sintiéndose a gusto y después de haber dado muchas vueltas a las palabras que Don había pronunciado en la ducha, se dijo que ¿por qué no? No le desagradaba en absoluto la idea de hacer el amor con él esa noche. Llevaba un mes sin sexo, desde la última noche en París. Aunque Brandon y ella habían estado en Escocia, solo habían tratado con el inexistente fantasma y el octogenario dueño del castillo, ambos poco propicios para una noche de sexo.

Don y ella se habían instalado en una cómoda rutina en casa que no daba mucha opción a una mayor intimidad ni a que surgiera la ocasión de acostarse juntos.

Pero después de la insinuación de Don en la ducha, un agradable cosquilleo se había apoderado de sus entrañas y se dio cuenta de que también ella necesitaba hacer el amor. Y Don era un gran amante; las dos noches que habían pasado juntos habían sido muy satisfactorias.

Cuando salió de la ducha había tomado una decisión y al sentarse en el sofá junto a él después de la cena, decidió hacérselo saber y se recostó mimosa contra su costado.

Don la rodeó con el brazo y su mente voló de la pantalla y se concentró en el cuerpo que se dejaba caer contra el suyo, en el pelo suelto que le hacía cosquillas en la cara y en el olor de Karin que le estaba llevando de nuevo a La Habana y a París.

La película se le hizo larguísima, pero fue incapaz de girar la cabeza y susurrarle al oído que subiera con él a la habitación sin terminarla, temeroso de haber interpretado de forma errónea su gesto y romper el hechizo. Al menos ahora la tenía más cerca de lo que la había tenido durante el último mes. Aunque quizá Karin solo pretendía dar una imagen de pareja feliz ante su familia.

Tanteó el terreno deslizando despacio la mano por

el brazo y ella se acurrucó más contra él aceptando la caricia.

Cuando al fin la interminable película acabó y Steve expuso algo sobre el final, Don se sintió incapaz de hacer ningún comentario, porque, aunque sus ojos habían permanecido clavados en la pantalla, no había visto nada ni recordaba nada de lo que allí se había desarrollado, y lo único que había en su cabeza era la idea de cómo decirle que quería hacer el amor con ella esa noche.

Margaret apagó la televisión y Karin se separó despacio de él y se levantó del sofá. Don la imitó.

—Bueno, familia... Buenas noches.

—¿Ya os vais a la cama? —preguntó Marga, deseosa de una velada más prolongada, como en aquella ocasión que habían visto una película en la buhardilla—. ¿No queréis ver otra película? Tenemos algunas...

—No, nena. Mañana quiero levantarme temprano para aprovechar el día. Hoy hemos llegado ya a media mañana y mi hora favorita para bajar a la playa es al amanecer.

—¿Ni siquiera ahora de recién casada se te pegan las sábanas? —preguntó Peggy.

—Hay tiempo para todo.

—Hasta mañana, entonces —se resignó Marga—. Que durmáis bien.

Subieron las escaleras uno detrás del otro y Karin sintió clavada en su espalda la mirada de Don como si le quemara, y sonrió adivinando que estaban pensando en lo mismo.

Entró en la habitación con la intensa sensación de

que él iba a abalanzarse sobre ella como había hecho en La Habana y empezar a besarla, pero no fue así, sino que se dirigió hacia la cama y cogió el pijama.

—Voy al baño —dijo.

Cuando regresó unos minutos más tarde, Karin se había puesto también el suyo, un pijama tipo masculino de franela a cuadros, cálido y abrigado, y se había metido en la cama. Había dejado la lámpara de la mesilla encendida y a la débil luz de la misma le contempló mientras se acostaba a su lado. Durante unos breves minutos ambos permanecieron quietos, cada uno en un extremo del lecho, sin rozarse siquiera ni hacer la menor intención de aproximarse, esperando que el otro hablara o hiciera algún movimiento que les acercara. Al fin, Don rompió el silencio.

—Te deseo... —dijo bajito. Y apoyó la mano en su brazo transmitiéndole un fuerte calor. Se volvió con lentitud hacia él y se encontró con sus ojos grises mirándola muy fijos, llenos de ansiedad—. Te deseo mucho... —repitió.

Ella sonrió y adelantó la cabeza hasta encontrar su boca.

—Yo también —admitió justo antes de besarle.

Los brazos de Don rodearon su espalda fundiéndolos en un abrazo cálido y excitante a la vez. Se besaron durante mucho tiempo, apretados con fuerza uno contra el otro, dejando que las manos explorasen y acariciasen sin que ellos separasen sus bocas más que unos breves segundos para respirar, antes de comenzar de nuevo. Después, y sin que mediase ninguna palabra entre ambos, Don se echó sobre ella y le hizo el amor despacio, alargando y disfrutando el momento como un niño hace con un dulce que sabe que tardará en volver a saborear. Y ahogando con besos los gemidos de placer de ambos, consciente de que Marga dormía en la habitación de al lado y sin querer dar motivo a su románica cuñada menor para que hiciera algún comentario alusivo en la mesa, al día siguiente.

Después, se durmieron abrazados y acurrucados, arropados por el rumor de las olas que subía desde la playa.

Don se despertó al sentir movimiento a su lado. Abrió los ojos y contempló la ventana apenas iluminada con el resplandor grisáceo del alba. Karin, sentada en el borde de la cama, se vestía sin hacer ruido.

—¿Qué haces? ¿Adónde vas a estas horas?

—A nadar.

Él se sacudió el sueño y se incorporó sobre un codo.

—¿Estás loca? ¿A nadar a las seis de la mañana? Te vas a congelar.

—El agua está más caliente ahora.

Él deslizó una mano bajo el jersey que ella acababa de ponerse y le acarició la espalda con la yema de los dedos, provocándole un escalofrío de placer.

—¿Por qué no te quedas y te acurrucas conmigo?

Karin volvió la cara para mirarle al contestar:

—Esta vez no voy a dejarme tentar como en París... Si me quedo, ya sabes lo que pasará, y en vez de bajar a desayunar lo haremos a la hora del almuerzo.

—¿Y qué tiene eso de malo?

—Que no estamos en casa, ni en un hotel. Siempre me levanto al alba y, si hoy no lo hago, no quiero ni pensar en lo que nos van a decir cuando salgamos de la habitación.

—No pueden decir nada, estamos casados.

—A pesar de eso, no me gustan las bromas de ese tipo.

—¿Temes que todos se enteren de que eres humana y tienes sentimientos? ¿De que eres capaz de perder la cabeza y renunciar a tu sesión de natación matutina por un buen polvo? ¿O es que no te apetece? Porque si es eso, no he dicho nada...

—No es que no me apetezca..., pero es mejor que no nos enrollemos de nuevo. Hoy no, al menos.

—¿Por qué no?

—Porque eres muy bueno en la cama y puedo acabar convirtiéndome en adicta.

—También tú lo haces muy bien; la adicción puede ser mutua.

—Razón de más para que no me quede. Esto tiene fecha de caducidad y ambos lo sabemos —dijo inclinándose y besándole con suavidad sobre los labios. Don agarró con fuerza las mantas para no abrazarla y hacerla caer sobre él y besarla hasta quitarle la estúpida idea de nadar de la cabeza, pero no lo hizo. Nunca forzaría nada entre ellos que Karin no deseara darle de forma voluntaria.

—Sigue durmiendo, es temprano.

—Prométeme al menos que no te alejarás de la orilla. Está oscuro y si te da un calambre nadie te verá ni te oirá.

—Te lo prometo —dijo marchándose.

Don se volvió en la cama hacia el lugar que poco antes había ocupado Karin y enterró la cara en la almohada aspirando su olor. «Teme hacerse adicta», había dicho. Él ya lo era. Acababa de marcharse y ya la estaba echando de menos, y preguntándose cuándo volvería a repetirse lo de aquella noche. Quizá cuando volvieran a pasar otro fin de semana en la playa... o quizás en su casa... o nunca. La idea del nunca se le hacía insoportable y la apartó de su cabeza. Cerró los ojos y dejó a su mente vagar por los recuerdos de unas horas antes, por el cuerpo que se había estremecido bajo sus manos, por la boca que buscaba la suya una y otra vez. Por su chica que ya no se subía a los árboles, pero nadaba al amanecer en aguas gélidas y se jugaba la vida en lugares exóticos, y que lo enamoraba cada día más con solo mirarla.

Karin salió al porche y una ráfaga de viento helado la azotó. Miró el sendero, la escarcha que cubría las piedras por donde tendría que bajar y la espuma blanca del mar encrespado, y por primera vez en su vida sintió pereza de nadar a esas horas. Sonrió y se dio media vuelta. ¡Qué demonios! La oferta de Don era más tentadora.

Volvió sobre sus pasos y entró de nuevo en la habitación. Él abrió los ojos y la contempló sonriente.

—¿Has cambiado de opinión?

—Hace un frío de mil demonios ahí fuera... creo que aceptaré tu oferta, si aún sigue en pie.

Él levantó las mantas y la invitó a entrar en un gesto mudo. Ella se desnudó con rapidez y se refugió en los brazos que la esperaban.

—Prométeme que no bajaremos más tarde de las nueve y media...

—Palabra de alemán —dijo besándola.

15

Emma

Karin salió del despacho del productor de muy mal humor. Ya estaba harta, siempre era lo mismo: «Esto no puedes ponerlo; aquello no va a gustar...» ¿Por qué le encargaban los documentales a ella si luego los recortaban tanto que a veces ni los reconocía? ¡Que se los encargaran a otros, y ella se dedicaría a otra cosa!

El mal humor se le debía notar en la cara porque Brandon se acercó hasta ella y le preguntó:

—¿Ha ido muy mal?

—Como siempre de mal. Me han entrado ganas de dimitir.

—No lo harás, te gusta demasiado tu trabajo.

—Te aseguro que si las cosas siguen así, algún día sí lo haré.

—¿Y qué será entonces de mí?

—Te mandarán a filmar concursos caninos y carreras de caballos y Brig será mucho más feliz que ahora.

—Soy alérgico a los caballos, ya lo sabes.

—¿Desde cuándo? Hemos montado en más de una ocasión.

—A los de carreras...

—¡Aaaah...! —dijo ella sintiendo que su mal humor se había evaporado. Brandon conseguía levantarle el ánimo por muy enfurecida que estuviera.

—No se te ocurra dimitir o te sentirás para siempre responsable de mi desgracia. Seré un parado de larga duración porque después de haber trabajado contigo no quiero hacerlo con ninguna otra jefa.

—Compañera —corrigió.

—Qué demonios compañera... ¡si eres tú la que manda!

—Dirijo la grabación.

—Llámalo como quieras, pero eres una tirana de tomo y lomo.

—Bueno, pues como soy la jefa me toca invitarte a desayunar. Encuentra otro tirano que haga lo mismo. Anda, vamos, estoy hambrienta.

—Ya me lo imaginaba. Seguro que con un buen desayuno en el estómago no lo verás todo tan negro.

—Probablemente.

Salieron juntos y Karin cogió las llaves del coche.

—¿Vamos a ir en coche?

—Hoy sí; no me apetece ver ciertas caras. Además, hace días que tengo ganas de satisfacer una curiosidad.

—Bien, tú pagas. Llévame donde quieras.

Callejeó por entre las estrechas calles cada vez más lejos de su lugar de trabajo y en dirección al muelle.

—¿Vamos a ir a desayunar con Don?

—No, él no toma nada a media mañana. Desayuna

fuerte antes de salir de casa. Y luego almuerza muy temprano.

—Es que me pareció que íbamos en dirección a la fábrica.

—Eres un chico listo, hice bien en ficharte. Vamos a desayunar en una cafetería cercana.

—¿Y por algún motivo especial? ¿Sirven acaso unos bollos increíbles?

—No sé lo que sirven.

—¿Entonces por qué venimos aquí? Ya nos hemos pasado unas cuantas cafeterías estupendas.

—Motivos personales.

—¡Joooder...! Eso ha sonado fatal.

Ella sonrió.

—Claro que no. Solo quiero conocer a alguien.

Brandon la miró ceñudo esperando una aclaración.

—Hay una camarera... Don se veía con ella antes de casarnos. Quizás aún lo haga.

—¿Venimos a espiar a tu marido?

—Claro que no. Solo quiero conocerla.

—¿Para qué? ¿Para preguntarle si aún se acuesta con él?

—Para saber qué tipo de mujeres le gustan.

—¿Quieres saber el tipo de mujer que le gusta a Don? Yo te lo diré: rubia, alta, delgada y con el cuerpo tonificado. Marimacho, dirían algunos.

—¿La conoces? ¿Le has visto con ella?

—Te conozco a ti.

—Yo no le gusto.

—¿Ah, no? ¿Se lo has preguntado?

—No, pero lo sé.

—No puedes saberlo, eres una mujer. Yo soy un tío, y sé cómo miran los tíos a las mujeres que les gustan.

—Cuando me mira así representa un papel.

—Don no tiene que representar un papel delante de mí; yo sé el tipo de arreglo raro que hicisteis.

—Bueno, dejemos el tema. Esa es la cafetería.

—¿Y qué vas a decirle a Don si está ahí dentro? ¿Pasaba por aquí...?

—No estará, ya te he dicho que él no desayuna nunca.

—¿Y si no está desayunando?

Karin respiró hondo.

—Improvisaré.

Pero la cafetería, a aquella hora tardía de la mañana, estaba casi desierta. Solo una pareja de jubilados tomaban un té y charlaban en un rincón.

Brandon y Karin entraron y se instalaron en una de las mesas.

—No está muy concurrido que digamos —bromeó él—; si quieres pasar desapercibida, no lo vas a lograr.

Un camarero se les acercó.

—¿Qué van a tomar?

Karin dirigió una mirada a su alrededor.

—¿No hay aquí ninguna camarera?

Brandon enarcó las cejas y el camarero la miró perplejo.

—¿Una camarera... mujer? Sí, Emma... pero ella sirve en el comedor.

—¿Y no podría pedirle que me atienda? Es que soy muy maniática y prefiero que me sirva una mujer. No es nada personal, ¿eh? No se ofenda.

—El comedor está vacío a esta hora, pero si quiere pasar no creo que haya problema en que le sirvan un desayuno allí. A menos que prefieran almorzar tan temprano.

—Gracias.

Se dirigieron al salón contiguo; allí, una mujer joven de pelo rubio oscuro y cara pecosa les recibió. Karin se dirigió a ella.

—Su compañero me ha dicho que podría desayunar aquí. ¿Hay algún problema?

—Los desayunos se sirven fuera; este es el comedor y solo lo utilizamos para los almuerzos y cenas. Pero es un poco temprano; la cocina aún no está abierta. Yo solo estoy preparando las mesas.

—¿Y no podría servirnos un té o un refresco y quizás un sándwich? No me importa que sea frío.

—Bueno, supongo que podría. Lo preguntaré.

—Se lo agradecería mucho.

La chica se perdió tras una puerta y Karin y Brandon se acomodaron en una de las mesas.

—¿Por qué serán tan cuadriculados todos los ingleses? —se quejó ella.

—Tú eres inglesa.

—No como estos. Y tú tampoco.

La camarera salió de la cocina y empezó a colocar cubiertos sobre la mesa.

—No hay problema siempre que no pidan nada caliente.

—Un refresco de cola y un sándwich estará bien. ¿Y tú, Brandon?

—Lo mismo para mí.

La chica se movía con gracia y soltura. Karin la observaba con atención, incluso con un punto de fijeza. Tenía un buen tipo, aunque no era demasiado alta, la piel muy blanca cubierta de pecas y unos pálidos e inexpresivos ojos azules. Cuando se alejó de nuevo, Karin le comentó a Brandon:

—No me imagino a Don con ella. No le pega, ¿verdad?

—¿Estás segura de que hay algo?

—Al menos lo hubo. Él me lo dijo. No, definitivamente no le pega.

Brandon la miró divertido.

—¿Celosa?

—Claro que no. Solo que no hay que ser un lince para darse cuenta de que no es su tipo.

—Su tipo eres tú.

—No empieces...

—¡Vamos, Karin! Admite de una vez que me has arrastrado hasta aquí para que te diga que la chica no vale una libra y que no te llega ni a la suela del zapato. Bien, pues es verdad.

Emma volvía cargada con la bandeja de las consumiciones y Karin de nuevo la miró analizándola centímetro a centímetro. La chica fingió no darse cuenta del análisis al que estaba siendo sometida y colocó los platos y los vasos en la mesa. Luego, sin decir palabra, se marchó.

—¿No puedes ser más descarada? ¡A ver si va a pensar que te interesa sexualmente!

—No tiene pinta de ser tan malpensada.

—Es que no se te ha quedado ni una peca por mirarle...

—¿Tú crees que todavía se ven?

—¿La llamo y se lo preguntas? Oiga, señorita, ¿se acuesta usted con mi marido? Porque es lo único que te falta.

—¡No seas burro!

—Pues entonces pregúntaselo a él. Seguro que te contesta.

—Ni hablar; podría pensar otra cosa.

—Y no es otra cosa.

—Claro que no; es solo curiosidad.

—Ya. Pues una vez satisfecha tu curiosidad, termina lo que has pedido y vámonos. No tendríamos que haber venido. Si Don entrara por esa puerta, aunque solo fuera a tomar un café, yo no sabría dónde meterme.

—Sí, supongo que tienes razón, debemos irnos cuanto antes de aquí.

—Y la próxima vez que vayas a meterme en un lío de estos, avísame antes, ¿quieres?

Karin no contestó y se dedicó a comer con rapidez. De pronto comprendió que Brandon estaba en lo cierto, y que si Don aparecía de repente, ella se sentiría bastante azorada y no sabría qué decirle sobre su presencia allí.

16

Paolo

Don llegó a casa más tarde de lo habitual. Se había entretenido en la oficina terminando unos planos a propósito. No le apetecía demasiado llegar al piso frío y solitario. Karin le había advertido que aquella noche ella y Brandon trabajarían hasta muy tarde en la casa de la playa montando un documental, porque dos días más tarde tenían que salir de viaje para cubrir un huracán en Santo Domingo y debían terminar el otro trabajo antes. La casa se le caía encima cuando ella no estaba allí.

Cenó algo ligero en el restaurante que había cerca de la fábrica y volvió a casa dispuesto a leer un rato, esperando que le entrara sueño y se durmiera pronto; aunque sabía que lo más probable era que permaneciera despierto hasta que la escuchara llegar o que amaneciera si no lo hacía. Karin no le había dado seguridad de regresar aquella noche, le había dicho que si terminaban muy tarde y estaban muy cansados se quedarían en casa de sus padres.

Lo primero que llamó su atención al entrar fue el

móvil de Karin sobre la mesa del salón, con una luz intermitente parpadeando en la esquina superior. Lo había olvidado de nuevo. Sabía que no debía hacerlo, pero no pudo evitar encenderlo, y su corazón se saltó un latido al ver un mensaje de texto con el nombre de «Paolo». Luchó unos minutos con su sentido del honor, pero los celos pudieron más.

Pulsó para escuchar el mensaje y las primeras palabras que escuchó le dejaron perplejo, hasta que al fin comprendió quién había llamado.

«*Ciao*, bellísima, soy Paolo. Me he enterado de que estarás en Santo Domingo pasado mañana. Yo también. ¿Nos vemos allí? Besos.»

Don se derrumbó en el sofá después de dejar el mensaje tal como lo había encontrado, como si no lo hubiera leído. Si Karin quería que él supiera que Paolo se había puesto en contacto con ella, se lo diría. Y tampoco quería ser él quien le diese el recado y ver su cara cuando lo hiciese. Su expresión sería de alegría y no estaba preparado para ver la felicidad que le producía reunirse con su amante. No podría soportarlo, ni sería capaz de fingir que no le importaba o que se alegraba. Tampoco quería mirarla a los ojos y descubrir en ellos ese brillo especial que tenían cuando se sentía feliz, cuando estaba excitada. Y mucho menos que se lo produjera otro.

¿Por qué demonios habría tenido que dar señales de vida en aquel preciso momento... cuando parecía que el frágil vínculo que había entre ellos iba avanzando?

Karin le había dicho en una ocasión que Paolo era lo más parecido a una relación que había tenido y que era el único con el que se reencontraba de vez en cuando. El único hombre del pasado de Karin que él temía. El único que dolía. Y ahora iban a volver a encontrarse. Sin duda iba a ser un viaje muy difícil para él.

Se acostó aunque sabía que no iba a poder dormir, así como tampoco podría hacerlo cuando ella se fuera.

Empezó a dar vueltas en la cama tratando de recordar todo lo que Karin le había contado sobre el italiano. Que él supiera, no se habían visto desde que estaban juntos, aunque si lo había hecho, tampoco tenía por qué decírselo.

No quería pensar en lo que podría significar su reencuentro. Quizá solo se trataría de una aventura más entre ellos como lo había sido siempre y volvería a él, o quizá no; al dolor y los celos que le producía el saber que estaba con otro, ahora debía añadir que este otro era alguien especial y que quizá Karin al verle de nuevo descubriese que sentía algo más y decidiera dejar a un lado esa cosa extraña que había entre ellos y que él no sabía siquiera cómo calificar. No era un matrimonio y tampoco una aventura... Pero ¿y para él? ¿Podría todo volver a ser como ahora después de saber que Karin había reanudado su aventura con Paolo? Era desesperante estar allí tendido sabiendo que no podía hacer nada, que no podía evitar que se vieran, como tampoco podía prever las consecuencias que eso podía tener para su inestable e incipiente relación.

Al fin, después de dar muchas vueltas, logró dormirse y el sonido del reloj le despertó con la desagradable sensación de que apenas acababa de cerrar los ojos.

Se marchó al trabajo sin que Karin hubiera regresado, y después de un largo día volvió a casa temiendo leer en su cara alegría, emoción, o algo inusitado que hubiera podido producirle el mensaje de Paolo.

Pero cuando llegó ella estaba haciendo la maleta con la misma naturalidad de siempre y no hizo ninguna mención al mensaje. Tampoco él le dijo que lo había leído y se sentaron a cenar limitándose a comentar el viaje en términos generales.

—¿A qué hora te marchas mañana?

—Muy temprano. El avión sale de Londres a las diez y a Brandon y a mí nos gusta estar en el aeropuerto con mucho tiempo.

—¿Quieres que te lleve al aeropuerto? Puedo entrar más tarde.

—No te preocupes, Brig nos llevará como siempre. Ella se organiza los horarios a su manera y dice que ir a despedirnos hace que esté más tiempo con Brandon. Lleva regular lo de los viajes.

—¿Estaréis fuera mucho tiempo?

—No lo sé, pero no creo. Siempre se pueden presentar complicaciones, aunque el huracán no haya producido demasiado daño. Nunca doy una fecha fija ni aproximada de regreso hasta estar en el lugar donde vamos a filmar. A veces una simple falta de coordinación con los organismos o la falta de transporte puede hacer que un trabajo que solo necesita dos días se alargue una semana. Nuestra intención no es la de mostrar los efectos del huracán, de eso ya se encargarán otras cadenas e incluso otros países, Brandon y yo queremos hacer un pequeño homenaje al coraje y el afán de superación de la gente. Tengo entendido que es un país con una tremenda capacidad para enfrentarse a las dificultades y con un gran ingenio a la hora de salir adelante. Este no será un homenaje a la catástrofe, sino a las pequeñas historias de la gente.

—Y como siempre no te lo emitirán —bromeó Don con una sonrisa.

—Seguro que no entero, pero a eso ya estoy acostumbrada. Ya se encargarán otros de contar lo que la gente quiere saber: lo morboso y lo dramático.

Don levantó la cara y la miró tratando de adivinar si ese «otros» incluiría a Paolo, pero Karin comía sin demostrar ninguna emoción. Aunque eso no significaba que no la sintiera. Ya sabía que era muy capaz de permanecer impasible por muy alterada que estuviera por dentro y solo expresaba sus emociones cuando ella deseaba hacerlo.

—No me estás ocultando nada ¿verdad? —preguntó él contra su voluntad. Y trató de arreglarlo—. Quiero decir que esto no es peligroso...

Karin sonrió por encima de su plato de comida.

—Claro que no, puedes estar tranquilo.

—¿Me llamarás? —volvió a preguntar, maldiciéndose interiormente por no poder dejar de expresar sus pensamientos. Por norma general, en los viajes, él se limitaba a decirle adiós sin más, sin preguntas ni peticiones.

—Sí quieres... bueno, si puedo —rectificó—. Recuerda que estaré en un país devastado por un huracán, no sé si me será posible comunicar con el exterior.

—Es igual, no importa. He dicho una tontería. Es

la costumbre; tu padre siempre me pregunta si sé algo de ti cuando estás de viaje. Suelo decirle que sí, que llamas con regularidad, que estás bien. En esta ocasión haré lo mismo.

—Te llamaré si puedo, pero no te prometo nada.

Don se levantó de la mesa antes de decir más tonterías. Ella le ayudó y cuando se iban a acostar logró vencer la tentación de pedirle que le permitiera pasar la noche con ella, de aferrarla a él un poco más con una noche de amor y se limitó a besarla en la mejilla y susurrarle:

—Cuídate ¿eh?

—Por supuesto.

Santo Domingo hervía de actividad cuando Karin y Brandon, cámara y micrófono en mano, iniciaron su recorrido después de haber volado durante muchas horas y sin apenas descansar. La costumbre, o quizás la voluntad, hizo que la diferencia horaria no les afectase demasiado, y nada más instalarse en el hotel y darse una ducha rápida, emprendieron su trabajo.

Las casas dañadas, la gente limpiando y derribando lo que no se podía salvar, les dio una muestra de lo que un pueblo acostumbrado a las catástrofes podía hacer para volver a la normalidad.

Karin sabía que de tratarse de la gente de su propio país estarían lamentándose y pidiendo ayuda al gobierno para paliar sus necesidades y que siempre esperarían que fueran otros los que les solucionasen los problemas, pero aquí, sin electricidad en muchas zonas, sin agua corriente y casi sin herramientas, habían empezado a recomponer su vida sin perder el tiempo en lamentos.

Habían decidido que aquella primera noche solo tomarían algunas imágenes y dejarían las entrevistas para el día siguiente. No disponían de mucho rato de luz natural y el suministro eléctrico no funcionaba, así que regresaron al hotel, situado en una zona menos dañada, y se prepararon para cenar. Nada más entrar en el vestíbulo, un chico alto, delgado y con barba se levantó de un sillón y les salió al encuentro.

—¡Mira a quién tienes ahí! —anunció Brandon.

—Sí, ya sabía que iba a venir. Me dejó un mensaje en el móvil.

—¿Lo sabe Don?

—Sabe que existe Paolo, pero no creo que sepa que está aquí. Al menos yo no le he dicho nada. No es algo que le concierna a él.

—¿Tú crees?

—Por supuesto.

Paolo se les acercaba. La abrazó con fuerza en medio del vestíbulo.

—¡Mi querida inglesita!

Ella respondió a su abrazo, feliz de verle de nuevo.

—¡Paolo!

—¿Cuándo has llegado?

—Hace solo unas horas. ¿Y tú?

—Antes del almuerzo.

El italiano se separó y agarrándole las manos la miró de arriba abajo.

—*Amore*, estás guapísima.

—Y tú eres el mismo adulador de siempre; nunca cambias.

—No para ti. ¿Cenamos juntos esta noche?

—De acuerdo. Subiremos las cámaras y enseguida estamos contigo.

Brandon, que había permanecido un poco apartado mientras el efusivo encuentro se producía, intervino.

—Yo llevaré las cámaras y pediré que me suban algo a la habitación. Estoy cansado del viaje.

Karin se volvió hacia él. En el pasado, siempre habían cenado los tres juntos, aunque luego ella y Paolo se hubieran ido solos a la habitación.

—¿No cenas con nosotros?

—No; ya te he dicho que estoy cansado.

—Está bien; subiré contigo a cambiarme de ropa. ¿Me esperas aquí, Paolo?

—Sí, pero cinco minutos, ni uno más.

—Gracias, *carissimo*.

Karin se emparejó con Brandon y juntos subieron a sus respectivas habitaciones.

—¿Por qué no quieres cenar con nosotros? No es cierto que estés cansado.

—Prefiero no saber nada de esto. Cuando volvamos a Truro tendré que ver a Don con frecuencia; es un buen tío, me cae bien. Mejor que él —dijo señalando al vestíbulo.

—Brandon, lo nuestro no es un matrimonio. No hay nada entre Don y yo.

—Te acuestas con él.

—Y también con Paolo... y con otros, y tampoco

hay nada. Pero ¿cómo sabes tú que me acuesto con Don? ¿Ya se ha chivado la traidora de tu novia?

—No, ella no me ha dicho nada; pero cariño, llevamos juntos muchos años. Ya conozco el brillo de tu mirada después de una noche de sexo... Y además canturreas.

—¿Canturreo?

—Siempre. Y antes solo veía esos síntomas cuando estábamos de viaje, pero ahora lo he visto algunas veces estando en casa. No muchas, pero algunas. Y no hay que ser un lince para atar cabos.

Karin sonrió antes de entrar en su habitación.

—Que vaya a cenar con él no quiere decir que canturree mañana.

—¿Ah, no? Es un buitre, nena, y ya está preparando las garras.

—Anda, no seas tonto y baja a cenar con nosotros.

—No, es probable que meta la pata. Ya eres mayorcita, supongo que sabes lo que haces y lo que puedes perder. Y aunque no sea así, nunca he interferido en tu vida sentimental y no voy a empezar ahora.

—Hasta mañana entonces, y descansa. Estás un poco paranoico hoy.

—Buenas noches.

Karin entró en la habitación y se llevó las manos a la cara. Se miró al espejo y se vio bien. El pelo recogido detrás de la nuca en una cola de caballo le pareció apropiado para una cena con su amigo y solo se cambió la camiseta por una algo más gruesa y de manga larga. No le apetecía arreglarse demasiado, de pronto se había dado cuenta de que también estaba muy cansada. Quizás al día siguiente se arregle un poco más para cenar con él.

Bajó rápido. Paolo seguía donde lo había dejado.

—Hola, ya estoy aquí. No me he podido arreglar mucho —se disculpó— porque solo me has dejado cinco minutos.

—Tú estás siempre guapa.

A pesar de que esa era una frase que Karin le conocía de sobra, en esta ocasión le pareció que se estaba repitiendo un poco.

—Anda, vamos a comer. Tengo mucha hambre.

—¿Dónde quieres comer?

—Cerca, no tengo ganas de andar mucho.

—Lo peor de estos países es que no hay restaurantes italianos.

Karin se sintió un poco irritada ante la frase.

—¡A ver si va a resultar que eres como mis compatriotas, que se mueven por el mundo esperando encontrar el pueblo donde viven especialmente colocado allí para ellos!

—¡En absoluto! Pero restaurantes italianos hay por todo el mundo.

—Menos aquí.

—Cierto. Entonces, ¿comemos en el hotel?

—Me parece bien.

Entraron en el comedor y, después de sentarse en una mesa apartada, encargaron la comida.

—Y champán —añadió Paolo.

Karin levantó las manos.

—¡No, por favor! Recuerda que estoy aún bajo los efectos del desfase horario. Si bebo lo más mínimo caeré redonda aquí mismo.

Él sonrió con picardía.

—Y tú no quieres eso ¿eh?

—Por supuesto que no.

—Bien, me gusta —añadió guiñando un ojo. Karin se sintió molesta adivinando sus pensamientos.

En otra ocasión le habría encantado el gesto, pero ahora le molestó que él diera por sentado que después de la cena iba a haber algo más. Y se sorprendió al comprobar que ella no lo deseaba. Bebió un sorbo de agua y empezó a comer despacio tratando de analizar lo que sentía y no pudo encontrar más que una irritación creciente ante la actitud de su compañero de mesa.

—¿Qué has hecho en todos estos meses que no nos hemos visto?

—¡Uf... muchas cosas! He trabajado duro.

—He visto algunos de tus documentales. Sigues tan sincera como siempre.

—Genio y figura hasta la sepultura. ¿Y tú?

—He cambiado de trabajo. Mi empresa es ahora mucho más importante.

—¿Ganas más dinero?

—Sí.

—¿Y te dejan hacer lo que quieres como antes?

—No siempre, pero en general sí. Es un pequeño sacrificio que hay que hacer por el dinero. Pero no hablemos de trabajo... la noche es joven.

—¿Quieres hablar de la noche?

—No, de nosotros. Me ha alegrado mucho encontrarte aquí.

—A mí también.

La mano de Paolo se deslizó sobre la mesa y acarició la de Karin, que se sintió incómoda y la retiró.

—¿Qué ocurre, *amore*?

—Nada.

—¿Seguro? Estás muy rara esta noche.

—No, estoy cansada.

—Espero que no demasiado.

Karin no contestó.

—Espero con impaciencia el momento de hacerte el amor.

Bueno, ya estaba dicho. Ahora ya no tenía alternativa. Debía decidir si quería irse a la cama con él o no. Y decidió que no. Paolo había cambiado en esos meses, no era el hombre del que ella había estado un poco enamorada en el pasado y encaprichada después.

—Paolo... —dijo levantando los ojos y mirándole con fijeza—. Hay una cosa que no te he dicho.

—¿Qué?

—Me he casado.

—¿Estás casada? ¿En serio? ¿Tú?

—Sí, yo.

—¿Cuánto hace?

—Casi cinco meses.

—Y eso significa...

—Que no va a pasar nada esta noche; solo vamos a cenar.

—Está bien. Háblame de tu marido.

—Es ingeniero. Es el director de la fábrica de mi padre.

—¿Se ha convertido en director después de la boda?

—No, antes. No pienses que ha dado un braguetazo para conseguir el trabajo. Yo le conocí porque vino a trabajar para mi padre. Es alemán y vivía en casa al principio.

—¿Os habéis enamorado?

—Sí, así es.

—Entonces terminemos de comer como buenos amigos.

Sobre la mesa se había hecho un silencio incómodo que ninguno se molestó en romper. Acabada la cena, Karin puso su parte del dinero en el plato de la cuenta.

—Guarda tu dinero, *cara*... déjame invitarte por los buenos tiempos pasados.

—No, Paolo. Los buenos tiempos pasados están.

Paolo sostuvo su mirada por un momento.

—Si te lo piensas mejor, estoy en la habitación 120.

—No cambiaré de opinión.

—¿Tanto le quieres?

—¿Me habría casado si no?

—No, supongo que no.

Juntos salieron del comedor y en las escaleras que llevaban hasta sus habitaciones se detuvieron. Karin se acercó a él y le besó en la cara, segura de que al día siguiente no se encontrarían ni siquiera en el terreno laboral. Aquello era la despedida.

—Ha sido un placer cenar contigo.

—*Anche per me. E averti conosciuto.*

—Adiós entonces.

—*Addio, cara*.

Karin subió a su habitación. Conocía a Paolo lo suficiente como para saber que nunca volvería a encontrarle, que incluso él trataría de evitar coincidir en un trabajo en el futuro. No sentía ningún pesar por ello, Paolo era un capítulo terminado.

Se desnudó con lentitud y se tendió en la cama absorta y pensativa. No estaba preparada para lo que le había ocurrido; cuando escuchó el mensaje en el contestador de su casa, se alegró de volver a verle y de reanudar la esporádica relación que tenían. Entonces y también durante el viaje y toda la tarde pensaba que iba a acostarse con él. Sin embargo, cuando le había tenido delante, había comprendido que no lo deseaba, que Paolo pertenecía a su pasado y que no era el mismo hombre con quien intimó... o quizás era ella la que había cambiado. O los dos...

Recordó cómo le había conocido años atrás y cómo habían mantenido una aventura, su primera aventura, y había sentido por él un enamoramiento que la había hecho disfrutar, aunque no sufrir cuando ambos siguieron sus respectivos caminos un mes más tarde. Solo le había dejado una sensación agradable que había renacido cuando un año después habían vuelto a coincidir por casualidad y volvieron a acostarse juntos recordando viejos tiempos. Después, en dos o tres ocasiones, él la había llamado si había la posibilidad de verse de nuevo y los encuentros habían sido más o menos planeados. Pero Karin sabía que este había sido el último, que Paolo no volvería a ponerse en contacto con ella y que pertenecía de manera definitiva a su pasado.

Recordó también las palabras de Brandon un rato antes y sonrió pensando en que a él le encantaría que ella y Don acabaran enamorándose uno del otro. Al pensar en Don recordó también su promesa de llamarle si era posible, y miró la hora. No eran más que las doce y media de la noche en Gran Bretaña, y de pronto le agradó mucho la idea de oír su voz. Marcó el número de su casa, pero el teléfono sonó y sonó sin que nadie lo cogiera.

Una punzada de inquietud la invadió al recordar que él solía regresar a las siete o las ocho como muy tarde. Quizás hubiera salido a cenar y se hubiera entretenido. O quizás estaba con Emma. Decidió alejar esa idea de su mente y le dejó un mensaje en el móvil sin atreverse a llamarle directamente. No quería interrumpirle si estaba con una mujer.

«Hola: como te prometí te he llamado a casa para decirte que Brandon y yo hemos llegado sin contratiempos, pero como no estás te dejo un mensaje. Esto no está demasiado mal y en la zona donde nos alojamos hay electricidad y teléfono. Espero que el hecho de que no estés en casa no signifique ninguna mala noticia. Aún es temprano aquí, puedes llamarme cuando vuelvas si quieres quedarte más tranquilo.»

Envió el mensaje sintiéndose ligeramente decepcionada por no haber podido hablar con él.

Don vio el mensaje hora y media más tarde. Había estado en la cadena de montaje de la fábrica, trabajando codo con codo con los operarios para solucionar algunos problemas que estaban surgiendo, y puesto que en su casa se moría de angustia y de celos, pasaba gran parte del tiempo allí, tanto de día como de noche. Solía dejar el móvil en el cajón de la mesa de su despacho, acatando la prohibición de llevar teléfonos a la cadena de montaje, y cuando lo recogió y se encontró el mensaje de Karin, sintió un alivio pasajero en cuanto al bienestar de su mujer, pero no calmó sus celos. Miró el reloj dudando sobre si aceptar el ofrecimiento de llamarla, pero calculando por encima la diferencia horaria de cinco horas, dedujo que en Santo Domingo serían las nueve de la noche, hora perfecta para que dos amantes se encontrasen más que ocupados.

Recogió sus cosas, se marchó a casa y se tendió en la cama sin siquiera desnudarse, incapaz de dominar la imaginación. La veía en brazos de alguien a quien no podía poner una cara, pero el rostro que no podía apartar de su mente era el de ella, su expresión cuando hacía el amor, su pasión y su entrega. ¡Dolía, Dios, cómo dolía! Hubiera querido ser de otra forma, pagarle con la misma moneda, buscar a una mujer y hacerle el amor como un loco toda la noche, vengarse de alguna manera; pero era incapaz. No por acostarse con una mujer que no deseaba iba a dolerle menos el que ella estuviera con Paolo.

Cuando empezó aquel matrimonio creyó que lo soportaría, que podría aceptar que ella le llamara y le dejara a intervalos, esperando que algún día el alejamiento no llegara. Pero no estaba preparado para esto. Aunque en otras ocasiones, cuando Karin salía de viaje, había sentido la punzada de los celos en la duda de una posible aventura, no tenía nada que ver con esto. Paolo era otra cosa.

Las horas de la madrugada se le hicieron interminables, con la vista clavada en el techo, mirando sin ver la lámpara que colgaba del mismo y deseando que los minutos pasaran veloces para poder levantarse y sumergirse en el torbellino del trabajo y no pensar.

Por fin, el sol y la actividad trajeron algo de paz a su atormentado espíritu.

El día siguiente fue para Karin de una actividad frenética. Decidida a terminar aquel trabajo cuanto antes, llevó a Brandon de un sitio a otro cargado con la pesada cámara, sin aliento y sin tiempo apenas para sentarse un momento a mediodía.

—¿Se puede saber qué demonios te pasa hoy? —le preguntó cuando pararon un momento en un café para darse un respiro y cambiar la cinta de la cámara.

—¿A mí? Nada. Este lugar es deprimente, quiero terminar pronto y regresar a casa.

—¿Y tu italiano? No le he visto hoy.

—Y supongo que continuarás sin verle.

—No te he escuchado canturrear...

—No he canturreado. —Brandon sonrió.

—A ver, mírame a los ojos.

Karin, divertida, clavó en él unos ojos con chispitas doradas.

—No, no ha habido rollo. ¿Qué ha pasado?

—Nada.

—Eso ya lo sé. Pero ¿por qué? Ayer parecías muy decidida.

Karin se encogió de hombros.

—No lo sé... Se ha vuelto un poco engreído.

—¿Ahora? Karin, lo ha sido siempre.

—Eso no es verdad.

—Claro que sí. Él es el mismo, eres tú la que ha cambiado.

—Quizás... Supongo que he crecido.

Brandon le palmeó el brazo.

—Entonces, bienvenida al mundo de los adultos. Saldrás ganando.

—Anda, vamos a seguir. Tengo ganas de terminar este trabajo y volver a casa.

—¿Echas de menos a alguien? —preguntó burlón.

Karin le dio un manotazo en la cabeza.

—¡Quién sabe!

Pero lo cierto era que sí le echaba de menos. Tenía que reconocer que se había quedado algo preocupada la noche anterior, cuando no le encontró en casa a la hora habitual. Y tampoco la había llamado a pesar de su invitación a hacerlo.

Durante dos jornadas más esperó que lo hiciera, pero Don parecía estar muy ocupado o quizá no la echaba de menos. A medida que pasaban los días sin tener noticias de él, una idea había cruzado varias veces por su cabeza, y era que Don estuviera aprovechando su ausencia para verse con alguien. Con Emma, tal vez. Aquella idea la molestaba mucho, y no porque ella no se hubiera acostado con Paolo. No lo había hecho por Don, sino porque en realidad no le apetecía y en absoluto pensaba que él tuviera que corresponderle de la misma forma.

Pero el hecho de imaginárselo en brazos de otra

mujer la hacía sentirse extraña, como si le estuvieran quitando algo suyo. Aunque Don no era suyo, el hecho de que hubieran hecho el amor en algunas ocasiones, y eso había quedado claro por ambas partes, no significaba nada y mucho menos pertenencia.

Se dijo que prefería aquello a que le hubiera pasado algo y por eso no contestara a su llamada, pero en su fuero interno sabía que no era cierto.

Al fin, aquella noche habían terminado el trabajo, aunque había sido a las tres de la madrugada. Su avión salía a las cinco y no llegarían a Londres hasta las siete o las ocho de la tarde. En esa ocasión ella y Brandon cogerían un tren que les llevaría hasta casa.

Llamó a Don desde el aeropuerto para decírselo, pero de nuevo el móvil volvió a sonar hasta desconectarse.

—¡Mierda, Don, ¿dónde estás?! Me estás preocupando.

Se decidió entonces por llamarle a casa, y el teléfono también sonó insistente sin obtener respuesta. Fuera lo que fuera que estuviera haciendo, estaba demasiado ocupado para responder.

Iba a dejar un mensaje pero se lo pensó mejor. Quizás estaba siendo malpensada con él. Quizás estaba en la fábrica, a pesar de lo avanzado de la hora. Unos días antes de salir le había dicho que el buque en el que estaban trabajando presentaba problemas de diseño en las modificaciones que el cliente había querido introducir. Decidió probar.

Marcó el número del despacho de Don y un nuevo contestador automático le indicó que marcase una extensión del interior de la fábrica. Pulsó las tres teclas indicadas y una voz áspera respondió al otro lado.

—Por favor, ¿Don Forrester se encuentra ahí?

—Un momento, enseguida se pone.

Respiró aliviada. Eran casi las doce de la noche en Truro y él estaba trabajando.

—Diga... —La voz de Don sonó al otro lado ligeramente intrigada.

—Hola... Soy yo.

—¿Karin?

—Sí. Te he estado llamando a casa y me ha extrañado no encontrarte allí de nuevo. Tampoco respondías al móvil y se me ocurrió que podrías estar en la fábrica aún.

—Cuando estoy aquí dejo el móvil en el despacho, no se permiten teléfonos en la cadena de montaje y el que yo sea el director no supone una excepción. La verdad es que he pasado muchas horas aquí estos días, hay un problema que no terminamos de solucionar... y en casa no tengo mucho que hacer. Lo cierto es que me aburría bastante allí solo.

—Bueno, eso se va a terminar. Te llamo para decirte que llegaremos mañana por la noche.

—¿Ya habéis terminado? Creía que iba a durar más.

—Hemos adelantado mucho. Ambos tenemos ganas de regresar a casa.

Don dudó unos segundos antes de preguntar.

—¿En serio?

—Sí, en serio.

—¿A qué hora llegarás?

—Si el avión no tiene retraso podremos coger el tren

de las nueve y llegaremos sobre las diez. ¿Crees que podrás estar ya en casa a esa hora? —preguntó ansiosa.

—Por supuesto. Mañana a partir de las seis se las tendrán que arreglar sin mí.

—Me alegro. No es agradable llegar de un viaje a una casa sola y vacía.

—No, no lo es aunque no llegues de viaje.

—¿Leíste mi mensaje de la otra noche?

—Sí.

—No me llamaste, aunque supongo que habrás estado muy ocupado.

—Llegué tarde y no me pareció una hora decente para llamar. No quise molestarte.

—No me hubieras molestado. Bueno, avisan de nuestro vuelo, nos vemos mañana.

—Hasta mañana —susurró él. Permaneció unos segundos con el teléfono en la mano. ¡Al fin volvía a casa!

La impaciencia la atenazaba cuando el taxi la dejó en la puerta de su piso.

Había esperado que, sabiendo la hora de su llegada, Don hubiera ido a la estación a recogerla, pero el andén estaba vacío a aquellas horas de la noche. Pensó que quizás él no había podido abandonar el trabajo como le había prometido, pero cuando levantó los ojos hacia la ventana vio la luz encendida. Subió en el ascensor y abrió con su llave.

—Hola. ¡Ya estoy en casa!

Antes de que terminara de decir la frase, Don apareció en el salón. Se detuvo frente a ella y la miró profundamente a los ojos, ahondando en ellos con una expresión extraña.

—¿Qué tal el viaje?

—Bueno, pero frío —respondió alzando la cara para besarle en la mejilla, como solía hacer siempre que regresaba de un viaje.

Él no le había preguntado por el regreso, sino por el viaje en general, y tomó su respuesta por una evasiva. Abatido, desvió la vista y la ayudó a quitarse el grueso chaquetón acolchado.

—Santo Domingo es un lugar cálido y el contraste con la humedad de aquí me ha cortado el cuerpo —añadió ella—. No suelo tener problemas con el desfase horario, pero sí con los cambios de temperatura.

—¿Has cenado?

—Sí, en el avión. ¿Y tú?

—He tomado algo hace un rato en el restaurante que hay al lado de la fábrica.

Karin iba a preguntarle si donde trabajaba Emma, pero se contuvo a tiempo.

—Me gustaría tomar un chocolate caliente.

—Te lo prepararé —dijo entrando de nuevo en la cocina.

Karin se quedó parada mientras él abría el frigorífico y sacaba la leche que puso a calentar en un cazo. Le pareció apreciar un ligero cambio en su actitud, aunque le había notado extraño desde el principio. Como si después de la profunda mirada del primer momento estuviera evitando sus ojos; como si resultara un alivio para él tener algo que hacer, una excusa para volverle la espalda.

Permaneció así, de espaldas, observando cómo la leche empezaba a humear, en silencio. Por lo general, al regresar siempre la bombardeaba a preguntas sobre el viaje, el trabajo, lo que había comido, dónde se habían alojado, le preguntaba por Brandon, por los vuelos... no era normal ese mutismo.

Aunque la primera impresión de Karin al verle había sido de cansancio, o quizá de estar enfermo. Tal vez fuera eso.

Entró en la cocina detrás de él.

—Don... ¿te encuentras bien?

—Sí. ¿Por qué?

—No sé... Te noto raro.

—Llevo unas noches durmiendo poco. Estoy cansado.

—Entonces deja que lo prepare yo. Llevo sentada todo el día.

—Ni hablar, un viaje transoceánico agota a cualquiera, lo sé por experiencia. Ponte cómoda mientras yo termino de preparártelo —dijo sin volverse a mirarla.

—De acuerdo.

Karin entró en su habitación y se puso el abrigado pijama de franela que usaba para dormir en las noches frías. La calefacción estaba encendida y la sensación cálida y acogedora de estar en casa la hizo sentirse bien. Comprendió que había echado de menos aquel piso que hasta entonces nunca había considerado su casa y la compañía de Don. Esperaba que él no estuviera tan cansado que se quisiera acostar enseguida y se quedara con ella al menos mientras se tomaba el chocolate.

Don ya salía de la cocina con dos tazas humeantes

en una bandeja que depositó en la mesa colocada delante del sofá. Karin se sentó junto a él.

—Gracias.

—De nada. Es lo menos que puedo hacer por ti después de un viaje tan largo.

Karin le miró las profundas ojeras y la mirada triste y apagada.

—Tú pareces estar peor que yo.

—También me viene bien un chocolate caliente y un poco de compañía.

—Has trabajado mucho... tienes ojeras. No se te puede dejar solo —bromeó.

—Hacía falta echar una mano. La avería les estaba dando muchos quebraderos de cabeza, no están seguros de si es un fallo de diseño o algún error en la construcción. Mis conocimientos de ingeniería han ayudado al menos a descartar y apuntar soluciones.

—¿Y habéis conseguido arreglarlo?

—Hemos conseguido encontrar el problema; ahora estamos a la espera de modificar la pieza defectuosa. El error era de diseño en una modificación que hizo el cliente a última hora y no se cambió en los planos originales. El montaje se hizo según estos y la cosa no marchaba.

—¿Entonces ya no te tendrás que volver a quedar hasta tarde?

—No lo creo.

El chocolate había alcanzado el punto de temperatura justa para tomarlo y Don bebió un largo sorbo.

—Me hubiera gustado que me llamaras... He estado un poco preocupada.

—¿Preocupada? ¿Por qué?

—La primera noche que te llamé era tarde y no contestaste al teléfono. Te pedí que me llamaras y no lo hiciste. No sabía si estabas enfermo o te había pasado algo.

—Dijiste que te llamara para quedarme más tranquilo, pero ya sabía que estabais bien. Lo último que se me ocurrió es que quisieras que te llamase.

—¿Por qué, si yo misma te lo pedí?

Don la miró a los ojos por primera vez en toda la noche.

—Karin, no hace falta que finjas conmigo. Sé que Paolo se ha reunido contigo en Santo Domingo, oí el mensaje. Sé que no debí hacerlo, pero... te dejaste el móvil y pensé que podría ser importante... —dijo, y desvió la vista, bebiendo un sorbo de la taza fingiendo una indiferencia que no la engañó. Y de pronto comprendió su extraña actitud de aquella noche. Él no le había preguntado sobre el viaje porque no quería saber.

—Comprendo. No me llamaste porque temías interrumpirnos en la cama.

Él se encogió de hombros.

—Más o menos.

—No hubieras interrumpido nada.

—No hace falta que me mientas. Sé que entre vosotros hay algo que dura desde hace años, que él es lo más parecido a una relación que has tenido nunca... Me lo dijiste en una ocasión.

—Sí, pero eso fue hace años. Ahora, lo más parecido a una relación que he tenido nunca es esto que tengo contigo.

—¿Qué tienes conmigo? ¿Un papel firmado que para ti no tiene ningún valor porque no crees en ello? Por favor, Karin, conmigo no. Ni mentiras ni medias verdades.

—Está bien, ni mentiras ni medias verdades —dijo alargando las manos, y, agarrándole la cara entre las palmas, le hizo girar la cabeza para mirarla.

—No me he acostado con Paolo. Él iba dispuesto a ello, y quizás yo también cuando me marché. Pero cuando lo tuve delante comprendí que pertenecía al pasado, que ya ni siquiera me resulta atractivo. Le dije que me había casado, que estaba muy enamorada de mi marido y nos limitamos a cenar. Pregúntale a Brandon si no me crees, él dice que sabe adivinar cuando he tenido una noche de sexo por el color de mis ojos a la mañana siguiente.

Don sonrió.

—Es cierto; yo también lo he observado.

—Bien, pregúntale entonces.

—No tengo que preguntarle nada... me basta con que me lo digas tú.

Tragó saliva antes de hablar de nuevo.

—¿Puedo preguntarte por qué cambiaste de opinión?

—Porque comprendí que no quería acostarme con él.

—¿Porque te has casado y estás muy enamorada de tu marido?

—No lo sé. Lo único que sé es que me gusta acostarme contigo más que con ninguna otra persona que haya habido en mi vida. No he estado con nadie más desde que nos casamos. Ni quiero estarlo. No sé si se llama amor, sexo, deseo... ni me importa.

A medida que hablaba, había ido acercando la cabeza hacia él y bastó apenas un leve movimiento para que sus bocas se unieran en un beso ardiente y apasionado. Los brazos de él la rodearon y la atrajeron con fuerza y su beso desesperado le hizo comprender lo mal que había debido pasarlo durante esos días pensando en que ella estaba con Paolo. Y supo que sus temores se estaban haciendo realidad, que los sentimientos de Don hacia ella habían dejado de ser amistosos. Pero en aquel momento no le importó lo más mínimo.

—Ven —dijo levantándose del sofá y tirando de él—. Ven... No sabes cómo te deseo.

Él la siguió hasta el dormitorio y una vez allí se arrojaron uno en brazos del otro como si en lugar de estar unos días lejos hubieran estado muchos meses. Después, agotados, se quedaron dormidos sin haber pronunciado ni una sola palabra.

Karin despertó con el sonido del móvil que siempre usaba como despertador y lo apagó de inmediato, pero Don no movió un músculo, como si no lo hubiera escuchado. Se volvió hacia él y lo observó con atención, acurrucado bajo el grueso edredón nórdico, dejando ver solamente el cuello y la cabeza un poco ladeada sobre el hombro. Siempre dormía así, y su expresión tranquila y relajada la hizo sonreír porque se asemejaba mucho a un niño grande. A un niño bueno y confiado que había resultado un regalo inesperado para ella. Alargó la mano y le revolvió el pelo que llevaba muy corto, con el flequillo un poco de punta, incapaz de aplastárselo ni con peine ni con ningún producto específico para ello. Era su mechón rebelde, solía decir. También a ella le gustaba acariciarle el pelo, igual que le pasaba a él con el suyo.

Siempre que podía, Don le deshacía la trenza que solía llevar y jugaba con su pelo.

Aquella noche no había sido así, él se había mostrado tan impaciente, tan desesperado, que se había olvidado de su trenza. Aquella noche él la había amado, no con ternura, como en París, ni con una pasión desbordada como en La Habana, sino con desesperación. Y en su forma de hacerle el amor Karin había comprendido que había temido perderla durante aquellos días que ella había estado en Santo Domingo.

Se inclinó sobre él y le besó con suavidad en los labios. Don continuó inmóvil y ella se acurrucó contra su costado percibiendo el calor de su cuerpo bajo el edredón. Trató de analizar sus propios sentimientos, pero no fue capaz de ver con claridad en su interior. Don le gustaba, le atraía mucho, el sexo con él era fantástico. Si ahora Brig le preguntase si le prefería a Paolo no dudaría en decir que sí. Y sentía por él una ternura que nunca había sentido por nadie, pero no estaba segura de que fuera amor. Quizá solo se tratara de que él era un hombre maravilloso, amable, cariñoso y tierno, y ella se sentía muy a gusto con él. Pero no podía engañarle y decirle algo que no era cierto. No quería hacerle daño; y no sabía si debía seguir acostándose con él. Pero por otra parte se sentía incapaz de no hacerlo. De no volver a sentir la experiencia maravillosa y siempre diferente de estar con él. De no sentir su cuerpo grande y fuerte sobre ella, de perderse en los ojos grises que la miraban como nunca la había mirado nadie, de besar esa boca cuyo sabor le gustaba más que cualquier manjar exquisito que hubiera comido nunca.

Se dijo que no tenía derecho a alentarle, pero se sentía incapaz de renunciar a todo aquello.

De pronto, los brazos de él la rodearon de nuevo y la apretaron contra su cuerpo.

—¿Tienes frío? —le escuchó preguntar—. Estás temblando.

—Un poco —mintió.

Casi como si de una pluma se tratase, la hizo tenderse sobre él.

—Ven, verás qué pronto entras en calor —dijo besándola.

Luchando contra su deseo, le advirtió:

—Me temo que el despertador ya ha sonado. No tenemos tiempo para entrar demasiado en calor.

—Llegaste muy tarde anoche. ¿Tienes que estar en los estudios tan temprano?

—He quedado con Brandon para montar el trabajo y verlo antes de entregarlo.

La mano de Don se deslizó por su espalda hasta las nalgas y se detuvo allí.

—¿Y no crees que, si se lo pides, Brandon podría montar el documental solo y luego tú ir a verlo más tarde?

—Supongo que podría; pero tú sí tienes que estar en el trabajo temprano.

—También he echado allí muchas horas estos últimos días. Puedo permitirme entrar un poco más tarde hoy.

—De acuerdo; hagamos novillos.

Alargó al brazo y cogió el móvil de la mesilla de noche. Marcó el número de Brandon.

—Dime, jefa ¿Qué tripa se te ha roto a estas horas de la mañana?

—Quisiera pedirte un favor. ¿Podrías empezar tú a montar la cinta? Tal como quedamos ayer. Yo llegaré un poco más tarde. Tengo un pequeño asunto que resolver a primera hora.

—¿Qué tipo de asunto? Si puedo ayudarte...

—Me temo que no puedes —dijo divertida—. Es personal.

—¡Ah...! ¿Vas a canturrear luego?

—Probablemente.

—En ese caso lo haré encantado. Que lo disfrutes.

—Gracias, Brandon, eres cojonudo.

—Nada de eso. Me lo cobraré en alguna ocasión.

Apagó el móvil y se volvió hacia Don.

—Listo. Soy toda tuya. ¿Por dónde íbamos?

—Entrando en calor.

Karin se echó sobre él y empezó a besarle.

Se tomaron su tiempo, la desesperación de la noche anterior había desaparecido y se amaron con caricias lentas, con besos largos e intensos. Los dedos de Don se hundieron en ella mientras la besaba excitándola como nunca antes lo había estado en su vida. Clavó las uñas en su espalda tratando de que entendiera que quería que se diera prisa, pero él, deseoso de aprovechar al máximo el tiempo que estuvieran juntos, se demoró mucho rato. La llevó al borde del orgasmo una y otra vez, hasta que él mismo no pudo aguantar más y la penetró con fuerza haciéndola estallar casi al instante. Siguió moviéndose dentro de ella marcando territorio, feliz de saber que, desde que se habían casado, ella había sido solo suya.

Cuando todo terminó, se mordió los labios con fuerza para acallar el «te quiero» que pugnaba por salir de su boca.

17

Enfado

Brandon y Karin hacía ya cuatro días que estaban en un pequeño pueblo de Irlanda con fuertes desavenencias religiosas entre sus habitantes. Se celebraban las fiestas locales y en esa época solían darse los mayores problemas.

Llevaban ya unos cuantos metros de películas filmados, aunque debían tener cuidado a la hora de rodar porque los irlandeses eran muy susceptibles, y aunque se dejaban llevar con facilidad a la hora de hablar e insultar a sus «enemigos», como se denominaban unos a otros, no permitían que se les grabara con tanta disposición.

Brandon ocultaba una pequeña cámara en la mano, disimulada en una grabadora. No esperaban conseguir mucha calidad, pero al menos tendrían imágenes con las que acompañar las entrevistas. El resto lo rellenarían con paisajes, que sí eran espectaculares.

Karin había contado con solucionar el asunto en tres o cuatro días, pero aún no habían conseguido material suficiente ni para media hora de programa, y eso si no les cortaban nada.

En el pequeño pueblo no había ni siquiera hotel o posada, y estaban compartiendo habitación en una casa particular, asegurando que eran marido y mujer. Brandon había tenido que cambiarse de dedo el anillo que le había regalado Brig. Y esperaba que la dueña de la casa no se percatara de que el de Karin era diferente al suyo.

En la pequeña aldea situada entre montañas era muy difícil encontrar cobertura. Brandon había tenido que ir hasta un extremo del pueblo para poder enviar un mensaje a su novia explicándole que le resultaba casi imposible cumplir con la norma que tenían establecida de ponerse en contacto de alguna forma cada noche. De todos modos, aquella no era una tarea peligrosa.

También Karin, el segundo día de su estancia allí, había llamado y dejado un mensaje en el móvil de Don explicándole la situación.

En las tres semanas que habían transcurrido desde su llegada de Santo Domingo, su relación había ido cambiando poco a poco. Habían hecho el amor varias veces sin ninguna excusa y sin que tuvieran que encontrarse en la casa de la playa. Tan solo ambos se habían acostumbrado a llamar a la puerta de la habitación del otro cuando lo deseaban, y la última noche antes de su partida, no había hecho falta ni eso. Ya en la cocina, apenas habían terminado de recoger los platos, se habían mirado y habían empezado a besarse como locos, y habían hecho el amor tres veces, como si esa fuera la última noche de su vida juntos; como si fueran a pasar mucho tiempo sin verse. Y tenía que reconocer que tenía mucha prisa por volver a casa de aquel viaje.

Aquella noche, acostados Brandon y ella en la gran cama de matrimonio, comentaban el trabajo.

—Esto se está alargando demasiado, ¿no crees?

—Es que los irlandeses son muy suyos, ya te lo dije.

—No tengo ganas de seguir aquí, no me gusta este pueblo. Esta cama es horrible. No sé de qué estará hecho el colchón, pero se me clava hasta el somier en la espalda cada vez que me muevo.

Él sonrió.

—No te quejes, hemos dormido en sitios peores. Esto al menos es una cama.

—Me dan ganas de coger a esta gente por el cuello y hacerles hablar para acabar cuanto antes con el trabajo. Estoy deseando regresar a casa.

—Para dormir en tu cama.

—Pues sí.

—Y ya puestos, termina de decirlo, no me enfadaré. También estás deseando cambiar de compañero de cama.

—Pues ya que lo mencionas, sí... Supongo que a ti te pasa lo mismo.

—En efecto.

—Echas de menos a Brig, ¿verdad?

—¿Ahora lo comprendes? Antes siempre decías que unos días lejos de ella me venían bien de vez en cuando.

—No volveré a decirlo, lo prometo.

—Tú también le echas de menos ¿eh?

—Terriblemente. Ni siquiera he podido hablar con

él por teléfono. ¡Vaya una mierda de pueblo! No solo son cuatro gatos y se odian dos a dos, sino que ni siquiera hay un maldito repetidor para que los móviles puedan funcionar.

—Bueno... No te vendrán mal unos días sin tu maridito. Luego le cogerás con más ganas.

—Si vuelves a repetirme una vez más mis propias palabras, te las tragarás.

Brandon se echó a reír.

—Por fin voy a poder ganar una apuesta importante a Brig.

—Aún no he convertido el dormitorio de Don en despacho.

—Ella apostó eso; yo aposté otra cosa. Ella será tu amiga desde hace más tiempo, pero yo te conozco mejor. No en balde hemos pasado juntos por muchos momentos difíciles.

—¿Qué has apostado tú?

—Que te enamorarías de él.

Karin guardó silencio.

—Y no me digas que no he ganado la apuesta, porque no te lo admito.

—No, no voy a negarlo. Creo que esta vez tienes razón. Lo que siento por Don es algo diferente; no tiene nada que ver con la amistad y va mucho más allá del sexo.

—Don es un buen tío... Te merece. Además, él también está enamorado de ti.

—Sí, lo sé. Aunque nunca me lo haya dicho.

—Claro que te lo ha dicho, aunque quizá no con palabras.

—Eso es verdad. ¿Sabes? Voy a apretarles las clavijas a estos capullos para que suelten todo lo que tengan que decir pronto. Me muero de ganas de llegar a casa y decírselo.

—Yo te ayudaré. También estoy deseando pillar a mi costillita. Nos separamos un pelín enfadados, pero como suele pasar cuando estamos alejados unos días, cuando volvamos a vernos ninguno de los dos se acuerda del motivo de la pelea.

—Pues vamos a intentar dormir un rato. Mañana nos queda un día muy duro.

Pero a pesar de sus buenas intenciones aún tuvieron que pasar tres días más antes de que pudieran terminar el documental de forma aceptable.

Al fin les llegó el momento de regresar sin que hubieran podido ponerse en contacto con sus respectivas parejas. A Karin, impaciente por naturaleza, el viaje se le hizo interminable, pero al fin el avión aterrizó en el aeropuerto y Brandon alquiló un coche para ir hasta Truro. Ambos habían decidido no llamar y dar una sorpresa tanto a Brig como a Don.

En la puerta de su casa, Karin se despidió de Brandon y cargó la maleta. Miró la luz encendida del salón y sonrió anticipándose a la sorpresa que iba a darle, tanto con su presencia inesperada como con lo que tenía que decirle.

Abrió la puerta y dijo con alegría desde la entrada.

—¡Hola...! Ya estoy de vuelta.

Se extrañó al no obtener ninguna repuesta y tampoco sintió los pasos de él saliéndole al encuentro como esperaba.

—¿Don? —llamó.

—Estoy aquí —respondió él desde el salón.

Cerró la puerta y se dirigió hacia allí sintiendo un nudo extraño en el estómago. ¡No era posible que él estuviera celoso esta vez, como le había ocurrido en el viaje anterior!

Don estaba sentado en el sofá mirando la tele y no se volvió cuando ella entró. Sin siquiera verle la cara, Karin supo que algo andaba mal.

—Don... ¿Qué ocurre?

Él la miró al fin con una expresión de infinita tristeza en los ojos y susurró:

—Tenemos que hablar.

Karin dejó caer la maleta en el suelo y se sentó en el sofá a su lado.

—Por favor, no me asustes... ¿Le ha pasado algo a mi padre?

—No, tu padre está bien, al menos no peor de como lo dejaste.

Karin sintió alivio, era consciente de que la salud de Steve se deterioraba día a día. Cada fin de semana volvían a casa con la congoja de saber que el fin no estaba lejos, que su hígado no aguantaría mucho más.

—¿Qué ocurre entonces?¿Estás enfermo? ¡No estarás celoso otra vez ¿verdad?! Te aseguro que no tienes motivos.

Don negó con la cabeza, alejándose un poco del intento de ella de acercársele más.

—¿Qué es entonces?

—Hace un par de días Brig me llamó para almorzar juntos. No ha tenido noticias de Brandon salvo un mensaje y quería preguntarme si yo sabía algo de vosotros.

—No teníamos cobertura, yo también te dejé un mensaje en el móvil. Tuvimos que ir bastante lejos para hacerlo.

—Eso le dije. Pues bien, quedamos en comer juntos pensando que si nos veíamos y hablábamos de vosotros nos sentiríamos un poco menos solos. Estando almorzando se nos acercó una amiga de Brig y también tuya... Christine creo que se llama.

—Sí, sé quién es. Hace algún tiempo, antes de que ella conociera a Brandon, solíamos salir las tres juntas los fines de semana.

—Brig nos presentó y no sé cómo se las arregló para sentarse a la mesa con nosotros...

Karin sintió un escalofrío de inquietud. ¿Don le iba a confesar una infidelidad? ¿Se habría enrollado con Christine? No podría reprochárselo si había ocurrido, pero dolía.

—Es una cotilla; seguro que ahora va diciendo que nos ponéis los cuernos... Pero no te preocupes, Brandon y yo no vamos a creerlo, a menos que con quien te hayas enrollado sea con ella —dijo decidida a agarrar el toro por los cuernos.

—No me he enrollado con nadie ni me preocupa lo que pueda ir diciendo de Brig y de mí —continuó explicando, y a Karin se le encogió el estómago al notar su frialdad. Nunca le había escuchado ese tono de voz.

—¿Entonces?

—Brig me presentó como tu marido y dijo que se alegraba mucho de que hubieras sentado la cabeza y hubieras olvidado todas las tonterías que decías hace unos años. Le pregunté de qué hablaba y se echó a reír diciendo que tú siempre habías deseado dirigir la fábrica de tu padre, pero que él no te lo permitía. Y que decías que lo conseguirías y que no importaba lo que tuvieras que hacer para ello... Al principio pensé que era una metomentodo y decidí no echarle mucha cuenta, pero Brig se puso pálida y al mirarla supe que estaba diciendo la verdad.

—Don, no pensarás en serio...

Él continuó hablando como si no la hubiera escuchado.

—Siguió enumerando todo lo que estabas dispuesta a hacer para conseguirlo. Seducir al capullo que tu padre había elegido como director, incluso casarte con él y hasta tener un niño si era necesario. Que siempre quedaba el divorcio después. Ignoro si ella sabía que ese capullo era yo, fingía que no, que hablaba de otra persona. Incluso bromeó diciendo que menos mal que me habías encontrado a mí.

—Don, yo no...

Él volvió a interrumpirla, clavando en ella unos ojos fríos como el hielo.

—¿Es cierto o no?

—Es verdad que lo dije, pero de eso hace ya mucho tiempo. Ni siquiera te conocía...

—¿Por qué nunca me lo habías comentado? ¿Por qué tanto secreto?

—Ya no me acordaba. Ahora soy periodista y me gusta mi trabajo.

—¿Por qué no puedo creerte? —Él continuaba mirándola con los ojos tan fríos y duros que Karin sintió helársele el alma.

—Deberías hacerlo, porque te estoy diciendo la verdad.

—Si esta es la verdad, ¿por qué la realidad es tan exacta a lo que decías? Primero te acostaste conmigo en La Habana aprovechándote de que estaba bastante borracho. Te exhibiste delante de mí, desnuda y preciosa, y yo saturado de alcohol fui mantequilla en tus manos.

—Te recuerdo que yo también estaba muy borracha.

—Después viniste a pedirme que me casara contigo y yo caí como un estúpido sin siquiera plantearme lo poco sólido de tus motivos...

—¿Poco sólido? ¿La salud de mi padre te parece algo poco sólido? ¿El que yo quiera hacerle feliz no es suficiente motivo para ti?

Él continuaba sin hacer caso de sus argumentos, embebido en sus propias conclusiones.

—Después te has acostado conmigo varias veces, y no soy tan ingenuo como para pensar que lo hayas hecho porque estás loca por mí. Ni siquiera porque te guste o te atraiga. Nunca he entendido tus motivos para que una buena noche vengas a mí y luego me olvides durante semanas.

—Las últimas veces no han pasado semanas.

—Tampoco me considero un amante tan bueno como para que desees acostarte conmigo solo por el placer de hacerlo.

—¿Y por qué piensas que lo he hecho entonces?

Él sostuvo su mirada por un momento.

—¿Siguiendo un plan?

Karin suspiró con amargura.

—No voy a convencerte de lo contrario por mucho que diga, ¿verdad?

—No soy ningún idealista; en mi mundo, dos y dos siempre suman cuatro.

—Y yo no soy ninguna mentirosa...

—No, solo ocultas la parte de la verdad que no quieres que los demás sepan, como cuando les dices a tus padres que estarás en un lugar por el que tienes que pasar para que no sepan cuál es tu destino final. No mientes, pero tampoco dices toda la verdad.

—Bien, veo que ya me has juzgado y condenado. No voy a seguir intentando convencerte ahora. Lo siento porque tenía algo muy importante que decirte —añadió esperando que él le preguntase qué era.

—¿No estarás embarazada? Sería la siguiente fase de tu plan.

—No, no lo estoy. Puedes quedarte tranquilo respecto a eso, me ha bajado la regla en el viaje.

—Bien, porque sí hay una cosa que quiero que te quede muy clara...: no vas a tener un hijo conmigo. Y como tu padre quiere que yo dirija la fábrica, lo haré mientras él viva. Por encima de ti y por encima del mundo entero si hace falta. Le debo a Steve todo lo que soy y voy a pagárselo de la única forma que puedo. Voy a dirigir su fábrica y voy a fingir que hago muy feliz a su hija; y tú vas a seguirme la corriente como si de verdad te hubieras casado conmigo locamente enamorada. O para hacerle feliz a él...

Ella se levantó de la silla como movida por un resorte. Sus ojos llameaban de una extraña furia.

—¡No te consiento que dudes de eso! Sobre ti puedes pensar lo que quieras, que te utilizo, que me acuesto contigo para algún día dirigir la fábrica; pero no te permito que pienses que utilizo a mi padre y su salud para nada. ¿Me oyes? Porque, si lo haces, más vale que cojas tus cosas y te vayas de esta casa, que ya me las apañaré con qué decirle a mi padre.

—Lo haré; ten la seguridad que lo haré. Me marcharé de esta casa y del país y te dejaré tu preciosa fábrica para que hagas con ella lo que quieras... Pero cuando tu padre ya no pueda verlo. Hasta ese día seré el director y tú mi querida mujercita. No vuelvas a llamar a mi habitación; no caeré de nuevo en tus garras.

Don se levantó y se dirigió a su habitación mientras Karin se quedaba sentada en el sofá con la vista fija en el vacío y un montón de sentimientos encontrados agitándose en su interior.

Cuando Karin entró en su casa aquella tarde y echó un vistazo al móvil que había vuelto a dejarse olvidado, comprobó que tenía un mensaje de voz de Brig.

«Hace mucho que no nos vemos, últimamente casi nunca estás en casa cuando llamo. Dice Brandon que pasáis mucho tiempo en casa de tus padres montando el documental, y luego por la noche no quiero llamar y molestar. Quedamos mañana para comer y no admito excusas. A la una donde siempre.»

Karin sabía que cuando Brig se ponía así era imposible evitarla. Aunque no le apeteciera verla.

No estaba pasando un buen momento, Don seguía

más frío con ella si cabe que el día de su vuelta, solo le hablaba lo necesario, y, sintiéndose incapaz de soportar su actitud y su distanciamiento, se había refugiado en el trabajo. A decir verdad trabajaba como una loca día y noche. Para no pensar, para dejar pasar un tiempo que esperaba que acabase por ir minando poco a poco la frialdad de Don hacia ella. Esa situación no podía durar, él la quería y debía de resultarle tan difícil como a ella estar cerca y no rozarse siquiera, no besarse ni irse a la cama juntos. Él acabaría por no poder aguantar más y se arrojaría en sus brazos, sobre todo después de las últimas tres semanas que habían pasado antes de su viaje. Y comprendería, tenía que comprender, que todo lo que Christine había dicho no era más que una baladronada de chiquilla enfurruñada porque no conseguía lo que quería, y que en la actualidad no tenía razón de ser. Tenía que entender que ella le quería... Porque, si no lo hacía, si le perdía... la vida dejaría de tener sentido para ella. No quería ni pensar en eso, en lo que él había dicho de que se marcharía de su vida y del país cuando su padre muriera... porque entonces habría perdido a las dos personas que más quería en el mundo.

Por eso, para no pensar, se sumergió en el trabajo de forma compulsiva, arrastrando a Brandon con ella en ocasiones.

Él no le había dicho nada al día siguiente de su llegada al verla ojerosa y cabizbaja, se había limitado a trabajar sin hacer ningún comentario, cosa que agradeció. Y se acoplaba a su ritmo frenético de trabajo siempre que podía. A menudo se quedaban hasta tarde trabajando en la buhardilla de la casa de los padres de

Karin y en ocasiones terminaban tan tarde que se quedaban a dormir allí.

Sabía que a su familia le extrañaba que se quedara y no regresara a su casa con Don, pero también sabían que para ella el trabajo era muy importante. Solo era cuestión de unos días, solía decirles, y eso era lo que en realidad pensaba ella; que Don no dejaría pasar mucho tiempo sin poner fin a aquella situación. O, al menos, que ella podría serenarse y se encontraría capaz de aceptar al Don frío y distante que esperaba en casa a su regreso.

Nadie tenía que saber que el trabajo no era todo lo urgente que decía; solo Brandon lo sabía, y él no comentaba nada. Solo la miraba, y ella evitaba sus ojos sabiendo que él leería en ellos que las cosas iban muy mal. Karin sabía que él no se había tragado su excusa de querer terminar aquel trabajo cuanto antes para poder meterse en otra cosa que tenía en mente. Se lo habría comentado a Brig, y esta no era ni la mitad de discreta que su novio. Ella metería los dedos hasta el fondo del problema por mucho que Karin intentara evitarlo. Iría preparada para el tercer grado de su amiga.

Al día siguiente se dirigió al trabajo más arreglada de lo que solía, esperando no desentonar demasiado en el lugar donde Brig y ella solían quedar para comer, cerca de su trabajo. Abandonó sus habituales pantalones anchos y jerséis y los sustituyó por unos vaqueros y una chaqueta esperando tener mejor aspecto, aunque no tenía demasiadas esperanzas de engañar la perspicaz mirada de su amiga. Aquella mañana su espejo le había advertido al respecto. Había adelgazado en los últimos diez días. En vez de recuperar el peso que siempre perdía en los viajes, en esta ocasión había continuado perdiéndolo y en su ropa habitual se veía escuálida. Esperaba que la indumentaria que se había puesto lo disimulara un poco mejor. También los pómulos de la cara se le marcaban y profundas ojeras rodeaban sus ojos cansados.

Don parecía no haberse dado cuenta, así como tampoco había hecho ningún comentario sobre las noches que había pasado fuera de casa.

Nada más entrar en el restaurante, el ceño fruncido de Brig al verla le indicó que no iba a escaparse del interrogatorio.

—¡Pero, por Dios, criatura... con razón Brandon está preocupado por ti! ¿Qué demonios te pasa?

—Nada. Estoy trabajando mucho.

—Ya... Eso también le preocupa, porque dice que no es necesario.

—Esa es su opinión. Para mí, sí lo es.

Se sentaron y el camarero acudió de inmediato.

—Pídete un buen filete ¿eh? Y te lo vas a comer entero.

—De acuerdo.

Encargaron la comida y en cuanto estuvieron solas Brig volvió a la carga.

—Bueno, me lo vas a contar de buen grado o te voy a tener que bombardear a preguntas.

Karin desistió. Se sentía demasiado cansada para luchar contra la curiosidad y la preocupación de Brig.

—No serviría de nada que intentara ocultártelo...

—Ya sabes que no.

—Don y yo tenemos problemas.

—¿Qué tipo de problemas? Brandon me ha dicho que en el último viaje le confesaste que estabas enamorada de él. ¿Acaso la camarera esa que fuisteis a conocer...? ¿Sigue con ella?

Karin negó con la cabeza.

—¿Te acuerdas del día que quedaste con Don para comer?

—Sí. Oye, no pensarás que él y yo...

—No, se trata de Christine, de lo que le dijo. Lo de la fábrica y todo lo demás.

—Lo recuerdo. Pero no se lo habrá creído...

—Me temo que sí. A mi vuelta lo encontré muy raro y me preguntó si todo aquello era cierto. Aunque le aseguré que había sido hacía mucho tiempo no me creyó. Piensa que le estoy utilizando para conseguir la dirección de la fábrica. No quiere comprender que eso ya no es importante para mí, que me gusta mi trabajo y que no lo cambiaría por nada en el mundo. Pero lo que más me duele es que piense que utilicé la enfermedad de mi padre para llegar hasta él.

—Eso en cierto modo es verdad...

—Claro que no.

—Karin, sé sincera... ¿Por qué le pediste que se casara contigo?

—Para hacer feliz a mi padre.

—¿Se lo habrías pedido si hubiera sido otro? ¿A Tom, por ejemplo?

—¡Noo...! A él no.

—¿Y por qué a Don sí?

—Porque le conocía, porque me sentía a gusto con él. Porque pensé que no nos costaría ningún trabajo vivir juntos. Y porque sabía que a mi padre le haría ilusión que Don se convirtiera en su yerno.

—No te mientas. Desde el primer momento había algo entre vosotros... quizás algo que ni tú misma veías. El tiempo me ha dado la razón.

—Sí, menuda ironía. La noche en que iba a decirle que estoy enamorada de él... todo se va al garete.

—Pero no se lo dijiste.

—No. Me dolió mucho que pensara que me estaba acostando con él para conseguir la maldita fábrica. Incluso llegó a insinuar que podría querer quedarme embarazada para conseguirlo. Joder, Brig... ¿Qué clase de persona piensa que soy?

—Creo que deberías decírselo...

—No puedo. Lo he intentado en más de una ocasión durante estos días, pero me mira con unos ojos tan fríos que me quedo paralizada y solo consigo dar media vuelta y alejarme de él. Y me pongo a trabajar como una burra. Perdona si arrastro a Brandon conmigo, pero necesito unos días, si no para que él cambie de opinión, al menos para yo ser capaz de sentarme frente a un trozo de hielo desconocido para mí. Joder, no puedo creer que ese hombre que me mira como si no me viera sea el mismo que me ha abrazado en tantas ocasiones, que ha derretido mis defensas noche tras noche hasta conseguir que me enamore de él como una loca. ¿Y todo para qué? ¿Para esto? De verdad que si alguna vez me lie con un tío sin pensar en sus sentimientos bien que lo estoy pagando.

—Karin, tienes que decírselo... Es la única forma de conseguir que esto acabe bien. Ya me doy cuenta de que las cosas están feas. No te envuelvas de orgullo y le dejes marchar.

—Solo quiero darle tiempo. De momento quiere que sigamos casados... No quiere dar a mi padre el disgusto de una separación. Sería un disgusto demasiado gordo, su salud empeora día a día. Mientras, espero convencerlo de lo que siento por él, poco a poco, con hechos y no con palabras. Si se lo dijera ahora no me creería, pensaría que se trata de otro truco para llevarle a mi terreno. No debo tener prisa con esto, por muy mal que lo esté pasando.

—Sí, quizás tengas razón. Pero prométeme que comerás mientras tanto ¿eh? Y que no te pasarás con el trabajo o Don no tendrá más que un saco de huesos para abrazar cuando todo esto pase.

—Tú crees que pasará, ¿verdad?

—Claro que pasará... Don te quiere, y, cuando se quiere a alguien, no se puede mantener mucho tiempo un enfado. Sobre todo si tienes a esa persona todo el día cerca y todas las noches...

—Me ha prohibido llamar a su puerta, y creo que me rechazaría si lo hiciera.

—Una buena noche, cuando menos te lo esperes, será él quien llame a la tuya.

—¡Ojalá no te equivoques! Espero que sea pronto. Le necesito.

—Y él también a ti. Ya verás, algún día os reiréis de todo esto.

—No lo creo.

Karin miró el reloj.

—Tengo que irme, se me ha hecho muy tarde.

—A mí también. Mándame a mi chato temprano hoy; me he comprado un sujetador nuevo y me muero de ganas de que lo vea.

—Lo haré.

18

Una tregua

Aquella noche, cuando regresó a casa desde la cadena de televisión donde Brandon y ella ya estaban preparando un nuevo trabajo, se sentía agotada tanto física como emocionalmente.

El mes transcurrido desde la vuelta de su último viaje pesaba en ella como una losa, sobre todo porque Don seguía tan frío e inaccesible como el primer día.

El documental sobre Irlanda se había terminado y entregado, y ya no tenía ninguna explicación ni excusa para ir hasta la casa de sus padres y pasar allí unas cuantas horas que la mantuvieran lejos de su piso y ocupada además. A pesar de que el aspecto de Steve se veía más desmejorado que nunca y deseaba pasar con él el mayor tiempo posible, si iba demasiado a menudo sola acabaría por sospechar que las cosas entre Don y ella no iban bien. También deseaba ir hasta la playa y sentarse allí a mirar el mar; ese mar que siempre tenía la facultad de hacerla sentir mejor, pasara lo que pasara, pero no se atrevía a pedir a Don que fueran juntos un fin de semana, temerosa de que la acusara otra vez de utilizarle para sus fines, así que se limitaba a alargar las horas que pasaba en la cadena de televisión hasta el límite, aunque no tuviera demasiado trabajo que hacer allí. Cualquier cosa antes que llegar a casa y sentarse a cenar frente a un Don mustio y silencioso que se levantaba de la mesa con el último bocado y se iba a su habitación, cerrando la puerta a sus espaldas en un mudo gesto de negarle la entrada.

Eso había hecho aquel día. Aunque se encontrara agotada, porque llevaba varias noches que le resultaba casi imposible dormir más de un par de horas. Se desvelaba y su cabeza empezaba a dar vueltas a la forma de terminar con todo aquello, alarmada al ver cómo se iba alargando la situación sin que Don diera el más mínimo indicio de ceder en su enfado.

Había aguantado hasta que ya en la cadena de televisión no quedaban más que los locutores del último informativo, y se había marchado a casa, esperando que al menos esa noche, Don se hubiera acostado ya.

Pero no tuvo suerte, porque desde la calle pudo ver que la luz del salón estaba encendida. Eran las doce de la noche y supo que sería ella la que se metería en su habitación sin siquiera cenar. El ligero refrigerio que había tomado a media tarde le había quitado el poco apetito que tenía.

Él estaba sentado en el sofá y a Karin le dio la impresión de que estaba esperándola, porque no tenía encendida la televisión y el libro descansaba sobre la mesa de centro sin abrir.

Estaba lloviendo y colgó el impermeable húmedo

en una percha en el cuarto de baño antes de pasar al salón.

—Buenas noches... —le saludó.

—Es muy tarde... —dijo él.

—Sí, un poco. Tengo mucho trabajo.

—¿Has cenado?

—Sí —mintió.

—Tu padre ha llamado esta tarde.

—¿Está peor?

—Claro que está peor, no creo que a tus ojos perspicaces se les escape algo tan evidente como eso. También está preocupado por ti, por nosotros, hace mucho que no pasamos un fin de semana en la playa. Me ha peguntado si todo iba bien.

—¿Qué le has dicho?

—¿Qué iba a decirle? Que sí, que todo iba de maravilla, pero que los dos teníamos mucho trabajo. Me ha pedido que vayamos este fin de semana y le he dicho que sí. No he sido capaz de negárselo, parecía tan ilusionado, y ambos debemos ser conscientes de que no le queda mucho tiempo.

Karin asintió. Ella también sabía que a Steve la vida se le escapaba por momentos, aunque tratara de aferrarse a un atisbo de esperanza.

—Bien, pues el fin de semana lo dedicarás a descansar y a disfrutar del mar, también tú tienes un aspecto lamentable. Convenceremos a tu padre de que las cosas van bien, de que no tenemos problemas.

—Yo no tengo ningún problema; en todo caso eres tú el que lo tiene. Lo mío es solo cansancio.

Don se levantó del sofá y se dirigió a su habitación.

—Acuéstate y descansa; no te quedes trabajando. Pareces a punto de caerte redonda de puro agotamiento.

—Sí... lo haré —dijo ella pensando que ojalá pudiera hacerlo. ¡Ojalá pudiera acostarse y descansar en lugar de dar vueltas y más vueltas en la cama pensando en la salud de su padre y también tratando de buscar una solución al distanciamiento de Don y a la vez tratando de no ceder a sus impulsos de llamar a la habitación contigua! Sabía que, si lo hacía, él le diría que se fuera... y ella no podría soportarlo. Tal vez el fin de semana fuera un paso adelante... Tal vez marcaría el principio de un acercamiento.

El sábado amaneció lluvioso y desapacible, aunque por experiencia de otras primaveras, Karin intuía que podría mejorar a medida que avanzara el día.

Se vistió con un pantalón cómodo y un grueso jersey holgado para que su familia no se diera cuenta de los kilos que había perdido y que no conseguía recuperar por mucho que comiera, y después de desayunar subieron al coche de Don.

—Si lo prefieres vamos en el mío —había ofrecido.

—No; este fin de semana debe ser de total relax para ti. Ni estrés ni nada que suponga esfuerzo físico. ¡Relájate!

Karin subió al coche y no dijo que para eso haría falta algo más que ir de copiloto. Para que el fin de semana la relajase, él tendría que poner algo más que el coche.

Sin embargo, y contra lo que esperaba, el hecho de ir por la carretera casi desierta, con el golpeteo de la leve llovizna en los cristales y poder mirar por la ventanilla sin tener que prestar atención ni al tráfico ni a los cambios de marchas, empezó a hacer efecto. El mar, gris y brumoso, que se deslizaba a su izquierda le hizo pensar que así se sentía ella... gris y triste.

No quiso pensar en la prueba que le esperaba ni en cómo iba a hacerlo para convencer a su familia de que era muy feliz... porque no lo era. No en aquel momento. Tampoco quería pensar en lo que pasaría cuando aquella noche tuvieran que compartir la habitación y la cama. Nunca habían estado juntos en una cama sin hacer el amor... salvo en una ocasión que ella estaba con la regla, después de volver del viaje de novios. Con toda probabilidad, aquella noche tampoco lo harían. No iba a ser tan fácil... Bueno, la idea de aquel fin de semana había sido de Don; él había aceptado la invitación de su padre. Que él lo solucionase. Aunque quizás estuviera preparando el terreno para que las circunstancias les llevaran a un punto al que no sabía cómo llegar sin dar su brazo a torcer. ¡Ojalá! Ella no iba a poner ninguna pega si él le insinuaba algo aquella noche.

Giró la cara y le miró mientras conducía, pero sus labios apretados y su mirada fija en la carretera no le dieron muchas esperanzas de que fuera a ser así. Y tampoco su mutismo. Si había habido algo en común entre ellos desde el día que se conocieron era su facilidad para charlar de cualquier cosa cuando estaban juntos. Pero ahora este silencio la ahogaba.

Cuando el coche se detuvo delante de la casa y bajaron del mismo, ya la lluvia había cesado y, al mirar al mar, Karin observó que sobre la línea del horizonte se abrían algunos claros. Don se situó junto a ella y le colocó la mano en el hombro.

—Hará buen tiempo, ya lo verás.

Ella le miró.

—Sí, ya lo sé.

Así, con su brazo rodeándole la espalda, entraron en la casa.

Hacía casi dos meses que no pasaban allí un fin de semana juntos, y Margaret había preparado una de sus exquisitas comidas. Desde el momento en que entraron, Karin se sintió envuelta en una atmósfera cálida y se sintió mimada por todos, incluido Don.

Mientras almorzaban, él volvió a mirarla como lo había hecho siempre, con amabilidad y ternura, y ella se relajó y empezó a disfrutar del fin de semana. Hizo los honores a todos los platos que su madre había preparado, rio y bromeó con todos y se sintió más feliz de lo que lo había sido en semanas. Después de almorzar ayudó a su madre a recoger la cocina.

Cuando salió de la misma, dispuesta a coger el impermeable y dar un paseo por la playa, Peggy le dijo:

—Papá y Don te están esperando en el salón para ver una película; no han querido ponerla hasta que tú llegaras.

No le apetecía demasiado ver la televisión, pero comprendió que resultaría raro que se fuera sola a pasear bajo la lluvia y decidió que podría esperar al menos hasta que su padre se durmiera, cosa que solía ocurrir a menudo después de la comida.

Entró en el salón y le vio sentado en su sillón habitual, y a Don en un extremo del sofá. Se sentó junto a él.

—Gracias por esperarme.

—No podíamos empezar sin ti, es de las que te gustan.

—Tu padre la alquiló ayer temiendo que el fin de semana podía estar lluvioso.

—Papá está en todo.

—Él y yo hemos estado confabulando sobre la mejor forma de hacerte descansar —dijo alargando la mano hacia ella y tirándole del brazo—. No te vayas tan lejos, ya sabes que me gusta que te recuestes en mí. —Miró a Steve—. Tu padre no se va a escandalizar por que te abrace, ¿verdad?

—Claro que no... Como si queréis que me vaya.

—Por supuesto que no, papá —añadió ella dejándose caer sobre el hombro de Don. Él la rodeó con el brazo y se recostó a su vez contra el respaldo del sofá. El calor de su cuerpo le resultó muy agradable en el ambiente húmedo y fresco de la sobremesa. Clavó los ojos en la pantalla, pero fue incapaz de comprender siquiera el argumento de la película, porque sus cinco sentidos estaban pendientes del cuerpo de Don, de su actitud, y de la mano que se deslizaba suavemente por su brazo. Empezó a tener la esperanza de que aquello ayudara a vencer los recelos de él; no podía volver a su actitud distante después de aquello. Esa ternura que percibía en su caricia no era para que su padre les viera... era real. Ella lo sabía, conocía sus sentimientos y estaba segura de que estos estaban imponiéndose sobre su enfado. Extendió la mano y se abrazó a su cintura y sintió como los labios de Don se posaban en su pelo y lo besaban con suavidad. Tomó aquello como una prueba de que no se equivocaba y, levantando la cara, le besó en la mejilla, sonriéndole; y luego volvió a mirar la pantalla.

Al fin, el agotamiento y la tensión de las últimas semanas hicieron presa en ella y se fue adormeciendo.

Despertó que ya había anochecido. Alguien le había echado una manta por encima y el salón estaba a oscuras y vacío. Se sentía descansada y ligera, libre de la carga emocional que había ido arrastrando durante las últimas semanas.

Se levantó y se dirigió a la cocina, donde estaba su madre preparando la cena.

—Hola, dormilona. ¿Has descansado?

—Sí, ahora mismo me siento estupenda.

—Dice Don que estás durmiendo poco últimamente. Deberías cuidarte, te estás quedando muy delgada. Y tienes mala cara. ¿No estarás embarazada...?

—No, nada de eso.

—¿Seguro?

—Sí, seguro. Es solo trabajo.

—Pues descansa más, nena. Don está preocupado por ti. Y todos nosotros también.

—No pasa nada, mamá. Ya no falta mucho para que esto pase —dijo esperando que así fuera.

—Don está con papá en el despacho. Se han ido allí para dejarte dormir tranquila.

—Yo voy a bajar un rato a la playa hasta la hora de la cena. Después de una buena siesta, lo que más necesito es mirar el mar.

—Don se va a poner celoso.

—No lo creo; él sabe que es lo más importante para mí. Si sale del despacho dile que se reúna conmigo si le apetece. En caso contrario, le veré en la cena.

—Ponte algo de abrigo, ha refrescado.

Había dejado de llover, por lo que se puso solo un jersey grueso y bajó el sendero.

A pesar de que la noche era oscura, no le costó ningún trabajo descender por el mismo. Conocía cada piedra y cada escalón que formaba la bajada hasta el agua.

Cuando se acercó a la orilla, el aire frío le azotó la cara y respiró hondo, añorando terriblemente aquel mar que siempre tenía la facultad de hacerla sentirse bien consigo misma por muy agobiada que estuviera. Estaba segura de que si hubiera disfrutado más de él en las últimas semanas lo habría podido llevar mejor.

También Don se veía muy relajado desde que estaban allí, y esperaba con sinceridad que aquel fin de semana marcara una mejoría en sus relaciones.

Sus ojos se fueron habituando a la oscuridad y se dio cuenta de que la piedra donde se sentaba siempre estaba medio sumergida en el agua. No es que le importara, pero sabía que si alguien la veía desde su casa con los pies metidos en el agua helada le echaría una bronca al regresar. Y no tenía ánimos para ello. Quería paz y tranquilidad aquella noche. Retrocedió un poco y se sentó en el suelo de guijarros, se abrazó las piernas con las manos apoyando el mentón en las rodillas, y contempló el mar. Pronto su respiración se acompasó al ruido de las olas y pensó que solo faltaba la presencia de Don a su lado abrazándola para sentirse bien.

Un rato más tarde, parte de su deseo se hizo realidad; intuyó su presencia más que le vio, pero no se volvió a mirarle hasta que estuvo a su lado.

—Tu madre dice que la cena estará en quince minutos.

Karin miró el reloj que llevaba colgado del cuello con una cadena.

—Serán veinte o veinticinco... siempre se cura en salud diciendo menos tiempo. Aún puedo quedarme un poco más aquí; estaré allí a la hora.

—Echas de menos el mar ¿verdad?

—Sí, un poco. Estas últimas semanas cuando he venido a trabajar no he podido disfrutar de él mucho rato. Pero mañana pienso levantarme temprano y bajar a la playa a bucear un poco.

—¿A pesar del mal tiempo?

—No estaré más mojada porque llueva.

—No, ya sé que no; me refería al viento, las corrientes y todo eso. Una vez dijiste que eran peligrosas.

—De todas formas mañana estará despejado. Mira el horizonte... se están abriendo claros. Seguro que hará un día aceptable para bucear, aunque mi madre ponga el grito en el cielo.

Don se sentó junto a ella en el suelo.

—No hagas locuras... Ya está bastante preocupada por ti.

—Ella siempre está preocupada por mí; cuando no es por una cosa es por otra. Si le hiciera caso, no viviría.

—Ahora creo que tiene motivos, estás muy delgada.

—Cree que estoy embarazada, me lo ha preguntado esta tarde. He tenido que desengañarla. Sé que se hubiera quedado más tranquila si hubiera sido así, pero no puedo mentirle. Aunque tampoco puedo decirle la verdad, al menos no toda. Como siempre, solo parte de ella. Al parecer es mi sino, aunque me eche tierra en mi propio tejado.

Don no contestó, y ella siguió hablando. El que él la escuchara era más de lo que había tenido desde la noche de su vuelta.

—Espero que se haya tragado lo del mucho trabajo. Siempre pierdo peso cuando estoy sometida a estrés; lo que no puedo decirle es que la tensión que reina en casa entre nosotros es casi peor que el trabajo exhaustivo que tengo que soportar ahora. Al trabajo estoy acostumbrada; a lo otro, no.

Esperó que él dijera que la tensión entre ellos se iba a terminar, pero continuó en silencio, como si lo que había dicho no tuviera nada que ver con él. Después de un breve silencio, Karin se levantó.

—Ya es casi la hora... Será mejor que subamos o mamá se pondrá hecha una furia.

Subió ágilmente por el estrecho sendero sin esperarle, ni comprobar si la seguía. Solo cuando llegó arriba advirtió que sí lo había hecho.

Cuando estuvieron a pocos metros de la casa, él se colocó a su lado y le cogió la mano, pero ella no se sintió complacida por el gesto. Hubiera querido que lo hiciera antes, cuando no podía verles nadie. Aun así no le rechazó, sino que entraron en la casa y se dirigieron al comedor.

La cena transcurrió como el almuerzo, amistosa y cordial, aunque Karin notó a Don un poco más silencioso que al mediodía. Al finalizar la comida, él se excusó:

—Perdonadme si no me quedo un rato... Estoy muy cansado.

Se volvió hacia su mujer y le pellizcó levemente la mejilla.

—Ya sé que tú estás deseando estar con tus padres, quédate un rato.

Ella clavó los ojos en los de él y leyó una orden en ellos: «¡Quédate!»

—Sí, me quedaré un rato si no te importa. He dormido toda la tarde y no tengo nada de sueño.

—Claro que no me importa —dijo él en un tono amable, y la expresión de su mirada se dulcificó y llegó a ser muy cálida cuando se inclinó hacia ella y la besó en los labios fugazmente—. Buenas noches.

—Buenas noches.

Desapareció escaleras arriba y ella permaneció allí mirándole y paladeando el sabor de sus labios, que hacía mucho que no sentía. Y permitió que todos sus sentimientos por él aflorasen a sus ojos.

Cuando se volvió, su padre sonreía.

—Ve con él, cariño... Ya charlaremos mañana.

—No, no me apetece nada acostarme todavía. Ya sabes que soy un ave noctámbula. Se despertará cuando me acueste, no es la primera vez que está dormido cuando llego a la cama. Ya le despertaré yo. Le encanta.

—No deberías trabajar tanto —dijo su madre uniéndose a ellos en el salón—. Don pasa mucho tiempo solo.

—Ya lo sé, y yo soy la primera que lo lamenta, pero

es algo ocasional. El documental ya está casi terminado y volveré a casa temprano como antes. Es solo cuestión de unos días.

—El amor y el matrimonio hay que cuidarlos, pequeña. Si no, ambos mueren.

Ella sonrió.

—El mío está muy vivo, y tengo la intención de que siga así.

—Me alegra oírlo.

—¿Y qué? ¿Pensáis hacernos abuelos pronto?

Karin sonrió de nuevo.

—¿Tú también? No, papá; no estoy embarazada y me temo que no queremos tener niños aún. Somos muy jóvenes.

—Con tu edad, tu madre y yo ya os teníamos a Peggy y a ti.

—Eran otros tiempos. Mamá no trabajaba y yo sí. Con mi profesión no sería justo que me fuera cada poco tiempo de viaje y dejara solo a un niño pequeño.

—¿Entonces no pensáis tener hijos? A Don le encantan los críos...

—Claro que los tendremos... —dijo Karin sintiendo que de nuevo estaba diciendo algo que no era verdad—, pero más adelante. Cuando haya hecho en el terreno profesional todo lo que deseo. Luego será el momento de pedir ese puesto de presentadora de noticias o prepararé los documentales aquí y enviaré a rodar a otros. Entonces me dedicaré en cuerpo y alma a Don y a mis hijos.

Su padre le cogió una mano y añadió:

—No esperéis demasiado... Tu madre y yo ya no

somos tan jóvenes y nos gustaría mucho ver a un niño vuestro corriendo por aquí.

—Y lo veréis —dijo sintiendo que esa mentira se convertiría en verdad si Don y ella arreglaban sus diferencias, porque ella también deseaba tener ese hijo, y no solo por la satisfacción que le produciría a Steve el tener un nieto. Pero la conversación se estaba haciendo demasiado personal, demasiado peligrosa y ella no estaba segura de poder seguir engañándoles. La euforia de la tarde había dejado paso a la sensación amarga de que todo había sido un espejismo después del rato que ella y Don habían pasado juntos en la playa, y si había tenido alguna esperanza de que la noche pudiera servir para reconciliarles de manera definitiva, se había evaporado al ver la mirada de él al pie de la escalera. Cambió de tema—. ¿Cómo llevas tú el hecho de haber dejado la fábrica?

—Muy bien, porque sé que está en buenas manos.

—Don me ha dicho que ya ni apareces por allí.

—Sí, en efecto. No quiero que piense que le estoy supervisando, y confío plenamente en él.

—Él no piensa nada de eso, papá. Le encanta que vayas.

—Ya lo sé; pero, además, tu madre y yo estamos planeando un crucero —dijo mirando a su mujer.

Karin miró a su madre que sonreía.

—Como ves, hija, no me libro de los barcos ni de vacaciones.

—Eh, que fuiste tú quien lo propuso. Pero si lo prefieres vamos a otro sitio.

—Claro que no. Yo también llevo los barcos y el

mar metidos en la sangre. Karin no ha sacado su pasión por el mar de ti, sino de mí.

Esta la miró sorprendida.

—¿En serio? Jamás lo hubiera pensado.

—El que me guste el mar no quiere decir que bucee cuando hay tormenta ni que me vaya nadando sola hasta Francia como haces tú.

—Qué exagerada eres...

—No lo soy. Comparto tu afición al mar, no tu sed de aventuras.

—¿Entonces por qué has escogido un dormitorio al otro lado de la casa? Desde allí es como si el mar estuviera a kilómetros.

—Bueno, cuando te casas con alguien, a veces tienes que hacer pequeños sacrificios por esa persona. Tu padre no podía dormir al otro lado. El ruido de las olas y el viento no le dejaban descansar. Y yo tenía muy claro que prefería dormir con él a hacerlo con el ruido del mar. Eso lo comprendes ¿no?

—Claro que lo comprendo —dijo mirando el reloj. Ya hacía más de una hora que Don había subido—. Igual que espero que vosotros comprendáis que suba a acostarme.

—Por supuesto. Confío en que no te cueste demasiado despertarle...

—No lo creo; tiene el sueño ligero —dijo levantándose, y después de darles un beso de buenas noches, subió despacio la escalera preguntándose qué la esperaba arriba.

Cuando abrió la puerta de la habitación vio la luz apagada, lo que no le sorprendió en absoluto. A tientas llegó hasta el armario y se desnudó tratando de ponerse el pijama de manera correcta. Cuando se metió en la cama, el cuerpo de Don era apenas un bulto al otro extremo de la misma, y de espaldas; pero, a pesar de su inmovilidad y de su respiración acompasada, supo que estaba despierto.

—Buenas noches... —susurró, pero no recibió respuesta. Se volvió en la cama hacia él y contempló su pelo y su nuca sobresaliendo por encima de las sábanas: el cuello tenso, los hombros contraídos continuaron diciéndole que no dormía. Pero era evidente que quería fingir que sí. Y las pocas esperanzas de que aquella noche sirviera para una reconciliación desaparecieron definitivamente. Se dio la vuelta a su vez y trató de dormir. Pero no era tan fácil; el exiguo espacio que quedaba entre sus cuerpos se le antojaba enorme, un terrible desierto que les separaba más que mil kilómetros de distancia. Después de un rato, la tensión le resultó insoportable y se volvió hacia él de nuevo.

—¡Por Dios, Don, esto es absurdo! Sé que no duermes.

—Pero trato de hacerlo —respondió dando por primera vez señales de vida.

—¿Cuánto tiempo llevas intentándolo? —Esta vez no contestó—. Sabes que esto va a ser muy difícil. ¿Por qué no nos comportamos como personas civilizadas?

—¿Personas civilizadas quiere decir que debemos darnos la vuelta y hacer el amor como si nada hubiera pasado?

—No tenemos por qué hacer el amor, pero al menos podríamos hablar.

—¿De qué quieres hablar a las tantas de la madrugada?

—De lo que está pasando entre nosotros... De lo que te dijo Christine aquel día...

—No creo que sea el momento más adecuado para hablar de eso. He tratado de dejar ese problema en Truro y olvidarme de él para poder comportarme como si nada hubiera ocurrido delante de tus padres. No lo estropees.

—Eso no es verdad. El problema está aquí ahora mismo, en esta cama, entre los dos. Pero tú te niegas a hablarlo.

—El que hablemos de ello no lo solucionará.

—Porque tú no quieres.

Don no contestó y ella, sintiendo que no podía más, se destapó con brusquedad y saltó de la cama. Don se volvió de inmediato hacia ella.

—¿Adónde vas?

—A la playa. Me estoy ahogando en esta habitación tratando de razonar con un pedazo de hielo, mudo además. Estás ahí, en esa esquina de la cama, muriéndote de ganas de abrazarme igual que yo, con tu obtusa mente alemana llena de historias del pasado que no tienen ningún sentido; incapaz de comprender... incapaz de perdonar si hubiera algo que perdonar, que no lo hay. Pues bien, sigue ahí... Yo no puedo. Volveré cuando te hayas dormido de verdad.

Él la agarró por un brazo.

—¡No vas a irte a la playa en mitad de la noche!

—¿Por qué no? Lo he hecho cientos de veces.

—No, estando en la cama conmigo.

—Yo no estoy en la cama contigo. Estoy con un palo incapaz de mover siquiera las pestañas por si acaso me roza con ellas. Como si tuviera la peste o como si hubiera cometido un crimen espantoso.

—De acuerdo... —admitió él—. Si lo que quieres es un polvo, de acuerdo. Puestos a fingir que somos una pareja enamorada, finjamos hasta el final.

Sintiendo que contra su voluntad los ojos se le llenaban de lágrimas, levantó la mano y le dio una bofetada, y, tirando con rudeza del brazo, se libró de su mano y salió de la habitación, mientras susurraba con voz colérica:

—¡No estoy buscando un polvo, cabrón!

Viendo luz en la planta baja, optó por no ir a la playa, sino que subió sigilosamente hasta la buhardilla y, echándose en el sofá, lloró en silencio durante mucho rato.

Contuvo la respiración cuando sintió a sus padres subir hasta su dormitorio, pero nada le indicó que se hubieran percatado de su presencia en la buhardilla, y, cuando el agotamiento y el sueño amenazaron con dejarla dormida, comprendió que no podía arriesgarse a que nadie la viera salir por la mañana de allí y volvió a la habitación.

Nada más cerrar la puerta a su espalda, la voz de Don sonó apesadumbrada en la oscuridad.

—Lo siento... No debí decir eso.

Ahora fue ella la que no contestó, limitándose a acostarse en el filo de la cama, como antes había estado él. Le sintió acercarse por la espalda y su mano que se posaba en el brazo, pero se sacudió como si le quemara.

—¡No me toques! Ahora no hay nadie aquí para verlo. No se te ocurra ponerme la mano encima esta noche o gritaré y se enterará todo el mundo de lo que ocurre.

Él suspiró y se dio media vuelta de nuevo. Dándose la espalda, acurrucados cada uno en un extremo de la enorme cama, pasaron el resto de la noche.

Cuando Don se despertó por la mañana, Karin no estaba en la habitación. Saltó de la cama, se asomó a la ventana y vio el minúsculo punto de su cabeza nadando entre las olas, mucho más adentro de donde sería aconsejable, y sintió una punzada de angustia.

Contuvo el aliento mirando cómo avanzaba alejándose de la costa y solo respiró aliviado cuando la vio dar la vuelta y regresar a la orilla. Tenía que reconocer que nadaba con una maestría envidiable, con brazadas rítmicas y largas, cortando las olas, hasta que al fin pudo ponerse de pie y salir andando del agua.

Siguió contemplándola desde la protección que le ofrecían los cristales y las cortinas medio corridas; el cuerpo de miembros largos y esbeltos, con el bañador negro que se ponía para nadar. Se quitó el gorro de goma con que se recogía el pelo y sacudió la larga melena desparramándola sobre su espalda y la ahuecó con las manos para que se secara. La mañana era fresca, pero ni siquiera cogió la toalla que había tirado sobre la roca y permaneció allí bajo los débiles rayos del sol de la mañana esperando a secarse.

A Don siempre le había asombrado la increíble resistencia de Karin a todos los elementos adversos. Al frío, al calor, al cansancio e incluso a la enfermedad. Nunca en todo el tiempo que la conocía la había escuchado quejarse de nada. Solo su aspecto y la expresión de su cara y sobre todo el color de sus ojos le indicaban cuando algo no iba bien.

Él ya había aprendido a identificar el tono marrón que adquirían sus ojos cuando estaba mal tanto física como anímicamente, en contraste con el matiz verde y dorado que tenían cuando estaba feliz y contenta. Sus ojos eran muy verdes y brillantes cuando hacían el amor; pero de un tiempo a esta parte el marrón se había apoderado de ellos de forma casi continua.

Estos pensamientos le habían llevado de nuevo a la noche anterior. La había ofendido con sus palabras y en realidad no había querido hacerlo; solo quería que le dejara en paz. Se había jurado a sí mismo que no iba a caer de nuevo, que no iba a acostarse con ella otra vez y permitirle que siguiera jugando, que siguiera utilizándolo para sus manejos. Pero había estado a punto de ceder, de darse la vuelta sabiéndola despierta y acariciarla. Se había dicho a sí mismo que no importaban los motivos por los que ella estaba allí, sino que estaba. Pero no era verdad, sí le importaba y mucho, no solo que le hubiera utilizado a él, sino también la enfermedad de su padre para conseguir sus propósitos. Sentía que si volvía a acostarse con ella, si volvía a permitirle seguir manejándole a su antojo, traicionaría a su amigo. Por eso no volvería a acostarse con ella, al menos mientras tuviera fuerzas para controlarlo. La idea de ir a pasar un fin de semana a la playa había sido un error, no había contado con que su enfado y su voluntad se debilitarían al pasar todo el día en buena armonía y que la noche iba a ser un auténtico infierno.

Al final, consciente de que la había ofendido, no pudo evitar volverse y tocarla y le hubiera hecho el amor con toda su alma si ella se lo hubiera permitido.

Ahora se alegraba de que no lo hubiera hecho, de que hubiera tenido más coraje que él, porque sabía que Karin también le deseaba tanto como él a ella, que no importaban los motivos que tuviera para hacerlo, pero a ella también le gustaba acostarse con él. Quizá porque cuando estaba en Cornualles no tenía otra cosa.

Sacudió la cabeza tratando de alejar esos pensamientos que le hacían daño y volvió a contemplar la figura que se secaba al sol sentada ahora en su roca favorita. La larga melena donde le encantaba hundir las manos, y que pocas ocasiones tenía de ver así, suelta y brillante bajo los rayos del sol.

Decidió apartarse de la ventana, porque si continuaba allí iba a bajar y le iba a hundir los dedos entre la mata de cabellos para acariciar su cabeza mientras la besaba.

Se metió en el cuarto de baño y, después de darse una ducha, bajó a desayunar.

Cuando llegó a la cocina, vio a Karin subiendo el sendero ya seca por completo y con un jersey sobre el bañador.

—Mira, ya viene Karin —le dijo Margaret al verle.

Esta entró en la cocina saludando con alegría.

—Hola, buenos días a todos.

—Hola, cariño, ¿cómo ha ido esa natación?

—Muy bien. Voy a darme una ducha antes de desayunar.

—Te esperaré —dijo Don al que su suegra estaba sirviendo un café.

—Por supuesto que no, se te enfriará todo. Empieza sin mí —añadió desapareciendo escaleras arriba.

—Dios, cuánta energía por la mañana temprano —dijo su madre—. ¿Hace mucho que bajó a nadar?

—Creo que bastante —respondió Don—. Yo hace rato que me desperté y ya no estaba en la cama.

—Nunca he podido entender esa manía de mi hija de saltar de la cama al alba tanto en invierno como en verano, con lo estupendo que es remolonear un rato entre las sábanas cuando no hay que ir a trabajar. Aunque a lo mejor ahora que está casada no siempre lo hace —bromeó la mujer.

—Me temo que sí lo hace, al menos la mayoría de las veces. Solo unas pocas se ha quedado conmigo hasta tarde en la cama, los fines de semana.

Empezó a comer, aunque no se encontraba demasiado hambriento. Poco después, Karin se reunió con ellos.

—Bueno, ya estoy aquí. Y con mucha hambre.

—Pues empieza, aquí hay comida de sobra.

—¿Cómo está el agua? —preguntó Steve.

—Fría.

—Ya, eso por descontado.

—Hay un poco de resaca, ha sido duro el ejercicio de hoy.

—Te he visto desde la ventana y creo que has llegado demasiado lejos de la costa. ¿No te da miedo alejarte tanto?

—Estoy acostumbrada.

—Pero algún día pueden fallarte las fuerzas.

—Ya te estás pareciendo a mi madre. Lo único que necesita es que tú la apoyes.

—Llevas la batalla perdida, hijo; como yo. Siempre ha hecho lo que le ha dado la gana, desde que era un bebé.

—¡Qué exagerados sois!

Se volvió hacia Don y le pellizcó la cara.

—No te preocupes, cariño, llevo nadando en esas aguas desde que tengo uso de razón, conozco cada ola y cada marea como la palma de mi mano. Nada me reconforta tanto como una buena sesión de natación en el agua helada por la mañana temprano.

—Me alegra saber que te ha sentado tan bien.

—Tanto que hasta estoy preparada para cualquier plan que hayas pensado para esta mañana.

—No había pensado nada, decide tú.

—¿Un paseo por la playa quizás?

—Estupendo.

Terminaron de desayunar y se dirigieron hacia la playa. Al cruzar el claro que llevaba hasta el sendero, Don le cogió la mano y bajaron juntos hasta el agua; pero, nada más cruzar el último tramo visible desde la casa, ella se soltó con cierta brusquedad.

—¿Sigues enfadada? —le preguntó él.

Karin se paró en seco y se volvió hacia él.

—No estoy enfadada. Si aquí hay alguien que lo está, eres tú. Pero no voy a fingir en privado como insinuaste anoche. Si he propuesto este paseo a solas por la playa es solo porque hay una cosa que voy a decirte y que quiero que te quede muy clara. Nunca he fingido cuando me he acostado con un tío y eso te incluye. Tampoco me he acostado con nadie con quien no me apeteciera. De los motivos que tuve para hacerlo puedes pensar lo que quieras, pero cuando utilices la palabra «fingir», habla de ti mismo; a mí no me incluyas.

—Vuelvo a repetirte que lamento lo de anoche. Yo solo quería que me dejaras en paz.

—No te preocupes, lo entendí. Puedes estar tranquilo, no volverá a pasar. No voy a negarte que me gusta acostarme contigo, pero no eres el único tío en el mundo. Sé buscarme la vida en ese terreno, como en todos los demás. No volveré a ponerte en la situación de anoche, ni aquí ni en casa. Ni volveré a aceptar una invitación de mis padres para pasar todo un fin de semana con ellos. Cuando vengamos, siempre habrá un motivo que nos obligue a volver a Truro por la tarde. No quiero volver a pasar una noche semejante. He compartido tiendas de campaña y barracones con un montón de tíos, he dormido con Brandon en la misma cama cuatro o cinco veces y nunca he vivido una situación tan insoportablemente incómoda como la de anoche.

—Vuelvo a repetir que lo siento.

—Olvídalo. Ahora, si no te importa, me gustaría continuar con mi paseo, pero no tengo ganas de compañía. Yo voy a ir por los riscos y tú puedes continuar por la playa, y nos reuniremos aquí dentro de una hora ¿Te parece?

—Como quieras.

Tal como habían acordado, se encontraron una hora después y subieron a almorzar. Después regresaron a Truro dando por finalizado un fin de semana que había empezado muy bien y había terminado agravando la situación.

19

Problemas en la fábrica

Karin levantó los ojos del libro que estaba leyendo y miró el reloj; aunque sabía bien la hora que era, llevaba mucho rato mirándolo cada cinco minutos. Pasaban de las doce de la noche y estaba entre preocupada y muerta de celos, a intervalos regulares, y sin saber muy bien qué prefería.

No era normal que Don llegase tan tarde, pero seguía tan enfadado como el primer día. Karin lo sabía, aunque nadie más lo habría adivinado a simple vista. Pero ella sí, ella percibía el enfado detrás de su amabilidad cortés, notaba la frialdad de su actitud en cada gesto y en cada palabra por afable que fuese. En los largos silencios que nunca antes habían existido entre ellos y sobre todo en que ni una sola vez había descubierto deseo en su mirada.

Al fin escuchó las llaves y respiró aliviada, pero cuando le vio entrar en el salón supo de inmediato que no venía de estar con otra mujer, sino que algo había ocurrido. Su cara pálida y contraída, el tono oscuro y tormentoso de sus ojos grises le indicaron con claridad que algo iba mal.

—Don... ¿Estás bien?

Él asintió con la cabeza sin contestar.

—¿Seguro?

—Sí, solo he tenido un día duro —dijo en un tono que cortaba cualquier otro intento de seguir preguntando.

—La cena está preparada, la iré calentando.

—No te molestes, no tengo hambre.

—¿No tienes hambre? ¿Estás enfermo?

Don sacudió la cabeza.

—No, solo cansado. Me voy a la cama, no tengo ganas de charla

«Como siempre», pensó ella, pero era obvio que hoy le ocurría algo más.

Se dirigió a su habitación dejándola muy preocupada. Jamás en los diez meses que llevaban juntos le había visto saltarse una comida, ni siquiera estando enfermo. Y no la había engañado; algo le pasaba, y era algo serio. Ni siquiera cuando Christine le había dicho todo aquello le había visto tan mal. Contuvo el impulso de seguirle hasta su habitación y continuar preguntándole, o ponerle el termómetro, o abrazarle y consolarle. Pero él había dejado claro con su actitud que quería estar solo... y era un adulto, no un crío al que se le puede obligar a aceptar apoyo o cuidados.

Permaneció allí con una sensación de impotencia insoportable, hasta que comprendió que él no iba a salir de su habitación a buscar nada que ella pudiera ofrecerle y se acostó también.

Cuando se despertó a la mañana siguiente, Don ya se había marchado. La puerta de su habitación estaba abierta y el cuarto, vacío. Tampoco era habitual que se marchase tan temprano. Confió en que fuera lo que fuese lo que le ocurría, lo solucionase pronto.

Pero aquella noche, cuando regresó, tarde también, su actitud no había cambiado; ni mejoró en los días sucesivos. Cuando llegaba a casa, se sumergía en un mutismo más cerrado aún que antes y se iba a la cama en cuanto podía sin resultar grosero y sin dar ninguna explicación de su comportamiento.

Llegó el fin de semana y aunque habían ido los domingos a ver a sus padres para regresar por la tarde, el sábado Don le dijo que no se encontraba bien y que no iría con ella.

—Diles a tus padres que tengo trabajo, o un compromiso ineludible, o lo que te parezca, pero quiero estar solo, no me apetece ver a nadie.

—¿Ni siquiera a mi padre?

—Ni siquiera a él —dijo desviando la vista.

Karin, que se iba a ir a la cama, se volvió a mirarle. Estaba sentado delante de un montón de papeles y le preguntó de forma directa:

—Don, ¿qué te pasa?

Él, sin levantar la vista, contestó:

—Nada. Estoy cansado, trabajo mucho.

—No es cierto —añadió ella sentándose a su lado. Don pareció encogerse en el sofá ante su proximidad—. Bueno, sí es cierto que trabajas mucho, y es lógico que estés cansado, pero hay algo más; a mí no me engañas.

—Es un asunto personal, no tiene nada que ver contigo.

Ella, ignorando el leve movimiento que él había hecho para alejarse, apoyó la mano en su brazo, en un gesto amistoso.

—Don, ya sé que las cosas están ahora un poco tensas entre nosotros, pero no siempre ha ido así. El que hayamos dejado de ser amantes no quiere decir que dejemos también de ser amigos, y el que me cuentes tu problema no me va a meter de nuevo en tu cama, si es eso lo que temes. Te estoy ofreciendo mi ayuda incondicional de amiga y te aseguro que no pretendo nada más. Me tienes muy preocupada. Dime... ¿puedo ayudarte?

—No puedes ayudarme, nadie puede.

—Tal vez si me lo contaras...

—No. —El tono de voz fue tajante.

—¿Por qué? A veces hablar ayuda, aunque no pueda hacer nada más por ti, salvo escucharte.

—Si de verdad quieres hacer algo por mí, déjame en paz. Vuelvo a repetirte que esto no tiene nada que ver contigo.

—Todo lo que te pase tiene que ver conmigo, estamos casados.

—Te equivocas. Ese papel que lo dice jamás ha tenido menos valor que ahora... al menos para mí. En este momento tú y yo tenemos muy pocas cosas en común.

Karin retiró la mano y murmuró, tratando de no parecer dolida por sus palabras:

—Está bien, cabezota. Sigue ahí, encerrado en ti mismo y dándole vueltas a un problema que quizás tenga una solución fácil, pero que tú eres incapaz de ver. Tengo muchos conocimientos, muchas amistades y también mucha gente que me debe favores.

Ante su insistencia, Don clavó en ella unos ojos fríos como el hielo, una mirada que nunca antes le había visto.

—Aunque tuvieras en tu mano la ayuda que necesito, no la querría. Me costaría demasiado cara y no estoy dispuesto a pagar ese precio.

—¿Qué precio? Joder, yo no te estoy pidiendo nada a cambio de mi ayuda.

—Me tendrías en tus manos y eso es algo que no voy a permitir que suceda... nunca más.

—Eso significa que sí puedo ayudarte.

—Vete a la cama, tengo trabajo.

Karin sintió que algo dolía mucho dentro de ella, pero hizo acopio de orgullo y se levantó, y, antes de meterse en su habitación, susurró:

—Como quieras... pero si cambias de opinión, estaré encantada de echarte una mano, o al menos de escucharte.

Él no contestó y volvió a clavar la mirada en los papeles.

Karin se estaba desnudando cuando escuchó el sonido del móvil de Don y cómo él contestaba a la llamada.

Era la primera vez que escuchaba el móvil sonar en la casa, y, además, a las once de la noche.

Don se había ido a su habitación para responder, y, contra lo que Karin esperaba, el sonido de su voz le llegó con una claridad y una nitidez que parecía que se encontrase a su lado.

—Dime, Henry.

Se oyó un silencio prolongado y luego la voz de Don apesadumbrada y abatida.

—¿No habrá forma de que cambien de opinión?

—...

—¿Y no podrías intentarlo en otro banco?

—...

—¿Ni siquiera con unos intereses más altos?

—...

—Comprendo... Mi parte alemana podría más que la inglesa.

—...

—No voy a acudir a Steve. Esto es cosa mía y no permitiré que él me saque las castañas del fuego. No soy ningún crío que no puede afrontar sus errores.

—...

—Tampoco voy a pedirle a Karin que me avale. Ella tiene que quedar por completo al margen de esto.

—...

—Ya sé que se sabrá pronto, que no lo podrás tener oculto mucho más tiempo, que Steve se enterará, pero cuando lo haga quiero que esté arreglado. Él confía en mí y no puedo decepcionarle; esto lo solucionaré sin su ayuda.

—...

—Sí, a pesar de eso. Sabes que yo pienso lo mismo, pero no quiero que investigues nada. Quizás el culpable sea alguien a quien él aprecia. Yo me encargaré, Henry, y lo haré a mi manera.

—...

—Sí, aunque acabe con mi carrera. Siempre puedo

volver a Alemania si eso sucede, allí a nadie le importará mi parte alemana.

—...

—A ella no le importará demasiado; seguro que ganará más que perderá con el cambio. Pasaré por el bufete mañana a primera hora. Después, tengo mucho que revisar... Esa rotura no termina de convencerme.

La voz dejó de escucharse sustituida por los ruidos habituales que Don solía hacer al acostarse.

De modo que sus problemas eran de dinero. Al parecer necesitaba un préstamo que no conseguía, no sabía por qué. Pero debía de ser algo importante porque se le veía realmente agobiado. Y había dicho algo relacionado con su carrera. No tenía ni idea de qué podría tratarse, todo aquello sonaba como algo ilegal, pero no podía imaginar a Don metido en algo turbio. Él era un tipo íntegro, jamás haría algo que no fuera correcto. De eso estaba segura.

Su intuición le decía que el Henry con el que hablaba era Henry Marsall, el abogado de su familia y amigo íntimo de su padre, y, además, como un tío para ella. Y si él estaba al tanto de los problemas de Don, ella conseguiría que se lo dijera.

A la mañana siguiente, y después de llamar a Don al despacho para una trivialidad con el fin de asegurarse de que estaba allí, se dirigió al despacho de Henry Marsall.

Con la familiaridad que le daba el conocerle desde

niña y la amistad que le unía a su familia, entró en el despacho con apenas una llamada a la puerta.

—¡Hola, Henry! —saludó y se acercó a darle el habitual beso en la mejilla.

—Vaya, vaya, pequeña. No sabes cuánto me alegra verte por aquí. Te vendes cara. Espero que tu visita no se deba a que tengas ningún problema legal.

—No soy yo quien los tiene, sino Don.

El hombre suspiró.

—También me alegra saber que por fin se ha decidido a contártelo.

—Don no me ha contado nada, pero no soy ninguna tonta. Y espero que tú sí lo hagas.

—Lo siento, no puedo.

—¡Vamos, Henry! Escuché la conversación telefónica que mantuvo anoche contigo... Porque eras tú, ¿verdad?

El hombre frunció el ceño.

—¿Le espiaste?

—No, pero yo estaba en la cama y se fue a hablar a la habitación contigua. Supongo que creería que tendría más intimidad que en el salón, pero no sé por qué no fue así. Me alegro mucho de haberlo oído, porque estoy muy preocupada por él. Hace un par de semanas que está muy raro...

—Vuelvo a repetirte que no puedo decirte nada, aunque crea que debes saberlo. Si él no quiere que se sepa, guardaré el secreto mientras pueda.

—No le estoy preguntando al abogado, sino a mi tío Henry, que sabe que mi marido tiene problemas y también sabe que yo puedo ayudarle. Por favor, no me hagas esto. No sabes lo importante que es Don para mí. Además, ya sé bastante... no olvides que escuché la conversación.

—Solo una parte.

—Lo suficiente. Sé que necesita dinero, que quiere conseguir un crédito que el banco le niega porque es alemán... Sé que ha cometido un error, aunque no en qué consiste, y dijo que yo podría ayudarle. Y sobre todo sé, porque le conozco, que no ha podido hacer nada malo. ¿Verdad que no, Henry?

—No, no ha hecho nada malo, aunque quieran hacer ver que sí.

—¿Qué? ¿Quién?

—Karin, no me tires de la lengua.

Karin sintió lágrimas de rabia e impotencia que le subían a los ojos.

—¿Por Dios, tú también? Déjame ayudarle. No podré hacerlo si no sé cómo. Henry, si no lo soluciona, se volverá a Alemania y querrá dejarme a mí aquí. Y yo le quiero... le quiero muchísimo, y mi padre también. Si no lo haces por él, ni por mí, hazlo por mi padre. Está muy enfermo, si Don tiene problemas no beneficiarán en nada su salud. Por favor, Henry... Mi matrimonio está en juego. Don se ha vuelto reservado de repente —mintió—, no confía en mí, es como si temiera fallarme; pero no entiende que nada de lo que haga hará que deje de quererle.

—De acuerdo, te contaré lo que pueda sin faltar demasiado al secreto profesional. Pero si se entera de que he sido yo quien te lo ha dicho...

—No se enterará siquiera de que lo sé, si no es necesario.

—Bien, los problemas de Don tienen que ver con la fábrica. Al parecer el último barco que salió de los astilleros hace un par de meses no llevaba seguro. El encargado de hacer ese trámite se olvidó.

—Jhonny Walls es quien se encarga de eso, lleva años haciéndolo. Es básicamente su principal trabajo en la empresa; no puedo creer que lo olvidara. A menos que Don haya cambiado a la persona encargada de los seguros.

—No, sigue siendo Jhonny.

—Entonces, no lo entiendo. Pero el culpable es él, no Don.

—Como director, Don debió asegurarse y la documentación del barco dice que debe llevar su firma, y no la lleva. Don lo sabe y reconoce que a él sí se le pasó, que creía que Jhonny le había dado toda la documentación del barco antes de salir y no recuerda nada del seguro. Confiesa que en aquellos días tenía algunos problemas personales y descuidó su atención del tema del barco confiando en la experiencia de quienes lo rodean.

—Sí, yo estaba en un viaje peligroso y no podía ponerme en contacto con él —le excusó—. Estuvo muy preocupado. Pero si el barco salió sin seguro, siempre se le puede hacer a *posteriori* ¿no?

—El caso es que tuvo un accidente a los pocos días de navegación.

Karin frunció el ceño.

—¿Qué tipo de accidente?

—Estalló una caldera y se incendió. Por lo visto una de las piezas que Don había diseñado falló, y de eso sí es el máximo responsable.

—¿Una pieza que Don había diseñado falló? Eso me lo creo menos. Tú no le has visto trabajar, Henry. Es minucioso hasta la exageración, lo revisa todo una y otra vez, comprueba los cálculos, prueba las piezas antes de montarlas...

—Quizás aquella vez estaba preocupado por ti y no lo hizo.

—No, recuerdo cuando hizo esos diseños. Me enseñó los planos y estuvimos hablando de los materiales... Yo me fui de viaje cuando ya estaba montada la pieza y funcionando a la perfección.

En esto no mentía, Don había diseñado aquella pieza en las semanas transcurridas entre su reencuentro con Paolo y el viaje a Irlanda. La mejor época que habían pasado. Don no estaba distraído entonces.

—Bueno, pues sea cual sea el motivo, falló, y el barco se incendió causando bastantes pérdidas, no solo en desperfectos sino también en la carga, y, al no tener seguro, el dueño reclama el dinero a la fábrica. Pero Don insiste en que la culpa ha sido suya y en pagarlo él; no quiere ni oír hablar de que la fábrica, ni tu padre, corran con las indemnizaciones.

—¿Que ascienden...?

—Casi a un millón de libras.

—¡Mierda!

—Además, se enfrenta a una posible denuncia por incompetencia y negligencia. El dueño, antiguo cliente de tu padre, está muy enfadado. Pero entre Don y yo hemos conseguido que el dueño olvide la demanda si se hace efectivo el importe total del dinero antes de un mes, del cual ya solo quedan quince días. Pero no creo que le conceda ni un día más, porque está deseando denunciar. Alguien le ha metido en la cabeza que puede conseguir mucho más dinero si lo hace.

Karin se quedó pensativa un rato, mientras Henry la observaba con atención.

—¿Quién?

—No lo sé. Algún conocido, quizás. Al principio no hablaba de denuncia, solo quería su dinero... pero ahora...

—Hay más detrás de todo esto, ¿verdad?

—No puedo decirte más, Karin. Ya he hablado demasiado.

—No hace falta, Henry; no soy tonta, y sé sumar dos y dos. Hay alguien en la fábrica que quiere a Don fuera de allí, y tenemos que averiguar quién es. Apuesto mi mano derecha a que Jhonny Walls jamás olvidaría un seguro a menos que lo haga a propósito, y las dos manos y las piernas a que Don no ha cometido un fallo en el diseño de una pieza tan delicada. No, hay alguien que quiere hundirle y vamos a averiguar quién es. ¿Me ayudarás?

—No puedo; Don no quiere que investigue nada, quiere dejarlo todo como está. Pagar, si puede, o responder a la denuncia y marcharse después.

—¿Por qué no quiere investigarlo?

—No lo sé.

—Sí lo sabes. ¿Por qué?

—Porque creo que piensa que la persona que está detrás de todo esto no es un empleado de la fábrica, sino alguien del entorno de tu padre... alguien muy cercano y que quizás a Steve le afectaría mucho de saberlo.

Karin dejó caer sobre la mesa el bolígrafo con el que jugueteaba, comprendiéndolo todo de golpe.

—¡Joder! Creo... creo que sé lo que está pensando... en alguien de la familia, ¿verdad?

—A mí no me ha dicho nada, pero, si no de la familia, sí muy cercano.

—No es de la familia, Henry, te lo aseguro. Y yo voy a averiguar quién es, porque, si hay denuncia, la carrera de Don se irá al garete; nadie querrá contratarlo después, y él no permitirá que lo haga mi padre tampoco.

—No tiene que haber denuncia... quizás podamos arreglarlo con dinero. El problema está en que es alemán y ningún banco quiere darle el préstamo sin avalistas; ya sabes cómo somos los ingleses.

—Sí, de sobra. Bien, yo le avalaré, sin que lo sepa, claro.

—No puede ser sin que lo sepa, tendríais que ir a firmar los dos a la vez. Pero no quiere ni oír hablar de que tú te enteres.

—Ya... y tampoco aceptará mi ayuda, lo sé. Bien, no puedo avalarle, ¿pero sí prestarle el dinero sin que sepa que soy yo quien lo hace?

—Sí, si tienes un millón de libras.

—No, pero puedo pedirlas al banco.

—También te exigirían un avalista.

—Mis únicos posibles avalistas serían Don y mi padre... no vale. Bueno, tengo otra forma de conseguir el dinero...

—¿Antes de quince días?

—Creo que sí. Te llamaré, y, por favor, no le digas

nada a él, ¿quieres? Si se entera jamás lo aceptará, y te aseguro que no se merece esto que le están haciendo.

—Lo sé. Voy a ayudarte con esto, pero que sepas que rozo el borde de lo ilegal. Si se corre la voz de que me he saltado la confidencialidad de un cliente, yo también tendré problemas.

—Nadie se enterará si tú no se lo dices. Yo soy la primera interesada en que no se sepa.

—Karin... si vas a ponerte a investigar, ten cuidado. Creo que estamos ante gente sin escrúpulos.

—Sí, yo también lo creo. No te preocupes, soy periodista de investigación, ¿recuerdas? Esto es lo mío.

—Suerte.

—Y tú, prepara los papeles del préstamo; te llamaré pronto.

Decidida como nunca lo había estado en su vida, Karin abandonó el bufete y llamó a Brig.

—¿Estás ocupada en este momento?

—Puedo disponer de un par de horas. ¿Por qué?

—Necesito verte con urgencia.

—De acuerdo, tomemos un café donde siempre.

—No, ven a casa. Lo que quiero decirte es muy urgente, pero también muy confidencial.

—De acuerdo, voy para allá.

Media hora después, instalada ante una taza de café en el pequeño salón de Karin, Brig preguntó:

—Bien, ¿qué pasa? Me tienes intrigada.

—Tengo que pedirte un gran favor profesional.

—¿Profesional?

—Sí; quiero que vendas la casa de mi abuela y necesito el dinero antes de quince días. Diez, a ser posible.

Brig dejó la taza sobre la mesa antes de que se le fuera a caer.

—¡¿Quieres vender la casa de tu abuela?! Karin... ¿Estás segura?

—Sí. Hay un tipo que lleva años deseando comprarla, creo que para hacer un hotel. Te daré su nombre y su dirección. Dile que la casa es suya si me entrega al menos un millón de libras antes de quince días.

—Es mucho dinero... mucho más de las entradas habituales.

—Si me da esa cantidad en efectivo, estoy dispuesta a vender la casa por debajo de la tasación.

—Karin, ¿para qué necesitas el dinero? ¿Estás en algún lío?

—No es para mí, sino para Don. Tiene un problema en la fábrica con el seguro de un barco; si no paga esa cantidad dentro de un plazo, tendrá que enfrentarse a una denuncia que puede terminar con su carrera. Y con nuestro matrimonio. No puedo decirte más, la persona que me lo ha contado se juega mucho si se corre la voz. Está tratando de conseguir un préstamo, pero no se lo dan sin avalistas... y no quiere que yo le avale; ni siquiera que me entere. Voy a prestarle el dinero de forma anónima.

—Don no querría que vendieras la casa de tu abuela.

—Lo sé, pero no tengo otra forma de ayudarle. Y tengo que hacerlo, no puedo dejar que cargue él solo con esto. Creo que de alguna forma alguien le está puteando para echarle de la fábrica. Alguien que quiere meter la zarpa en ella. El muy gilipollas no quiere investigarlo y está dispuesto a cargar con el muerto... porque cree que soy yo.

—¿Don cree que eres tú la que quiere echarlo de la fábrica y arruinar su carrera?

—Eso me temo.

—¿Pero cómo va a pensar eso de ti? Karin, una cosa es que crea lo que le dijo Christine del pasado y otra... Debes estar equivocada.

—No lo estoy. No sabes cómo están las cosas... La otra noche, ya desesperada de verle tan mal, volví a tragarme mi orgullo y le supliqué que me contara lo que le ocurría, y volví a ofrecerle mi ayuda, pero me dijo algo que entonces no entendí. Ahora sí lo entiendo. Dijo que mi ayuda le haría estar en mis manos, y que no estaba dispuesto a pagar ese precio. La persona que me lo ha contado, me ha dicho que piensa que el culpable de esto es alguien muy cercano a mi padre... de la familia quizás... Y, joder, Brig, ¿en quién más podría pensar sino en mí? ¿Mi madre? ¿Peggy o Marga? Ninguna de las tres quieren ni siquiera acercarse a la fábrica. Solo les interesa de ella el dinero que puede generar, y Don lo sabe. ¿Quién queda sino yo?

—Es muy fuerte lo que me estás contando. No puedo creer que Don piense eso. Te conoce...

—Creía conocerme, pero la cabrona de Christine le echó por tierra la imagen que tenía de mí. Te juro que si se cruza en mi camino acabaré mis días en la cárcel. Todo esto parece hecho que ni a medida para añadir leña al fuego.

—Aun así tú quieres vender la casa para ayudarle.

—Por supuesto. Le quiero, nena... más que a nada en el mundo. Además sé que el muy imbécil está cargando con esto para protegerme.

—¿Por qué no hablas con él y le dices que lo sabes y lo que vas a hacer para ayudarle?

—¿Mira qué buena soy, cuánto te quiero, cómo te ayudo? No, Brig, yo no hago las cosas así. Además, tampoco lo aceptaría. Preferiría morirse, ir a la cárcel o cualquier otra cosa antes que aceptar mi ayuda. No sabes cómo está. No me mira, apenas me habla, me evita todo el tiempo, sobre todo últimamente. Y me preocupa su salud, tampoco duerme, apenas come... se salta las cenas, no sé si porque no tiene hambre o por no sentarse conmigo a la mesa. Voy a darle el dinero y que al menos deje de pender sobre él la denuncia. Que se tranquilice, y luego buscaré un momento apropiado para contárselo, cuando esté mejor... cuando ya no pueda rechazarlo. También trataré de convencerle de que está equivocado conmigo. No puedo hacer otra cosa.

Brig miró con fijeza a su amiga sin decir palabra.

—No me mires así. ¿Tú qué harías? Imagínate que fuera Brandon...

—Yo le arrancaría los huevos a Brandon si pensara de mí que quiero hacerle daño.

—Eso pensaba que haría yo antes.

—Está bien, venderé tu casa y te conseguiré el mejor precio posible. Pero te aconsejo que busques la forma de decírselo. Una mentira como esta entre vosotros solo hará que las cosas se compliquen más.

—Se lo diré, por supuesto, cuando crea que puede entenderlo.

—Bien, dame el nombre del comprador, me pondré en contacto con él esta misma tarde.

—Gracias.

Diez días más tarde, Don recibió una llamada de Henry a media mañana citándole en su despacho. Acudió ya desesperado, porque el plazo se le acababa, y decidido a hablar con Steve cuando este regresara del crucero que estaba realizando con Margaret por las islas griegas, a renunciar a su puesto antes de que todo el escándalo estallara y la denuncia fuera efectiva. Iba a decirle que el puesto le venía grande, que no era capaz de realizar modificaciones en los barcos, que se había arriesgado con aquel y había perdido, y que la denuncia era algo personal y que no afectaría a los astilleros. Cualquier cosa antes que decirle lo que pensaba; que era su propia hija la que había organizado aquella encerrona para conseguir algo a lo que nunca había renunciado, en contra de su deseos. Le diría también que su orgullo le impedía arrastrar a Karin con él y que iba a divorciarse de ella. Volvería a Alemania, de donde nunca debió salir. Por eso apenas pudo creerlo cuando el viejo abogado le dijo:

—Tengo buenas noticias. Te he conseguido el préstamo.

—¿En serio?

—Sí, hijo, en serio. Tengo aquí el talón por un millón de libras a tu nombre.

—¿Un banco?

—No, no es un banco sino un particular.

—¿Un particular? ¿Es de fiar?

—Sí, le conozco hace muchos años.

—¿Y se dedica a prestar dinero?

—No como algo habitual, pero en estos momentos le interesa hacer desaparecer de su cuenta corriente una cantidad de dinero, y si la recupera luego con intereses, mejor. Eso sí, el interés será más alto que el de un banco.

—¿No será algo ilegal?

—¿Crees que yo me involucraría en algo ilegal? No, muchacho. El dinero es legal, proviene de la venta de un inmueble y mi cliente quería invertir una parte para asegurarse de no gastarla en estos momentos. Hablé con él y le convencí de que te lo prestara. Ganará más que de cualquier otra forma, y le garanticé personalmente la seguridad de los pagos.

—¿A cuánto asciende el interés?

—Será un doce por ciento en vez del siete habitual de los bancos.

—Me parece justo.

Karin no había querido oír hablar de intereses, pero Henry la había convencido de que era la mejor forma de garantizar el secreto. Nadie se extraña de nada si el dinero anda por medio.

—¿Cuándo nos reunimos para realizar la transacción?

—No vamos a reunirnos. La única condición que ha puesto para prestarte el dinero es que su pareja no se entere nunca de que ha utilizado una parte del importe de la venta.

—¿Ha utilizado dinero de su pareja?

—No, el dinero es solo suyo. Pero quiere evitar broncas y recriminaciones... ya sabes lo que son estas cosas.

—Sí, supongo. Bueno, entonces...

—Firma aquí. Ven mañana con el dueño del barco; tendré listos el resto de los papeles y el dinero.

—Gracias, Henry. No sabes cómo te agradezco que hayas hecho todo esto por mí. Te debo mi carrera y la estima de Steve, lo que me importa aún más. No quiero que piense que ha dejado la fábrica en manos de un inepto.

—No, hijo; no me debes nada. A mí, no.

—Bien, pues dale las gracias a ese hombre de mi parte. Aunque le pague el dinero, seguiré en deuda con él toda mi vida.

—¿Sigues pensando en que no quieres investigar todo esto? Cuanto más lo pienso, más claro veo que todo es una maniobra contra ti.

—Y yo estoy de acuerdo contigo. Esa pieza no falló, era imposible. Pero no quiero que lo investigues. Yo haré mis propias averiguaciones, y, si lo considero oportuno, se lo diré a Steve, y, si no, las cosas se quedarán como ahora.

—¿No vas a contarle nada a Steve de esto?

—Por supuesto que se lo voy a contar, pero como un accidente, que por fortuna ya está solucionado.

—Cargando tú con la culpa y la responsabilidad.

—Si es necesario...

—Bueno, tú sabrás lo que haces. Ven mañana y terminaremos de solucionar este desagradable asunto.

Desde que Don entró por la puerta aquella noche, Karin supo que había aceptado el trato. Su expresión era más relajada que los días anteriores, pero su actitud fue incluso más fría y distante que nunca. La mirada que clavó en ella durante la cena le pareció casi desafiante; la que se dirige a un rival al que se ha vencido, lo que la hizo convencerse aún más de que él pensaba que ella estaba detrás de todo. Le dolía en lo más profundo de sus ser que la creyera capaz de hacerle algo así, de tramar un plan tan mezquino para echarle de la fábrica y además arruinar su carrera para el resto de su vida.

Clavó la mirada en el plato incapaz de seguir sosteniendo la de él, e intentó comer con naturalidad, pero había perdido el apetito por completo. Don, en cambio, por primera vez en semanas, parecía comer con ganas. Y esperaba que también pudiera dormir; hacía muchas noches que le escuchaba dar vueltas en la cama, y ella sabía que cuando dormía no se movía en absoluto.

Incapaz de seguir comiendo, se levantó y recogió su plato casi intacto.

—Me voy a la cama.

—¿Sin comer?

—Brig pasó por la cadena a recoger a Brandon y picamos algo antes de venir. No tengo demasiada hambre. Debo ponerme a trabajar, estamos preparando un nuevo documental y volvemos a marcharnos pronto. No me queda mucho tiempo para organizarlo.

Él no preguntó dónde ni cuándo iba a marcharse, y Karin cogió una carpeta gruesa llena de papeles y entró en su habitación.

Se dejó caer en la cama abatida, recordando los

tiempos mejores del principio de su matrimonio, cuando había complicidad entre ellos, y cuando el sexo era tan fantástico... y lamentó no haber comprendido en aquella época que se estaba enamorando de él. Quizá si entonces se lo hubiera dicho en vez de repetirle de continuo que no le quería, él no habría dado crédito a las palabras de Christine ni pensaría ahora que estaba tratando de destrozarle la vida.

Su imagen de chica dura y fría se volvía contra ella de forma brutal y por primera vez quiso ser como Peggy e incitar a los hombres a que la mimaran y la protegieran aunque no lo necesitase. Sabía que si ella se acercase a Don llorando mimosa y desvalida, él no podría resistirse y la estrecharía en sus brazos y trataría de perdonarla. Él seguía queriéndola, de eso estaba segura, porque si no fuera así no estaría dispuesto a cargar con la culpa para protegerla.

Después se dijo que estaba pensando una estupidez, ella nunca podría comportarse así por mucho que deseara arreglar las cosas y tampoco quería una reconciliación provocada con artimañas. Ella era de las que daban la vida, si hacía falta, pero sin que se supiera. ¡Y así le iba!

Arrojó la carpeta sobre la mesilla de noche, incapaz también de concentrarse en el trabajo, y trató de dormir, cosa que le costó mucho conseguir.

Dos días más tarde llegaron Steve y Margaret de su crucero y el fin de semana se dirigieron a la casa de la playa.

—¿Vamos a quedarnos? —le preguntó Don cuando la vio cargar la bolsa de viaje que siempre utilizaba para los fines de semana.

—Yo sí; hace mucho que no veo a mis padres y además estoy muy atrasada con el nuevo documental. En la buhardilla adelantaré más que en casa. Si tú no quieres quedarte, inventa una excusa y vuelve esta noche. Aunque no es necesario que lo hagas si no quieres. Casi seguro que pasaré la noche en la buhardilla trabajando, no se volverá a repetir la patética escena de la otra vez, al menos por mi parte.

—¿Vendrá Brandon?

—No, él y Brig están de fin de semana romántico. El próximo viaje será largo y quieren aprovecharse. Yo adelantaré lo que pueda y el lunes lo pondremos en común.

—Me quedaré yo también; si me esperas, prepararé una muda de ropa. Si me vuelvo esta noche tu padre podría malinterpretarlo... además, hay algo importante que tengo que hablar con él.

Karin levantó la vista y no pudo evitar preguntar:

—¿Vas a contárselo?

Él clavó en ella sus ojos grises más fríos que nunca y preguntó a su vez:

—¿Contarle qué?

Karin se dio cuenta de que había hablado de más.

—Lo que quiera que sea que te pasa... Eso que no quieres decirme a mí.

—A ti no te incumbe; a tu padre sí. Además, es probable que ya lo sepas o que alguien te lo cuente muy pronto. Pero no seré yo.

—Como quieras... Anda, prepara tus cosas, estoy impaciente por ver a mis padres y sentarme en mi piedra.

Don aprovechó la sobremesa después de que Steve diera su cabezada habitual en el sillón para hablar con él. Le había dado muchas vueltas a la cabeza sobre cómo enfocar el asunto de la fábrica. Sabía que Steve debía saberlo, pero su aspecto después del crucero había empeorado y no deseaba causarle ninguna preocupación. Tampoco quería que se enterase de que él se había endeudado durante años para pagar su fallo. No lo aceptaría. Pero, después de darle muchas vueltas a la cabeza, había encontrado la solución para que consintiera en que fuera él y no los fondos de la fábrica los que cubriesen los daños.

—¡Hola, muchacho! —dijo cuando Don se sentó frente a él en el sofá.

—Steve, me gustaría hablar contigo en privado.

—¿Pasa algo?

—Ha habido un pequeño problema en la fábrica. Quiero que lo sepas por mí, y no por otros.

—¿Algo grave?

—Podría haberlo sido, pero ya está solucionado.

—Bien, entonces no hace falta que me cuentes nada. He dejado la fábrica en tus manos y confío plenamente en ti.

—Insisto en contártelo.

—Como quieras.

—Aquí no —dijo mirando el sendero que subía desde la playa, donde Karin estaba sentada en su piedra tomando el sol—. No quiero que Karin se entere; se preocupará mucho y más ahora que está preparando un nuevo documental y un viaje largo.

—De acuerdo, vamos al despacho.

Ambos hombres se encerraron en la habitación y Don se sentó en el sillón que había junto al de Steve.

—Habla.

Don decidió agarrar el toro por los cuernos y no dar rodeos.

—Se trata del último barco que salió de los astilleros; olvidamos hacerle el seguro.

—¿Que olvidasteis hacerle el seguro? Jamás había ocurrido.

—Ya lo sé, pero esta vez ocurrió.

—¿En qué demonios estaba pensando Jhonny Walls?

—No toda la culpa es suya. Yo debería haberlo supervisado y haberme asegurado. La responsabilidad en última instancia es mía. Se me olvidó. Tengo que confesar que dejé que mis asuntos personales pesaran más que los profesionales

—¿Problemas con Karin? —preguntó Steve con el ceño fruncido.

—No exactamente. En aquellos días estaba fuera en un viaje de trabajo... yo me enteré por casualidad de que iba a coincidir con alguien con quien había mantenido una pequeña relación en el pasado... Para colmo, no conseguía contactar con ella por falta de cobertura. Tengo que confesar que estaba celoso como un colegial y que pasé unos días muy malos. No se lo digas, ella no lo sabe. Pero lo cierto es que distraje mi atención de otras cosas más importantes.

—No, Don, no hay nada más importante que el matrimonio y la pareja. Y lo del seguro no es tan grave.

—Sí lo es, porque el barco sufrió un accidente pocos días después de salir de la fábrica. Iba cargado y los daños nos los reclaman.

—Bueno, ¿qué le vamos a hacer? Lo asumiremos. Tendremos un poco menos de beneficios a fin de año, pero tampoco nos vamos a hundir por ello.

—No hace falta, las pérdidas ya están cubiertas.

—¿Cómo?

—El colegio de ingenieros tiene un seguro que cubre cualquier posible perjuicio a terceros en el desempeño de la profesión.

—¿El seguro cubre una negligencia como olvidar un seguro? No es posible.

—No, pero el barco llevaba una pieza diseñada por mí que al parecer no funcionó del todo bien. Hemos dicho que el seguro original del barco se niega a cubrir las pérdidas por eso.

—Bien. ¿Entonces, si ya está cubierto, donde está el problema?

—El problema está en que he tenido una negligencia y quería que tú lo supieras. Pero te prometo que no volverá a pasar. No volveré a dejar que mi vida personal interfiera en mi trabajo.

—Don, todos somos humanos. Y los celos tienen que ser algo muy amargo aunque sean infundados... porque eso es lo que pasó, ¿verdad?

—Sí, mis celos no tenían razón de ser.

—Ya lo sé, hijo. Karin te quiere muchísimo. Nunca he visto a mi hija tan cambiada.

—Fui un estúpido.

—¿Hay algo más que quieras decirme?

—No, Steve, nada más. ¿Y tú a mí? ¿Has ido al médico últimamente?

—Voy cada quince días. Sé lo que intentas decirme, me miro al espejo; es más, sé cómo me siento. Mi hígado no va a aguantar mucho, a pesar de los cuidados de Margaret, lo sé, pero no importa.

—¿No hay posibilidades de un trasplante? Deberías reconsiderarlo.

—No, no se ha presentado ningún órgano compatible.

—Quizá no deberías haber hecho el crucero.

—Era un sueño mío y de Margaret, y ella no quería, pero la obligué a aceptar. Ya puedo decir que he cumplido todos mis sueños en la vida, y uno de los más importantes es veros casados a Karin y a ti. Sé que la cuidarás porque tú la entiendes y la aceptas como es.

Don notó que los ojos se le nublaban y se sintió un cabrón pensando en los papeles de divorcio que tenía guardados en un cajón del escritorio de su habitación desde hacía quince días. Pero Steve nunca iba a saberlo, aunque le fuera la vida en ello, iba a hacerle creer que eran muy felices hasta el final.

—La quiero más que a mi vida —dijo, y era del todo sincero.

—Lo sé. Y ella a ti, hijo. Lo único que me falta es haber tenido en mis brazos un hijo vuestro, pero por muy pronto que venga, yo ya no lo conoceré.

—Te prometo que a nuestro primer hijo le pondremos Steve. Y le hablaremos de su fantástico abuelo —dijo con voz enronquecida.

—Gracias. Pero no quería ponerte así, anda, vamos a reunirnos con los demás. No quiero que piensen que estamos hablando en secreto.

Don parpadeó un par de veces para borrar la emoción de sus ojos y le siguió al comedor.

Cuando salieron, Marga les dijo que Karin había ido a dar un paseo por la playa, y él ignoró la muda invitación que había en las palabras de su cuñada para reunirse con ella y permaneció en el salón sentado con el resto de la familia.

Ya estaba la cena casi lista cuando llegó Karin con la respiración agitada y las mejillas sonrosadas a causa del ejercicio. Se dejó caer el lado de su marido en el sofá y le preguntó sonriente:

—¿No te apetecía dar un paseo esta tarde?

—He tenido una semana dura y estoy cansado. No me apetecía correr detrás de ti por la playa. Hoy necesito tranquilidad.

Ella le pellizcó la mejilla y murmuró:

—Bien, espero que la consigas, y que el fin de semana te deje tranquilo y relajado.

Don cenó con apetito por primera vez en semanas, y, tras un breve rato de charla, todos se marcharon a sus habitaciones. Karin cogió el grueso pijama de franela que usaba para dormir en la playa y la bata y se fue al cuarto de baño, evitando cambiarse en la habitación.

Después regresó dejando la ropa en la silla que había junto a la cama y cogiendo la carpeta de los documentos que había llevado desde Truro, se despidió.

—Me voy a la buhardilla; tengo mucho trabajo.

—¿No vas a bajar a dormir cuando termines?

—No lo creo, el sofá es muy cómodo.

—Como quieras —dijo sin insistir lo más mínimo y, dándose media vuelta, se echó a dormir.

Tratando de no hacer ruido subió al piso superior y se sentó en el sofá desplegando ante ella los papeles preparatorios del documental, y, por fortuna, se enfrascó en ellos de forma que la noche se le hizo muy llevadera. Cuando los ojos se le cerraban y no conseguía concentrarse, se tendió y, echándose la manta por encima, durmió un rato.

A las seis y media la alarma del móvil la despertó y bajó a la habitación, donde Don dormía o fingía dormir con placidez. Se cambió y se puso el bañador y bajó a nadar como solía hacer. Nadie, que ella supiera, llegó a enterarse de que no había dormido en la cama.

20

Adiós, Steve

Don se sacudió el sueño al escuchar unos golpes
insistentes en la puerta de su habitación. Abrió los ojos
a tiempo para ver a Karin entrando en ella y se mordió
los labios justo antes de decirle con tono desabrido que
se marchase. La cara desencajada, la boca temblando,
le hizo preguntar:

—¿Qué te ocurre?

—Acaba de llamarme Peggy. Mi padre se ha desva-
necido, van camino del hospital.

Don saltó de golpe de la cama y sin guardarse de la
mirada de Karin se quitó el pijama y se puso con rapidez un pantalón y una camisa. Ella ya estaba vestida y
sin mediar palabra salieron del piso y se metieron en el
coche.

Don se hizo cargo del volante sin necesidad de decir
nada, consciente de que Karin estaba demasiado nerviosa para conducir.

—¿Qué te ha dicho tu hermana exactamente?

—Solo eso. Al parecer se desplomó en medio del

salón cuando él y mi madre se iban a la cama, llamaron a una ambulancia y lo llevaban al hospital sin que hubiera recobrado el conocimiento.

Don exhaló un profundo suspiro. Se había estado informando y el desvanecimiento súbito era uno de los síntomas que podía indicar un repentino y fatal fallo hepático. Cerró los ojos y suplicó en su interior que, si había llegado el momento, al menos Steve no sufriera.

Llegaron al hospital, donde ya se encontraba Margaret, que había acompañado a su marido en la ambulancia.

—¿Cómo está? —preguntó Karin angustiada.

—Seguía sin conocimiento cuando hemos llegado. Ha entrado directo y todavía no me han dicho cuál es su estado.

Karin suspiró y se dejó caer en una silla a su lado.

—Nena —continuó su madre en tono sereno—. Está muy enferma.

—Lo sé.

—Debemos estar preparados para lo peor.

Ella asintió.

Lo sabía, claro que lo sabía, pero no estaba preparada en absoluto. Nunca se está preparado para perder a alguien a quien quieres.

Don se sentó a su lado y le agarró la mano en un gesto instintivo y Karin supo que no lo había hecho para guardar ningún tipo de apariencia, sino para reconfortarla y reconfortarse a sí mismo. Sabía que él estaba sufriendo tanto como ella.

Poco después llegaron Peggy y Marga y se unieron a la espera. Karin veía a su hermana pequeña llorar desconsolada y se dijo que ojalá ella pudiera hacer lo mismo, pero solo podía sentir una fuerte opresión en el pecho, un agobio que le impedía respirar con normalidad y una angustia infinita.

La espera interminable se prolongó durante casi dos horas. Todos guardaban silencio, ninguno era capaz de expresar en palabras sus temores. Karin agarraba la mano de Don como una tabla de salvación, esa mano que hacía mucho que no se tendía hacia ella en un gesto amable o cariñoso. Luego el médico de Steve entró en la sala de espera y se acercó a ellos con cara demasiado seria, demasiado contrita.

Margaret se levantó y preguntó angustiada:

—¿Cómo está?

—Lo siento. El hígado ha dejado de funcionar y ha ocasionado un fallo multiorgánico. No se ha podido hacer nada, estaba muy mal. Ha fallecido hace unos minutos.

Karin se dio la vuelta y encontró los brazos de Don que la rodearon con firmeza.

Enterró la cara en su pecho y sollozó por fin. Sabía que tenía que ocurrir, pero la idea de que ya no le vería más se negaba a entrar en su cerebro. También el pecho de él se agitaba convulso bajo su rostro, aunque sus ojos permanecieran secos.

Margaret abrazó a sus hijas menores, manteniendo la compostura, mientras Marga se deshacía en un mar de lágrimas y Peggy lloraba con serenidad y corrección, como lo hacía todo.

—Al menos no ha sufrido ni se ha pasado días o semanas enchufado a una máquina —dijo Don con voz ahogada en el oído de Karin—. El sábado pasado, cuando estuvimos en la playa, me dijo que había cumplido todos sus sueños y estaba feliz. Quédate con eso. Nosotros... nosotros le hicimos feliz con nuestra boda.

Ella volvió a enterrar la cara en el pecho de su marido, consciente de que con toda probabilidad lo sería ya por muy poco tiempo. Pero en aquel momento le necesitaba y estaba allí, abrazándola y reconfortándola. No quería ni podía pensar más allá de aquel momento de angustia y dolor.

Las horas que siguieron supusieron un caos. En medio de la bruma, Karin llamó a Brig para notificarle la muerte de su padre y tanto ella como Brandon se presentaron en el hospital de inmediato. Desde el momento en que aparecieron, Don se alejó de ella cediéndoles el derecho a consolarla y él tomó el mando y se dedicó a ocuparse de los preparativos para el funeral.

Aquella noche todos se marcharon a la casa de la playa, para acompañar a Margaret. Nada más llegar, Karin bajó y se sentó largo rato sola en su piedra, hasta que Don bajó a buscarla.

—Creo que deberías subir ya —le dijo—. Tu madre está preocupada.

—Necesito estar sola.

—Vete a la buhardilla entonces, pero aquí vas a pillar una pulmonía.

—Gracias.

—¿Gracias por qué? ¿Por venir a buscarte?

—Por todo... por estar ahí, por ocuparte de los preparativos. Mi madre está destrozada para encargarse de nada, a mí no me entra en la cabeza que debamos celebrar la muerte de mi padre con un banquete. Solo queda Peggy para ocuparse de todo, pero ella convertiría el funeral en un circo y un acontecimiento social. Tú sabrás mantener un equilibrio entre las costumbres y nuestro dolor.

—Intentaré hacerlo lo mejor que pueda, pero no me tienes que agradecer nada... Steve era mi segundo padre. También yo siento ese dolor y respeto por su muerte. No permitiré que Peggy lo haga a su manera.

—Lo sé. Yo no me siento con fuerzas para enfrentarme a mi hermana en estos momentos, apenas las tengo para sostenerme a mí misma. Sé que soy una mujer fuerte, pero no me siento así en estos momentos. Me gustaría poder sentarme en el regazo de mi padre y refugiarme en él... dejar que me consolara. Qué ironía ¿verdad?

Don no respondió. La única respuesta posible era ofrecerle su propio regazo, pero no quiso dar pasos que luego tendría que desandar. Lo suyo con Karin había llegado al final y solo era cuestión de tiempo, poco ya, que la separación fuera definitiva. No obstante, colocó la mano sobre su hombro y lo apretó con suavidad.

—Vamos.

Ella se levantó y le siguió en silencio.

Pasaron la noche juntos en la cama, sin tocarse, sin hablar, ambos conscientes de la presencia del otro, hasta que el cansancio pudo más que el dolor y primero Karin y luego Don cayeron en un sueño pesado y poco reparador, que les hizo levantarse más cansados aún que cuando se acostaron.

Karin recordaba poco de los días que precedieron al funeral. Regresaron a su casa, trató de centrarse en el trabajo y delegó en Don todo lo referente a las exequias.

El día señalado, se limitó a asistir como una invitada más. Se sentó en la zona reservada a la familia y aguantó estoicamente la larga cola de personas que se acercaron a ofrecer sus condolencias, entre ellos todos los empleados de los astilleros. Se sumergió dentro de sí misma y trató de aislarse de cuanto la rodeaba, recordando a su padre a su manera, en privado, con las imágenes que conservaba de él en su mente. Ataviada con un sencillo vestido negro, permanecía al lado de Don, callada e impasible. De vez en cuando él le cogía la mano y se la apretaba con suavidad infundiéndole fuerzas. Pero cuando la soltaba notaba un enorme vacío. Sentía que había perdido a los dos hombres de su vida y que nada podía hacer para recobrarlos. Solo la tenue esperanza de descubrir el complot contra Don podía hacer que recuperase a su marido. Pero aquel no era el momento de pensar en ello. Solo debía aguantar el tipo un rato más, y después podría regresar a casa y seguir adelante sin la persona que había sido el pilar de su vida. Steve. Con el corazón oprimido y el vacío de su presencia, pero adelante.

21

El complot

Karin entró en el restaurante y desde la puerta miró con cuidado hacia todos los rincones para asegurarse de que ninguna cara conocida, y mucho menos la de Don, se encontraba allí. Pero al igual que la otra vez, había escogido la hora y el local estaba casi vacío. Se dirigió al camarero y le preguntó:

—Por favor, ¿podría decirme si Emma está en el comedor?

—Sí, pero el comedor está cerrado.

—Ya lo sé, pero ella me sirvió allí otra vez, aunque no estuviera abierto. ¿Puedo pasar?

—Sí, por supuesto.

Con pasos rápidos, para quitarse de en medio cuanto antes, entró en la espaciosa sala. Una vez allí divisó enseguida a Emma y se dirigió a ella. Antes de que le hablase, le dijo:

—Ya sé que el comedor está cerrado, pero ya me has servido otra vez a estas horas.

—Sí, creo recordarla. Pero eso fue una cosa excepcional, no puedo convertirlo en una costumbre.

—En realidad no vengo a tomar nada, sino a hablar contigo. Pero creo que será más fácil si además tomo algo. Es confidencial.

—Si es confidencial quizá debería esperar a que salga del trabajo.

—Es urgente y no tengo mucho tiempo.

—Bien, puedo servirle un refresco.

—Toma tú también algo y siéntate un momento.

—No me está permitido sentarme con los clientes. Aunque mi jefe no está en este momento.

—Si regresa, dile que soy tu prima o algo así. Seré breve, yo tampoco estoy interesada en que nos vea nadie. Y por favor, tutéame; no soy una clienta.

La chica la miraba reacia y Karin añadió para convencerla:

—Tengo que hablarte de Don Forrester. Supongo que le conoces.

—Sí que le conozco —dijo a la defensiva—. Es cliente del restaurante, suele venir a almorzar.

—Bien, entonces no me he equivocado. Dedícame unos minutos, por favor.

—Está bien.

La chica se dirigió a la barra y regresó poco después llevando una bandeja con dos refrescos y unos vasos. Se sentó frente a Karin.

—Usted dirá —dijo manteniendo el tratamiento.

—Soy Karin, la mujer de Don.

La chica palideció.

—Oiga, yo no...

—Sé que tuviste una aventura con él.

—No fue una aventura. Nos enrollamos dos o tres

veces, pero eso fue hace mucho tiempo... Antes de que se casara. Le aseguro que después de su boda solo nos hemos visto aquí en el restaurante. Nunca hubo nada serio, él estaba solo y yo acababa de salir de una relación muy desafortunada. Pero ahora tengo novio y puedo asegurarle que él no me interesa.

—Ya lo sé; no vengo a reprocharte nada. Solo quiero preguntarte si le aprecias.

—Claro que le aprecio. Es un hombre encantador.

—Lo imaginaba.

—Todo el que conoce a Don tiene que quererle a la fuerza. Además, yo le estoy muy agradecida porque ha dado trabajo a mi novio en los astilleros.

Karin se puso seria.

—¿Tu novio sabe que hubo algo entre vosotros?

—No, le dije que era un cliente al que yo le pregunté si necesitaban personal y me proporcionó una solicitud. ¿Por qué me lo pregunta?

—Porque alguien dentro de la fábrica le está jodiendo la vida y yo quiero averiguar quién es y por qué. He pensado que tal vez tú podrías ayudarme.

—¿Yo? No sé cómo. Pero si puedo, cuente conmigo.

Karin sacó una foto de Johnny Walls de su bolso y se la mostró

—¿Conoces a este hombre?

—Sí, es un trabajador. Viene siempre a desayunar.

—¿Viene solo?

—Casi siempre, aunque a veces le acompaña un hombre.

—¿Otro trabajador?

—No, nunca le había visto por aquí antes. No creo que sea de la fábrica. Siempre viste trajes muy caros y corbata con un alfiler con una enorme perla negra.

—¿Pelo engominado castaño claro, ojos azules y tiene un hablar muy pedante?

—Yo solo le he oído pedir la comida, pero un poco engreído y pagado de sí mismo, sí que parece. ¿Le conoce?

—Creo que sí. Pero tendría que estar segura, claro. Y tener alguna prueba. ¿Si te doy mi número me llamarás si les ves juntos de nuevo?

—Sí, por supuesto. Ya le he dicho que le debo un gran favor a Don. Aparte de que se portó muy bien conmigo en un momento muy malo de mi vida.

—Eso es muy propio de él. Bien, entre las dos vamos a sacarle de esto.

De pronto, Karin recordó su inminente viaje a Irak.

—Aunque tengo que salir de viaje dentro de unos días. Te daré también el teléfono de alguien de confianza y será incluso mejor, porque él no conoce a esa persona. Mi amiga Brig vendrá y sacará unas fotos de los dos hombres juntos; eso supondrá una prueba para Don de quién le está puteando de mala manera.

Emma la miró con fijeza.

—¿Sabe? Me alegro de haberla conocido. Cuando me dijo quién era, temí que viniera a reprocharme mi pequeño *affaire* pasado con Don.

—No tengo ningún derecho a hacer eso. Él tampoco me pide cuentas de lo que yo haya podido hacer antes de casarnos.

—No todo el mundo piensa lo mismo.

—No, supongo que no. Bueno, ahora tengo que irme... y me gustaría pedirte que no le digas nada de esto a él cuando le veas. No hasta que tengamos pruebas.

—De acuerdo. Tampoco mi novio tiene que saberlo.

—Yo no sé quién es tu novio y no voy a hablarle de esto a nadie, solo a mi amiga Brig, hasta el momento de hacerlo público. Pero te prometo que tu nombre no saldrá a relucir en ningún momento. Este es mi número y este el de mi amiga. Si cuando llames no respondo yo, inténtalo con ella. Sabrá lo que tiene que hacer.

—Así lo haré.

—Gracias, Emma. Nos volveremos a ver.

—Espero que mi ayuda sirva para algo.

—Ya ha servido. Me has dado una pista que jamás se me hubiera ocurrido a mí. Y ahora dime cuánto te debo por las bebidas.

—Invita la casa.

—Gracias.

Karin se levantó y salió del restaurante vigilando con cuidado, igual que al entrar, que nadie pudiera reconocerla. Una vez en el coche se sintió a salvo y llamó a Brig para quedar con ella y darle instrucciones. Nunca le había gustado Tom Landon, y sabía que era ambicioso, pero jamás le hubiera creído capaz de algo tan despiadado. Pero si se confirmaban sus sospechas y era él quien estaba detrás del complot para arruinar a Don, ella iba a hacerse una alfombra con su piel. Iba a hacer el reportaje más despiadado de su carrera y lo sentía por Peggy si el tipo le gustaba de verdad, cosa que no creía.

Llamó a Brig y quedó con ella en su casa. Necesitaba intimidad y no quería arriesgarse a que Don regresara antes de lo previsto y las sorprendiera.

Su amiga la hizo pasar y le dijo en cuanto franqueó el umbral:

—He preparado té y café.

—Gracias. Necesito pedirte otro favor.

—Ya no te quedan casas por vender.

—No se trata de eso esta vez.

Brig miró el rostro triste y macilento de su amiga.

—¿Cómo estás?

Karin se encogió de hombros.

—No me hago a la idea de que ya no le veré más. Son unos días difíciles para todos.

—¿Y Don?

—También lo está pasando mal.

—¿Sigue enfadado? En el funeral me dio la impresión de que las cosas estaban mejor entre vosotros, que la muerte de tu padre os había vuelto a unir.

—Solo fue algún gesto reconfortante que otro; en casa las cosas siguen como antes. O quizá peor que antes, porque ahora no veo enfado, sino un alejamiento sistemático que me hace pensar que todo ha acabado ya. Sé que en cualquier momento pondrá sobre la mesa el tema de la separación y que solo está esperando a que mi familia y yo estemos mejor.

—¿Y en qué puedo ayudarte? Porque el favor que me pides tiene que ver con él.

—Sí, he estado investigando las cuentas bancarias del empleado que debía hacer el seguro del barco siniestrado y ha estado ingresando de forma periódica cantidades de dinero extra en las últimas semanas. Puede ser algo legal y sin importancia, pero mi instinto me dice que no es así. De modo que he ido a hablar con la camarera que mantuvo una pequeña aventura con Don al principio de estar aquí, le he enseñado una foto del hombre en cuestión y me ha dicho que se ve de un tiempo a esta parte con otro tipo en la cafetería. Por los datos que me ha dado creo que se trata del novio de mi hermana Peggy, Tom Landon.

—¡Joder! ¿Qué vas a hacer?

—Necesito pruebas. Le he dicho que cuando les vea juntos me llame y trataré de tomar fotografías del encuentro. Es la única forma de convencer a Don de que no soy yo quien está detrás de todo el complot para echarle de la fábrica.

—¿Y por qué querría hacer eso el novio de tu hermana? Es abogado ¿no?

—Dinero, supongo. Debía saber la enfermedad de mi padre y quizá quería hacerse cargo de la fábrica después de su muerte. El dinero suele estar detrás de casi todo, Brig. Sea lo que sea lo averiguaré y se lo haré pagar muy caro.

—¿Crees que podrás convencer a Don de tu inocencia?

—No lo sé... pero al menos limpiaré su buen nombre profesional.

—¿Para qué me necesitas?

—Brandon y yo nos vamos a Irak en unos días, lo hemos pospuesto por la muerte de mi padre, pero ya no podemos retrasarlo más, el documental debe estar terminado en la fecha prevista. Vamos a tener que correr mucho para logarlo.

—Lo sé.

—Le he dado a Emma tu número de teléfono para que si ve juntos a Jhonny y a Tom te avise para que hagas las fotos, si ocurre mientras yo estoy fuera. ¿Querrás hacerlo?

—Por supuesto.

—No hace falta que te diga que tengas cuidado.

—Lo tendré. Y a ti no hace falta que te diga que de esto, a Brandon, ni media palabra.

—Ni media. Se pasaría el viaje preocupado por ti. Ya se lo contaremos a la vuelta.

—Eso es lo de menos. Yo me lo voy a pasar preocupada por él, por vosotros. Esta vez os metéis en un sitio muy peligroso.

—Todo va a ir bien.

—Claro.

—Me marcho, he dicho en la cadena que no tardaría mucho y tu querido Brandon me va a hacer un interrogatorio cuando vuelva.

—Hasta luego. Estamos en contacto.

22

El viaje a Irak

Karin guardaba cosas en la maleta de forma mecánica, ni siquiera se estaba fijando en lo que metía en la misma; tenía tanta práctica que podía permitírselo, sus manos trabajaban solas mientras su cabeza daba vueltas. Vueltas tanto a lo que había descubierto en su investigación como a su situación personal.

Las cuentas corrientes de Jhonny Walls habían detectado un aumento progresivo e injustificado de dinero, y al parecer había sido él mismo quien lo había ingresado en metálico, no provenía de transferencias ni de traspasos de otras cuentas. También sabía que Tom Landon estaba detrás de todo aquello, una cuidadosa investigación le había hecho descubrir una relación familiar entre los dos hombres. Una prima de Tom estaba casada con Johnny Walls, pero le faltaba la prueba definitiva, y era fotografiarlos juntos haciendo una entrega de dinero o de cualquier otro tipo de soborno.

Esa era una de las causas por las que no deseaba irse

a Irak; esperaba que, si se producía algún encuentro entre ambos, Brig estaría a la altura. Toda su vida y su felicidad dependían de ello.

Don se había vuelto aún más distante y frío después de la muerte de Steve, y Karin esperaba que si podía probar de forma contundente su inocencia, él acabaría por aceptar el resto.

Otra cosa que la hacía desear quedarse era el largo periodo de tiempo que deberían permanecer ella y Brandon fuera de casa, y también el riesgo. La situación en Irak estaba empeorando por momentos y los asesinatos y secuestros de extranjeros se hacían cada vez más frecuentes y con menos soluciones favorables a los secuestrados. Por primera vez en su vida, el riesgo le importaba.

Unos días antes ofreció a Brandon la oportunidad de quedarse en Truro, pero él no había querido ni oír hablar de ello, así como tampoco dejar que otros rodaran el documental en su lugar.

Brandon y ella trabajaron una tarde tras otra preparándolo todo para estar allí el menor tiempo posible, pero aun así Karin no esperaba poder realizarlo en menos de un mes.

Don les había visto trabajar codo con codo durante un par de semanas, pero se había limitado a saludar a Brandon y a ofrecerle algo para tomar, aunque sabía que aquel se sentía allí como en su casa y cuando le apetecía algo iba a por ello al frigorífico. Se comportaba como un anfitrión educado, sin preguntar nada ni sobre el trabajo ni sobre el lugar donde lo iban a realizar. Se metía en su habitación, donde tenía una mesa y un ordenador instalados y se olvidaba de ellos hasta que Brandon se despedía de él para marcharse.

Cuando aquella tarde vio a través de la puerta de su habitación la maleta sobre la cama, se limitó a preguntar:

—¿Cuándo te vas?

—Mañana temprano.

No había hecho ningún otro comentario. Cenaron en silencio y después ella volvió a su habitación a preparar el equipaje. No obstante, ahora que lo había terminado, se sentía incapaz de acostarse y marcharse al día siguiente sin despedirse, aunque él no hubiera demostrado ningún interés en hacerlo. Se mordió los labios y se dijo que uno de los dos tenía que dar el primer paso, y que quizás él estuviese esperando que ella lo hiciera. Si era así, no iba a perder nada por intentarlo.

Salió al salón y le vio leyendo un libro sentado en el sofá.

—Ya he terminado el equipaje... Con toda seguridad mañana cuando te levantes yo ya no estaré aquí... Debo estar en el aeropuerto de Gatwick a las siete y media.

Él alzó la vista del libro y la miró sin mucho interés.

—Bien; buen viaje.

—El viaje será largo... Nos llevará alrededor de un mes terminar el documental.

—Seguro que haréis un buen trabajo. Como siempre.

—¿No quieres saber adónde voy?

—No, prefiero no saberlo. Así no tendré que mentirle a tu madre si me pregunta.

—¿Quieres que te llame si puedo?

—Haz lo que quieras. Aunque sé que estarás bien, sabes cuidarte perfectamente. ¡Ojalá todo el mundo pudiera decir lo mismo!

Volvió a clavar la vista en el libro dando por terminada la conversación. Pero ella se negó a rendirse y volvió a intentarlo, dispuesta a quemar todos los cartuchos antes de marcharse.

—Don... por favor... Voy a estar mucho tiempo fuera, no nos separemos enfadados... Cuando vuelva tendré muchas cosas que decirte sobre esto nuestro...

—Yo no estoy enfadado, pero tampoco creo que tengamos nada que decir de lo nuestro. No hay nada «nuestro» de lo que hablar. Ya no, tu padre ha muerto. El trato era hacerle feliz mientras viviera, pero ya no tiene sentido.

—¿Cómo que no? ¿Ya no te acuerdas de hace unos meses? ¿De París? No puedes haberte olvidado de París... Ahora solo estás enfadado, pero todo volverá a ser como antes cuando pueda hacerte comprender...

—Eres tú la que no comprende —la interrumpió—. París fue un error, y el Don de hace unos meses ya no existe, acéptalo de una vez.

—Nunca lo aceptaré, nunca me rendiré. El Don que yo conocí, el que quiero, volverá. Yo haré que vuelva.

Su voz sonó peligrosamente al borde de las lágrimas y él desvió la mirada de nuevo, ignorándola. Pero era demasiado tarde, Karin había visto una chispa de emoción en sus ojos antes de que los clavara en el libro y decidió hacer un último intento. Se rehízo y preguntó con voz suave y acariciadora:

—Voy a estar mucho tiempo fuera... ¿Vas a dejar que me vaya sin darme un abrazo de despedida?

Sin mirarla dejó el libro sobre la mesa y se levantó con cara de fastidio. Se acercó con una actitud forzada, los brazos extendidos con el gesto de alguien que va a tocar algo que le repugna. Karin se quedó paralizada y dio un paso atrás, poniendo distancia entre ellos, y su voz sonó como un latigazo, herida y humillada.

—¡Guárdate tu abrazo de caridad! Hasta la vuelta.

—Quizás entonces sea el momento de hablar de divorcio, ¿no te parece?

—Sí, como quieras.

Y, volviéndose, entró en su habitación y cerró la puerta a su espalda antes de que él pudiera ver las lágrimas asomar a sus ojos.

Karin y Brandon circulaban por la estrecha y polvorienta carretera, más bien un camino de tierra en realidad, bajo el sol abrasador del mediodía.

El motor del viejo coche de alquiler, agotado tras la larga cuesta, rugía con un sonido cascado y Karin empezó a temer que se parase en seco. Cambió a una marcha más corta, pero el vehículo no respondió.

—Vamos, bonito, sigue... No te pares aquí —dijo ante la mirada preocupada de Brandon.

—¿No va?

—Eso parece.

—Es posible que solo esté ahogado. La cuesta ha sido muy larga.

Con un pequeño traqueteo terminó por detenerse.

—Bueno, me temo que estamos en un pequeño apuro. Aquí no podemos acudir al servicio de ayuda en carretera. Esperaré que se enfríe un poco y le echaré un vistazo. Quizá pueda solucionarlo.

—Ojalá. Este camino es muy poco transitado y hace un calor de mil demonios.

—Sí, y hace kilómetros que no nos cruzamos con nadie.

Permanecieron un rato en la sombra protectora del interior del coche y cuando calcularon que el motor se habría enfriado lo suficiente, se bajaron y abrieron el capó. El sol abrasador les golpeó en la cabeza a pesar de las gorras que llevaban y el sudor empezó a caerles por la frente y a deslizarse por el cuello y la espalda de ambos. El motor desprendía un vapor húmedo y caliente y a Karin le bastó una simple mirada para comprender el motivo de la parada.

—Se ha soltado un manguito. Con un poco de suerte lo arreglaré.

—No tienes las herramientas adecuadas.

—Me las apañaré, por la cuenta que nos trae. ¿O quieres pasar aquí el resto del día y quizá la noche?

—No es lo que preferiría, eso desde luego. Me apunto más a llegar al hotel, darme una ducha helada y tomar una buena cena.

Con dificultad y utilizando las manos y un pequeño destornillador que llevaba en un bolso con otros elementos de supervivencia, logró desmontar el manguito, y estaba colocándolo de nuevo cuando el sonido de un par de coches se dejó oír a lo lejos.

Brandon levantó la cabeza y miró hacia el final de la carretera, donde una nube de polvo anunció los vehículos que se acercaban.

—Tenemos compañía.

—Sí. Quizás hace un rato me hubiera alegrado, pero ahora que esto ya está casi listo preferiría seguir solos.

—Yo también.

Los dos *jeeps* pasaron junto a ellos y seis hombres con metralletas, amenazadores y malcarados les dirigieron unas palabras en iraquí, pero, a pesar de conocer el idioma, Karin no las comprendió.

—Vamos, chicos, pasad de largo —murmuró Brandon entre dientes.

Sin embargo, los dos coches se pararon unos metros por delante y un par de hombres se acercaron a ellos y preguntaron algo, aunque Karin solo comprendió palabras sueltas.

—¿Tenéis problemas?

—No. Hemos tenido una pequeña avería, pero ya está arreglada. Es cuestión de unos minutos.

—¿Tú lo has arreglado?

—Sí.

—¿Eres mecánico?

—No, pero me las apaño.

Los dos hombres se miraron e intercambiaron entre sí unas palabras esta vez incomprensibles. Uno volvió la cabeza hacia el *jeep* y gritó algo y otros dos bajaron y se acercaron, esta vez con las armas en la mano. Brandon y Karin se miraron.

—Tenemos un problema en uno de nuestros coches... Vas a tener que acompañarnos —dijo el hombre que había hablado con Karin en primer lugar.

—¿Adónde?

—Eso no importa.

—Pero yo no soy mecánico, no sé arreglarlo todo, solo cosas insignificantes.

Uno de los hombres la encañonó con la metralleta.

—¡Vamos! —gritó—. No tenemos todo el día.

—Termina de apretar esto y busca ayuda —dijo Karin a Brandon en inglés.

—Ni hablar... Yo voy contigo.

—Brandon... no.

—No pienso dejarte sola.

El hombre que los encañonaba la golpeó en el costado con el arma.

—¡Nada de hablar en otro idioma!

Karin se encogió brevemente y dijo:

—Mi compañero solo habla inglés. Somos periodistas de la televisión británica.

—¡Vamos! —dijo de nuevo con brusquedad.

Karin empezó a andar hacia el *jeep* y Brandon fue detrás.

—Solo ella —dijo el hombre que había hablado primero.

—Ni hablar. Yo también voy. Es mi mujer —dijo en inglés señalándose el anillo.

El hombre se encogió de hombros y le hizo señas de que le siguiera.

—Eres estúpido —dijo Karin cuando les hubieron acomodado en la parte trasera del vehículo—. Podrías haber ido a pedir ayuda.

—Para empezar, no estoy seguro de saber terminar de arreglar el coche, y segundo, bajo ningún concepto voy a dejarte sola con esos tíos.

—Lo único que conseguirás es que nos maten a los dos en vez de a mí sola —dijo en tono de broma, aunque sabía que existía esa posibilidad. Sabía que se encontraban en territorio de la resistencia iraquí y eran hombres tan desesperados que cualquier extranjero era para ellos objeto de su furia, y su vida no valía nada por muy periodistas y muy británicos que fueran. Cuando hubieron recorrido un par de kilómetros en el traqueteante coche, uno de los hombres les vendó los ojos y el resto del trayecto se les hizo desesperante. Perdieron toda noción del tiempo y de la distancia recorrida. Karin permaneció muy atenta a los giros del coche y las posibles curvas, pero pronto se dio cuenta de que eran tantos y tan seguidas que dejó de hacerlo. Con toda probabilidad ninguno de los dos iba a salir vivo de aquello.

De pronto el *jeep* paró y sintieron que les registraban, les cacheaban y Karin, además, que unas manos obscenas se introducían por debajo de su ropa y hacían algo más que registrarla. No obstante no dijo nada, porque sabía que Brandon reaccionaría y eso solo supondría problemas para los dos. Se mordió los labios y aguantó el magreo estoicamente hasta que su desconocido atacante decidió dar por terminada la tarea. Después les quitaron el pañuelo que cubría sus ojos y se vio rodeada por los seis hombres sin tener la más mínima idea de cuál de ellos era el que la había registrado. Se prometió a sí misma que si lo averiguaba y tenía la oportunidad se vengaría de él.

Les condujeron por un camino polvoriento hasta un pequeño bosque pasado el cual había instalado un campamento con tiendas de campaña, y diez o doce personas más se movían por los alrededores.

Les llevaron hasta un camión parado bajo la sombra de un árbol y la obligaron a mirar en el interior del motor. Nunca había visto aquel tipo de vehículo, pero decidió intentarlo. Sabía que era la única posibilidad de salir de allí con un mínimo de problemas.

—Arranca —dijo al hombre con el que se había entendido mejor esperando poder terminar con todo aquello y que quizá les dejaran marchar.

El hombre la obedeció y no necesitó mucho más para comprender lo que el camión tenía. Frunció el ceño.

—Me temo que es el carburador —dijo señalando la pieza dañada—. No sé arreglar esto —mintió.

Un hombre agarró a Brandon del brazo y le apuntó con el arma.

—Arréglalo o tu marido pagará las consecuencias.

—No puedo arreglarlo, necesita uno nuevo.

—Desmonta la pieza, uno de los hombres conseguirá un carburador nuevo y tú lo colocarás. Eso sí puedes hacerlo.

—De acuerdo... pero conseguir una pieza de este tipo puede tardar días.

—Disfrutaréis de nuestra hospitalidad mientras.

Resignada, pidió las herramientas que le permitieron desmontar el carburador dañado y se lo entregó al hombre que tenía aún a Brandon encañonado.

—Tiene que ser exactamente el mismo; si no, no servirá.

—Bien.

Dos hombres montaron de inmediato en uno de los *jeeps* que les había llevado allí y se marcharon. A ellos les empujaron dentro de una de las tiendas de campaña y les ataron las manos y los pies con unos fuertes nudos que se les clavaban en la carne al menor movimiento.

—Me han quitado el móvil... —dijo Brandon cuando se quedaron solos.

—A mí también, y el llavero de supervivencia.

—¡Dios!, ¿qué vamos a hacer?

—De momento, nada. Mientras no arreglemos el camión no creo que nos hagan ningún daño. Después... eso ya es otra cosa.

Durante cinco días les tuvieron encerrados en la tienda atados e incomunicados. Solo el hombre que hablaba con Karin entraba dos veces al día y les llevaba unas exiguas raciones de comida pringosa y repugnante y una pequeña botella de agua que compartían, aunque ninguno llegaba a saciar su sed del todo.

—Creo que están tratando de hacernos pasar sed para evitar que intentemos escapar. Saben que medio deshidratados, si nos marchamos sin agua, no podremos sobrevivir mucho tiempo.

—Sí, y tampoco nos dan mucho de comer. Mis fuerzas menguan y además tengo las piernas entumecidas de tenerlas atadas y sin movimiento.

—Sí, a mí me pasa lo mismo.

—¿Quieres que intente darte un masaje?

—Para eso tendrías que poder mover las manos, y no puedes hacerlo. Se te clavarán aún más las cuerdas y ya tienes las muñecas bastante magulladas.

—Debías haberte ido cuando dijeron que viniera solo yo, Brandon.

—Nunca te dejaré sola en una situación de peligro.

—Podrías haber terminado de arreglar el coche y buscar ayuda.

—Sé realista, Karin, eres tú la que sabe arreglar coches, no yo. Y tienes que haberte dado cuenta, cuando nos taparon los ojos, de que a los pocos kilómetros de donde nos recogieron, los coches abandonaron la carretera y se metieron por una red de caminos secundarios. Nunca hubiera podido encontrarte aunque hubiera conseguido ayuda. —Él la miró a los ojos muy serio y añadió—: No, compañera... lo que sea de uno que sea de los dos. Siempre hemos estado juntos y lo vamos a seguir estando.

Karin sintió que los ojos se le llenaban de lágrimas.

—Gracias... pero me haces sentir fatal porque tenemos muy pocas posibilidades de salir vivos de esto. Lo sabes, ¿verdad?

—Sí, eso parece.

—He estado pensando mucho estos días... y no me importa morir, al menos no así. Prefiero esto a una larga enfermedad, a estar postrada en una cama. Es lo que siempre he querido, he vivido como siempre he deseado, he tenido experiencias realmente excitantes y a mis veintiocho años he vivido muchas cosas que otra gente no llega a disfrutar jamás. Incluso me he enamorado, cosa que no pensé que me ocurriría nunca. Lo único que lamento es que nunca se lo dije. Probablemente voy a morir sin que sepa que le he querido más que a nadie en el mundo. He dejado que el orgullo pudiera más que mis sentimientos y que su rechazo pesara más que mi amor por él. Lo más curioso es que intenté decírselo la noche antes de venir, es como si hubiera adivinado que no volvería —dijo recordando la última noche antes del viaje—. Estuve a punto de arrojarme en sus brazos a pesar de su frialdad, pero me tragué las ganas y di media vuelta. ¡Ojalá lo hubiera hecho, aunque me hubiera rechazado después! ¿Tú crees que, si morimos, Brig se lo dirá?

—No me hagas pensar en ella ahora, Karin. Por favor. Ahora no. Creo que yo tampoco llegué a demostrarle nunca lo importante que es para mí. ¿Sabes? Si vuelvo a verla, lo primero que haré será pedirle que se case conmigo.

Ella esbozó una mueca.

—Te dirá que no.

—Sí, casi seguro, pero con eso quiero demostrarle que es la mujer de mi vida, que quiero pasar con ella el resto de mi existencia.

—Yo, si sobrevivo, si vuelvo a ver a Don, me colgaré de su cuello y le repetiré que le quiero hasta que no tenga más remedio que creerme. A fuerza de besos haré que se olvide de la palabra «divorcio».

Brandon sonrió.

—¿Y no crees que esos propósitos por parte de los

dos son motivos más que suficientes para que intentemos salir de aquí?

—Tienes razón. Esperaremos una oportunidad. Si tenemos que morir, al menos que sea intentando escapar.

—Así me gusta. Esa es mi jefa.

—¡Déjate de gilipolleces! Aquí no hay ningún jefe.

—Si salimos de aquí te pediré un aumento por esto.

—¡Hecho! —dijo ella y, recostando la cabeza contra su pecho, trató de dormir un poco.

A las diez de la noche el timbre sobresaltó a Don. No esperaba a nadie y mucho menos a esa hora. Al abrir, descubrió a una Brig ojerosa al otro lado de la puerta.

—¡Brig! Qué sorpresa.

—¿Puedo pasar? —preguntó con voz demasiado seria.

—Sí, claro, aunque supongo que sabes que Karin no está.

—Por supuesto que lo sé, mi novio está con ella.

El tono de su voz angustió a Don.

—¿Ocurre algo malo?

—No lo sé. ¿Sabes algo de ella?

—No... Casi nunca me llama cuando está fuera, y desde luego no esperaba que lo hiciera esta vez.

—¿Por qué?

—No nos separamos muy amistosamente que digamos.

—Yo hace cuatro días que no sé nada de Brandon.

Nosotros tenemos un sistema para estar en contacto cuando está en lugares de difícil comunicación y consiste en que todas las noches me da un toque al móvil de diez a doce de la noche. Eso significa que está bien. Si por alguna razón no puede hacerlo a esa hora, lo hace en cuanto puede, aunque no sea la hora establecida. Pero hace cuatro noches el toque no llegó, y, desde entonces, nada. Desesperada le he llamado yo a él, y a Karin, pero ninguno de los dos responde. Tienen el móvil fuera de servicio, o de cobertura, o no sé. Estoy muy preocupada, sé que Brandon hubiera encontrado la forma de ponerse en contacto conmigo si tan solo el móvil se hubiera averiado o lo hubiera perdido o algo así. Allí tiene que ser difícil la comunicación, pero no imposible, y él ha conseguido ponerse en contacto conmigo en sitios peores.

—¿Dónde están? —preguntó Don sintiendo de repente un oscuro temor.

Brig levantó la cara hacia él, incrédula.

—¿No lo sabes?

—No. Karin intentó decírmelo la noche antes de irse, pero yo no quise saberlo.

—Están en Irak, en plena área de la resistencia, rodando un documental antiamericano y antibritánico. Rodeados de enemigos por los dos lados.

—¡Dios!

—No me puedo creer que no quisieras saber dónde iba. Ellos casi nunca van a sitios fáciles ni agradables.

—Karin y yo tenemos algunos problemas.

—¿Crees que no lo sé? No se me ha pasado por alto su cambio de estos últimos meses. Y tengo que confesarte que no lo entiendo. No puedo creer que se haya abierto este abismo entre vosotros, que una simple gilipollez como las palabras de Christine hayan dado al traste con una relación como la vuestra.

—¿Una relación como la nuestra? —dijo él con amargura—. ¿Cuándo vas a querer admitir que entre Karin y yo no hay ninguna relación? Está harta de repetírtelo.

—Y yo no me lo he creído nunca, y mucho menos ahora. Tampoco me entra en la cabeza que tú estés empeñado en aferrarte a esa estupidez para agrandar la brecha que se ha abierto entre vosotros. Como si fueras un niño enfurruñado.

—No soy un niño enfurruñado, soy un hombre enamorado que está harto de que le acerquen el dulce y le dejen apenas probarlo para retirárselo después. Y todo por una venganza personal.

—No puedo creer que pienses eso. Tú no. Por Dios, os habéis acostado juntos, sabes lo que siente por ti.

—Que se acueste conmigo no quiere decir que sienta algo. Eso lo hace con todos.

—No desde que se casó contigo. Ni siquiera con Paolo, y tú lo sabes.

—Que ella lo haya dicho no quiere decir que sea cierto. Yo no estaba allí para comprobarlo.

—Pero Brandon sí, y me lo ha confirmado. Karin te quiere y tu actitud hacia ella la está destrozando.

—Estás equivocada, Brig.

—No, eres tú el que lo está, equivocado y encabezonado como un crío, incapaz de dejar que se acerque a ti, incapaz incluso de hablar y aclarar las cosas. Karin tiene muchas cosas que decirte si se lo permites... Cosas importantes.

—No hables de lo que no sabes. Hay mucho más que lo de Christine. Eso, en su momento, me afectó, pero quizá lo hubiera terminado por aceptar si no hubieran ocurrido otras cosas, mucho más graves, mucho más difíciles de perdonar.

—¿Qué cosas?

—No quiero hablar de ello.

—Pero yo sí. Yo quiero que tengas el valor de decirme a la cara de qué la acusas, a mí, a su amiga.

—Son cosas personales, entre ella y yo.

—No, chico, yo también estoy metida en ello. Sé quizá más que tú del asunto.

—No puedes saberlo, son problemas en la fábrica.

—Sí, relacionados con un barco que no tenía seguro, ¿no?

—¿Cómo lo sabes? Ya, te lo ha dicho Karin. Eso confirma mis sospechas.

—¿Qué sospechas, gilipollas?

—Si ella lo sabe, es porque está detrás de todo.

—Te equivocas, si ella lo sabe es porque estaba muy preocupada por ti y lo investigó. Y menos mal que lo hizo, porque si no estarías todavía con la mierda hasta el cuello.

—¿Qué quieres decir?

Brig abrió el bolso y sacó unas fotografías de un sobre.

—¿Conoces a estos hombres?

Las fotos mostraban a Jhonny Walls sentado en un

rincón de la cafetería de al lado de la fábrica con Tom Landon.

—Sí que los conozco, de lo que no tenía ni idea es de que ellos se conocieran entre sí.

—Tom es el primo segundo de la mujer de Jhonny Walls. Y le ha estado pagando para que te joda en la fábrica. Mira las otras fotos.

Don fue pasando una a una las instantáneas, una de las cuales mostraba claramente cómo Tom le pasaba un sobre y en otra, Jhonny contaba el dinero contenido en el mismo.

—¿Karin investigó esto?

—Es periodista de investigación, ¿recuerdas?

—No me dijo nada. ¿Sabía que yo sospechaba de ella?

—Sí, y también sabía que nunca la creerías si no te mostraba pruebas. No pudo terminar de conseguirlas y me encargó a mí que sacara esas fotos. Emma nos ayudó.

—¿Emma? ¿Karin conoce a Emma?

—Fue a verla en una ocasión. Y luego le pidió ayuda... Cuando vuelva de Irak, si vuelve, hará público el resultado de la investigación.

—¿Sabía que pensaba que ella estaba detrás de todo y aun así me ayudó a aclararlo?

—Hizo mucho más que eso. ¿Quién crees que te prestó el dinero para que pagases al dueño del barco?

—¿Karin? ¿Pero cómo? Si no tiene dinero, ni siquiera puede pagar las reformas...

—Vendió la casa.

El vacío del estómago que Don sentía desde hacía unos minutos se convirtió de pronto en un agujero enorme acompañado de un fuerte golpeteo en las sienes.

—¿Qué? Brig, dime que no es verdad... que me estás mintiendo... que lo haces para que crea en ella.

—Lo siento, pero es verdad. Yo le tramité la venta y Henry Marsall gestionó el préstamo. Puedes preguntárselo a él si no me crees.

Durante unos segundos, Don enterró la cara entre las manos tratando de asimilar lo que acababa de escuchar. Después, pálido y desencajado, levantó la cabeza y le preguntó:

—¿Por qué, Brig? ¿Por qué hizo eso?

—Joder, tío, vaya pregunta. ¿Por qué hacen las cosas las mujeres enamoradas?

—Pero la casa de su abuela era muy importante para ella.

—Bueno, eso quizá te dé una idea de lo importante que eres tú.

—Joder... Y yo... yo llevo todo este tiempo ignorándola y rechazándola, y tratando de herirla de todas las formas que conozco. No quise saber dónde iba... ni siquiera quise darle el abrazo que me pedía antes de marcharse.

Levantó los ojos hacia Brig.

—Lo siento... no pienses que te echo... pero ahora necesito estar solo. Lo entiendes, ¿verdad?

—Sí, claro que lo entiendo.

—Pensaré en alguna forma de averiguar qué les ha pasado. Te llamaré mañana.

—De acuerdo.

—Si por casualidad tuvieras alguna noticia durante la noche, llámame, por favor.

—Descuida. Tú también.

Cuando Brig se marchó, dejó que la angustia que sentía escapara en forma de unas lágrimas silenciosas mientras se prometía a sí mismo: «La encontraré. Aunque tenga que ir a Irak y remover piedra a piedra el país. Por mi vida que le daré ese abrazo que le negué antes de irse.»

Después de una noche de insomnio en la que a ratos se angustió por que Brig no hubiera tenido noticias en varios días y a ratos se maldijo por su comportamiento de las últimas semanas, y sobre todo por el de la última noche, su cerebro logró elaborar una línea de acción, que tal vez no sirviera de mucho, pero al menos le permitiría sentir que hacía algo más que esperar en su casa a recibir noticias.

Al día siguiente, Brig recibió una llamada al móvil desde la casa de Don. Nerviosa, le preguntó nada más descolgar:

—¿Sabes algo de ellos?

—No, nada, pero sé por dónde empezar a buscar. Unos compañeros de facultad pertenecen a Ingenieros sin Fronteras y están destinados en Irak. Les he localizado esta mañana temprano a través de la ONG y han empezado a investigar.

—¿En serio?

—Sí, y además yo me voy allí. Tengo un billete abierto de avión para dentro de dos horas.

—Don, yo quiero ir contigo.

—No, Brig. Sé cómo te sientes, pero es mejor que uno de los dos se quede aquí esperando noticias. Quizá uno de ellos consiga ponerse en contacto contigo o las autoridades en el fijo de alguno de los dos.

—Por favor, no me dejes fuera de esto.

—No te estoy dejando fuera, es solo que alguien tiene que estar aquí pendiente del teléfono. Yo tengo los contactos y más posibilidades de encontrarlos que tú. He desviado mi teléfono a tu móvil; si alguien llama a casa, tú recibirás la llamada. Te prometo que en cuanto sepa algo te llamaré. Y aunque no lo sepa te llamaré también. Mis compañeros me han dicho que desde la central de la organización no hay ningún problema para llamar.

—De acuerdo. Sé que tienes razón, es solo que me cuesta mucho permanecer aquí quieta.

—Lo sé. Pero los encontraré, Brig. No sé si vivos, pero te prometo que los encontraré.

—Gracias, Don.

—No me las des... Mi vida entera está en Irak, igual que la tuya.

—Hasta la vuelta entonces. No te olvides de llamar, por favor.

—No lo haré.

Al anochecer, el avión de Don aterrizó en el aeropuerto de Bagdad. No llevaba más equipaje que una bolsa de viaje con lo indispensable colgada al hombro para agilizar los trámites, y portador además de un permiso de Ingenieros sin Fronteras, solo tuvo que pasar un control rutinario con un detector de metales.

Cuando salió a la terminal, y como habían acordado, le esperaba uno de sus compañeros para llevarle al centro de la organización, un edificio alargado y en un estado algo menos ruinoso que la mayoría, situado a las afueras de la ciudad.

—¿Has averiguado algo? —le preguntó en cuanto pudo hablar con él.

—Me temo que no tengo muy buenas noticias. En el hotel donde se alojaban dicen que les vieron salir hace seis o siete días. No dijeron a dónde iban y no volvieron a la hora de la cena. Las llaves siguen en el casillero desde entonces, y la ropa y los enseres siguen en la habitación. Nosotros hemos mandado una partida buscando el coche, al parecer era alquilado y no muy nuevo. No pudieron ir muy lejos con él, pero aún no sabemos nada.

—Al menos no tenemos la certeza de que estén muertos.

—No.

—¿Crees que debería dar parte a la policía?

—No creo que la policía se moleste en buscar siquiera. La situación aquí es caótica y los desaparecidos son muchos todos los días. Ni los británicos ni los americanos tienen prioridad, como comprenderás.

—Ya lo imagino...

—Creo que deberías ponerlo en conocimiento de la embajada británica, eso sí. Si hay alguien que puede hacer algo, son ellos. Y nosotros. ¿En qué zona estaban trabajando?

—No lo sé. Mi mujer es muy reservada con respecto a su trabajo, y tampoco el chico que la acompaña ha dicho a su novia por dónde se movían. Solo sé que el reportaje era sobre la resistencia iraquí. Conociéndolos, te aseguro que se habrán metido en todo el cogollo, Karin no es de las que se paran ante un peligro.

—Si era eso lo que estaban haciendo y los han descubierto... no te garantizo que tengan muchas posibilidades de salir con vida. A menos que los hayan convencido para que colaboren, pero aun así... ¿Cuántos días dices que lleváis sin noticias?

—Cinco o seis.

—Es mucho tiempo. Prepárate para cualquier cosa, amigo.

Don no contestó; no hacía falta que se lo dijera, era realista.

Se instaló con ellos en una de las salas comunes y lo primero que hizo fue dirigirse a la embajada británica que aún mantenía en la ciudad un mínimo de personal, poco y asustado, pero le prometieron iniciar la búsqueda. Y mantenerla unos diez días antes de dar la desaparición como oficial. Aunque no le dieron muchas esperanzas, él era consciente de que si había alguna posibilidad de encontrarles era a través de las autoridades y de su propia ONG. Solo, nunca lo conseguiría.

Los dos días siguientes los dedicó a buscar a otros periodistas que hubieran podido tener contacto con ellos y a los que quizá les hubieran informado de sus planes. Pero al parecer nadie sabía nada, ellos iban por libre, le dijeron.

Al final del segundo día, Don recibió la noticia de que habían encontrado el coche abandonado y averiado en una carretera apartada y con un tráfico casi nulo. También le dijeron que había que estar loco para que dos periodistas solos y sin protección se metieran en aquella zona.

—Sí, mi mujer es así... Por eso sus reportajes son tan geniales y nunca le falta trabajo. Llega a donde no se atreve a llegar nadie —dijo a su pesar.

Con dos compañeros armados, fue a donde estaba el coche y estuvieron explorando la zona, la maleza de alrededor, las posibles vías secundarias, sin encontrar ningún rastro ni de ellos ni de otras personas.

—Al menos no hay signos de violencia. Quizá no pudieron arreglar el coche y se han perdido por los alrededores. Que yo sepa esta zona forma una red de caminos que suponen un auténtico laberinto, por eso la resistencia los utiliza para ocultarse. Tal vez hayan encontrado un grupo y les han convencido para dejarse rodar y están haciendo un documental fantástico.

—¡Ojalá!

—Aunque si no se han encontrado a nadie no habrán podido sobrevivir una semana sin agua.

—No sabemos si tenían agua —añadió tratando de mantener viva la esperanza—. Karin es siempre muy cuidadosa con el equipo. Iré a informar a la embajada de que hemos encontrado el coche, para que hagan una batida por los alrededores.

—La embajada no va a meterse en esta zona, si les pillan serían hombres muertos.

—Pues entonces lo haré yo. Soy un turista, y mi nacionalidad es alemana, no británica.

—Es muy peligroso...

—Ya lo sé, pero no pienso quedarme quieto si existe una posibilidad de que les encuentre vivos y perdidos. Déjame un coche y un mapa... yo me las arreglaré.

—De acuerdo, y te daré además un par de hombres armados. Pero tienes que prometerme que al oscurecer estarás de vuelta en el centro.

—Te lo prometo.

Durante todo el día recorrieron caminos aledaños sin encontrarse ni un alma, y tampoco ningún rastro que les indicara que Brandon o Karin hubieran pasado por allí. Al atardecer regresaron agotados y desanimados, pero Don estaba más decidido que nunca a remover Irak hasta hallarles.

—¡Te encontraré, cariño! Viva o muerta, te encontraré. Y te llevaré a casa.

Como cada noche llamó a Brig para darle las noticias del día. Ella tampoco había recibido llamada alguna y trató de animarla con la noticia del hallazgo del coche, aunque no le dijo la zona tan peligrosa en la que se habían perdido.

El sexto día de su confinamiento, Karin había notado cierta tensión y nerviosismo en el campamento. Había aprendido a escuchar y comprender los ruidos habituales y los no habituales también. Además sabía quién era el tipo que la había sobado el día de su llegada, porque la noche anterior había intentado entrar en la tienda mientras Brandon y ella dormían. O más bien dormitaban, porque al menos a ella le resultaba imposible dormir allí tirada en el suelo sin más colchón que una vieja manta para no ensuciarse. A los dolores y calambres en brazos y piernas se habían sumado los de la espalda. Por eso en su duermevela había sentido un ligero ruido en la tienda y se había despertado. Uno de los hombres estaba allí, arrodillado a su lado, bajándose la cremallera del pantalón y mirándola con lujuria. El sobresalto fue tal que gritó, y segundos después otro de los hombres, el que podía hablar con ella y que había llegado a la conclusión de que debía tener algún tipo de autoridad, se enfrentó a su compañero.

Su oído, acostumbrado a escuchar todo tipo de idiomas, le permitió captar el significado general de la conversación, aunque no los matices, y lo que escuchó la aterró:

—Deja en paz a la mujer.

—¿Por qué? No es más que una prisionera, y ya sabes cómo me gustan las mujeres blancas.

—Porque tiene que arreglarnos el camión, y si la tocas puede vengarse de nosotros y hacer que nos estrellemos. Tiene que creer que la vamos a dejar libre cuando termine. Espera un poco más, mañana a mediodía estará la pieza. Después podrás hacer con ella lo que quieras. Y si no sobrevive a tu ataque, mejor. Ya sabemos lo bruto que eres con las mujeres.

Sintiendo que el miedo se apoderaba de ella y fingiendo que no había comprendido la conversación, dio las gracias al hombre que en apariencia la había salvado.

—De nada —añadió aquel—. Ahora descansa, mañana tienes trabajo. Las piezas llegarán a mediodía.

—En ese caso deberás dejar que me mueva un poco por la mañana; si no, mis brazos estarán entumecidos y no podré trabajar. Creo que todos tenemos ganas de terminar esto cuanto antes ¿no? Porque luego nos llevaréis hasta un lugar civilizado...

—Por supuesto.

A las once de la mañana les sacaron de la tienda y les quitaron las cuerdas de los pies mientras uno de los hombres mantenía una pistola contra la cabeza de Brandon.

Karin sintió de nuevo la sangre correr por sus piernas entumecidas y unos agudos calambres que casi le impedían andar, pero poco a poco se fueron calmando y pudo volver a hacer uso de sus extremidades. Después le soltaron los brazos y le ocurrió algo parecido. Abrió y cerró repetidas veces las manos estirando los dedos hasta sentir la agilidad que los caracterizaba. Si tenía que hacer un trabajo de precisión debía contar con el debido funcionamiento de sus manos o de lo contrario sería ella la que se haría daño. La colocación de un carburador no era fácil y mucho menos en unas condiciones tan precarias.

Pero, a pesar del alivio que sentía al moverse, solo respiró tranquila cuando volvieron a ponerle las cuerdas y aquel tipo dejó de apuntar a Brandon a la cabeza.

—¿A él no vas a permitirle andar? —preguntó viendo que le metían de nuevo junto a ella en la tienda.

—Él no tiene que arreglar nada, no necesita la movilidad de los brazos ni las piernas.

—Claro que sí, tiene que ayudarme.

—Lo siento, tendrás que hacerlo sola. Él es nuestro seguro de que te comportarás bien.

La pieza llegó a la una del mediodía y de inmediato entraron a por ellos y les liberaron de nuevo las manos y los pies. En esta ocasión no le costó trabajo ponerse de pie ni caminar, pero Brandon se quedó en la tienda con uno de los hombres armados junto a él.

—A la menor sospecha de que no estás haciendo lo que debes, él será hombre muerto —le dijeron, y ella supo que no mentían, y también que de todos modos los dos estarían muertos poco después. Pero no iba a ser culpa suya que dispararan a Brandon, ella iba a arreglar aquel camión lo mejor que pudiera. Quizá luego tuvieran una oportunidad.

Durante tres horas, Karin peleó con las piezas del coche para colocar el carburador nuevo sin apenas herramientas. Se golpeó un par de veces en las manos y se hizo también un corte poco profundo. Cuando ya le faltaba poco, su intérprete se le acercó.

—¿Falta mucho?

—No demasiado.

—Espero que no te pases de lista porque tu hombre y tú vais a probar el camión con nosotros cuando termines de arreglarlo. Si nos estrellamos contra un árbol o nos despeñamos por un barranco, vosotros lo haréis también.

Karin miró con fijeza al hombre.

—No soy ninguna asesina. No enviaré a unos hombres a la muerte de esa forma en que me acusas. Para mí, la vida humana... cualquier vida humana, tiene valor. Incluso la de alguien que me ha tenido una semana atada y encerrada.

—¡Más te vale!

Karin advirtió también que el hombre que había intentado entrar en su tienda aquella noche rondaba a su alrededor y la miraba con más deseo que nunca. Y rogó mentalmente que nunca llegara a ponerle una mano encima, que ella encontrase alguna forma de escapar, o incluso de quitarse la vida antes de que eso sucediera. Sabía que aquel tipo no se andaría con contemplaciones y que sería brutal con ella, aunque solo fuera por el tiempo que había tenido que esperar para conseguirla.

Apretó unas cuantas tuercas más y dijo:

—Bueno, esto ya está.

—Bien, ahora vamos a probarlo.

—¿Mi marido no viene?

Sabía que aquella era la única oportunidad de escapar que tenían porque en el camión no había tantos hombres como en el campamento. Si se les presentaba una oportunidad era más probable que lo consiguieran en el camino que allí.

Karin sintió que le volvían a poner las cuerdas en las manos y que pocos segundos después también sacaban a Brandon maniatado y tambaleante sobre sus inseguras piernas. Con temor observó que su acosador se sentaba a su lado, mientras que el hombre que se comunicaba con ella lo hizo al volante. Brandon se sentó entre ambos.

—Vamos a taparle los ojos.

—A ella sola... quiero que él vea cómo su mujercita se divierte conmigo —dijo el hombre pasándole una mano por el muslo. Karin se mordió los labios y aguantó estoica la repugnante caricia.

—Espera a que lleguemos.

—Solo el aperitivo...

El camión arrancó, y, a medida que se alejaban del campamento y que la atención del conductor se centraba en la carretera, las manos del hombre se fueron volviendo más audaces. Cuando las metió bajo la camiseta, Brandon se levantó.

—¡Hijo de puta!

—Calma, Brandon, calma... No es la primera vez que pasamos por algo como esto —dijo sin querer hablar claro del todo por si alguno de ellos entendía el inglés aunque fingieran que no—. ¿Te acuerdas de aquella vez en Chechenia?

Brandon arrugó la frente. En Chechenia, nadie le había metido mano a Karin, lo que él recordaba era que habían saltado de un camión en marcha.

—Comprendo... De acuerdo, aguantaré como entonces.

—Hasta que yo quiera...

—Bien, hasta que tú quieras.

Karin dejó que el hombre siguiera entusiasmándose y no se diera cuenta de que fingiendo secarse el sudor de la frente, había conseguido bajarse un poco la venda de los ojos y podía ver por encima de ella, observando con atención el terreno. Tenían que elegir con cuidado el lugar para saltar, un sitio donde los iraquíes no pudieran abandonar el camión y correr a buscarlos, un lugar donde prefirieran que se escaparan a arriesgarse a perseguirlos.

Se dio cuenta con satisfacción de que, mientras el hombre se concentraba más en los pellizcos dolorosos que le daba en los pechos, y que ella premiaba con leves gemidos de dolor, intuyendo que eso era lo que quería provocarle, Brandon se había deslizado un poco y había apartado la metralleta que aquel había soltado a un lado poniéndola fuera de su alcance.

De pronto, y ante ellos, Karin vio el lugar perfecto. También Brandon lo comprendió porque sus miradas se cruzaron por un segundo mientras el camión se afanaba subiendo con trabajo una empinada y pronunciada cuesta con un pequeño terraplén a uno de los lados. Imposible detener el camión en aquel sitio porque los frenos de mano antiguos y gastados no lo aguantarían. Tendrían que continuar hasta el final, pero el camino era muy estrecho para dar la vuelta, deberían bajar andando y para entonces ellos ya se habrían alejado lo suficiente y les habrían tomado ventaja.

Brandon enganchó el pie en la metralleta para llevársela con él al saltar, rezando para que no se disparase sola y les alcanzase, y, cuando Karin dijo: «ahora», ambos saltaron y rodaron por el terraplén cubierto de arbustos y matorrales protegiéndose como podían la cabeza.

Sintió que la metralleta se desprendía de su pie a la segunda o tercera vuelta sin que se hubiera disparado, pero aun así sintió balas a su alrededor procedentes de una pistola. Si se alejaban lo suficiente, no podrían alcanzarles.

Karin sintió el impacto de una piedra en el hombro y un fuerte crujido en el pie izquierdo, pero continuó rodando hasta llegar abajo.

—No te muevas —escuchó decir a Brandon bajito—. Si piensan que nos hemos matado o que estamos malheridos nos dejarán en paz y no se molestarán en volver a buscarnos. Y desde allí no nos alcanzarán las balas de las pistolas.

En realidad se sentía tan aturdida que no era capaz de levantarse. Se había golpeado tanto que no le importaba quedarse allí y dormirse para siempre.

Escucharon voces y el ruido del motor que subía renqueante la cuesta, los disparos cesaron y al fin se hizo el silencio. El camión siguió su camino con un ruido menos quejumbroso del motor y se perdió en la lejanía.

Se incorporó para buscar a Brandon, pero no logró ponerse de pie. El tobillo lastimado no aguantó su peso y un dolor lacerante le subió por la pierna y la hizo caer.

—¡Mierda, no!

Brandon, que había caído unos cuantos metros a su derecha, se levantó también y acudía hacia ella con la frente cubierta de sangre procedente de una brecha.

—¡Brandon! ¿Estás bien?

—Sí. ¿Y tú?

—Me he jodido el tobillo. No creo que pueda andar.

—Vamos, Karin... tú eres una luchadora. Podrás hacerlo.

Ella echó un vistazo a su pie, que se había hinchado y amoratado al momento.

—No estoy segura... en serio. No aguantará mi peso.

Él se limpió con torpeza la sangre con el borde de la camiseta.

—Lo primero que tenemos que hacer es intentar soltarnos las manos —dijo Karin—. Ven a ver qué puedo hacer con tus cuerdas. Las mías están un poco más flojas que estos últimos días, con las prisas por subir al camión no se han dado cuenta de que las separé un poco cuando me las ataron.

Retorció las manos hasta conseguir aflojar uno de los nudos de Brandon y después, poco a poco, consiguió soltarlo. Una vez libre, él pudo hacer lo mismo con ella sin dificultad.

Miraron a su alrededor temiendo que sus secuestradores hubieran regresado a por ellos, pero no había indicios de que fueran a hacerlo.

—¿Tú crees que nos dejarán marchar sin intentar detenernos?

—Tenemos que ser realistas... Nos hemos dado un batacazo del carajo, no conocemos el terreno, no tenemos comida ni agua. Deben pensar que no tenemos la más mínima posibilidad de sobrevivir.

—No nos conocen, ¿verdad?

—¡Así me gusta! Vamos, compañera, que te ayudo a levantarte.

Le pasó el brazo por la cintura y cargó literalmente con ella. El dolor solo de apoyar un poco el pie, sin descansar el peso, le hizo sentir náuseas.

—No puedo, Brandon. No puedo. No llegarás muy lejos conmigo. Vas a tener que irte solo.

—¡Ni de coña!

—Tienes que hacerlo. Es la única posibilidad que tenemos.

—No voy a dejarte aquí en medio, se te ve desde la

carretera. Si vuelven por el mismo sitio te verán y entonces sí que estás pedida.

—Trata de encontrar un sitio donde pueda ocultarme un poco y luego vete a buscar ayuda. Sé que no quieres dejarme, pero sabes que es la única forma.

—De acuerdo.

Durante veinte minutos él exploró los alrededores hasta que al fin encontró un pequeño hueco excavado por algún animal en un desnivel del terreno. No era muy grande, pero cabía con cierta holgura y la hacía permanecer oculta desde la carretera. La ayudó a llegar y la acomodó lo mejor que pudo.

—Buena suerte, amigo. Espero tu vuelta —dijo entregándole una pequeña brújula que llevaba oculta en un anillo—. Creo que si sigues siempre hacia el este encontrarás algún pueblo donde te puedan ayudar. Y ten cuidado...

—También tú. Si por casualidad te encuentra alguien y te saca de aquí, déjame alguna pista de que te han rescatado y de dónde encontrarte.

—Te dejaré un calcetín, ¿de acuerdo?

—De acuerdo.

—Cuídate, los dos dependemos de ti.

Antes de marcharse, se agachó y la abrazó fuertemente.

—Oye... si tú logras salir de esto y yo no, quiero que hagas algo por mí.

—Voy a volver a por ti, ¿me oyes? Saldremos los dos de esto.

—Sí, pero si no es así, dile a Don que le quiero... Que nunca he querido a nadie como a él. Que si no logro sobrevivir, mis últimos pensamientos serán suyos.

—De acuerdo. Si es al revés, haz tú lo mismo con Brig.

—Vale.

Volvió a abrazarla otra vez resistiéndose a dejarla sola y después de ocultarla un poco con unas ramas echó a andar en dirección al este.

Amanecía en el campamento cuando Don escuchó pasos precipitados y unos golpes fuertes en la puerta de su habitación. Abrió y se encontró a su amigo muy alterado.

—¿Qué pasa?

—Han llamado de la embajada. Han recibido una llamada desde una tienda en una aldea rural. Creen que es el chico.

—¿Qué ha dicho? ¿Y ella?

—No lo sé, no me han comentado nada más. Vístete, ya están preparando un coche e iremos a buscarle.

Don se vistió en cuestión de segundos y después su compañero y él subieron al todoterreno con una provisión de agua y comida. Este le tendió una pistola.

—¿Sabes usarla?

—Hice el servicio militar.

—Vamos a meternos en una zona peligrosa.

—No tienes por qué ir. Dame un mapa y el coche.

—No llegarías nunca, amigo. No le temo al peligro, llevo aquí quince meses.

—¿Quizá deberíamos pedir a la embajada que vayan ellos?

—La embajada necesitará un permiso para poder enviar hombres armados a esa zona y eso llevará unas horas. ¿Quieres esperar?

—No.

—Vamos, entonces.

A la luz vacilante del amanecer, recorrieron a toda la velocidad que el vehículo permitía el trayecto que les separaba de la aldea desde la que se había recibido la llamada. A cada kilómetro que recorrían, la angustia de Don aumentaba ante la idea de que la información no fuera correcta, o lo que era peor, que fuera cierta y solo Brandon hubiera sobrevivido. Si era él quien había llamado, algo debía ir mal, porque la experta en idiomas era Karin, ella siempre decía que si a Brandon le sacaban del inglés y el francés chapurreado, tenía que comunicarse por señas. Si era él quien había llamado, ¿dónde estaba Karin? No quería ni pensarlo. Aunque también cabía la posibilidad de que no fuera él, sino otra persona desaparecida; en la embajada le habían dicho que había más de cien.

Después de dos interminables horas de camino en las que habían tenido que dejar la carretera y continuar casi campo a través, llegaron a la pequeña aldea, apenas un puñado de casas y una tienda, desde la que supuestamente había llamado Brandon. Bajaron del coche y se abalanzaron hacia el edificio. El compañero de Don mantuvo una breve conversación con un hombre que había detrás del mostrador. Después se volvió hacia él.

—Sí, hay un chico en aquella casa de allí. Al parecer está agotado y medio deshidratado, pero venía solo.

Corrieron hacia la casa indicada y antes de que llamasen a la puerta, esta se abrió y pudieron ver a un Brandon agotado y ojeroso, medio derrumbado en una silla. Don se precipitó hacia él.

—Brandon... ¿Dónde está Karin? Dime que está bien..., por favor, dímelo...

—Está bien, más o menos. La dejé en una especie de gruta, tiene un tobillo roto y no puede andar. Necesitamos un coche todoterreno para volver a buscarla.

—Lo tenemos.

—Debemos darnos prisa, no tiene agua —dijo haciendo un esfuerzo por levantarse. Las piernas no le respondían después de haber caminado toda la tarde y la noche y tras la inmovilidad de los días anteriores.

—¿Está muy lejos?

—En coche no lo sé. Este hombre habla un poco de inglés y me ha dicho cómo llegar con un mapa. ¿Tenéis uno?

—Sí.

—Creo que tardaremos un par de horas o tres... espero que no más. Sin agua lo estará pasando muy mal, yo estaba ya un poco deshidratado cuando llegué aquí.

Se sentó junto al conductor con el mapa en la mano mientras Don ocupaba el asiento trasero.

—¿Tenéis algo de comer? No he tomado nada desde ayer por la mañana.

Don le tendió un paquete de galletas y una cantimplora con agua.

—Agua y azúcar, lo que más necesitas en estos momentos.

—Gracias, Don. A propósito, ¿qué haces tú aquí?

—Brig vino a casa para decirme que no te habías puesto contacto con ella en varios días y decidí venir a ver qué pasaba.

—Nos quitaron el móvil.

—¿Quién? ¿No os habíais perdido?

—El coche se averió en la carretera y unos tipos de la resistencia pasaron y nos llevaron con ellos para que Karin arreglase un camión que tenían estropeado. Nos han tenido secuestrados varios días hasta que consiguieron una pieza de repuesto. Ella lo arregló, y, cuando lo estábamos probando, pudimos escapar. Pero como te he dicho, ella se rompió un tobillo y tuve que dejarla para buscar ayuda.

Don sacó su móvil y se lo tendió.

—Ten, llama a Brig. Está muy preocupada.

Brandon marcó el número y sostuvo una breve conversación con su novia, que ya casi había perdido las esperanzas de volver a hablar con él. Le prometió que la llamaría con más tranquilidad aquella noche y volvió a centrar su atención en el mapa y en la carretera, respondiendo a todas las preguntas que Don le hacía sobre su aventura.

—Karin me dio un recado para ti, pero en vista de que estás aquí es mejor que te lo diga ella.

—Sí —respondió Don con la boca seca ante la idea de lo que Karin habría tenido que pasar durante todos aquellos días.

Casi a mediodía, Brandon reconoció al fin los alrededores que exploró el día anterior buscando dónde esconder a su compañera.

Karin había visto pasar las horas, primero de la tarde y luego de la noche y la madrugada en una inmovilidad forzosa. No tenía mucho espacio para moverse, pero, aunque lo hubiera tenido, el cuerpo le dolía tanto que los músculos se negaban a responder a sus intentos de moverlos.

El tobillo latía con un dolor tan fuerte que ni siquiera le permitía pensar para hacer más llevaderas las largas horas de espera en la inmovilidad. Ni siquiera podía pensar en Don y en lo que le diría si lograba salir de allí y verle de nuevo. Solo sabía que iba a colgarse de su cuello y no soltarle hasta que él comprendiera lo que sentía, cuánto le quería y cómo le necesitaba. No volvería a dejar que su orgullo hablase por ella.

En un par de ocasiones a lo largo de la noche había sentido las lágrimas correr por su cara recordando los momentos felices que habían vivido juntos, sobre todo al amanecer, cuando la luz del día le hizo comprender que las esperanzas de que Brandon volviera a por ella eran cada vez más escasas, que ya debería haber llegado a algún sitio habitado, si es que él mismo no había caído en alguna emboscada o alguna zanja, o el agotamiento, la necesidad de agua o el desfallecimiento habían acabado con él. Si Brandon no lograba llegar vivo a algún sitio, también ella estaba perdida.

La sed le hacía sentir la lengua pastosa y la cabeza le empezaba a dar vueltas de debilidad y extenuación. Si él no volvía pronto, no podría sobrevivir a otro día de intenso calor sin beber.

Cuando el sol ya llevaba un buen rato sobre el cielo, se convenció de que aquella especie de cueva sería su tumba y se preguntó otra vez con lágrimas en los ojos qué sentiría Don al saber su muerte. Si lamentaría su comportamiento de los últimos meses, y de la última noche que habían pasado en Truro. Si deploraría no haberle dado aquel abrazo que ella le pedía.

Se sentía tan enferma que no le importaba morir, lo único que le afligía era hacerlo lejos de él, que se hubieran separado enfadados y no con un beso y un abrazo como ella hubiera querido.

Sentía que la debilidad se iba apoderando de ella y recostó la cabeza contra la pared dispuesta a abandonar, cuando el ruido de un motor le hizo abrir los ojos con brusquedad. No sabía si hacerse notar, pues ignoraba si serían los mismos que la habían secuestrado, pero el motor se detuvo cerca y escuchó su nombre.

—¡Karin! ¡Karin!

¿Era la voz de Brandon? No, no parecía su voz, los sentidos le estaban jugando una mala pasada, sin duda. Quizá todo se tratara de una alucinación. Pero las voces se acercaban.

—¡Karin... contesta!

Con esfuerzo se inclinó hacia delante y apartó las ramas que cerraban su escondite. El sol iluminó del todo la entrada y ella se arrastró como pudo al exterior.

—Estoy aquí... —dijo con la voz rota por la sed.

Sus ojos tardaron unos segundos en acostumbrarse a la luz y en identificar la figura que se acercaba corriendo hacia ella.

—¿Don...? —preguntó incrédula.

Él llegó a su lado, se arrodilló y la abrazó como nunca lo había hecho antes. Ella enterró la cara en su pecho y lloró... lloró de angustia, de alivio y también de felicidad.

Las manos de él se deslizaban por su espalda como si recorriéndola pudiera asegurarse de que estaba bien. Y también dejó que lágrimas de alivio escaparan de sus ojos.

Después, y consciente de la incómoda postura en que Karin se encontraba, la soltó y, mirando su cara arañada y sus labios agrietados y resecos, preguntó:

—¿Estás bien?

—Más o menos... —susurró apenas sin fuerzas—. ¿Tienes agua?

—Sí. Hans, trae la cantimplora.

Don la levantó en vilo y la sentó un poco más cómoda. Karin se mordió los labios de dolor cuando le tocó el hombro. Luego le acercó la cantimplora a los labios y ella bebió con avidez.

—Despacio, poco a poco o te sentará mal.

Después de saciar parcialmente su sed, Karin miró a su alrededor y preguntó perpleja:

—¿Qué haces tú en Irak?

Él sonrió entre lágrimas

—Pasaba por aquí y recordé que te debía un abrazo...

Agotada e incapaz de hablar, y también de comprender su presencia allí, asintió y alargó la mano para secarle la mejilla húmeda, pero el hombro le dio una punzada de dolor que le hizo bajar el brazo de inmediato.

—Don, será mejor que nos vayamos de aquí cuanto antes. Ella, y también Brandon, necesitan atención médica.

—Sí, tienes razón. Dejemos la charla para luego.

—No puedo andar, tengo mal el tobillo.

—Lo sé.

Se levantó y, cogiéndola en brazos, la llevó hasta el coche. Cuando llegaron al mismo, Brandon se bajó y la abrazó a su vez.

—Lo conseguimos, compañera. Ya te dije que lo íbamos a lograr.

—Cogeremos la borrachera del siglo para celebrarlo —añadió ella.

Don se acomodó en la parte trasera del coche con Karin sentada en su regazo para que pudiera colocar el tobillo en el asiento y ella se recostó contra su pecho casi incapaz de sostenerse por sí sola, mientras él la rodeaba con los brazos y la besaba en el pelo y en la cara.

—¿Vas a decirme ahora de verdad qué haces aquí?

—Brig me llamó cuando dejó de tener noticias vuestras. Y vine a buscarte. Pero será mejor que no hables, tu garganta ha sufrido mucho a causa de la sed.

Ella obedeció. En realidad qué más daba el porqué, lo único que importaba era que estaba allí, y que al parecer había olvidado todos sus recelos y sus dudas. Que por fin todas las pesadillas habían terminado.

Karin continuó bebiendo sorbo a sorbo hasta sentir que su garganta se suavizaba y el tormento de la sed cedía un poco, pero Don siguió sin dejarla hablar porque deslizó los labios por su cara sucia y magullada y la besó en la boca, despacio, suave y con lentitud, y ella olvidó por un momento el dolor lacerante del tobillo y del hombro y comprendió que todo había valido la pena si había conseguido unirles de nuevo.

Al fin, tras un largo y penoso viaje lleno de baches y traqueteos, llegaron a la ciudad y al hospital. Antes de bajar del coche, Karin se aferró a la camiseta de Don y le suplicó:

—No permitas que me dejen aquí, por favor. Que me arreglen el tobillo y me permitan marchar. Quiero estar contigo, no quiero separarme de ti.

—Cariño, eso es el médico el que tiene que decirlo. Pero si tienes que quedarte, yo me quedaré contigo. Nadie podrá echarme de aquí, te lo prometo.

—Yo estoy bien, solo necesito dormir... pero sabiendo que estás conmigo. No me dormiré si no estoy abrazada a ti.

—Tranquilízate, hablaré con el médico a ver qué se puede hacer. Y te abrazaré aunque me tenga que meter en la cama del hospital contigo. No te volveré a negar un abrazo en mi vida.

Hans había entrado en el hospital y salió pocos minutos después con un celador y una camilla, y Karin se perdió en el interior del edificio seguida de Brandon, mientras Don y Hans permanecían en la sala de espera.

Una hora y media más tarde les avisaron por megafonía. Hacía rato que Brandon se había reunido con ellos con un vendaje en la frente que cubría unos cuantos puntos de sutura, y una botella con una bebida isotónica en la mano, y se desplomó en una de las sillas. Se había negado a marcharse al hotel a dormir, a pesar de que era eso lo que le habían recomendado los médicos, hasta saber el estado de Karin.

Cuando entró en el despacho del médico, Don se

encontró a su mujer sentada en una silla de ruedas con una escayola que le llegaba a la rodilla y un brazo vendado contra el pecho. Vestía un camisón del hospital y tenía el pelo limpio y húmedo sobre la espalda.

—La paciente se niega a quedarse aquí... —fue lo primero que le dijeron al entrar.

—La paciente hará lo que usted considere necesario.

—En realidad su estado de salud es bueno en general, si no tenemos en cuenta la leve deshidratación, el agotamiento y las fracturas. La del tobillo es complicada, deberá llevar la escayola al menos durante un par de meses, pero el hombro solo presenta una fisura, de modo que hemos puesto una venda para inmovilizarlo, y podrá quitársela en una semana o diez días.

—Entonces, ¿puede marcharse?

—Puede hacerlo, si me promete seguir al pie de la letra todas las instrucciones. Debe beber durante las próximas horas un par de litros de una bebida que le hemos suministrado, y tratar de descansar tanto como le sea posible. Le hemos puesto un calmante fuerte, la reducción de la fractura del tobillo ha sido muy dolorosa y seguramente la hará dormir en cuanto se relaje un poco. Si no lo consigue les daré un sedante, porque es importante que duerma mucho, su cuerpo lo necesita para recuperar fuerzas. No se preocupe si tarda en despertar, déjela dormir, y vuelva dentro de dos días para ver si se ha recuperado. No se vayan del país hasta entonces, de momento no está en condiciones de viajar.

—De acuerdo. Todo se hará según sus instrucciones.

Don empujó la silla de ruedas hasta la salida, donde se reunieron con Hans y Brandon.

—Bueno, nos vamos. A dormir todo el mundo.

—Brandon y yo tenemos habitación en el hotel, no sé dónde te alojas tú.

—Estoy en el centro de Ingenieros sin Fronteras, con Hans. Él y sus compañeros me han ayudado a encontraros.

—Te mandaré tus cosas al hotel —dijo este.

En esta ocasión la escayola impidió a Karin entrar en el asiento trasero y tuvo que acomodarse junto al conductor—. ¿Has visto el modelito que me han puesto, Brandon? —bromeó.

—Te los he visto peores.

—¿En serio? —preguntó Don.

—En serio.

—Al menos está limpio. ¡Dios, menos mal que me han dejado darme una ducha antes de escayolarme! Llevaba una semana sin cambiarme de ropa. No sé ni cómo me has abrazado, debía oler a tigre.

—Ahora hueles a desinfectante... no has mejorado mucho.

—Eso es el camisón, no yo. Pero me lo quitaré en cuanto llegue al hotel.

—Jefa, que te ha dicho el médico que tienes que descansar... —añadió Brandon.

—Descansará, te lo aseguro —confirmó Don—. Y tú también debes hacerlo.

—En cuanto llame a Brig.

—¿Sabes? En el hospital me han dado una papilla asquerosa, pero dicen que es lo mejor para alguien que ha estado muchas horas sin comer y que me alimentará mientras duermo. Por lo visto quieren hacerme hibernar como a los osos.

Don sonrió, porque eso último lo había dicho entre bostezos, y comprendió que no aguantaría mucho más despierta.

En efecto, cuando llegaron a la puerta del hotel se había quedado profundamente dormida. Don bajó del coche y se acercó a Hans.

—Gracias, amigo. No hubiera podido encontrarles sin tu ayuda.

—Ha sido un placer.

—Estaré en deuda contigo toda mi vida.

—Nada de eso. Solo invítame a comer un día cuando vaya a veros a Truro. Me gustará conocer a tu damita con todas sus facultades. Debe de ser todo un personaje.

—Eso está hecho.

—Te mandaré tus cosas.

Don abrió la puerta del coche y cogió a Karin en brazos. Esta se removió un poco, pero no se despertó, ni tampoco cuando la depositó con cuidado en la cama. Brandon había ido con él para ayudarle y luego se despidió.

—Yo también me voy a dormir.

—Gracias, Brandon... gracias por estar con ella.

—No tienes que darlas, yo la quiero tanto como tú, aunque de diferente forma. Es mi hermana del alma. No sabes cómo me alegro de que tú también estés aquí. Espero que las cosas empiecen a mejorar entre vosotros. Lo ha pasado muy mal estos últimos meses.

—Lo sé... pero todo será diferente ahora.

—Bueno, tío, yo me voy a mi habitación. En primer lugar me ducharé y luego me gastaré el sueldo del mes en hablar con Brig. Después dormiré durante muchas horas seguidas.

—Yo también me daré una ducha y luego pediré algo de comer. Y me meteré en la cama con ella; tampoco he dormido mucho últimamente.

Karin se giró en la cama y todo su cuerpo protestó. El pie no se movió de la posición en que lo tenía, el hombro le lanzó una punzada de dolor que le llegó hasta el cuello y cada músculo, en mayor o menor medida, se resintió del movimiento.

Abrió los ojos y su primera impresión fue de desorientación. Luego, a través de la penumbra, reconoció la habitación del hotel y la figura sentada junto a la ventana.

—¿Don? —preguntó con cautela. No estaba segura de que los sentidos no la estuvieran engañando. Creía recordar haber estado con él, su abrazo durante el camino, pero su mente estaba tan confusa que no sabía si todo había sido una alucinación producida por la sed.

Pero la figura que se levantó y se acercó a ella era real, muy real. Él se sentó en el borde de la cama y le cogió la mano.

—¿Cómo estás?

—Bien, creo... Me duele todo.

—Es normal después de rodar por un terraplén de diez metros.

—¿Tantos?

—Sí, tantos. Brandon y tú habéis tenido suerte de escapar solo con heridas superficiales y pequeñas fracturas. Te dolerá durante días, dijo el médico.

—¿Y Brandon, cómo está?

—Él tuvo más suerte que tú al caer, salvo una brecha en la frente solo tiene golpes y contusiones, pero nada roto. Está dolorido y magullado, pero se puede mover. Ha estado aquí hace un rato a traerme algo de comer. Y tampoco ha dormido tanto como tú.

—¿Cuánto he dormido?

—Veintiséis horas. Te quedaste dormida en el coche. Tuve que traerte en brazos hasta aquí y ni siquiera te despertaste.

—Entonces es cierto todo lo que recuerdo...

—¿Qué recuerdas?

—Que viniste a buscarme... que fuiste tú quien me encontró.

Él negó con la cabeza, y, levantándole la mano, le besó los dedos.

—Brandon te encontró. Yo solo te abracé.

—Sí, eso lo recuerdo con claridad.

—Lo siento. Siento lo que ocurrió la noche antes de venirte. No sabes cómo me ha atormentado durante estos días. También lamento todo lo demás, desde el momento en que Christine se cruzó en mi camino.

—¿Ya no estás enfadado?

—Nunca estuve enfadado... solo dolido. No sabes cómo dolía creer que tus besos habían sido mentira, que solo me estabas utilizando, y sobre todo pensar que no te importaba hundirme para conseguir tus propósitos. Ahora me parece una locura que haya podido creer algo así de ti, pero ya te advertí de mi parte alemana... Es terca y cabezota. Nunca me dijiste que me querías, pero yo siempre pensé que acabarías por amarme, sobre todo después de París. Y al final estaba casi convencido, cuando regresaste después de encontrarte con Paolo... pensé que lo estaba consiguiendo, que te estabas enamorando de mí. Fue terrible pensar que quizá no era así. La duda se fue apoderando de mi mente, todo coincidía y tus intentos de acercarte a mí solo servían para que yo me alejara más. Me refugié en una actitud hosca y enfadada para aguantar el tipo, porque sabía que si cedía un ápice estaba perdido. Que si te rozaba siquiera un pelo acabaría en tu cama, pero sumido en un mar de dudas que terminarían por destrozarme. Ahora sé que te he hecho sufrir y no sabes cómo lo siento. Imagino cuánto ha debido dolerte que te haya condenado sin siquiera escucharte. Espero que puedas perdonarme.

—Puedes escucharme ahora, porque yo también tengo muchas cosas que decirte... Pero quiero que me abraces mientras lo hago.

Sin decir palabra, él se tendió a su lado en la cama y la rodeó con los brazos.

—Soy todo oídos.

—Lo primero que quiero que sepas es que jamás te di un solo beso o te hice una caricia que no sintiera, que no deseara. Mi problema fue que no supe identificar a tiempo lo que sentía por ti, y te dije una y otra vez que no te quería cuando no era verdad, aunque yo misma no lo sabía entonces. Creo que empecé a enamorarme de ti aquella noche en La Habana. En el restaurante, en la playa... Si no hubiera sido así, jamás habría pasado nada aquella noche, no con alguien que dormía bajo mi mismo techo. Tampoco te habría pedido que te casaras conmigo, ahora lo sé. Lo comprendí durante el viaje a Irlanda, pero cuando volví con toda la ilusión del mundo para decírtelo, Christine había hablado contigo y todo había cambiado. No pude decirte que te quería, que eras el único hombre para mí, que deseaba que fueras el padre de mis hijos... Sabía que aunque lo hiciera no me creerías y pensarías que era un truco para atraerte otra vez. Tuve que esperar a que te convencieras por ti mismo, pero no ha sido fácil hacerlo. Mi impaciencia me ha llevado una y otra vez a intentarlo al ver cómo te alejabas cada día más, pero solo conseguía poner las cosas peor. No sé qué ha podido pasar para que cambies de opinión... Porque has cambiado de opinión, ¿verdad?

Él no contestó, solo la besó con suavidad y empezó a desatar los lazos que cerraban el cuello del camisón del hospital que ella aún llevaba puesto. Karin se separó de su boca y susurró:

—Espera... hay algo que tienes que saber...

—Ahora no... Dímelo luego —dijo deslizando la prenda con cuidado para quitársela sin hacerle daño en el hombro—. Da igual lo que sea.

—Luego será tarde. No he podido tomar la píldora en seis días; si lo hacemos, hay muchas probabilidades de que me quede embarazada.

—Acabas de decir que querías que fuera el padre de tus hijos. Yo estoy dispuesto a correr el riesgo, ¿y tú?

—Yo también —dijo besándole.

Don le hizo el amor despacio, tan suavemente que su cuerpo magullado y dolorido solo tuvo que dejarse llevar, y atrás quedaron la angustia del peligro y también los meses de soledad. Él volvió a ser el hombre maravilloso que ella conocía y amaba, y él tuvo la sensación de que los meses anteriores nunca habían existido. Besó sus labios agrietados, acarició sus magulladuras y ella comprendió que todo lo pasado solo había sido una pesadilla, igual que aquel funesto viaje a Irak. Después, acurrucada en sus brazos, le pidió:

—Quiero ir a casa. No sabes cómo he echado de menos nuestro piso mientras estaba en aquella tienda mugrienta.

—¿Os maltrataron?

—No mientras aguardaban la pieza del camión que yo tenía que arreglar. Había un tipo que tenía las manos un poco largas conmigo, pero no llegó a pasar de ahí. Tuve suerte de escaparme antes, porque según entendí le habían dado carta blanca para hacer conmigo lo que quisiera cuando estuviera arreglado el camión y no pensaba dejarme con vida después.

Don la abrazó un poco más fuerte, temblando ante la idea de lo que podía haber pasado.

—Debió de ser terrible para ti.

—Estoy acostumbrada al riesgo, no es la primera vez que escapamos por los pelos. También en Chechenia tuvimos que saltar de un camión en marcha que se había incendiado y por poco no lo contamos. Pero lo peor era pensar que podía morirme sin haberte dicho lo que sentía por ti y que tú pudieras recordarme como la mujer malvada que había querido destruir tu carrera. Porque ya no piensas eso ¿verdad?

—No, no lo pienso. Me gustaría decirte que he llegado a la conclusión de que tú nunca harías tal cosa, pero mentiría si lo hiciera. Brig me lo contó todo cuando vino a decirme que había perdido el contacto con vosotros. Y me dio el tirón de orejas que me merecía. Nunca me he sentido tan mal en toda mi vida, ni siquiera cuando murieron mis padres. Pensar que podías haber muerto sin que yo te hubiera pedido perdón... sin haber podido darte el abrazo que te negué... No me resultó fácil, ¿sabes? Fingir esa frialdad e indiferencia cuando mi corazón deseaba estrecharte tan fuerte que te fundiera conmigo. Me pasé toda la noche luchando conmigo mismo y contra las ganas de ir a tu cuarto y abrazarte, besarte y olvidarlo todo. ¡Ojalá lo hubiera hecho!

—Hazlo ahora. No sabes cómo me gusta que me abraces...

Él la apretó aún más fuerte, cuidando de no rozarle el hombro lastimado, y siguió hablando:

—Me sentí como un cabrón cuando Brig me dijo que habías vendido la casa para darme el dinero a mí. ¿Por qué lo hiciste?

—Porque lo necesitabas.

—Pero esa casa era tan importante para ti... Tu infancia, tu abuela...

—Mi abuela murió y mi infancia ya la viví. Una casa es solo una casa, Don. Tú eras mucho más importante.

—Lo hubiera arreglado, hubiera acabado por pedirle el dinero a tu padre.

—No es verdad, hubieras permitido que te denunciaran y arruinaran tu carrera porque sabes que mi padre hubiera investigado el asunto y tú pensabas que me estabas protegiendo a mí. Hubieras cargado con toda la culpa, la habrías admitido, y luego te hubieras marchado. Por eso yo tenía que hacer algo. No podía permitir que cargases con la culpa, cuando yo estaba segura de que no era así. De hecho, creo que he descubierto al culpable, solo me faltan las pruebas.

—Brig tiene las pruebas, me enseñó fotos de Tom y Jhonny aceptando dinero.

—Bien, ya me encargaré cuando vuelva de hacer un reportaje que le quite las ganas de volver a jugar sucio con la familia Robinson. Tendrá que poner tierra de por medio si quiere volver a trabajar en algún bufete.

—¿Y qué pasará con Peggy? Ella le quiere.

—Puede que le duela un poco, pero estará mejor sin él. Encontrará a otro que satisfaga sus expectativas, no te preocupes. Además, mi hermana será todo lo pija e insustancial que quieras, pero tiene el sentido de la familia muy arraigado, como todos nosotros. Ella será la primera que le mandará al diablo cuando sepa lo que ha intentado hacer.

Se hizo un breve silencio que Don rompió volviendo al tema que le preocupaba.

—¿Sabías que yo pensaba que tú estabas detrás de todo?

—Sí. Tu comportamiento no tenía explicación si no era así.

—¿Y a pesar de todo has vendido la casa para ayudarme?

—No podía permitir que arruinaras tu carrera por mí, aunque estuvieras equivocado. Si todo se hubiera hecho público, sé que te habrías marchado y nunca te hubiera vuelto a ver, y yo no quería perderte. No podía dejar marchar al único hombre que he querido en mi vida... al único que me hace vibrar también fuera de la cama.

—No digas mentiras... ¿y tu italiano?

Ella se volvió un poco a pesar de la protesta de todos sus músculos doloridos.

—¿Todavía celoso de él?

—Siempre estaré celoso de él. Cada vez que salgas de viaje me preguntaré si os habéis vuelto a encontrar por casualidad y si la nostalgia y los recuerdos han podido más que yo.

—Nunca podrá eso más que tú porque jamás estuve enamorada de Paolo. Él solo fue mi primer hombre, y si alguna vez sentí atracción hacia él, te puedo asegurar que ya no es así. No temas por su culpa, Paolo nunca ha estado entre nosotros y nunca lo estará. Y además, ¿qué me dices de Emma? La ves todos los días, ¿quién me asegura a mí que cuando vayas a desayunar o almorzar no vas a recordar viejos tiempos tú también? Ella te aprecia, nos ha ayudado a conseguir las pruebas.

—Sí, Brig me lo ha dicho. También que ya la conocías de antes, que Brandon y tú habíais ido a desayunar allí un día para verla.

—Sí, lo hice. Él lo pasó fatal, el pobre, pensando en qué íbamos a decirte si aparecías. Pero yo tenía que hacerlo, quería saber qué tipo de mujeres te gustaban.

Don se echó a reír y la besó en la punta de la nariz.

—¿Quieres saber qué tipo de mujeres me gustan? Yo te lo diré: las que se suben a los árboles.

—¡Dios mío, hace ya mucho tiempo de eso!

—Da igual. Podrás ser una abuelita artrítica y achacosa, pero para mí siempre serás mi chica que se subía a los árboles.

Ella se giró hacia él y empezó a besarle.

Epílogo

París, 18 de febrero, diez años después

Hacía un frío de mil demonios en la capital francesa. Una llovizna helada que con toda probabilidad acabaría convirtiéndose en nevada caía sobre la ciudad, pero Karin no lo sentía. Había abandonado el hotel en un taxi, dispuesta a acudir a una cita concertada diez años atrás, y ni la tempestad más terrible del mundo impediría que estuviera en la plaza del Trocadero a las diez de la noche.

Mientras el taxi circulaba por la ciudad, recordó el regreso de Irak, escayolada y sostenida por Don y Brandon y el comienzo de su felicidad. Después estuvo la denuncia y el proceso judicial que había llevado a la cárcel a Johnny Walls y Tom Landon. A pesar de que se creía un abogado brillante y estuvo arropado por su bufete, no había sido capaz de evitar la condena ni la fuerte indemnización que tuvo que pagar a Don. Peggy había sabido llevarlo con elegancia y apoyó a la familia, cortando su noviazgo con Tom en cuanto se hizo público que este cumpliría condena.

Con la indemnización obtenida, Don intentó volver a comprar la casa del risco, pero ya no fue posible. En cambio, habían adquirido una cerca de la playa, pero menos alejada de Truro que la de los padres de Karin, y allí vivían desde entonces. Ellos y Abbie, su hija de ocho años, una pequeña diablilla que los tenía a todos comiendo de su mano, y que se había quedado con Brigg y Brandon mientras sus padres se «reencontraban» en París.

De mutuo acuerdo, habían hecho el viaje por separado y se habían alojado en el mismo hotel de su luna de miel, aunque en distintas habitaciones. Ese viaje a París iba a ser su celebración de aniversario, y, aunque no era demasiado romántica, a Karin le había parecido una idea maravillosa hacerlo así, como si se tratase de un reencuentro.

El taxi paró en la plaza del Trocadero y, tras pedirle al taxista que la esperase, descendió. Consultó el reloj de pulsera, faltaban dos minutos para las diez de la noche. No tenía ninguna duda de que Don, fiel a su puntualidad alemana, ya estaría allí. Había poca gente en aquella desapacible noche, por lo que no tardó en divisarle parado ante la Torre Eiffel, iluminada contra el cielo oscuro. Se le aceleró el pulso mientras se acercaba, como si de verdad hiciera diez años que no se veían y no unas pocas horas. Él pareció adivinarla porque se dio la vuelta y le sonrió con aquella expresión cálida que le quitaba el aliento.

—Busco caballeros en apuros para socorrer. ¿Has visto alguno por aquí?

—¿Te sirvo yo? Necesito ayuda con urgencia.

—¿Qué te ocurre?

—Ando solo y perdido por París. Y muerto de frío.

—Yo tengo una habitación cómoda y calentita en un hotel, quizá quieras dejarte rescatar.

—Con una condición —dijo decidido—. Antes debemos hacernos una foto para inmortalizar el momento.

Don sacó el móvil y alargó el brazo para hacerse una *selfie*. Mientras trataba de enfocar, se dio cuenta de que unos copos diminutos se reflejaban en la pantalla y empezaban a cubrir los hombros de los abrigos y el pelo de Karin. Se hicieron una foto con la Torre Eiffel a su espalda, las caras juntas y los ojos brillando de felicidad.

—¡Marga no podrá decir ahora que no somos románticos! Hemos venido a París para hacernos una foto —bromeó Karin.

Don volvió a guardar el móvil mientras susurraba:

—Solo para eso, no... La foto no es más que el comienzo —añadió con un guiño—, aún queda mucho fin de semana por delante. Y le rodeó los hombros con un brazo. Ella se apretó contra él y buscó su boca. En medio de la nieve que empezaba a caer con más intensidad, se besaron. Dos figuras solitarias en la plaza del Trocadero, besándose como dos adolescentes en medio de la nieve que comenzaba a acumularse a sus pies. Cuando se separaron, Don preguntó:

—¿Nos volvemos a citar aquí dentro de diez años?

—Siempre es maravilloso volver a París. Hecho.

—Y ahora, socórreme... llévame a esa habitación de hotel que tienes y demuéstrame lo buena samaritana que eres. Tengo los pies helados.

—Vamos, te haré entrar en calor.

—De eso no tengo ninguna duda.

Karin le cogió de la mano y le llevó hasta el taxi que estaba aguardando. Esta vez, durante el camino, sí se besaron.

Estuvieron en París tres días. Disfrutaron del espectáculo de la ciudad nevada y de cálidas noches en el hotel, viviendo la pasión que diez años antes solo habían disfrutado al final del viaje. Cuando regresaron a Reino Unido, sabían que Brig, Brandon y su hija Abbie les estarían esperando en el aeropuerto. A la pequeña le encantaba ir a recogerles. Cuando Karin viajaba, Don solía llevarla si no interfería en el horario escolar.

Tirando cada uno de su pequeña maleta, cruzaron la puerta de salidas de Gatwick. En primera fila les esperaban sus amigos y su hija. Con un apósito en la frente y un vendaje en la muñeca.

Karin recorrió con rapidez los pocos metros que les separaban y se detuvo ante ella, abrazándola.

—¡Cariño!

—No es nada serio —se apresuró a tranquilizarla Brandon—. Un esguince leve de muñeca y dos puntos en la frente, que no dejarán cicatriz.

—Pero ¿qué te ha pasado?

Abbie desvió los ojos hacia el suelo y susurró:

—Que me he caído de un árbol... otra vez.

Índice